Harry Potter

ハリー・ポッターと謎のプリンス

上

J.K.ローリング

松岡佑子＝訳

Harry Potter and the Half-Blood Prince

静山社

ハリー・ポッターと謎のプリンス　上

J・K・ローリング
松岡佑子＝訳

Harry Potter and
the Half-Blood Prince

静山社

ハリー・ポッターと謎のプリンス　上

目次

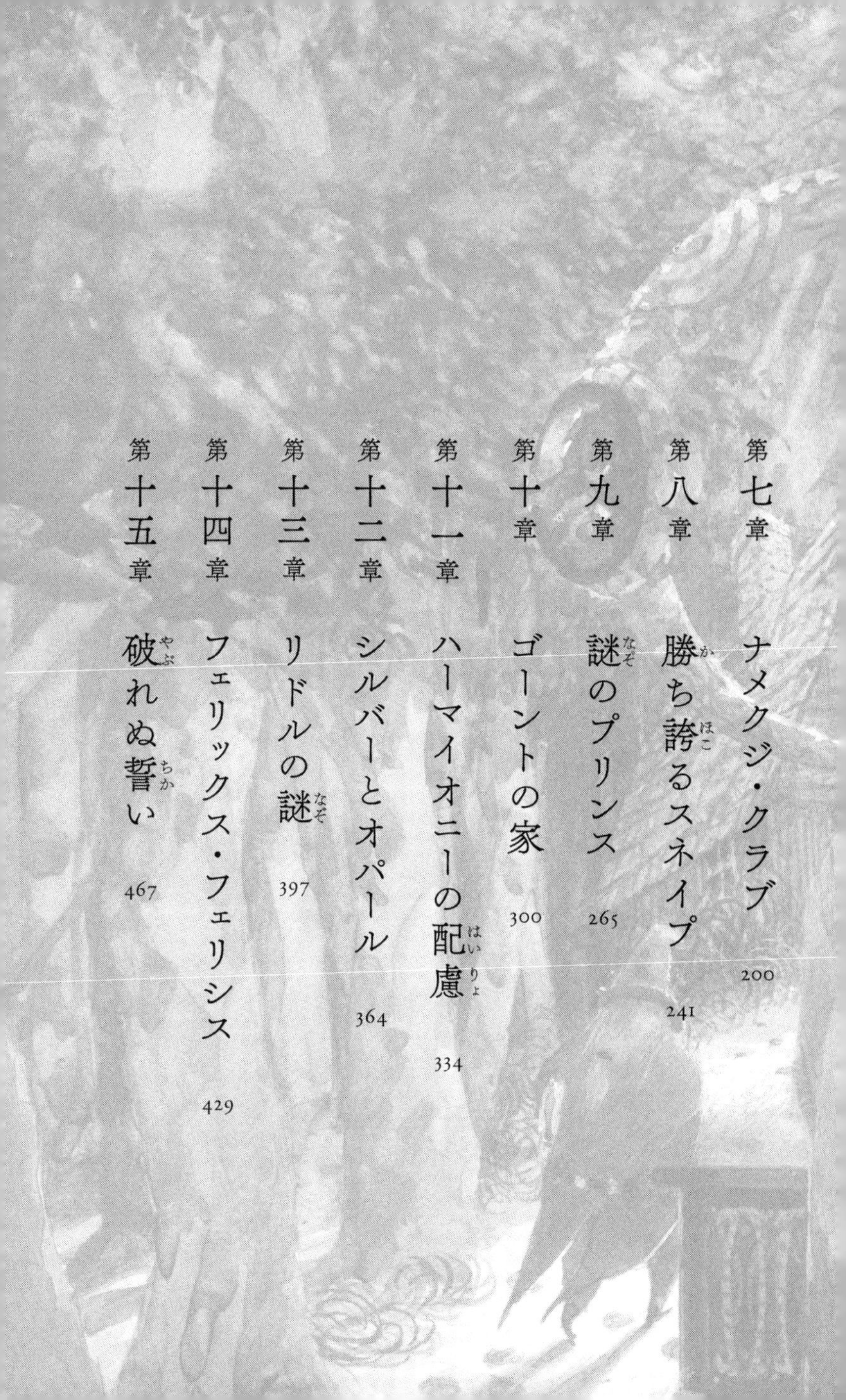

主な登場人物

✶ハリー・ポッター
主人公。ホグワーツ魔法魔術学校《まほうまじゅつがっこう》の六年生。
緑の目に黒い髪《かみ》、額《ひたい》には稲妻形《いなずまがた》の傷《きず》

✶ロン・ウィーズリー
ハリーの親友。兄にチャーリー、ビル、パーシーと双子のフレッドと
ジョージ、妹のジニーがいる

✶ハーマイオニー・グレンジャー
ハリーの親友。マグル（人間）の子なのに、魔法学校《まほうがっこう》の優等生《ゆうとうせい》

✶ドラコ・マルフォイ
スリザリン寮《りょう》の生徒。ハリーのライバル

✶アルバス・ダンブルドア
ホグワーツの校長先生

✶コーネリウス・ファッジ
魔法大臣《まほうだいじん》

✶ナルシッサ・マルフォイ（シシー）
ドラコの母親。
死喰い人《しくいびと》である夫のルシウスは、現在《げんざい》アズカバンにいる

＊ベラトリックス・レストレンジ（ベラ）
ヴォルデモート卿《きょう》に最も忠実な死喰《しく》い人《びと》。
ナルシッサの姉で、シリウスのいとこ

＊セブルス・スネイプ
「魔法薬学《まほうやくがく》」の先生。不死鳥《ふしちょう》の騎士団《きしだん》のメンバー

＊ワームテール
闇《やみ》の帝王《ていおう》のしもべ。またの名をピーター・ペティグリュー

＊マンダンガス・フレッチャー（ダング）
不死鳥の騎士団《きしだん》のメンバーながら、飲んだくれの小悪党《こあくとう》

＊クリーチャー
ハリーがシリウスから引《ひ》き継《つ》いだ屋敷《やしき》しもべ妖精《ようせい》

＊ボージン
夜の闇横丁《ノクターンよこちょう》にある、強い魔力《まりょく》をもった珍品《ちんぴん》をとりあつかう店、
「ボージン・アンド・バークス」の店主

＊ダーズリー一家（バーノンおじさん、ペチュニアおばさん、ダドリー）
ハリーの親せきで育ての親とその息子《むすこ》。
まともじゃないことを毛嫌《けぎら》いする

＊ヴォルデモート（例のあの人）
最強の闇《やみ》の魔法使《まほうつか》い。多くの魔法使《まほうつか》いや魔女《まじょ》を殺した

To Mackenzie,
my beautiful daughter,
I dedicate
her ink and paper twin

インクと紙から生まれたこの本を、
双子の姉妹のように生まれた
私の美しい娘
マッケンジーに

Original Title: HARRY POTTER AND THE HALF-BLOOD PRINCE

First published in Great Britain in 2005
by Bloomsbury Publishing Plc, 50 Bedford Square, London WC1B 3DP

Japanese edition first published in 2006

This book is published in Japan by arrangement with
the author through The Blair Partnership

第一章　むこうの大臣

まもなく夜中の十二時になろうとしていた。執務室《しつむしつ》に一人座《すわ》り、首相《しゅしょう》は長ったらしい文書に目を通していたが、内容《ないよう》はさっぱり頭に残らないまま素通《すどお》りしていた。さる遠国の元首からかかってくるはずの電話を待っているところなのだが、いったい、いつになったら電話をよこすつもりなのかといぶかってみたり、やたら長くてやっかいだったこの一週間の、不ゆかいな数々の記憶《きおく》を押《お》さえ込《こ》むのに精《せい》いっぱいで、ほかにはほとんど何も頭に入ってこなかった。

開いたページの活字に集中しようとすればするほど、首相《しゅしょう》の目には、政敵《せいてき》の一人のほくそ笑《え》む顔がありありと浮《う》かんでくるのだった。今日も今日とて、この政敵殿《せいてきどの》はニュースに登場し、ここ一週間に起こった恐《おそ》ろしい出来事を（まるで傷口《きずぐち》に塩を塗《ぬ》るかのように）いちいちあげつらったばかりか、どれもこれもが政府《せいふ》のせいだとぶち上げてくださった。

なんのかんのと非難《ひなん》されたことを思い出すだけで、首相《しゅしょう》の脈拍《みゃくはく》が速くなった。連中の言うことときたら、フェアじゃないし、真実でもない。あの橋が落ちたことだって、まさか、政府《せいふ》がそれを阻《そ》止《し》できたとでも？　政府《せいふ》が橋梁《きょうりょう》に充分《じゅうぶん》な金をかけていないなどと言うやつの面《つら》が見たい。あの橋はまだ十年とたっていないし、なぜそれが真っ二つに折れて、十数台の車が下の深い川に落ちたのか、最高の専門家《せんもんか》でさえ説明のしようがないのだ。

それに、さんざん世間を騒《さわ》がせたあの二件《けん》の残酷《ざんこく》な殺人事件《さつじんじけん》にしても、警官《けいかん》が足りないせいで起こったなどと、よくも言えたものだ。一方、西部地域《せいぶちいき》に多大な人的・物的被害《ひがい》を与《あた》えたあの異常気《いじょうき》象《しょう》のハリケーンだが、政府《せいふ》がなんとか予測《よそく》できたはずだって？　その上、政務次官《せいむじかん》の一人であるハーバート・チョーリーが、よりによってここ一週間かなり様子がおかしくなり、「家族と一緒《いっしょ》に過《す》ごす時間を増《ふ》やす」という体《てい》のいい理由で辞《や》めたことまで、首相《しゅしょう》であるこの**私**《わたし》の責任《せきにん》だとでも？

「わが国はすっぽりと暗いムードに包まれている」としめくくりながら、あの政敵殿《せいてきどの》はニンマリ笑いを隠《かく》しきれないご様子だった。

残念ながら、その言葉だけは紛《まぎ》れもない真実だった。確《たし》かに、人々はこれまでになくみじめな思いをしている。首相自身《しゅしょうじしん》もそう感じていた。天候までもが落《お》ち込《こ》んでいる。七月半ばだというのに、この冷たい霧《きり》は……変だ。どうもおかしい……。

首相《しゅしょう》は文書の二ページ目をめくったが、まだまだ先が長いとわかると、やるだけむだだとあきらめ、両腕《りょううで》を上げて伸《の》びをしながら、憂鬱《ゆううつ》な気持ちで部屋を見回した。瀟洒《しょうしゃ》な部屋だ。上質《じょうしつ》の大理石の暖炉《だんろ》の反対側にある縦長《たてなが》の窓《まど》はしっかり閉《と》じられ、季節はずれの寒さをしめ出している。首相《しゅしょう》はブルッと身震《みぶる》いして立ち上がり、窓辺《まどべ》に近寄《ちかよ》って、窓《まど》ガラスを覆《おお》うように立《た》ち込《こ》めている薄《うす》い霧《きり》を眺《なが》めた。ちょうどその時、部屋に背《せ》を向けていた首相《しゅしょう》の背後《はいご》で、軽い咳払《せきばら》いが聞こえた。

首相《しゅしょう》はその場に凍《こお》りつき、目の前の暗い窓《まど》ガラスに映《うつ》っている自分のおびえた顔を見つめた。この咳払《せきばら》いは……以前にも聞いたことがある。首相《しゅしょう》はゆっくりと体の向きを変え、がらんとした部屋に顔を向けた。

「誰《だれ》かね？」声だけは気丈《きじょう》に、首相《しゅしょう》が呼《よ》びかけた。

答える者などいはしないと、ほんの一瞬《いっしゅん》、首相《しゅしょう》はむなしい望みを抱《いだ》いた。しかし、たちまち返事があった。まるで準備《じゅんび》した文章を棒読《ぼうよ》みしているような、てきぱきと杓子定規《しゃくしじょうぎ》な声だった。声の主は——最初の咳払《せきばら》いで首相《しゅしょう》にはわかっていたのだが——あのカエル顔の小男だ。長い銀色のかずらをつけた姿《すがた》で、部屋の一番隅《すみ》にある汚《よご》れた小さな油絵に描《えが》かれている。

「マグルの首相閣下《しゅしょうかっか》。火急にお目にかかりたし。至急《しきゅう》お返事のほどを。草々《そうそう》。ファッジ」

絵の主は応《こた》えをうながすように首相《しゅしょう》を見た。

「あー」首相《しゅしょう》が言った。「実はですな……今はちょっと都合が……電話を待っているところで、えー……さる国の元首からでして——」

「その件《けん》は変更可能《へんこうかのう》」絵が即座《そくざ》に答えた。

首相《しゅしょう》はがっくりした。そうなるのではと恐《おそ》れていたのだ。

「しかし、できれば私《わたし》としては電話で話を――」

「その元首が電話するのを忘《わす》れるように、我々《われわれ》が取り計らう。そのかわり、その元首は明日の夜、電話するであろう」小男が言った。「至急《しきゅう》ファッジ殿《どの》にお返事を」

「私《わたし》としては……いや……いいでしょう」首相《しゅしょう》が力なく言った。

「ファッジ大臣にお目にかかりましょう」

ネクタイを直しながら、首相《しゅしょう》は急いで机《つくえ》に戻《もど》った。椅子《いす》に座《すわ》り、泰然自若《たいぜんじじゃく》とした表情《ひょうじょう》をなんとか取りつくろったとたん、大理石のマントルピースの中で、薪《まき》もないからの火格子《ひごうし》に、突然《とつぜん》明るい緑の炎《ほのお》が燃《も》え上《あ》がった。首相《しゅしょう》は、驚《おどろ》きうろたえたそぶりなど微塵《みじん》も見せまいと気負いながら、小太りの男が独楽《こま》のように回転して、炎《ほのお》の中に現《あらわ》れるのを見つめた。

まもなく男は、ライムグリーンの山高帽子《やまたかぼうし》を手に、細縞《ほそじま》の長いマントのそでの灰《はい》を払《はら》い落《お》としながら、かなり高級な年代物の敷物《しきもの》の上に這《は》い出《で》てきた。

「おお……首相閣下《しゅしょうかっか》」

コーネリウス・ファッジが、片手《かたて》を差し出しながら大股《おおまた》で進み出た。

「またお目にかかれて、うれしいですな」

同じ挨拶《あいさつ》を返す気持ちにはなれず、首相《しゅしょう》は何も言わなかった。ファッジに会えてうれしいなどとは、お世辞にも言えなかった。ときどきファッジが現《あらわ》れることだけでも度肝《どぎも》を抜《ぬ》かれるのに、その上、たいがい悪い知らせを聞かされるのが落ちなのだ。

ファッジは目に見えて憔悴《しょうすい》していた。やつれてますますはげ上がり、白髪《しらが》も増《ふ》え、げっそりした表情《ひょうじょう》だった。首相《しゅしょう》は、政治家《せいじか》がこんな表情《ひょうじょう》をしているのを以前にも見たことがある。けっして吉兆《きっちょう》ではない。

「何かご用ですかな？」

首相《しゅしょう》はそそくさとファッジと握手《あくしゅ》し、机《つくえ》の前にある一番硬《かた》い椅子《いす》をすすめた。

「いやはや、何からお話ししてよいやら」ファッジは椅子《いす》を引《ひ》き寄《よ》せて座《すわ》り、ライムグリーンの山《やま》高帽《たかぼう》をひざの上に置きながらボソボソ言った。「いやはや先週ときたら、いやまったく……」

「あなたのほうもそうだったわけですな？」

首相《しゅしょう》は、つっけんどんに言った。ファッジからこれ以上何か聞かせていただくまでもなく、すでに当方は手いっぱいなのだということが、これで伝われればよいのだがと思った。

「ええ、そういうことです」

ファッジはつかれた様子で両目をこすり、陰気《いんき》くさい目つきで首相《しゅしょう》を見た。

「首相閣下《しゅしょうかっか》、私《わたし》のほうもあなたと同じ一週間でしたよ。ブロックデール橋……ボーンズとバンスの殺人事件《さつじんじけん》……言うまでもなく、西部地域《せいぶちいき》の惨事《さんじ》……」

「すると――あー――そちらの――つまり、大臣のほうの人たちが何人か――関わって――そういう事件《じけん》に関わっていたということで？」

ファッジはかなり厳《きび》しい目つきで首相《しゅしょう》を見すえた。

「もちろん関わっていましたとも。閣下《かっか》は当然、何が起こっているかにお気づきだったでしょうな？」

「私《わたし》は……」首相《しゅしょう》は口ごもった。

こういう態度《たいど》を取られるからこそ、首相《しゅしょう》はファッジの訪問《ほうもん》がいやなのだ。やせても枯《か》れても自分は首相《しゅしょう》だ。なんにも知らないガキみたいな気持ちにさせられるのはおもしろくない。しかし、そう言えば最初からずっとこうなのだ。首相《しゅしょう》になった最初の夜、ファッジと初めて会ったその時からこうなのだ。きのうのことのように覚えている。そして、きっと死ぬまでその思い出につきまとわれるのだ。

まさにこの部屋だった。長年の夢《ゆめ》とくわだてでついに手に入れた勝利を味わいながら、この部屋に一人たたずんでいたその時、ちょうど今夜のように、背後《はいご》で咳払《せきばら》いが聞こえた。振《ふ》り返《かえ》ると小さい醜《みにく》い肖像画《しょうぞうが》が話しかけていた。魔法大臣《まほうだいじん》がまもなく挨拶《あいさつ》にやってくるという知らせだった。

当然のことながら、長かった選挙運動や選挙のストレスで頭がおかしくなったのだろうと、首相《しゅしょう》はそう思った。しかし、肖像画《しょうぞうが》が話しかけているのだと知ったときの、ぞっとする恐《おそ》ろしさも、そのあとの出来事の恐怖《きょうふ》に比《くら》べればまだましだった。暖炉《だんろ》から飛び出した男が、自らを魔法使《まほうつか》いと名乗り、首相《しゅしょう》と握手《あくしゅ》したのだ。

ファッジはご親切にもこう言った。魔女《まじょ》や魔法使《まほうつか》いは、いまだに世界中に隠《かく》れ住《す》んでいる。しかし首相《しゅしょう》をわずらわせることはないから安心するように。魔法省《まほうしょう》が魔法界全体《まほうかいぜんたい》に責任《せきにん》を持ち、非魔法《ひまほう》界《かい》の人間に気取《けど》られないようにしているから――ファッジが説明する間、首相《しゅしょう》は一言も言葉を発しなかった。

さらにファッジはこう言った。魔法省《まほうしょう》の仕事は難《むずか》しく、責任《せきにん》ある箒《ほうき》の使用法に関する規制《きせい》から、ドラゴンの数を増《ふ》やさないようにすることまで（この時点で首相《しゅしょう》は、机《つくえ》につかまって体を支《ささ》えたのを覚えている）、ありとあらゆる仕事をふくんでいる。そしてファッジは、ぼうぜんとしている首《しゅ》相《しょう》の肩《かた》を、父親のような雰囲気《ふんいき》でたたいたものだ。

「ご心配めさるな」と、その時ファッジは言った。「たぶん、二度と私《わたし》に会うことはないでしょう。わがほうでほんとうに深刻《しんこく》な事態《じたい》が起こらないかぎり、私《わたし》があなたをわずらわせることはありませんからな。マグル――非魔法族《ひまほうぞく》ですが――マグルに影響《えいきょう》するような事態《じたい》に立ちいたらなければということですよ。それさえなければ、平和共存《へいわきょうぞん》ですからな。ところで、あなたは前任者《ぜんにんしゃ》よりずっと冷静ですなあ。**前首相**《ぜんしゅしょう》ときたら、私《わたし》のことを政敵《せいてき》が仕組んだ悪い冗談《じょうだん》だと思ったらしく、窓《まど》から放り出そうとしましてね」

ここにきて首相《しゅしょう》はやっと声が出るようになった。

「すると――悪い冗談《じょうだん》、**ではない**と？」

最後の、一縷《いちる》の望みだったのに。

「ちがいますな」ファッジがやんわりと言った。「残念ながら、ちがいますな。そーれ」

そしてファッジは、首相《しゅしょう》のティーカップをスナネズミに変えてしまった。

「しかし」ティーカップ・スナネズミが次の演説《えんぜつ》の原稿《げんこう》の端《はし》をかじりだしたのを見ながら、首相《しゅしょう》は息を殺して言った。

「しかし、なぜ――なぜ誰《だれ》も私《わたし》に話して――？」

「魔法大臣《まほうだいじん》は、その時の首相《しゅしょう》にしか姿《すがた》を見せませんのでね」

ファッジは上着のポケットに杖《つえ》を突《つ》っ込《こ》みながら言った。

「秘密《ひみつ》を守るにはそれが一番だと考えましてね」

「しかし、それなら」首相《しゅしょう》がぐちっぽく言った。「前首相はどうして私《わたし》に一言警告《けいこく》して――？」

ファッジが笑いだした。

「親愛なる首相閣下《しゅしょうかっか》、**あなたなら**誰《だれ》かに話しますかな？」

声を上げて笑いながら、ファッジは暖炉《だんろ》に粉《こな》のようなものを投げ入れ、エメラルド色の炎《ほのお》の中に入《はい》り込《こ》み、ヒュッという音とともに姿《すがた》を消した。首相《しゅしょう》は身動きもせずその場に立ちすくんでいた。言われてみれば、今夜のことは、口が裂《さ》けても一生誰《だれ》にも話さないだろう。たとえ話したところで、世界広しといえども誰《だれ》が信じるというのか？

ショックが消えるまでしばらくかかった。過酷《かこく》な選挙運動中の睡眠不足《すいみんぶそく》がたたってファッジの幻《げん》覚《かく》を見たのだと、一時はそう思《おも》い込《こ》もうとした。不ゆかいな出会いを思い出させるものはすべて処《しょ》分《ぶん》してしまおうとあがきもした。スナネズミを姪《めい》にくれてやると、姪《めい》は大喜びだった。

さらに、ファッジの来訪《らいほう》を告《つ》げた醜《みにく》い小男の肖像画《しょうぞうが》を取りはずすよう首相秘書《しゅしょうひしょ》に命じもしたが、肖像画《しょうぞうが》は首相《しゅしょう》の困惑《こんわく》をよそに、てこでも動かなかった。大工が数人、建築業者《けんちくぎょうしゃ》が一人か二人、美術《びじゅつ》史専門家《しせんもんか》が一人、それに大蔵大臣《おおくらだいじん》まで、全員が肖像画《しょうぞうが》を壁《かべ》からはがそうと躍起《やっき》になったがどうにもならず、首相《しゅしょう》は取りはずすのをあきらめて、自分の任期中《にんきちゅう》は、何とぞこの絵が動かずにだまっていますようにと願うばかりだった。絵の主がときどきあくびをしたり、鼻の頭をかいたりするのを確《たし》かにちらりと目にした。そればかりか、泥褐色《でいかっしょく》のキャンバスだけを残して、額《がく》から出ていってしまったことも一、二度ある。しかし首相《しゅしょう》は、あまり肖像画《しょうぞうが》を見ないように修練《しゅうれん》したし、そんなことが起こったときには必ず、目の錯覚《さっかく》だとしっかり自分に言い聞かせるようになった。

ところが三年前、ちょうど今夜のような夜、一人で執務室《しつむしつ》にいると、またしても肖像画《しょうぞうが》が、ファッジがまもなく来訪《らいほう》すると告《つ》げ、ずぶぬれであわてふためいたファッジが、暖炉《だんろ》からワッと飛び出した。上等なアクスミンスター織《おり》のじゅうたんにボタボタ滴《しずく》を垂《た》らしている理由を、首相《しゅしょう》が問いただす間もなく、ファッジは、首相《しゅしょう》が聞いたこともない監獄《かんごく》のことやら、「シリアス・ブラック」とかいう男のこと、ホグワーツとかなんとか、ハリー・ポッターという名の男の子とかについてわめき立てはじめた。どれもこれも、首相《しゅしょう》にとってはチンプンカンプンだった。

「……アズカバンに行ってきたところなんだが」

ファッジは山高帽《やまたかぼう》の縁《ふち》にたまった大量の水をポケットに流《なが》し込《こ》み、息を切らして言った。

「何しろ、北海《ほっかい》のまん中からなんで、飛行もひと苦労で……吸魂鬼《ディメンター》は怒《いか》り狂《くる》っているし――」

ファッジは身震《みぶる》いした。

「――これまで一度も脱走《だっそう》されたことがないんでね。とにかく、首相閣下《しゅしょうかっか》、あなたをお訪《たず》ねせざるをえませんでしたよ。ブラックはマグル・キラーで通っているし、『例のあの人』と合流することをたくらんでいるかもしれません……と言っても、あなたは、『例のあの人』が何者かさえご存《ぞん》じない！」

ファッジは一瞬《いっしゅん》、とほうに暮《く》れたように首相《しゅしょう》を見つめたが、やがてこう言った。

「さあ、さあ、おかけなさい。少し事情《じじょう》を説明したほうがよさそうだ……ウィスキーでもどうぞ……」

自分の部屋でおかけくださいと言われるのもしゃくだったし、ましてや自分のウィスキーをすすめられるのはなおさらだったが、首相《しゅしょう》はとにかく椅子《いす》に座《すわ》った。ファッジは杖《つえ》を引《ひ》っ張《ぱ》り出《だ》し、どこからともなく、なみなみと琥珀色《こはくいろ》の液体《えきたい》の注がれた大きなグラスを二個取《こ》り出して、一つを首相《しゅしょう》の手に押《お》しつけると、自分も椅子《いす》にかけた。

ファッジは一時間以上も話した。一度、ある名前を口にすることを拒《こば》み、そのかわり羊皮紙に名前を書いて、ウィスキーを持っていないほうの首相《しゅしょう》の手にそれを押《お》しつけた。ファッジがやっと腰《こし》を上げて帰ろうとしたとき、首相《しゅしょう》も立ち上がった。

「では、あなたのお考えでは……」首相《しゅしょう》は目を細めて、左手に持った名前を見た。

「このヴォル――」

「**名前を言ってはいけないあの人！**」ファッジが唸《うな》った。

「失礼……『名前を言ってはいけないあの人』が、まだ生きているとお考えなのですね？」

「まあ、ダンブルドアはそう言うが」

ファッジは細縞《ほそじま》のマントのひもを首の下で結びながら言った。

「しかし、我々《われわれ》は結局その人物を発見してはいない。私《わたし》に言わせれば、配下の者がいなければ、その人物は危険《きけん》ではないのでね。そこで心配すべきなのはブラックだというわけです。では、先ほど話した警告《けいこく》をお出しいただけますな？　けっこう。さて、首相閣下《しゅしょうかっか》、願わくはもうお目にかかることがないよう！　おやすみなさい」

ところが、二人は三度《みたび》会うことになった。それから一年とたたないうち、困《こま》りきった顔のファッジが、どこからともなく閣議室《かくぎしつ》に姿《すがた》を現《あらわ》し、首相《しゅしょう》にこう告《つ》げたのだ。

――クウィディッチ（そんなふうに聞こえた）のワールドカップでちょっと問題があり、マグルが数人「巻《ま》き込《こ》まれた」が、首相《しゅしょう》は心配しなくてよい。「例のあの人」の印が再《ふたた》び目撃《もくげき》されたといっても、なんの意味もないことだ。ほかとは関連のない特殊《とくしゅ》な事件《じけん》だと確信《かくしん》しており、こうしている間にも、「マグル連絡室《れんらくしつ》」が、必要な記憶修正措置《きおくしゅうせいそち》を取っている――。

「ああ、忘《わす》れるところだった」ファッジがつけ加えた。

「三校対抗試合《たいこうじあい》のために、外国からドラゴンを三頭とスフィンクスを入国させますがね、なに、日常茶飯事《にちじょうさはんじ》ですよ。しかし、非常《ひじょう》に危険《きけん》な生物をこの国に持《も》ち込《こ》むときは、あなたにお知らせしなければならないと、規則《きそく》にそう書いてあると、『魔法生物規制管理部《まほうせいぶつきせいかんりぶ》』から言われましてね」

「それは――えっ――**ドラゴン？**」首相《しゅしょう》は急《せ》き込《こ》んで聞き返した。

「さよう。三頭です」ファッジが言った。「それと、スフィンクスです。では、ご機嫌《きげん》よう」

首相《しゅしょう》はドラゴンとスフィンクスこそが極《きわ》めつきで、まさかそれ以上悪くなることはなかろうと願っていた。

ところがである。それから二年とたたないうち、ファッジがまたしても炎《ほのお》の中からこつぜんと現《あらわ》れた。今度はアズカバンから集団脱走《しゅうだんだっそう》したという知らせだった。

「**集団脱走《しゅうだんだっそう》？**」

聞き返す首相《しゅしょう》の声がかすれた。

「心配ない、心配ない！」

そう叫《さけ》びながら、ファッジはすでに片足《かたあし》を炎《ほのお》に突《つ》っ込《こ》んでいた。

「全員たちまち逮捕《たいほ》する——ただ、あなたは知っておくべきだと思って！」

首相《しゅしょう》が「ちょっと待ってください！」と叫《さけ》ぶ間もなくファッジは緑色の激《はげ》しい火花の中に姿《すがた》を消していた。

マスコミや野党《やとう》がなんと言おうと、首相《しゅしょう》はバカではなかった。ファッジが最初の出会いで請《う》け合《あ》ったこととは裏腹《うらはら》に、二人はかなりひんぱんに顔を合わせているし、ファッジのあわてふためきぶりが毎回ひどくなっていることにも、首相《しゅしょう》は気づいていた。魔法大臣《まほうだいじん》（首相《しゅしょう》の頭の中では、ファッジを「**むこうの**大臣」と呼《よ》んでいた）のことはあまり考えたくなかったが、この次にファッジが現《あらわ》れるときは、おそらくいっそう深刻《しんこく》な知らせになるのではないかと懸念《けねん》していた。

そして今回、またもや炎《ほのお》の中から現《あらわ》れたファッジは、よれよれの姿《すがた》でいらいらしていたし、ファッジがなぜやってきたのか理由がはっきりわからないと言う首相《しゅしょう》に対して、それをとがめるかのように驚《おどろ》いている。そんなファッジの姿《すがた》を目にしたことこそ、首相《しゅしょう》にとっては、この暗澹《あんたん》たる一週間で最悪の事件《じけん》と言ってもよかった。

「私《わたし》にわかるはずがないでしょう？　その――えー――魔法界《まほうかい》で何が起こっているかなんて」今度は首相《しゅしょう》がぶっきらぼうに言った。「私《わたし》には国政《こくせい》という仕事がある。今はそれだけで充分頭痛《じゅうぶんずつう》の種なのに、この上――」

「同じ頭痛《ずつう》の種ですよ」ファッジが口をはさんだ。

「ブロックデール橋は古くなったわけじゃない。あのハリケーンは実はハリケーンではなかった。殺人事件《さつじんじけん》もマグルの仕業《しわざ》じゃない。それに、ハーバート・チョーリーは、家に置かないほうが家族にとって安全でしょうな。『聖《せい》マンゴ魔法疾患傷害病院《まほうしっかんしょうがいびょういん》』に移送《いそう》するよう、現在《げんざい》手配中ですよ。移《うつ》すのは今夜のはずです」

「どういうこと……私《わたし》にはどうも……**なんだって？**」首相《しゅしょう》がわめいた。

ファッジは大きく息を吸《す》い込《こ》んでから話しだした。

「首相閣下《しゅしょうかっか》、こんなことを言うのは非常《ひじょう》に遺憾《いかん》だが、あの人が戻《もど》ってきました。『名前を言ってはいけないあの人』が戻《もど》ったのです」

「戻《もど》った？『戻《もど》った』とおっしゃるからには……生きていると？　つまり――」

首相《しゅしょう》は三年前のあの恐《おそ》ろしい会話を思い出し、細かい記憶《きおく》をたぐった。ファッジが話してくれた、誰《だれ》よりも恐《おそ》れられているあの魔法使《まほうつか》い、数えきれない恐《おそ》ろしい罪《つみ》を犯《おか》したあと、十五年前に謎《なぞ》のように姿《すがた》を消したという魔法使《まほうつか》い。

「さよう、生きています」ファッジが答えた。「つまり――なんというか――殺すことができなければ、生きているということになりますかな？　私《わたし》にはどうもよくわからんのです。それに、ダンブルドアはちゃんと説明してくれないし――しかしともかく、『あの人』は肉体を持ち、歩いたりしゃべったり、殺したりしているわけで、ほかに言いようがなければ、さよう、生きていることになりますな」

首相《しゅしょう》はなんと言ってよいやらわからなかった。しかし、どんな話題でも熟知《じゅくち》しているように見せかけたいという、身についた習慣《しゅうかん》のせいで、これまでの何回かの会話の詳細《しょうさい》をなんでもいいから思い出そうと、あれこれ記憶《きおく》をたどった。

「シリアス・ブラックは――あー――『名前を言ってはいけないあの人』と一緒《いっしょ》に？」

「ブラック？　ブラック？」

ファッジは山高帽《やまたかぼう》を指でくるくる回転させながら、ほかのことを考えている様子だった。

「シリウス・ブラック、のことかね？　いーや、とんでもない。ブラックは死にましたよ。我々《われわれ》が――あー――ブラックについてはまちがっていたようで。結局あの男は無実でしたよ。それに、『名前を言ってはいけないあの人』の一味でもなかったですな。とはいえ――」

ファッジは帽子《ぼうし》をますます早回ししながら、言いわけがましく言葉を続けた。

「すべての証拠《しょうこ》は――五十人以上の目撃者《もくげきしゃ》もいたわけですがね。――まあ、しかし、とにかく、あの男は死にました。実は殺されました。魔法省《まほうしょう》の敷地内《しきちない》で。実は調査《ちょうさ》が行われる予定で……」

首相《しゅしょう》はここでファッジがかわいそうになり、チクリと胸《むね》が痛《いた》んで自分でも驚《おどろ》いた。しかし、そんな気持ちは、輝《かがや》かしい自己満足《じこまんぞく》で、たちまちかき消されてしまった――暖炉《だんろ》から姿《すがた》を現《あらわ》す分野ではおとっているかもしれないが、**私の**《わたし》管轄《かんかつ》する政府《せいふ》の省庁《しょうちょう》で殺人があったためしはない……少なくともいままでは……。

幸運が逃《に》げないまじないに、首相《しゅしょう》が木製《もくせい》の机《つくえ》にそっとふれている間も、ファッジはしゃべり続けた。

「しかし、いまはブラックのことは関係ない。要は、首相閣下《しゅしょうかっか》、我々《われわれ》が戦争状態《せんそうじょうたい》にあるということでありまして、態勢《たいせい》を整えなければなりません」

「戦争？」首相《しゅしょう》は神経《しんけい》をとがらせた。「まさか、それはちょっと大げさじゃありませんか？」

『名前を言ってはいけないあの人』は、一月にアズカバンを脱獄《だつごく》した配下といまや合流したのです」

ファッジはますます早口になり、山高帽《やまたかぼう》を目まぐるしく回転させるものだから、帽子《ぼうし》はライムグリーン色にぼやけた円になっていた。

「存在《そんざい》があからさまになって以来、連中は破壊騒動《はかいそうどう》を引き起こしていましてね。ブロックデール橋――『あの人』の仕業《しわざ》ですよ、閣下《かっか》。私《わたし》が『あの人』に席をゆずらなければ、マグルを大量虐殺《たいりょうぎゃくさつ》すると脅《おど》しをかけてきましてね――」

「なんと、それでは何人かが殺されたのは、**あなたの**せいだと。それなのに私《わたし》は、橋の張《は》り線《せん》や伸縮継《しんしゅくつ》ぎ手《て》のさびとか、そのほか何が飛び出すかわからないような質問《しつもん》に答えなければならない！」

首相《しゅしょう》は声を荒《あら》らげた。

「**私《わたし》の**せい！」

ファッジの顔に血が上った。

「あなたならそういう脅《おど》しに屈《くっ》したかもしれないとおっしゃるわけですか？」

「たぶん屈《くっ》しないでしょう」

首相《しゅしょう》は立ち上がって部屋の中を往《い》ったり来たりしながら言った。

「しかし、私《わたし》なら、脅迫者《きょうはくしゃ》がそんな恐《おそ》ろしいことを引き起こす前に逮捕《たいほ》するよう、全力を尽《つ》くしたでしょうな！」

「私《わたし》がこれまで全力を尽《つ》くしていなかったと、本気でそうお考えですか？」

ファッジが熱くなって問いただした。

「魔法省《まほうしょう》の闇祓《やみばら》い《オーラー》は全員、『あの人』を見つけ出してその一味を逮捕《たいほ》するべくがんばりましたとも――いまでもそうです。しかし、相手は何しろ史上最強《しじょうさいきょう》の魔法使《まほうつか》いの一人で、ほぼ三十年にわたって逮捕《たいほ》をまぬかれてきた輩《やから》ですぞ！」

「それじゃ、西部地域《せいぶちいき》のハリケーンも、その人が引き起こしたとおっしゃるのでしょうな？」

首相《しゅしょう》は一歩踏《ふ》み出《だ》すごとにかんしゃくがつのってきた。一連の恐《おそ》ろしい惨事《さんじ》の原因《げんいん》がわかっても、国民にそれを知らせることができないとは、腹立《はらだ》たしいにもほどがある。政府《せいふ》に責任《せきにん》があるほうがまだましだ。

「あれはハリケーンではなかった」ファッジはみじめな言い方をした。

「なんですと！」

首相《しゅしょう》はいまや、足を踏《ふ》み鳴《な》らして歩き回っていた。

「樹木《じゅもく》は根こそぎ、屋根は吹《ふ》っ飛《と》ぶ、街灯は曲がる、人はひどいけがをする――」

「死喰《しく》い人《びと》《デス・イーター》がやったことでしてね」ファッジが言った。

「『名前を言ってはいけないあの人』の配下ですよ。それと……巨人《きょじん》がからんでいるとにらんでいるのですがね」

「**何が**からんでいると？」首相《しゅしょう》は、見えない壁《かべ》に衝突《しょうとつ》したかのように、ばったり停止《ていし》した。

ファッジは顔をしかめた。

「『あの人』は前回も、目立つことをやりたいときに巨人《きょじん》を使った。『誤報局《ごほうきょく》』が二十四時間体制《たいせい》で動いていますよ。現実《げんじつ》の出来事を見たマグル全員に記憶修正《きおくしゅうせい》をかけるのに、忘却術士《ぼうきゃくじゅつし》たちが何チームも動きましたし、『魔法生物規制管理部《まほうせいぶつきせいかんりぶ》』の大半の者がサマセット州を駆《か》けずり回ったのですが、巨人《きょじん》は見つかっとらんのでして――大失敗ですな」

「そうでしょうとも！」首相《しゅしょう》がいきり立った。

「確《たし》かに魔法省《まほうしょう》の士気《しき》は相当落ちていますよ」ファッジが続けた。

「その上、アメリア・ボーンズを失うし」

「誰《だれ》を？」

「アメリア・ボーンズ。魔法法執行部《まほうほうしっこうぶ》の部長ですよ。我々《われわれ》としては、『名前を言ってはいけないあの人』自身の手にかかったと考えていますがね。何しろ大変才能《さいのう》ある魔女《まじょ》でしたし、それに――状況証拠《じょうきょうしょうこ》から見て、激《はげ》しく戦ったらしい」

ファッジは咳払《せきばら》いし、自制心《じせいしん》を働かせたらしく、山高帽《やまたかぼう》を回すのをやめた。

「しかし、その事件《じけん》は新聞にのっていましたが」

首相《しゅしょう》は自分が怒《おこ》っていることを一瞬忘《いっしゅんわす》れた。

「**我々《われわれ》の**新聞にです。アメリア・ボーンズ……一人暮《ひとりぐ》らしの中年の女性《じょせい》と書いてあるだけでした。確《たし》か――無残な殺され方、でしたな？　マスコミがかなり書き立てましたよ。何せ、警察《けいさつ》が頭をひねりましてね」

「ああ、そうでしょうとも」ファッジはため息をついた。「中から鍵《かぎ》がかかった部屋で殺された。そうでしたな？　ところが我々《われわれ》のほうは、下手人《げしゅにん》が誰《だれ》かをはっきり知っている。だからと言って、我々《われわれ》が下手人逮捕《げしゅにんたいほ》にそれだけ近いというわけでもないのですがね。それに、次はエメリーン・バンスだ。その件《けん》はお聞きになっていないのでは――」

「聞いていますとも！」首相《しゅしょう》が答えた。

「実は、その事件《じけん》はこのすぐ近くで起こりましてね。新聞が大はしゃぎでしたよ。『**首相《しゅしょう》のおひざ元で法と秩序《ちつじょ》が破《やぶ》られた――**』」

「それでもまだ足りないとばかり――」ファッジは首相《しゅしょう》の言葉をほとんど聞いていなかった。

「吸魂鬼《きゅうこんき》がうじゃうじゃ出没《しゅつぼつ》して、あっちでもこっちでも手当たりしだい人を襲《おそ》っている……」

その昔、より平和なときだったら、これを聞いても首相《しゅしょう》にはわけがわからなかったはずだが、いまや知恵《ちえ》がついていた。

「『吸魂鬼《きゅうこんき》』はアズカバンの監獄《かんごく》を護《まも》っているのではなかったですかな？」

首相《しゅしょう》は慎重《しんちょう》な聞き方をした。

「そうでした」ファッジはつかれたように言った。

「しかし、いまはもう。監獄《かんごく》を放棄《ほうき》して、『名前を言ってはいけないあの人』につきましたよ。これが打撃《だげき》でなかったとは言えませんな」

「しかし」首相《しゅしょう》は徐々《じょじょ》に恐怖《きょうふ》が湧《わ》き上《あ》がってくるのを感じた。「その生き物は、希望や幸福を奪《うば》い去《さ》るとかおっしゃいませんでしたか？」

「確《たし》かに。しかも連中は増《ふ》えている。だからこんな霧《きり》が立《た》ち込《こ》めているわけで」

首相《しゅしょう》は、よろよろとそばの椅子《いす》にへたり込《こ》んだ。見えない生き物が町や村の空を襲《おそ》って飛び、自分の支持者《しじしゃ》である選挙民に絶望《ぜつぼう》や失望をまき散らしていると思うと、めまいがした。

「いいですか、ファッジ大臣――あなたは手を打つべきです！　魔法大臣《まほうだいじん》としてのあなたの責任《せきにん》でしょう！」

「まあ、首相閣下《しゅしょうかっか》、こんなことがいろいろあったあとで、私《わたし》がまだ大臣の座《ざ》にあるなんて、考えられんでしょうが？　三日前にクビになりました！　魔法界全体《まほうかいぜんたい》が、この二週間、私《わたし》の辞任要求《じにんようきゅう》を叫《さけ》び続けましてね。私《わたし》の任期中《にんきちゅう》にこれほど国がまとまったことはないですわ！」

ファッジは勇敢《ゆうかん》にもほほえんでみせようとした。

首相《しゅしょう》は一瞬《いっしゅん》言葉を失った。自分がこんな状態《じょうたい》に置かれていることで怒《おこ》ってはいるものの、目の前に座《すわ》っているしなびた様子の男が、やはり哀《あわ》れに思えた。

「ご愁傷《しゅうしょう》さまです」ややあって、首相《しゅしょう》が言った。

「何かお力になれることは？」

「恐《おそ》れ入《い》ります、閣下《かっか》。しかし、何もありません。今夜は、最近の出来事についてあなたにご説明し、私《わたし》の後任《こうにん》をご紹介《しょうかい》する役目で参りました。もうとっくに着いてもいいころなのですが、何しろ魔法大臣《まほうだいじん》はいま、多忙《たぼう》でいらっしゃる。なんやかんやとあって……」

ファッジは振《ふ》り返《かえ》って醜《みにく》い小男の肖像画《しょうぞうが》を見た。銀色の長い巻《ま》き毛《げ》のかつらをつけた男は、羽根ペンの先で耳をほじっているところだった。

ファッジの視線《しせん》をとらえ、肖像画《しょうぞうが》が言った。

「まもなくお見えになるでしょう。ちょうどダンブルドアへのお手紙を書き終えたところです」

「ご幸運を祈《いの》りたいですな」

ファッジは初めて辛辣《しんらつ》な口調になった。

「ここ二週間、私《わたし》はダンブルドアに毎日二通も手紙を書いたのに、頑《がん》として動こうとしない。ダンブルドアがあの子をちょっと説得する気になってくれていたら、私《わたし》はもしかしたらまだ……まあ、スクリムジョールのほうがうまくやるかもしれん」

ファッジは口惜《くちお》しげにむっつりとだまり込《こ》んだ。しかし、沈黙《ちんもく》はほとんどすぐに破《やぶ》られた。肖像《しょうぞう》画《が》が、突然《とつぜん》、事務的《じむてき》な切り口上でこう告《つ》げた。

「マグルの首相閣下《しゅしょうかっか》、面会の要請《ようせい》。緊急《きんきゅう》。至急《しきゅう》お返事のほどを。魔法大臣《まほうだいじん》ルーファス・スクリムジョール」

「はい、はい、けっこう」首相《しゅしょう》はほかのことを考えながら生返事をした。

火格子《ひごうし》の炎《ほのお》がエメラルド色になって高く燃《も》え上《あ》がり、その中心部で独楽《こま》のように回っている、今夜二人目の魔法使《まほうつか》いの姿《すがた》が見えた。やがてその魔法使《まほうつか》いが炎《ほのお》から吐《は》き出《だ》されるように年代物の敷物《しきもの》の上に現《あらわ》れたときも、首相《しゅしょう》はピクリともしなかった。ファッジが立ち上がった。しばらく迷《まよ》ってから首相《しゅしょう》もそれにならい、到着《とうちゃく》したばかりの人物が身を起こして、長く黒いローブの灰《はい》を払《はら》い落《お》とし、周りを見回すのを見つめた。

年老いたライオンのようだ――ばかばかしい印象《いんしょう》だが、ルーファス・スクリムジョールをひと目見て、首相《しゅしょう》はそう思った。たてがみのような黄褐色《おうかっしょく》の髪《かみ》やふさふさした眉《まゆ》は白髪《しらが》まじりで、細縁《ほそぶち》めがねの奥《おく》には黄色味がかった鋭《するど》い目があった。わずかに足を引きずってはいたが、手足が細長く、軽やかで大きな足取りには一種の優雅《ゆうが》さがあった。俊敏《しゅんびん》で強靭《きょうじん》な印象《いんしょう》がすぐに伝わってくる。この危機的《ききてき》なときに、魔法界《まほうかい》の指導者《しどうしゃ》としてファッジよりもスクリムジョールが好まれた理由が、首相《しゅしょう》にはわかるような気がした。

「初めまして」

首相《しゅしょう》は手を差し出しながらていねいに挨拶《あいさつ》した。

スクリムジョールは、部屋中に目を走らせながら軽く握手《あくしゅ》し、ローブから杖《つえ》を取り出した。

「ファッジからすべてお聞きになりましたね？」

スクリムジョールは入口のドアまで大股《おおまた》で歩いていき、鍵穴《かぎあな》を杖《つえ》でたたいた。首相《しゅしょう》の耳に、鍵《かぎ》がかかる音が聞こえた。

「あ――ええ」首相《しゅしょう》が答えた。

「さしつかえなければ、ドアには施錠《せじょう》しないでいただきたいのですが」

「邪魔《じゃま》されたくないので」スクリムジョールの答えは短かった。

「それにのぞかれたくもない」杖《つえ》を窓《まど》に向けると、カーテンが閉《し》まった。

「これでよい。さて、私《わたし》は忙《いそが》しい。本題に入りましょう。まず、あなたの安全の話をする必要がある」

首相《しゅしょう》は可能《かのう》なかぎり背筋《せすじ》を伸《の》ばして答えた。

「現在《げんざい》ある安全対策《あんぜんたいさく》で充分《じゅうぶん》満足しています。ご懸念《けねん》には――」

「我々《われわれ》は満足していない」

スクリムジョールが首相《しゅしょう》の言葉をさえぎった。

「首相《しゅしょう》が『服従《ふくじゅう》の呪文《じゅもん》』にかかりでもしたら、マグルの前途《ぜんと》が案じられる。執務室《しつむしつ》の隣《となり》の事務室《じむしつ》にいる新しい秘書官《ひしょかん》だが――」

「キングズリー・シャックルボルトのことなら、手放しませんぞ！」首相《しゅしょう》が語気を荒《あら》らげた。

「あれはとてもできる男で、ほかの人間の二倍の仕事をこなす――」

「あの男が魔法使《まほうつか》いだからだ」スクリムジョールはニコリともせずに言った。

「高度に訓練された『闇祓《やみばら》い』で、あなたを保護《ほご》する任務《にんむ》に就《つ》いている」

「ちょっと待ってくれ！」首相《しゅしょう》がきっぱりと言った。

「執務室《しつむしつ》にそちらが勝手に人を入れることはできますまい。私《わたし》の部下は私《わたし》が決め――」

「シャックルボルトに満足していると思ったが？」スクリムジョールが冷静に言った。

「満足している――いや、していたが――」

「それなら、問題はないでしょう？」スクリムジョールが言った。

「私《わたし》は……それは、シャックルボルトの仕事が、これまでどおり……あー……優秀《ゆうしゅう》ならば」

首相《しゅしょう》の言葉は腰《こし》くだけに終わった。しかし、スクリムジョールはほとんど聞いていないようだった。

「さて、政務次官《せいむじかん》のハーバート・チョーリーだが――」スクリムジョールが続けて言った。

「公衆《こうしゅう》の面前でアヒルに扮《ふん》して道化《どうけ》ていた男のことだ」

「それがどうしました？」

「明らかに『服従《ふくじゅう》の呪文《じゅもん》』をかけそこねた結果です」スクリムジョールが言った。

「頭をやられて混乱《こんらん》しています。しかし、まだ危険人物《きけんじんぶつ》になりうる」

「ガアガア鳴いているだけですよ！」首相《しゅしょう》が力なく言った。

「ちょっと休めばきっと……酒を飲みすぎないようにすればたぶん……」

「こうしている間にも、『聖《せい》マンゴ魔法疾患傷害病院《まほうしっかんしょうがいびょういん》』の癒師団《いしだん》が、診察《しんさつ》をしています。これまでのところ、患者《かんじゃ》は癒師団《いしだん》の癒者《いしゃ》三人をしめ殺そうとしました」

スクリムジョールが言った。

「この男はしばらくマグル社会から遠ざけたほうがよいと思います」

「私《わたし》は……でも……チョーリーは大丈夫《だいじょうぶ》なのでしょうな？」

首相《しゅしょう》が心配そうに聞いた。スクリムジョールは肩《かた》をすくめ、もう暖炉《だんろ》に向かっていた。

「さあ、これ以上言うことはありません。閣下《かっか》、これからの動きはお伝えしますよ——私個人《わたしこじん》は忙《いそが》しくてうかがえないかもしれませんが、その時は、少なくともこのファッジをつかわします。顧問《こもん》の資格《しかく》でとどまることに同意しましたので」

ファッジはほほえもうとしてしくじり、歯が痛《いた》むような顔になっただけだった。

スクリムジョールはすでにポケットを探《さぐ》ってあの不可思議《ふかしぎ》な粉《こな》を取り出し、炎《ほのお》を緑色にしていた。首相《しゅしょう》は絶望的《ぜつぼうてき》な顔でしばらく二人を見ていたが、いままでずっと押《お》さえつけてきた言葉が、ついに口をついて飛び出した。

「そんなバカな——あなた方は**魔法使《まほうつか》い**でしょうが！　**魔法《まほう》が**使えるでしょう！　それならまちが

いなく処理《しょり》できるでしょう――つまり――**なんでも！**」

スクリムジョールはその場でゆっくり振《ふ》り向《む》き、ファッジと顔を見合わせ、互《たが》いに信じられないという目つきをした。

ファッジは今度こそほほえみそこねず、やさしくこう言った。

「閣下《かっか》、問題は、相手も魔法《まほう》が使えるということですよ」

そして二人の魔法使《まほうつか》いは、明るい緑の炎《ほのお》の中に次々と歩み入り、姿《すがた》を消した。

第二章　スピナーズ・エンド

首相執務室《しゅしょうしつむしつ》の窓《まど》に立《た》ち込《こ》めていた冷たい霧《きり》は、そこから何キロも離《はな》れた場所の、汚《よご》れた川面《かわも》に漂《ただよ》っていた。草ぼうぼうでごみの散らかった土手の間を縫《ぬ》うように、川が流れている。廃墟《はいきょ》になった製糸工場《せいしこうじょう》の名残《なごり》の巨大《きょだい》な煙突《えんとつ》が、黒々と不吉《ふきつ》にそそり立っていた。暗い川のささやくような流れのほかには物音もせず、あわよくば丈高《たけだか》の草に埋《う》もれたフィッシュ・アンド・チップスのおこぼれでもかぎ当てたいと、足音を忍《しの》ばせて土手を下っていくやせた狐《きつね》のほかは、生き物の気配もない。

その時、**ポン**と軽い音がして、フードをかぶったすらりとした姿《すがた》が、こつぜんと川辺に現《あらわ》れた。狐《きつね》はその場に凍《こお》りつき、この不思議な現象《げんしょう》をじっと油断《ゆだん》なく見つめた。そのフード姿《すがた》は、しばらくの間、方向を確《たし》かめている様子だったが、やがて軽やかにすばやい足取りで、草むらに長いマントをすべらせながら歩きだした。

二度目の、少し大きい**ポン**という音とともに、またしてもフードをかぶった姿《すがた》が現《あらわ》れた。

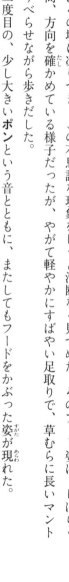

「お待ち！」

鋭《するど》い声に驚《おどろ》いて、それまで下草にぴったりと身を伏《ふ》せていた狐《きつね》は、隠《かく》れ場所から飛び出し、土手を駆《か》け上《あ》がった。緑の閃光《せんこう》が走った。キャンという鳴き声。狐《きつね》は川辺に落ち、絶命《ぜつめい》していた。

二人目の人影《ひとかげ》が狐《きつね》のむくろをつま先でひっくり返した。

「ただの狐《きつね》か」フードの下で、軽蔑《けいべつ》したような女の声がした。

「闇祓《やみばら》いかと思えば――シシー、お待ち！」

しかし、二人目の女が追う獲物《えもの》は、一瞬《いっしゅん》立ち止まり、振《ふ》り返《かえ》って閃光《せんこう》を見はしたが、たったいま狐《きつね》が転がり落ちたばかりの土手を、すでに上りだしていた。

「シシー――ナルシッサ――話を聞きなさい――」

二人目の女が追いついて、もう一人の腕《うで》をつかんだが、一人目はそれを振《ふ》りほどいた。

「帰って、ベラ！」

「私《わたし》の話を聞きなさい！」

「もう聞いたわ。もう決めたんだから。ほっといてちょうだい！」

ナルシッサと呼《よ》ばれた女は、土手を上りきった。古い鉄柵《てっさく》が、川と狭《せま》い石畳《いしだたみ》の道とを仕切っていた。二人目の女、ベラもすぐに追いついた。二人は並《なら》んで、通りのむこう側を見た。荒《あ》れはてたれんが建ての家が、闇《やみ》の中にどんよりと暗い窓《まど》を見せて、何列も並《なら》んで建っていた。

「あいつは、ここに住んでいるのかい？」ベラはさげすむような声で聞いた。「**ここに？**　マグルの掃《は》きだめに？　我々《われわれ》のような身分の者で、こんな所に足を踏《ふ》み入《い》れるのは、私《わたし》たちが最初だろうよ——」

しかし、ナルシッサは聞いていなかった。さびた鉄柵《てっさく》の間をくぐり抜《ぬ》け、もう通りのむこうへと急いでいた。

「シシー、**お待ちったら！**」

ベラはマントをなびかせてあとを追い、ナルシッサが家並《やな》みの間の路地を駆《か》け抜《ぬ》けて、どれも同じような通りの二つ目に走《はし》り込《こ》むのを目撃《もくげき》した。街灯が何本か壊《こわ》れている。二人の女は、灯《あか》りと闇《やみ》のモザイクの中を走った。獲物《えもの》を追う追っ手のように、ベラは角を曲がろうとしているナルシッサに追いついた。今度は首尾《しゅび》よく腕《うで》をつかまえて後ろを振《ふ》り向《む》かせ、二人は向き合った。

「シシー、やってはいけないよ。あいつは信用できない——」

「闇《やみ》の帝王《ていおう》は信用していらっしゃるわ。ちがう？」

「闇《やみ》の帝王《ていおう》は……きっと……まちがっていらっしゃる」ベラがあえいだ。

フードの下でベラの目が一瞬《いっしゅん》ギラリと光り、二人きりかどうかあたりを見回した。

「いずれにせよ、この計画は誰《だれ》にももらすなと言われているじゃないか。こんなことをすれば、闇《やみ》の帝王《ていおう》への裏切《うらぎ》りに——」

「放してよ、ベラ！」

ナルシッサがすごんだ。そしてマントの下から杖《つえ》を取り出し、脅《おど》すようにベラの顔に突《つ》きつけた。ベラが笑った。

「シシー、自分の姉に？　あんたにはできやしない――」

「できないことなんか、もうなんにもないわ！」

ナルシッサが押し殺《ころ》したような声で言った。声にヒステリックな響《ひび》きがあった。そして杖《つえ》をナイフのように振《ふ》り下《お》ろした。閃光《せんこう》が走り、ベラは火傷《やけど》をしたかのように妹の腕《うで》を放した。

「**ナルシッサ！**」

しかしナルシッサはもう突進《とっしん》していた。追跡者《ついせきしゃ》は手をさすりながら、今度は少し距離《きょり》を置いて、再《ふた》びあとを追った。れんが建ての家の間の人気《ひとけ》のない迷路《めいろ》を、二人はさらに奥《おく》へと入《はい》り込《こ》んだ。ナルシッサは、スピナーズ・エンドという名の袋小路《ふくろこうじ》に入り、先を急いだ。あのそびえ立つような製《せい》糸工場《しこうじょう》の煙突《えんとつ》が、巨大《きょだい》な人指し指が警告《けいこく》しているかのように、通りの上に浮《う》かんで見える。板が打ちつけられた窓《まど》や、壊《こわ》れた窓《まど》を通《とお》り過《す》ぎるナルシッサの足音が、石畳《いしだたみ》にこだました。ナルシッサは一番奥《おく》の家にたどり着いた。一階の部屋のカーテンを通してチラチラとほの暗い灯《あか》りが見える。

ベラが小声で悪態《あくたい》をつきながら追いついたときには、ナルシッサはもう戸をたたいていた。少し息を切らし、夜風に乗って運ばれてくるどぶ川の臭気《しゅうき》を吸《す》い込《こ》みながら、二人はたたずんで待っていた。しばらくして、ドアのむこう側で何かが動く音が聞こえ、わずかに戸が開いた。すきまから、二人を見ている男の姿《すがた》が細長く見えた。黒い長髪《ちょうはつ》が、土気色《つちけいろ》の顔と暗い目の周りでカーテンのように分かれている。

ナルシッサがフードを脱《ぬ》いだ。蒼白《そうはく》な顔が、暗闇《くらやみ》の中で輝《かがや》くほど白い。長いブロンドの髪《かみ》が背中《せなか》に流れる様子が、まるで溺死《できし》した人のように見える。

「ナルシッサ！」

男がドアをわずかに広く開けたので、明かりがナルシッサと姉の二人を照らした。

「これはなんと、驚《おどろ》きましたな！」

「セブルス」ナルシッサは声を殺して言った。「お話しできるかしら？　とても急ぐの」

「いや、もちろん」

男は一歩下がって、ナルシッサを招《しょう》じ入《い》れた。まだフードをかぶったままの姉は、許《ゆる》しもこわずにあとに続いた。

「スネイプ」男の前を通りながら、姉がぶっきらぼうに言った。

「ベラトリックス」男が答えた。二人の背後《はいご》でピシャリとドアを閉《し》めながら、唇《くちびる》の薄《うす》いスネイプの口元に、あざけるような笑いが浮《う》かんだ。

入った所がすぐに小さな居間《いま》になっていた。暗い独房《どくぼう》のような部屋だ。壁《かべ》は、クッションではなく、びっしりと本で覆《おお》われている。黒か茶色の革《かわ》の背表紙《せびょうし》の本が多い。すり切れたソファ、古いひじかけ椅子《いす》、ぐらぐらするテーブルが、天井《てんじょう》からぶら下がったろうそくランプの薄暗《うすぐら》い明かりの下に、ひと塊《かたまり》になって置かれていた。ふだんは人が住んでいないような、ほったらかしの雰囲気《ふんいき》が漂《ただよ》っている。

スネイプは、ナルシッサにソファをすすめた。ナルシッサはマントをはらりと脱《ぬ》いで打《う》ち捨《す》て、座《すわ》り込《こ》んで、ひざの上で組んだ震《ふる》える白い手を見つめた。ベラトリックスはもっとゆっくりとフードを下ろした。妹の白さと対照的な黒髪《くろかみ》、厚《あつ》ぼったいまぶた、がっちりしたあご。ナルシッサの背《はい》後《ご》に回ってそこに立つまでの間、ベラトリックスはスネイプを凝視《ぎょうし》したまま目を離《はな》さなかった。

「それで、どういうご用件《ようけん》ですかな？」スネイプは二人の前にあるひじかけ椅子《いす》に腰《こし》かけた。

「ここには……ここには私《わたし》たちだけですね？」ナルシッサが小声で聞いた。

「むろん、そうです。ああ、ワームテールがいますがね。しかし、虫けらは数に入らんでしょうな？」

スネイプは背後《はいご》の壁《かべ》の本棚《ほんだな》に杖《つえ》を向けた。すると、バーンという音とともに、隠《かく》し扉《とびら》が勢《いきお》いよく開いて狭《せま》い階段《かいだん》が現《あらわ》れた。そこには小男が立ちすくんでいた。

「ワームテール、お気づきのとおり、お客様だ」スネイプが面倒《めんどう》くさそうに言った。

小男は背中《せなか》を丸めて階段《かいだん》の最後の数段《すうだん》を下り、部屋に入ってきた。小さいうるんだ目、とがった鼻、そして間《ま》の抜《ぬ》けた不ゆかいなニタニタ笑いを浮《う》かべている。左手で右手をさすっているが、その右手は、まるで輝《かがや》く銀色の手袋《てぶくろ》をはめているかのようだ。

「ナルシッサ！」小男がキーキー声で呼《よ》びかけた。「それにベラトリックス！　ご機嫌《きげん》うるわしく――」

「ワームテールが飲み物をご用意しますよ。よろしければ」スネイプが言った。「そのあとこやつは自分の部屋に戻《もど》ります」

ワームテールは、スネイプに何かを投げつけられたようにたじろいだ。

「わたしはあなたの召使《めしつか》いではない！」

ワームテールはスネイプの目をさけながらキーキー言った。

「ほう？　我輩《わがはい》を補佐《ほさ》するために、闇《やみ》の帝王《ていおう》がおまえをここに置いたとばかり思っていたのだが」

「補佐《ほさ》というなら、そうです――でも、飲み物を出したりとか――あなたの家の掃除《そうじ》とかじゃない！」

「それは知らなかったな、ワームテール。おまえがもっと危険《きけん》な任務《にんむ》を渇望《かつぼう》していたとはね」

スネイプはさらりと言った。

「それならたやすいことだ。闇《やみ》の帝王《ていおう》にお話し申し上げて――」

「そうしたければ、自分でお話しできる！」

「もちろんだとも」スネイプはニヤリと笑った。

「しかし、その前に飲み物を持ってくるんだ。しもべ妖精《ようせい》が造《つく》ったワインでけっこう」

ワームテールは、何か言い返したそうにしばらくぐずぐずしていたが、やがてきびすを返し、もう一つ別の隠《かく》し扉《とびら》に入っていった。バタンという音や、グラスがぶつかり合う音が聞こえてきた。まもなく、ワームテールが、ほこりっぽい瓶《びん》を一本とグラス三個《こ》を盆《ぼん》にのせて戻《もど》ってきた。ぐらぐらするテーブルにそれを置くなり、ワームテールはあたふたとその場を離《はな》れ、本で覆《おお》われている背《はい》後《ご》の扉《とびら》をバタンと閉《し》めていなくなった。

スネイプは血のように赤いワインを三個《こ》のグラスに注ぎ、姉妹にその二つを手渡《てわた》した。ナルシッサはつぶやくように礼を言ったが、ベラトリックスは何も言わずに、スネイプをにらみ続けた。スネイプは意に介《かい》するふうもなく、むしろおもしろがっているように見えた。

「闇《やみ》の帝王《ていおう》に」スネイプはグラスを掲《かか》げ、飲《の》み干《ほ》した。

姉妹もそれにならった。スネイプがみんなに二杯目《はいめ》を注いだ。

二杯目《はいめ》を受け取りながら、ナルシッサが急《せ》き込《こ》んで言った。

「セブルス、こんなふうにお訪《たず》ねしてすみません。でも、お目にかからなければなりませんでした。あなたしか私《わたし》を助けられる方はいないと思って――」

スネイプは手を上げてナルシッサを制《せい》し、再《ふたた》び杖《つえ》を階段《かいだん》の隠《かく》し扉《とびら》に向けた。バーンと大きな音と悲鳴が聞こえ、ワームテールがあわてて階段《かいだん》を駆《か》け上《あ》がる音がした。

「失礼」スネイプが言った。

「やつは最近扉《とびら》の所で聞き耳を立てるのが趣味《しゅみ》になったらしい。どういうつもりなのか、我輩《わがはい》にはわかりませんがね……ナルシッサ、何をおっしゃりかけていたのでしたかな？」

ナルシッサは身を震《ふる》わせて大きく息を吸《す》い、もう一度話しはじめた。

「セブルス、ここに来てはいけないことはわかっていますわ。誰《だれ》にも、何も言うなと言われています。でも――」

「それならだまってるべきだろう！」ベラトリックスがすごんだ。

「特にこの相手の前では！」

「『この相手？』」スネイプが皮肉たっぷりにくり返した。

「それで、ベラトリックス、それはどう解釈《かいしゃく》すればよいのかね？」

「おまえを信用していないってことさ、スネイプ、おまえもよく知ってのとおり！」

ナルシッサはすすり泣くような声をもらし、両手で顔を覆《おお》った。スネイプはグラスをテーブルに置き、椅子《いす》に深く座《すわ》りなおして両手をひじかけに置き、にらみつけているベラトリックスに笑いかけた。

「ナルシッサ、ベラトリックスが言いたくてうずうずしていることを聞いたほうがよろしいようですな。さすれば、何度もこちらの話を中断《ちゅうだん》されるわずらわしさもないだろう。さあ、ベラトリックス、続けたまえ」スネイプが言った。
「我輩《わがはい》を信用しないというのは、いかなる理由かね？」

「理由は山ほどある！」

ベラトリックスはソファの後ろからずかずかと進み出て、テーブルの上にグラスをたたきつけた。

「どこから始めようか！　闇《やみ》の帝王《ていおう》が倒《たお》れたとき、おまえはどこにいた？　帝王《ていおう》が消え去ったとき、どうして一度も探《さが》そうとしなかった？　ダンブルドアの懐《ふところ》で暮《く》らしていたこの歳月《としつき》、おまえはいったい何をしていた？　闇《やみ》の帝王《ていおう》が『賢者《けんじゃ》の石《いし》』を手に入れようとしたとき、おまえはどうして邪魔《じゃま》をした？　闇《やみ》の帝王《ていおう》がよみがえったとき、おまえはなぜすぐに戻《もど》らなかった？　数週間前、闇《やみ》の帝王《ていおう》のために予言を取《と》り戻《もど》そうと我々《われわれ》が戦っていたとき、おまえはどこにいた？　それに、スネイプ、ハリー・ポッターはなぜまだ生きているのだ？　五年間もおまえの手中にあったというのに」

ベラトリックスは言葉を切った。胸《むね》を激《はげ》しく波打たせ、ほおに血が上っている。その背後《はいご》で、ナルシッサはまだ両手で顔を覆《おお》ったまま、身動きもせずに座《すわ》っていた。

スネイプが笑《え》みを浮《う》かべた。

「答える前に――ああ、いかにも、ベラトリックス、これから答えるとも！　我輩《わがはい》の言葉を、陰口《かげぐち》をたたいて我輩《わがはい》が闇《やみ》の帝王《ていおう》を裏切《うらぎ》っているなどと、でっち上げ話をする連中に持ち帰るがよい。――答える前に、そうそう、逆《ぎゃく》に一つ質問《しつもん》するとしよう。君の質問《しつもん》のどれ一つを取ってみても、闇《やみ》の帝王《ていおう》が、我輩《わがはい》に質問《しつもん》しなかったものがあると思うかね？　それに対して満足のいく答えをしていなかったら、我輩《わがはい》はいまこうしてここに座《すわ》り、君と話をしていられると思うかね？」

ベラトリックスはたじろいだ。

「あの方がおまえを信じておられるのは知っている。しかし――」

「あの方がまちがっていると思うのか？　それとも我輩《わがはい》がうまくだましたとでも？　不世出の開心《かいしん》術《じゅつ》の達人である、最も偉大《いだい》なる魔法使《まほうつか》い、闇《やみ》の帝王《ていおう》に一杯《いっぱい》食わせたとでも？」

ベラトリックスは何も言わなかった。しかし、初めてぐらついた様子を見せた。スネイプはそれ以上追及《ついきゅう》しなかった。再《ふた》びグラスを取り上げ、ひと口すすり、言葉を続けた。

「闇《やみ》の帝王《ていおう》が倒《たお》れたとき我輩《わがはい》がどこにいたかと、そう聞かれましたな。我輩《わがはい》はあの方に命じられた場所にいた。ホグワーツ魔法魔術学校《まほうまじゅつがっこう》に。なんとなれば、我輩《わがはい》がアルバス・ダンブルドアをスパイすることを、あの方がお望みだったからだ。闇《やみ》の帝王《ていおう》の命令で我輩《わがはい》があの職《しょく》に就《つ》いたことは、ご承知《しょうち》だと拝察《はいさつ》するが？」

ベラトリックスはほとんど見えないほどわずかにうなずいた。そして口を開こうとしたが、スネイプが機先を制《せい》した。

「あの方が消え去ったとき、なぜお探《さが》ししようとしなかったかと、君はそうお尋《たず》ねだ。理由はほかの者と同じだ。エイブリー、ヤックスリー、カローたち、グレイバック、ルシウス――」

スネイプはナルシッサに軽く頭を下げた。

「そのほかあの方をお探《さが》ししようとしなかった者は多数いる。我輩《わがはい》は、あの方はもう滅《めっ》したと思った。自慢《じまん》できることではない。我輩《わがはい》はまちがっていた。しかし、いまさら詮《せん》ないことだ……。あの時に信念を失った者たちを、あの方がお許《ゆる》しになっていなかったら、あの方の配下はほとんど残っていなかっただろう」

「私《わたし》が残った！」ベラトリックスが熱っぽく言った。

「あの方のために何年もアズカバンで過《す》ごした、この私《わたし》が！」

「なるほど。見上げたものだ」スネイプは気のない声で言った。

「もちろん、牢屋《ろうや》の中ではたいしてあの方のお役には立たなかったが、しかし、そのそぶりはまさにご立派《りっぱ》――」

「そぶり！」ベラトリックスがかん高く叫《さけ》んだ。怒《いか》りで狂気《きょうき》じみた表情《ひょうじょう》だった。

「私《わたし》が吸魂鬼《きゅうこんき》に耐《た》えている間、おまえはホグワーツに居残《いのこ》って、ぬくぬくとダンブルドアに寵愛《ちょうあい》されていた！」

「少しちがいますな」スネイプが冷静に言った。

「ダンブルドアは我輩《わがはい》に、『闇《やみ》の魔術《まじゅつ》に対《たい》する防衛術《ぼうえいじゅつ》』の仕事を与《あた》えようとしなかった。そう。どうやら、それが、あー、『ぶり返し』につながるかもしれないと思ったらしく……我輩《わがはい》が昔に引《ひ》き戻《もど》されるかもしれぬと」

「闇《やみ》の帝王《ていおう》へのおまえの犠牲《ぎせい》はそれか？　好きな科目が教えられなかったことなのか？」

ベラトリックスがあざけった。

「スネイプ、ではなぜ、それからずっとあそこに居残《いのこ》っていたのだ？　死んだと思ったご主人様のために、ダンブルドアのスパイを続けたとでも？」

「いいや」スネイプが答えた。

「ただし、我輩《わがはい》が職《しょく》を離《はな》れなかったことを、闇《やみ》の帝王《ていおう》はお喜びだ。あの方が戻《もど》られたとき、我輩《わがはい》はダンブルドアに関する十六年分の情報《じょうほう》を持っていた。ご帰還祝《きかんいわ》いの贈《おく》り物《もの》としては、アズカバンの不快《ふかい》な思い出の垂《た》れ流《なが》しより、かなり役に立つものだが……」

「しかし、おまえは居残《いのこ》った――」

「そうだ、ベラトリックス、居残《いのこ》った」スネイプの声に、初めていらだちの色がのぞいた。

「我輩《わがはい》には、アズカバンのお勤《つと》めより好ましい、居心地《いごこち》のよい仕事があった。知ってのとおり、死喰《しく》い人狩《びとがり》が行われていた。ダンブルドアの庇護《ひご》で、我輩《わがはい》は監獄《かんごく》に入らずにすんだ。好都合だったし、我輩《わがはい》はそれを利用した。重ねて言うが、闇《やみ》の帝王《ていおう》は、我輩《わがはい》が居残《いのこ》ったことをとやかくおっしゃらない。それなのに、なぜ君がとやかく言うのかわからんね」

「次に君が知りたかったのは」

スネイプはどんどん先に進めた。ベラトリックスがいまにも口をはさみたがっている様子だったので、スネイプは少し声を大きくした。

「我輩《わがはい》がなぜ、闇《やみ》の帝王《ていおう》と『賢者《けんじゃ》の石《いし》』の間に立ちはだかったか、でしたな。これはたやすくお答えできる。あの方は我輩《わがはい》を信用すべきかどうか、判断《はんだん》がつかないでおられた。君のように、あの方も、我輩《わがはい》が忠実《ちゅうじつ》な死喰《しく》い人《びと》からダンブルドアの犬になり下がったのではないかと思われた。あの方は哀《あわ》れな状態《じょうたい》だった。非常《ひじょう》に弱って、凡庸《ぼんよう》な魔法使《まほうつか》いの体に入《はい》り込《こ》んでおられた。昔の味方が、あの方をダンブルドアか魔法省《まほうしょう》に引《ひ》き渡《わた》すかもしれないとのご懸念《けねん》から、あの方はどうしても、かつての味方の前に姿《すがた》を現《あらわ》そうとはなさらなかった。我輩《わがはい》を信用してくださらなかったのは残念でならない。もう三年早く、権力《けんりょく》を回復《かいふく》なさることができたものを。我輩《わがはい》が現実《げんじつ》に目にしたのは、強欲《ごうよく》で『賢者《けんじゃ》の石《いし》』に値《あたい》しないクィレルめが石を盗《ぬす》もうとしているところだった。認《みと》めよう。我輩《わがはい》は確《たし》かに全力でクィレルめをくじこうとしたのだ」

ベラトリックスは苦い薬を飲んだかのように口をゆがめた。

「しかし、おまえは、あの方がお戻《もど》りになったとき、参上しなかった。闇《やみ》の印《しるし》が熱くなったのを感じても、すぐにあの方の下に馳《は》せ参《さん》じはしなかった——」

「さよう。我輩《わがはい》は二時間後に参上した。ダンブルドアの命《めい》を受けて戻《もど》った」

「ダンブルドアの——？」ベラトリックスは逆上《ぎゃくじょう》したように口を開いた。

「頭を使え！」スネイプが再《ふたた》びいらだちを見せた。

「考えるがいい！　二時間待つことで、たった二時間のことで、我輩《わがはい》は、確実《かくじつ》にホグワーツにスパイとしてとどまれるようにした！　闇《やみ》の帝王《ていおう》の側に戻《もど》るよう命を受けたから戻《もど》るにすぎないのだと、ダンブルドアに思《おも》い込《こ》ませることで、以来ずっと、ダンブルドアや不死鳥《ふしちょう》の騎士団《きしだん》についての情報《じょうほう》を流すことができた！　いいかね、ベラトリックス。闇《やみ》の印《しるし》が何か月にもわたってますます強力になってきていた。我輩《わがはい》はあの方がまもなくお戻《もど》りになるにちがいないとわかっていたし、死喰《しく》い人《びと》は全員知っていた！　我輩《わがはい》が何をすべきか、次の動きをどうするか、カルカロフのように逃《に》げ出《だ》すか、考える時間は充分《じゅうぶん》にあった。そうではないか？」

「我輩《わがはい》が遅《おく》れたことで、はじめは闇《やみ》の帝王《ていおう》のご不興《ふきょう》を買った。しかし我輩《わがはい》の忠誠《ちゅうせい》は変わらないとご説明申し上げたとき、いいかな、そのご立腹《りっぷく》は完全に消え去ったのだ。もっともダンブルドアは我《わが》輩《はい》が味方だと思っていたがね。さよう。闇《やみ》の帝王《ていおう》は、我輩《わがはい》が永久《えいきゅう》におそばを去ったとお考えになったが、帝王《ていおう》がまちがっておられた」

「しかし、おまえがなんの役に立った？」ベラトリックスが冷笑《れいしょう》した。

「我々《われわれ》はおまえからどんな有用な情報《じょうほう》をもらったというのだ？」

「我輩《わがはい》の情報《じょうほう》は闇《やみ》の帝王《ていおう》に直接《ちょくせつ》お伝えしてきた」スネイプが言った。

「あの方がそれを君に教えないとしても――」

「あの方は私《わたし》にすべてを話してくださる！」

ベラトリックスはたちまち激昂《げきこう》した。

「私《わたし》のことを、最も忠実《ちゅうじつ》な者、最も信頼《しんらい》できる者とお呼《よ》びになる――」

「なるほど？」スネイプの声が微妙《びみょう》に屈折《くっせつ》し、信じていないことをにおわせた。

「**いまでも**そうかね？　魔法省《まほうしょう》での大失敗のあとでも？」

「あれは私《わたし》のせいではない！」

ベラトリックスの顔がサッと赤くなった。

「過去《かこ》において、闇《やみ》の帝王《ていおう》は、最も大切なものを常《つね》に私《わたし》にたくされた――ルシウスがあんなことをしな――」

「よくもそんな――夫を責《せ》めるなんて、**よくも！**」

ナルシッサが姉を見上げ、低い、すごみの効《き》いた声で言った。

「責《せ》めをなすり合っても詮《せん》なきこと」

スネイプがすらりと言った。

「すでにやってしまったことだ」

「おまえは何もしなかった！」ベラトリックスがカンカンになった。

「何もだ。我《われ》らが危険《きけん》に身をさらしているときに、おまえはまたしても不在《ふざい》だった。スネイプ、ちがうか？」

「我輩《わがはい》は残っていよとの命を受けた」スネイプが言った。

「君は闇《やみ》の帝王《ていおう》と意見を異《こと》にするのかもしれんがね。我輩《わがはい》が死喰《しく》い人《びと》とともに不死鳥《ふしちょう》の騎士団《きしだん》と戦っても、ダンブルドアはそれに気づかなかっただろうと、そうお考えなのかな？　それに――失礼ながら――危険《きけん》とか言われたようだが……十代の子供《こども》六人を相手にしたのではなかったのかね？」

「加勢《かせい》が来たんだ。知ってのとおり。まもなく不死鳥《ふしちょう》の騎士団《きしだん》の半数が来た！」

ベラトリックスが唸《うな》った。

「ところで、騎士団《きしだん》の話が出たついでに聞くが、本部がどこにあるかは明かせないと、おまえはまだ言《い》い張《は》っているな？」

「『秘密《ひみつ》の守人《もりびと》』は我輩《わがはい》ではないのだからして、我輩《わがはい》がその場所の名前を言うことはできない。守《もり》人《びと》の呪文《じゅもん》がどういう効《き》き方《かた》をするか、ご存《ぞん》じでしょうな？　闇《やみ》の帝王《ていおう》は、騎士団《きしだん》について我輩《わがはい》がお伝えした情報《じょうほう》で満足していらっしゃる。ご明察のことと思うが、その情報《じょうほう》が過日《かじつ》エメリーン・バンスを捕《と》らえて殺害《さつがい》することに結びついたし、さらにシリウス・ブラックを始末するにも当然役立ったはずだ。もっとも、やつを片《かた》づけた功績《こうせき》はすべて君のものだが」

スネイプは頭を下げ、ベラトリックスに杯《さかずき》を挙げた。ベラトリックスは硬《かた》い表情《ひょうじょう》を変えなかった。

「私《わたし》の最後の質問《しつもん》をさけているぞ、スネイプ。ハリー・ポッターだ。この五年間、いつでも殺せたはずだ。おまえはまだ殺《や》っていない。なぜだ？」

「この件《けん》を、闇《やみ》の帝王《ていおう》と話し合ったのかね？」スネイプが聞いた。

「あの方は……最近私《わたし》たちは……**おまえに**聞いているのだ、スネイプ！」

「もし我輩《わがはい》がハリー・ポッターを殺していたら、闇《やみ》の帝王《ていおう》は、あやつの血を使ってよみがえることができず、無敵《むてき》の存在《そんざい》となることも――」

「あの方が小僧《こぞう》を使うことを見越《みこ》していた、とでも言うつもりか！」

ベラトリックスがあざけった。

「そうは言わぬ。あの方のご計画を知る由《よし》もなかった。すでに白状《はくじょう》したとおり、我輩《わがはい》は闇《やみ》の帝王《ていおう》が死んだと思っていた。ただ我輩《わがはい》は、闇《やみ》の帝王《ていおう》が、ポッターの生存《せいぞん》を残念に思っておられない理由を説明しようとしているだけだ。少なくとも一年前まではだが……」

「それならなぜ、小僧《こぞう》を生かしておいた？」

「我輩《わがはい》の話がわかっていないようだな？　我輩《わがはい》がアズカバン行きにならずにすんだのは、ダンブルドアの庇護《ひご》があったればこそだ！　そのお気に入りの生徒を殺せば、ダンブルドアが我輩《わがはい》を敵視《てきし》することになったかもしれない。ちがうかな？　しかし、単にそれだけでのことではなかった。ポッターが初めてホグワーツにやってきたとき、ポッターに関するさまざまな憶測《おくそく》が流れていたことを思い出していただこう。彼自身《かれじしん》が偉大《いだい》なる闇《やみ》の魔法使《まほうつか》いではないか、だからこそ闇《やみ》の帝王《ていおう》に攻撃《こうげき》されても生き残ったのだというわさだ。事実、闇《やみ》の帝王《ていおう》のかつての部下の多くが、ポッターこそ、我々全員《われわれぜんいん》がもう一度集結し、擁立《ようりつ》すべき旗頭《はたがしら》ではないかと考えた。確《たし》かに我輩《わがはい》は興味《きょうみ》があった。だからして、ポッターが城《しろ》に足を踏《ふ》み入《い》れた瞬間《しゅんかん》に殺してしまおうという気には、とうていなれなかった」

「もちろん、あいつには特別な能力《のうりょく》などまったくないことが、我輩《わがはい》にはすぐ読めた。やつは何度かピンチにおちいったが、単なる幸運と、よりすぐれた才能《さいのう》を持った友人との組み合わせだけで乗りきってきた。徹底的《てっていてき》に平凡《へいぼん》なやつだ。もっとも、父親同様、ひとりよがりのしゃくにさわるやつではあるが。我輩《わがはい》は手を尽《つ》くしてやつをホグワーツから放り出そうとした。学校にふさわしからぬやつだからだ。しかし、やつを殺したり、我輩《わがはい》の目の前で殺されるのを放置するのはどうかな？　ダンブルドアがすぐそばにいるからには、そのような危険《きけん》をおかすのは愚《おろ》かというものだ」

「それで、これだけあれこれあったのに、ダンブルドアが一度もおまえを疑《うたが》わなかったと信じろというわけか？」ベラトリックスが聞いた。

「おまえの忠誠心《ちゅうせいしん》の本性《ほんしょう》を、ダンブルドアは知らずに、いまだにおまえを心底信用しているというのか？」

「我輩《わがはい》は役柄《やくがら》を上手に演《えん》じてきた」スネイプが言った。「それに、君はダンブルドアの大きな弱点を見逃《みのが》している。あの人は、人の善《ぜん》なる性《さが》を信じずにはいられないという弱みだ。我輩《わがはい》が、まだ死喰《しく》い人時代《びとじだい》のほとぼりも冷めやらぬころにダンブルドアのスタッフに加わったとき、心からの悔悟《かいご》の念を縷々《るる》語って聞かせた。するとダンブルドアは諸手《もろて》を挙げて我輩《わがはい》を迎《むか》え入《い》れた――ただし、先刻《せんこく》も言ったとおり、できうるかぎり、我輩《わがはい》を闇《やみ》の魔術《まじゅつ》に近づけまいとした。ダンブルドアは偉大《いだい》な魔法使《まほうつか》いだ（ベラトリックスが痛烈《つうれつ》な反論《はんろん》の声を上げた）――ああ、確《たし》かにそうだとも。闇《やみ》の帝王《ていおう》も認《みと》めている。ただ、喜ばしいことに、ダンブルドアは年老いてきた。闇《やみ》の帝王《ていおう》との先月の決闘《けっとう》は、ダンブルドアを動揺《どうよう》させた。その後も、動きにかつてほどの切れがなくなっているがために、ダンブルドアは深手を負った。しかしながら、長年にわたって一度も、このセブルス・スネイプへの信頼《しんらい》はとぎれたことがない。それこそが、闇《やみ》の帝王《ていおう》にとっての我輩《わがはい》の大きな価値《かち》なのだ」

ベラトリックスはまだ不満そうだったが、どうやってスネイプに次の攻撃《こうげき》を仕掛《しか》けるべきか迷《まよ》っているようだった。その沈黙《ちんもく》に乗じて、スネイプは妹のほうに水を向けた。

「さて……我輩《わがはい》に助けを求めにおいでになったな、ナルシッサ？」

ナルシッサがスネイプを見上げた。絶望《ぜつぼう》がはっきりとその顔に書いてある。

「ええ、セブルス。わ――私《わたし》を助けてくださるのは、あなたしかいないと思います。ほかには誰《だれ》も頼《たよ》る人がいません。ルシウスは牢獄《ろうごく》で、そして……」

ナルシッサは目をつむった。ふた粒《つぶ》の大きな涙《なみだ》がまぶたの下からあふれ出した。

「闇《やみ》の帝王《ていおう》は、私《わたし》がその話をすることを禁《きん》じました」

ナルシッサは目を閉《と》じたまま言葉を続けた。

「誰《だれ》にもこの計画を知られたくないとお望みです。とても……厳重《げんじゅう》な秘密《ひみつ》なのです。でも――」

「あの方が禁《きん》じたのなら、話してはなりませんな」スネイプが即座《そくざ》に言った。

「闇《やみ》の帝王《ていおう》の言葉は法律《ほうりつ》ですぞ」

ナルシッサは、スネイプに冷水を浴びせられたかのように息をのんだ。ベラトリックスはこの家に入ってから初めて満足げな顔をした。

「ほら！」ベラトリックスが勝《か》ち誇《ほこ》ったように妹に言った。

「スネイプでさえそう言ってるんだ。しゃべるなと言われたんだから、だまっていなさい！」

しかしスネイプは、立ち上がって小さな窓《まど》のほうにツカツカと歩いていき、カーテンのすきまから人気《ひとけ》のない通りをじっとのぞくと、再《ふたた》びカーテンをぐいと閉《し》めた。そしてナルシッサを振《ふ》り返《かえ》り、顔をしかめてこう言った。

「たまたまではあるが、我輩《わがはい》はあの方の計画を知っている」スネイプが低い声で言った。

「闇《やみ》の帝王《ていおう》が打ち明けた数少ない者の一人なのだ。それはそうだが、ナルシッサ、我輩《わがはい》が秘密《ひみつ》を知る者でなかったなら、あなたは闇《やみ》の帝王《ていおう》に対する重大な裏切《うらぎ》りの罪《つみ》を犯《おか》すことになったのですぞ」

「あなたはきっと知っていると思っていましたわ！」

ナルシッサの息づかいが少し楽になった。

「あの方は、セブルス、あなたのことをとてもご信頼《しんらい》で……」

「おまえが計画を知っている？」

ベラトリックスが一瞬《いっしゅん》浮かべた満足げな表情《ひょうじょう》は、怒《いか》りに変わっていた。

「**おまえが**知っている？」

「いかにも」スネイプが言った。

「しかし、ナルシッサ、我輩《わがはい》にどう助けてほしいのかな？　闇《やみ》の帝王《ていおう》のお気持ちが変わるよう、我《わが》輩《はい》が説得《せっとく》できると思っているなら、気の毒だが望みはない。まったくない」

「セブルス」ナルシッサがささやくように言った。青白いほおを涙《なみだ》がすべり落ちた。

「私《わたし》の息子《むすこ》……たった一人の息子《むすこ》……」

「ドラコは誇《ほこ》りに思うべきだ」ベラトリックスが非情《ひじょう》に言い放った。

「闇《やみ》の帝王《ていおう》はあの子に大きな名誉《めいよ》をお与《あた》えになった。それに、ドラコのためにはっきり言っておきたいが、あの子は任務《にんむ》に尻込《しりご》みしていない。自分の力を証明《しょうめい》するチャンスを喜び、期待に心を躍《おど》らせて——」

ナルシッサはすがるようにスネイプを見つめたまま、ほんとうに泣きだした。

「それはあの子が十六歳《さい》で、何が待ち受けているのかを知らないからだわ！　セブルス、どうしてなの？　どうして私《わたし》の息子《むすこ》が？　危険《きけん》すぎるわ！　これはルシウスがまちがいを犯《おか》したことへの復《ふく》讐《しゅう》なんだわ、ええそうなのよ！」

スネイプは何も言わず、涙《なみだ》が見苦しいものであるかのように、ナルシッサの泣き顔から目をそむけていた。しかし聞こえないふりはできなかった。

「だからあの方はドラコを選んだのよ。そうでしょう？」ナルシッサは詰《つ》め寄《よ》った。

「ルシウスを罰《ばっ》するためでしょう？」

「ドラコが成功すれば――」

ナルシッサから目をそむけたまま、スネイプが言った。

「ほかの誰《だれ》よりも高い栄誉《えいよ》を得《え》るだろう」

「でも、あの子は成功しないわ！」ナルシッサがすすり上げた。

「あの子にどうしてできましょう？　闇《やみ》の帝王《ていおう》ご自身でさえ――」

ベラトリックスが息をのんだ。ナルシッサはそれで気がくじけたようだった。

「いえ、つまり……まだ誰《だれ》も成功したことがないのですし……セブルス……お願い……あなたははじめから、そしていまでもドラコの好きな先生だわ……ルシウスの昔からの友人で……おすがりします……あなたは闇《やみ》の帝王《ていおう》のお気に入りで、相談役として一番信用されているし……お願いです。あの方にお話しして、説得して――？」

「闇《やみ》の帝王《ていおう》は説得される方ではない。それに我輩《わがはい》は、説得しようとするほど愚《おろ》かではない」

スネイプはすげなく言った。

「我輩《わがはい》としては、闇《やみ》の帝王《ていおう》がルシウスにご立腹《りっぷく》ではないなどと取りつくろうことはできない。ルシウスは指揮《しき》をとるはずだった。自分自身が捕《つか》まってしまったばかりか、ほかに何人も捕《つか》まった。おまけに予言を取《と》り戻《もど》すことにも失敗した。さよう、闇《やみ》の帝王《ていおう》はお怒《いか》りだ。ナルシッサ、非常《ひじょう》にお怒《いか》りだ」

「それじゃ、思ったとおりだわ。あの方は見せしめのためにドラコを選んだのよ！」

ナルシッサは声を詰《つ》まらせた。

「あの子を成功させるおつもりではなく、途中《とちゅう》で殺されることがお望みなのよ！」

スネイプがだまっていると、ナルシッサは最後にわずかに残った自制心《じせいしん》さえ失ったかのようだった。立ち上がってよろよろとスネイプに近づき、ローブの胸元《むなもと》をつかんだ。顔をスネイプの顔に近づけ、涙《なみだ》をスネイプの胸元《むなもと》にこぼしながら、ナルシッサはあえいだ。

「あなたならできるわ。ドラコのかわりに、セブルス、**あなたなら**できる。あなたは成功するわ。きっと成功するわ。そうすればあの方は、あなたにほかの誰《だれ》よりも高い報奨《ほうしょう》を――」

スネイプはナルシッサの両手首をつかみ、しがみついている両手をはずした。涙《なみだ》で汚《よご》れた顔を見下ろし、スネイプがゆっくりと言った。

「あの方は最後には我輩《わがはい》にやらせるおつもりだ。そう思う。しかし、まずドラコにやらせると、固く決めていらっしゃる。ありえないことだが、ドラコが成功したあかつきには、我輩《わがはい》はもう少しホグワーツにとどまり、スパイとしての有用な役割《やくわり》を遂行《すいこう》できるわけだ」

「それじゃ、あの方は、ドラコが殺されてもかまわないと！」

「闇《やみ》の帝王《ていおう》は非常《ひじょう》にお怒《いか》りだ」スネイプが静かにくり返した。「あの方は予言を聞けなかった。あなたも我輩同様《わがはいどうよう》、よくご存《ぞん》じのことだが、あの方はやすやすとはお許《ゆる》しにならない」

ナルシッサはスネイプの足元にくずおれ、床《ゆか》の上ですすり泣き、うめいた。

「私《わたし》の一人息子《ひとりむすこ》……たった一人の息子《むすこ》……」

「おまえは誇《ほこ》りに思うべきだよ！」ベラトリックスが情《なさ》け容赦《ようしゃ》なく言った。

「私《わたし》に息子《むすこ》があれば、闇《やみ》の帝王《ていおう》のお役に立つよう、喜んで差し出すだろう！」

ナルシッサは小さく絶望《ぜつぼう》の叫《さけ》びを上げ、長いブロンドの髪《かみ》を鷲《わし》づかみにした。スネイプがかがんで、ナルシッサの腕《うで》をつかんで立たせ、ソファにいざなった。それからナルシッサのグラスにワインを注ぎ、無理やり手に持たせた。

「ナルシッサ、もうやめなさい。これを飲んで、我輩《わがはい》の言うことを聞くんだ」

ナルシッサは少し静かになり、ワインをはねこぼしながら、震《ふる》える手でひと口飲んだ。

「可能性《かのうせい》だが……我輩《わがはい》がドラコを手助けできるかもしれん」

ナルシッサが体を起こし、ろうのように白い顔で目を見開いた。

「セブルス――ああ、セブルス――あなたがあの子を助けてくださる？　あの子を見守って、危害《きがい》がおよばないようにしてくださる？」

「やってみることはできる」

ナルシッサはグラスを放り出した。グラスがテーブルの上をすべると同時に、ナルシッサはソファをすべり下りて、スネイプの足元にひざまずき、スネイプの手を両の手でかき抱《いだ》いて唇《くちびる》を押《お》し当《あ》てた。

「あなたがあの子を護《まも》ってくださるのなら……セブルス、誓《ちか》ってくださる？『破《やぶ》れぬ誓《ちか》い』を結んでくださる？」

「『破《やぶ》れぬ誓《ちか》い』？」

スネイプの無表情《むひょうじょう》な顔からは、何も読み取れなかった。しかし、ベラトリックスは勝《か》ち誇《ほこ》ったように高笑いした。

「ナルシッサ、聞いていなかったのかい？　ああ、こいつは確《たし》かに、**やってみる**だろうよ……いつものむなしい言葉だ。行動を起こすときになるとうまくすり抜《ぬ》ける……ああ、もちろん闇《やみ》の帝王《ていおう》の命令だろうともさ！」

スネイプはベラトリックスを見なかった。その暗い目は、自分の手をつかんだままのナルシッサの涙《なみだ》にぬれた青い目を見すえていた。

「いかにも。ナルシッサ、『破《やぶ》れぬ誓《ちか》い』を結ぼう」スネイプが静かに言った。

「姉君が『結び手』になることにご同意くださるだろう」

ベラトリックスは口をあんぐり開けていた。スネイプはナルシッサと向かい合ってひざまずくように座《すわ》った。ベラトリックスの驚愕《きょうがく》のまなざしの下《もと》で、二人は右手を握《にぎ》り合《あ》った。

「ベラトリックス、杖《つえ》が必要だ」スネイプが冷たく言った。

ベラトリックスは杖《つえ》を取り出したが、まだあぜんとしていた。

「それに、もっとそばに来る必要がある」スネイプが言った。

ベラトリックスは前に進み出て、二人の頭上に立ち、結ばれた両手の上に杖《つえ》の先を置いた。

ナルシッサが言葉を発した。

「セブルス、あなたは、闇《やみ》の帝王《ていおう》の望みを叶《かな》えようとする私《わたし》の息子《むすこ》、ドラコを見守ってくださいますか？」

「そうしよう」スネイプが言った。

まぶしい炎《ほのお》が、細い舌《した》のように杖《つえ》から飛び出し、灼熱《しゃくねつ》の赤いひものように二人の手の周りに巻《ま》きついた。

「そしてあなたは、息子《むすこ》に危害《きがい》がおよばぬよう、力のかぎり護《まも》ってくださいますか？」

「そうしよう」スネイプが言った。

二つ目の炎《ほのお》の舌《した》が杖《つえ》から噴《ふ》き出《だ》し、最初の炎《ほのお》とからみ合い、輝《かがや》く細い鎖《くさり》を形作った。

「そして、もし必要になれば……ドラコが失敗しそうな場合は……」ナルシッサがささやくように言った（スネイプの手がナルシッサの手の中でピクリと動いたが、手を引《ひ》っ込《こ》めはしなかった）。

「闇《やみ》の帝王《ていおう》がドラコに遂行《すいこう》を命じた行為《こうい》を、あなたが実行してくださいますか？」

一瞬《いっしゅん》の沈黙《ちんもく》が流れた。ベラトリックスは目を見開き、握《にぎ》り合《あ》った二人の手に杖《つえ》を置いて見つめていた。

「そうしよう」スネイプが言った。

驚《おどろ》くベラトリックスの顔が、三つ目の細い炎《ほのお》の閃光《せんこう》で赤く照り輝《かがや》いた。舌《した》のような炎《ほのお》が杖《つえ》から飛び出し、ほかの炎《ほのお》とからみ合い、握《にぎ》り合《あ》わされた二人の手にがっしりと巻《ま》きついた。縄《なわ》のように。炎《ほのお》の蛇《へび》のように。

第三章 遺志《いし》と意思

ハリー・ポッターは大いびきをかいていた。この四時間というもの、ほとんどずっと部屋の窓際《まどぎわ》に椅子《いす》を置いて座《すわ》り、だんだん暗くなる通りを見つめ続けていたが、とうとう眠《ねむ》り込《こ》んでしまったのだ。冷たい窓《まど》ガラスに顔の半分を押《お》しつけ、めがねは半ばずり落ち、口はあんぐり開いている。ハリーの吐《は》く息で窓《まど》ガラスの一部が曇《くも》り、街灯のオレンジ色の光を受けて光っている。街灯の人工的な明かりがハリーの顔からすべての色味を消し去り、真っ黒なくしゃくしゃ髪《がみ》の下で幽霊《ゆうれい》のような顔に見せていた。

部屋の中には雑多《ざった》な持ち物や、ちまちましたがらくたがばらまかれている。床《ゆか》にはふくろうの羽根やりんごの芯《しん》、キャンディの包み紙が散らかり、ベッドにはごたごたと丸められたローブの間に呪文《じゅもん》の本が数冊《すうさつ》、乱雑《らんざつ》に転がっている。そして机《つくえ》の上の明かりだまりには、新聞が雑然《ざつぜん》と広げられていた。一枚《まい》の新聞に派手《はで》な大見出しが見える。

ハリー・ポッター　選ばれし者？

最近魔法省《まほうしょう》で「名前を言ってはいけないあの人」が再《ふたた》び目撃《もくげき》された不可解《ふかかい》な騒動《そうどう》について、いまだに流言蜚語《りゅうげんひご》が飛《と》び交《か》っている。

忘却術士《ぼうきゃくじゅつし》の一人は、昨夜魔法省《まほうしょう》を出る際《さい》に、名前を明かすことを拒《こば》んだ上で、動揺《どうよう》した様子で次のように語った。

「我々《われわれ》は何も話してはいけないことになっている。何も聞かないでくれ」

しかしながら、魔法省内《まほうしょうない》のさる高官筋《こうかんすじ》は、かの伝説の「予言《よげん》の間《ま》」が騒動《そうどう》の中心となった現場《げんば》だと認《みと》めた。

魔法省《まほうしょう》のスポークス魔《マ》ンはこれまで、そのような場所の存在《そんざい》を認《みと》めることさえ拒否《きょひ》してきたが、魔法界《まほうかい》では、家屋侵入《かおくしんにゅう》と窃盗未遂《せっとうみすい》の廉《かど》で現在《げんざい》アズカバンに服役中の死喰い人《しくいびと》たちが、予言を盗《ぬす》もうとしたのではないか、と考える魔法使《まほうつか》いが増《ふ》えている。問題の予言がどのようなものかは知られていないが、巷《ちまた》では、「死の呪文《じゅもん》」を受けて生き残った唯《ゆい》一《いっ》の人物であり、さらに問題の夜に魔法省《まほうしょう》にいたことが知られている、ハリー・ポッターに関するものではないかと推測《すいそく》されている。一部の魔法使《まほうつか》いの間では、ポッターが「選ばれし者」と呼《よ》ばれ、予言が、「名前を言ってはいけないあの人」を排除《はいじょ》できるただ一人の者として、ポッターを名指ししたと考えられている。

問題の予言の現在《げんざい》の所在《しょざい》は――ただし予言が存在《そんざい》するならばではあるが――杳《よう》として知れない。しかし（二面五段目《だんめ》に続く）

もう一枚《まい》の新聞が、最初の新聞の脇《わき》に置かれている。大見出しはこうだ。

スクリムジョール、ファッジの後任者《こうにんしゃ》

一面の大部分は、一枚《まい》の大きなモノクロ写真で占《し》められている。ふさふさしたライオンのたてがみのような髪《かみ》に、傷《きず》だらけの顔の男だ。写真が動いている――男が天井《てんじょう》に向かって手を振《ふ》っていた。

魔法法執行部闇祓い局《まほうほうしっこうぶやみばらいきょく》の前局長ルーファス・スクリムジョールが、コーネリウス・ファッジのあとを受けて魔法大臣《まほうだいじん》に就任《しゅうにん》した。魔法界《まほうかい》はおおむねこの任命《にんめい》を歓迎《かんげい》しているが、就任《しゅうにん》の数時間後には、新大臣とウィゼンガモット法廷主席魔法戦士《ほうていしゅせきまほうせんし》として復帰《ふっき》したアルバス・ダンブルドアとの亀裂《きれつ》のうわさが浮上《ふじょう》した。

スクリムジョールの補佐官《ほさかん》らは、スクリムジョールが魔法大臣就任《まほうだいじんしゅうにん》直後、ダンブルド

ア と 会見したことを認《みと》めたが、話し合いの内容《ないよう》についてはコメントをさけた。アルバス・ダンブルドアはかねてから(三面二段目《だんめ》に続く)

その新聞の左に置かれた別の新聞は、「**魔法省《まほうしょう》、生徒の安全を保証《ほしょう》**」という見出しがはっきり見えるように折ってあった。

新魔法大臣《しんまほうだいじん》ルーファス・スクリムジョールは、今日、秋の新学期にホグワーツ魔法魔術学校《まほうまじゅつがっこう》に帰る学生の安全を確保《かくほ》するため、新しい強硬策《きょうこうさく》を講《こう》じたと語った。

大臣は「当然のことだが、魔法省《まほうしょう》は、新しい厳重《げんじゅう》なセキュリティ計画の詳細《しょうさい》について公表するつもりはない」と語ったが、内部情報筋《ないぶじょうほうすじ》によれば、安全措置《あんぜんそち》には、防衛呪文《ぼうえいじゅもん》と呪《のろ》い、一連の複雑《ふくざつ》な反対呪文《はんたいじゅもん》、さらにホグワーツ校の護衛専任《ごえいせんにん》の、闇祓《やみばら》い小規模特務部《しょうきぼとくむぶ》隊《たい》などがふくまれる。

新大臣が生徒の安全のために強硬《きょうこう》な姿勢《しせい》を取ったことで、大多数が安堵《あんど》したと思われる。オーガスタ・ロングボトム夫人は次のように語った。「孫のネビルは——たまたまハリー・ポッターと仲良しで、ついでに申し上げますと、この六月、魔法省《まほうしょう》で彼《かれ》と肩《かた》を並《なら》べて死喰《しく》い人《びと》と戦ったのですが——

記事の続きは大きな鳥かごの下に隠《かく》れて見えない。かごの中には見事な白ふくろうがいた。琥珀《こはく》色《いろ》の眼《め》で部屋を睥睨《へいげい》し、ときどき首をぐるりと回しては、いびきをかいているご主人様をじっと見つめた。一、二度、もどかしそうにくちばしを鳴らしたが、ぐっすり眠《ねむ》り込《こ》んでいるハリーには聞こえなかった。

大きなトランクが部屋のまん中に置かれていた。ふたが開いている。受け入れ態勢充分《たいせいじゅうぶん》の雰囲気《ふんいき》だ。しかし、トランクの底を覆《おお》う程度《ていど》に、着古した下着の残骸《ざんがい》や菓子類《かしるい》、からのインク瓶《びん》や折れた羽根ペンなどがあるだけで、ほとんどからっぽだ。そのそばの床《ゆか》には、紫色《むらさきいろ》のパンフレットが落ちていて、目立つ文字でこう書いてあった。

魔法省公報《まほうしょうこうほう》

あなたの家と家族を闇《やみ》の力から護《まも》るには

魔《ま》法界《ほうかい》は現在《げんざい》、死喰《しく》い人《びと》と名乗る組織《そしき》の脅威《きょうい》にさらされています。次の簡単《かんたん》な安全指《あんぜんし》針《しん》を遵守《じゅんしゅ》すれば、あなた自身と家族、そして家を攻撃《こうげき》から護《まも》るのに役立ちます。

1 一人で外出しないこと

2 暗くなってからは特に注意すること。外出は、可能《かのう》なかぎり暗くなる前に完了《かんりょう》するよう段取《だんど》りすること

3 家の周りの安全対策《あんぜんたいさく》を見なおし、家族全員が、「盾《たて》の呪文《じゅもん》」、「目くらまし呪文《じゅもん》」、未成年の家族の場合は「付《つ》き添《そ》い姿《すがた》くらまし」術《じゅつ》などの緊急措置《きんきゅうそち》について認識《にんしき》するよう確認《かくにん》すること

4 親しい友人や家族の間で通用する安全のための質問事項《しつもんじこう》を決め、ポリジュース薬（二ページ参照《どうりょう》）使用によって他人になりすました死喰《しく》い人《びと》を見分けられるようにすること

5 家族、同僚、友人または近所の住人の行動がおかしいと感じた場合は、すみやかに魔法警察部隊《まほうけいさつぶたい》に連絡《れんらく》すること。「服従《ふくじゅう》の呪文《じゅもん》」（四ページ参照）にかかっている可能《かのう》性《せい》がある

6 住宅《じゅうたく》その他の建物の上に闇《やみ》の印《しるし》が現《あらわ》れた場合は、**入るべからず**。ただちに闇祓《やみばら》い局《きょく》に連絡《れんらく》すること

7 未確認《みかくにん》の目撃情報《もくげきじょうほう》によれば、死喰《しく》い人《びと》が「亡者《もうじゃ》」（一〇ページ参照）を使っている可《か》能性《のうせい》がある。「亡者《もうじゃ》」を目撃《もくげき》した場合、または遭遇《そうぐう》した場合は、**ただちに**魔法省《まほうしょう》に報《ほう》告《こく》すること

ハリーは眠《ねむ》りながら唸《うな》った。窓伝《まどづた》いに顔が数センチすべり落ち、めがねがさらにずり落ちたが、目を覚まさない。何年か前にハリーが修理《しゅうり》した目覚まし時計が、窓《まど》の下枠《したわく》に置かれてチクタク大きな音を立てながら、十一時一分前を指していた。そのすぐ脇《わき》には羊皮紙が一枚《まい》、ハリーのぐったりした手で押《お》さえられていて、斜《なな》めに細長い文字が書きつけてある。三日前に届《とど》いた手紙だが、ハリーがそれ以来何度も読み返したせいで、固く巻《ま》かれていた羊皮紙が、いまでは真っ平らになっていた。

親愛なるハリー

君の都合さえよければ、わしはプリベット通り四番地を金曜の午後十一時に訪《たず》ね、「隠《かく》れ穴《あな》」まで君を連れていこうと思う。そこで夏休みの残りを過《す》ごすようにと、君に招待《しょうたい》が来ておる。

君さえよければ、「隠《かく》れ穴《あな》」に向かう途中《とちゅう》で、わしがやろうと思っていることを手伝ってもらえればうれしい。このことは、君に会ったときに、もう少しくわしく説明するとしよう。

このふくろうで返信されたし。それでは金曜日に会いましょうぞ。

信頼《しんらい》を込《こ》めて

アルバス・ダンブルドア

ハリーはもう内容《ないよう》をそらんじていたが、今夜は七時に窓際《まどぎわ》に陣取《じんど》り、それから数分おきにこの「お墨《すみ》つき」をちらちら見ていた。窓際《まどぎわ》からは、プリベット通りの両端《りょうたん》がかなりよく見える。ダンブルドアの手紙を何度も読み返したところで、意味がないことはわかっていた。手紙で指示《しじ》されたように、配達してきたふくろうに「はい」の返事を持たせて帰したのだし、いまは待つよりほかない。ダンブルドアは、来るか来ないかのどっちかだ。

しかしハリーは、荷物をまとめていなかった。たった二週間ダーズリー一家とつき合っただけで救い出されるのは、話がうますぎるような気がした。何かがうまくいかなくなるような感じをぬぐいきれなかった――ダンブルドアへの返事が行方不明《ゆくえふめい》になってしまったかもしれないし、ダンブルドアが都合でハリーを迎《むか》えにこられなくなる可能性《かのうせい》もある。この手紙がダンブルドアからのものではなく、いたずらや冗談《じょうだん》、罠《わな》だったと判明《はんめい》するかもしれない。荷造《にづく》りをしたあとでがっかりして、また荷を解《と》かなければならないような状況《じょうきょう》には耐《た》えられなかった。唯一《ゆいいつ》旅立つそぶりを見せるのに、ハリーは白ふくろうのヘドウィグを安全に鳥かごに閉《と》じ込《こ》めておいた。

目覚まし時計の分針《ふんしん》が十二を指した。まさにその時、窓《まど》の外の街灯が消えた。

ハリーは、急に暗くなったことが引き金になったかのように目を覚ました。急いでめがねをかけなおし、窓《まど》ガラスにくっついたほおをひっぺがして、そのかわり鼻を押《お》しつけ、ハリーは目を細めて歩道を見つめた。背《せ》の高い人物が、長いマントをひるがえし、庭の小道を歩いてくる。

ハリーは電気ショックを受けたように飛び上がり、椅子《いす》を蹴飛《けと》ばし、床《ゆか》に散らばっているものを手当たりしだいに引っつかんではトランクに投げ入れはじめた。ローブをひとそろいと呪文《じゅもん》の本を二冊《さつ》、それにポテトチップをひと袋《ふくろ》、部屋のむこう側からポーンと放り投げたとき、玄関《げんかん》の呼《よ》び鈴《りん》が鳴った。

一階の居間《いま》で、バーノンおじさんが叫《さけ》んだ。

「こんな夜遅《よるおそ》くに訪問《ほうもん》するとは、いったい何やつだ?」

ハリーは片手《かたて》に真鍮《しんちゅう》の望遠鏡を持ち、もう一方の手にスニーカーを一足ぶら下げたまま、その場に凍《こお》りついた。ダンブルドアがやってくるかもしれないと、ダーズリー一家に警告《けいこく》するのを完全に忘《わす》れていた。大変だという焦《あせ》りと、噴《ふ》き出《だ》したい気持ちとの両方を感じながら、ハリーはトランクを乗《の》り越《こ》え、部屋のドアをぐいと開けた。そのとたん、深い声が聞こえた。

「こんばんは。ダーズリーさんとお見受けするが? わしがハリーを迎《むか》えにくることは、ハリーからお聞きおよびかと存《ぞん》ずるがの?」

ハリーは階段《かいだん》を一段飛《だんと》ばしに飛び下り、下から数段目《すうだんめ》の所で急停止《きゅうていし》した。長い経験《けいけん》が、できるかぎりおじさんの腕《うで》の届《とど》かない所にいるべきだと教えてくれたからだ。玄関口《げんかんぐち》に、銀色の髪《かみ》とあごひげを腰《こし》まで伸《の》ばした、痩身《そうしん》の背《せ》の高い人物が立っていた。折れ曲がった鼻に半月めがねをのせ、旅行用の長い黒マントを着て、とんがり帽子《ぼうし》をかぶっている。ダンブルドアと同じぐらいふさふさの口ひげをたくわえた（もっとも黒いひげだが）バーノン・ダーズリーは、赤紫《あかむらさき》の部屋着を着て、自分の小さな目が信じられないかのように訪問者《ほうもんしゃ》を見つめていた。

「あなたのあぜんとした疑惑《ぎわく》の表情《ひょうじょう》から察するに、ハリーは、わしの来訪《らいほう》を前もって警告《けいこく》**しなかった**のですな」

　ダンブルドアは機嫌《きげん》よく言った。

「しかしながら、あなたがわしを温かくお宅《たく》に招《しょう》じ入《い》れたということにいたしましょうぞ。この危《き》険《けん》な時代に、あまり長く玄関口《げんかんぐち》にぐずぐずしているのは賢明《けんめい》ではないからのう」

　ダンブルドアはすばやく敷居《しきい》をまたいで中に入り、玄関《げんかん》ドアを閉《し》めた。

「前回お訪《たず》ねしたのは、ずいぶん昔じゃやった」

　ダンブルドアは曲がった鼻の上からバーノンおじさんを見下ろした。

「アガパンサスの花が実に見事ですのう」

　バーノン・ダーズリーはまったく何も言わない。ハリーは、おじさんがまちがいなく言葉を取《と》り戻《もど》すと思った。しかももうすぐだ――おじさんのこめかみのピクピクが危険《きけん》な沸騰点《ふっとうてん》に達している――しかし、ダンブルドアの持つ何かが、おじさんの息を一時的に止めてしまったかのようだった。ダンブルドアの格好《かっこう》がずばり魔法使《まほうつか》いそのものだったせいかもしれないし、もしかしたら、バーノンおじさんでさえ、この人物には脅《おど》しがきかないと感じたせいなのかもしれない。

「ああ、ハリー、こんばんは」

ダンブルドアは大満足の表情《ひょうじょう》で、半月めがねの上からハリーを見上げた。

「上々、上々」

この言葉でバーノンおじさんは奮《ふる》い立《た》ったようだった。バーノンおじさんにしてみれば、ハリーを見て「上々」と言うような人物とは、絶対《ぜったい》に意見が合うはずはないのだ。

「失礼になったら申《もう》し訳《わけ》ないが――」おじさんが切り出した。一言一言に失礼さがちらついている。

「――しかし、悲しいかな、意図せざる失礼が驚《おどろ》くほど多いものじゃ」ダンブルドアは重々しく文章を完結させた。

「なれば、何も言わぬが一番じゃ。ああ、これはペチュニアとお見受けする」

キッチンのドアが開いて、そこにハリーのおばがゴム手袋《てぶくろ》をはめ、寝巻《ねま》きの上に部屋着をはおって立っていた。明らかに、寝《ね》る前のキッチン徹底磨《てっていみが》き上《あ》げの最中らしい。かなり馬に似《に》たその顔にはショック以外の何も読み取れない。

「アルバス・ダンブルドアじゃ」

バーノンおじさんが紹介《しょうかい》する気配がないので、ダンブルドアは自己紹介《じこしょうかい》した。

「お手紙をやり取りいたしましたのう」

爆発《ばくはつ》する手紙を一度送ったことをペチュニアおばさんに思い出させるにしては、こういう言い方は変わっているとハリーは思った。しかし、ペチュニアおばさんは反論《はんろん》しなかった。

「そして、こちらは息子《むすこ》さんのダドリーじゃな？」

ダドリーがその時、居間《いま》のドアから顔をのぞかせた。縞《しま》のパジャマの襟《えり》から突《つ》き出《で》たブロンドのでかい顔は、驚《おどろ》きと恐《おそ》れで口をぱっくり開け、体のない首だけのような奇妙《きみょう》さだった。ダンブルドアは、どうやらダーズリー一家の誰《だれ》かが口をきくかどうかを確《たし》かめているらしく、わずかの間待っていたが、沈黙《ちんもく》が続いたので、ほほえんだ。

「わしが居間《いま》に招《まね》き入《い》れられたことにしましょうかの？」

ダドリーは、ダンブルドアが前を通《とお》り過《す》ぎるときにあわてて道を空けた。ハリーは望遠鏡とスニーカーをひっつかんだまま、最後の数段《すうだん》を一気に飛び下り、ダンブルドアのあとに従《したが》った。ダンブルドアは暖炉《だんろ》に一番近いひじかけ椅子《いす》に腰《こし》を下ろし、無邪気《むじゃき》な顔であたりを観察していた。ダンブルドアの姿《すがた》は、はなはだしく場ちがいだった。

「あの――先生、出かけるんじゃありませんか？」ハリーは心配そうに聞いた。

「そうじゃ、出かける。しかし、まずいくつか話し合っておかなければならないことがあるのじゃ」ダンブルドアが言った。

「それに、おおっぴらに話をしないほうがよいのでな。もう少しの時間、おじさんとおばさんのご厚意《こうい》に甘《あま》えさせていただくとしよう」

「させていただく？　そうするんだろうが？」

バーノン・ダーズリーが、ペチュニアを脇《わき》にして居間《いま》に入ってきた。ダドリーは二人のあとをこそこそついてきた。

「いや、そうさせていただく」ダンブルドアはあっさりと言った。

ダンブルドアはすばやく杖《つえ》を取り出した。あまりの速さにハリーにはほとんど杖《つえ》が見えなかった。軽くひと振《ふ》りすると、ソファが飛ぶように前進して、ダーズリー一家三人のひざを後ろからすくい、三人は束になってソファに倒《たお》れた。もう一度杖《つえ》を振《ふ》ると、ソファはたちまち元の位置まで後《こう》退《たい》した。

「居心地《いごこち》よくしようのう」ダンブルドアがほがらかに言った。

ポケットに杖《つえ》をしまうとき、その手が黒くしなびているのにハリーは気がついた。肉が焼《や》け焦《こ》げて落ちたかのようだった。

「先生――どうなさったのですか、その――？」

「ハリー、あとでじゃ」ダンブルドアが言った。「おかけ」

ハリーは残っているひじかけ椅子《いす》に座《すわ》り、驚《おどろ》いて口もきけないダーズリー一家のほうを見ないようにした。

「普通《ふつう》なら茶菓《さか》でも出してくださるものじゃが」ダンブルドアがバーノンおじさんに言った。「しかし、これまでの様子から察するに、そのような期待は、楽観的すぎてバカバカしいと言えるじゃろう」

三度目の杖《つえ》がピクリと動き、空中からほこりっぽい瓶《びん》とグラスが五個現《こあらわ》れた。瓶《びん》が傾《かたむ》いて、それぞれのグラスに蜂蜜色《はちみついろ》の液体《えきたい》をたっぷりと注ぎ入れ、グラスがふわふわと五人のもとに飛んでいった。

「マダム・ロスメルタの最高級オーク樽熟成蜂蜜酒《だるじゅくせいはちみつしゅ》じゃ」

ダンブルドアはハリーに向かってグラスを挙げた。ハリーは自分のグラスを捕《つか》まえ、ひと口すすった。これまでに味わったことのない飲み物だったが、とてもおいしかった。ダーズリー一家は互《たが》いにこわごわ顔を見合わせたあと、自分たちのグラスを完全に無視《むし》しようとした。しかしそれは至難《しなん》のわざだった。何しろグラスが、三人の頭を脇《わき》から軽くこづいていたからだ。ハリーはダンブルドアが大いに楽しんでいるのではないかという気持ちを打ち消せなかった。

「さて、ハリー」ダンブルドアがハリーを見た。

「面倒《めんどう》なことが起きてのう。君が我々《われわれ》のためにそれを解決《かいけつ》してくれることを望んでおるのじゃ。我々《われわれ》というのは、不死鳥《ふしちょう》の騎士団《きしだん》のことじゃが。しかしまず君に話さねばならんことがある。シリウスの遺言《ゆいごん》が一週間前に見つかってのう、所有物のすべてを君に遺《のこ》したのじゃ」

ソファのほうから、バーノンおじさんがこっちに顔を向けたが、ハリーはおじさんを見もしなかったし、「あ、はい」と言うほか、何も言うべき言葉を思いつかなかった。

「ほとんどが単純明快《たんじゅんめいかい》なことじゃ」ダンブルドアが続けた。

「グリンゴッツの君の口座《こうざ》に、ほどほどの金貨が増《ふ》えたこと、そして君がシリウスの私有財産《しゆうざいさん》を相続したことじゃ。少々やっかいな遺産《いさん》は――」

「名付け親が死んだだと？」

バーノンおじさんがソファから大声で聞いた。ダンブルドアもハリーもおじさんのほうを見た。蜂蜜酒《はちみつしゅ》のグラスが、今度は相当しつこく、バーノンの頭を横からぶっていた。おじさんはそれを払《はら》いのけようとした。

「死んだ？　こいつの名付け親が？」

「そうじゃ」

ダンブルドアは、なぜダーズリー一家に打ち明けなかったのかと、ハリーに尋《たず》ねたりはしなかった。

「問題は」ダンブルドアは邪魔《じゃま》が入らなかったかのようにハリーに話し続けた。「シリウスがグリモールド・プレイス十二番地を君に遺《のこ》したのじゃ」

「屋敷《やしき》を相続しただと？」

バーノンおじさんが小さい目を細くして、意地汚《いじきたな》く言った。しかし、誰《だれ》も答えなかった。

「ずっと本部として使っていいです」ハリーが言った。「僕《ぼく》はどうでもいいんです。あげます。僕《ぼく》はほんとにいらないんだ」

ハリーは、できればグリモールド・プレイス十二番地に二度と足を踏《ふ》み入《い》れたくなかった。シリウスは、あそこを離《はな》れようとあれほど必死だった。それなのに、あの家に閉《と》じ込《こ》められて、かび臭《くさ》い暗い部屋をたった一人で徘徊《はいかい》していた。ハリーは、そんなシリウスの記憶《きおく》に一生つきまとわれるだろうと思った。

「それは気前のよいことじゃ」ダンブルドアが言った。

「しかしながら、我々《われわれ》は一時的にあの建物から退去《たいきょ》した」

「なぜです？」

「そうじゃな」

バーノンおじさんは、しつこい蜂蜜酒《はちみつしゅ》のグラスに、いまや矢継《やつ》ぎ早《ばや》に頭をぶたれてブツクサ言っていたが、ダンブルドアは無視《むし》した。

「ブラック家の伝統《でんとう》で、あの屋敷《やしき》は代々、ブラックの姓《せい》を持つ直系《ちょっけい》の男子に引《ひ》き継《つ》がれる決まりになっておった。シリウスはその系譜《けいふ》の最後の者じゃった。弟のレギュラスが先に亡《な》くなり、二人とも子供《こども》がおらなかったからのう。遺言《ゆいごん》で、シリウスはあの家を君に所有してほしいということは明白になったが、それでも、あの屋敷《やしき》になんらかの呪文《じゅもん》や呪《のろ》いがかけられており、ブラック家の純血《じゅんけつ》の者以外は、何人も所有できぬようになっていないともかぎらんのじゃ」

一瞬、生々しい光景がハリーの心をよぎった。グリモールド・プレイス十二番地のホールにかかっていたシリウスの母親の肖像画《しょうぞうが》が、叫《さけ》んだり怒《いか》りの唸《うな》り声《ごえ》を上げたりする様子だ。

「きっとそうなっています」ハリーが言った。

「まことに」ダンブルドアが言った。「もしそのような呪文《じゅもん》がかけられておれば、あの屋敷《やしき》の所有権《しょゆうけん》は、生存《せいぞん》しているシリウスの親族の中で最も年長の者に移《うつ》る可能性《かのうせい》が高い。つまり、いとこのベラトリックス・レストレンジということじゃ」

ハリーは思わず立ち上がった。ひざにのせた望遠鏡とスニーカーが床《ゆか》を転がった。ベラトリックス・レストレンジ。シリウスを殺したあいつが屋敷《やしき》を相続するというのか？

「そんな」ハリーが言った。

「まあ、我々《われわれ》も当然、ベラトリックスが相続しないほうが好ましい」

ダンブルドアが静かに言った。

「状況《じょうきょう》は複雑《ふくざつ》を極《きわ》めておる。たとえば、あの場所を特定できぬように、我々《われわれ》のほうでかけた呪文《じゅもん》じゃが、所有権《しょゆうけん》がシリウスの手を離《はな》れたとなると、はたして持続するかどうかわからぬ。いまにもベラトリックスが戸口に現《あらわ》れるかもしれぬ。当然、状況《じょうきょう》がはっきりするまで、あそこを離《はな》れなければならなかったのじゃ」

「でも、僕《ぼく》が屋敷《やしき》を所有することが許《ゆる》されるのかどうか、どうやったらわかるのですか？」

「幸いなことに」ダンブルドアが言った。「一つ簡単《かんたん》なテストがある」

ダンブルドアはからのグラスを椅子《いす》の脇《わき》の小さなテーブルに置いたが、次の行動に移《うつ》る間を与《あた》えず、バーノンおじさんが叫《さけ》んだ。

「このいまいましいやつを、どっかにやってくれんか？」

ハリーが振《ふ》り返《かえ》ると、ダーズリー家の三人が、腕《うで》で頭をかばってしゃがみ込《こ》んでいた。グラスが三人それぞれの頭を上下に飛《と》び跳《は》ね、中身がそこら中に飛び散っていた。

「おお、すまなんだ」ダンブルドアは礼儀《れいぎ》正《ただ》しくそう言うと、また杖《つえ》を上げた。三つのグラスが全部消えた。「しかし、お飲みくださるのが礼儀《れいぎ》というものじゃよ」

バーノンおじさんは、嫌味《いやみ》の連発で応酬《おうしゅう》したくてたまらなそうな顔をしたが、ダンブルドアの杖《つえ》に豚《ぶた》のようにちっぽけな目をとめたまま、ペチュニアやダドリーと一緒《いっしょ》に小さくなってクッションに身を沈《しず》め、だまり込《こ》んだ。

「よいかな」ダンブルドアは、バーノンおじさんが何も叫《さけ》ばなかったかのように、ハリーに向かって再《ふた》び話しかけた。

「君が屋敷《やしき》を相続したとすれば、もう一つ相続するものが――」

ダンブルドアはヒョイと五度目の杖《つえ》を振《ふ》った。**バチン**と大きな音がして、屋敷《やしき》しもべ妖精《ようせい》が現《あらわ》れた。豚《ぶた》のような鼻、コウモリのような巨大《きょだい》な耳、血走った大きな目のしもべ妖精《ようせい》が、垢《あか》べっとりのボロを着て、毛足の長い高級そうなカーペットの上にうずくまっている。ペチュニアおばさんが、身の毛もよだつ叫《さけ》びを上げた。こんな汚《きたな》らしいものが家に入ってきたのは、人生始まって以来のことなのだ。ダドリーはでっかいピンク色の裸足《はだし》の両足を床《ゆか》から離《はな》し、ほとんど頭の上まで持ち上げて座《すわ》った。まるでこの生き物が、パジャマのズボンに入《はい》り込《こ》んで駆《か》け上《あ》がってくるとでも思ったようだ。バーノンおじさんは「**一体全体**、こいつはなんだ？」とわめいた。

「――クリーチャーじゃ」ダンブルドアが最後の言葉を言い終えた。

「クリーチャーはしない、クリーチャーはしない、クリーチャーはそうしない！」

しもべ妖精《ようせい》は、しわがれ声でバーノンおじさんと同じぐらい大声を上げ、節くれだった長い足で地団駄《じだんだ》を踏《ふ》みながら自分の耳を引っぱった。

「クリーチャーはミス・ベラトリックスのものですから、ああ、そうですとも、クリーチャーはブラック家のものですから、クリーチャーは新しい女主人様がいいのですから、クリーチャーはポッター小僧《こぞう》には仕えないのですから、クリーチャーはそうしない、しない、しない――」

「ハリー、見てのとおり」

ダンブルドアは、クリーチャーの「しない、しない、しない」とわめき続けるしわがれ声に消されないよう大きな声で言った。

「クリーチャーは君の所有物になるのに多少抵抗《ていこう》を見せておる」

「どうでもいいんです」身をよじって地団駄《じだんだ》を踏《ふ》むしもべ妖精《ようせい》に、嫌悪《けんお》のまなざしを向けながら、ハリーは同じ言葉をくり返した。

「僕《ぼく》、いりません」

「**しない、しない、しない、しない──**」

「クリーチャーがベラトリックス・レストレンジの所有に移《うつ》るほうがよいのか？　クリーチャーがこの一年、不死鳥《ふしちょう》の騎士団本部《きしだんほんぶ》で暮《く》らしていたことを考えてもかね？」

「**しない、しない、しない、しない──**」

ハリーはダンブルドアを見つめた。クリーチャーがベラトリックス・レストレンジと暮《く》らすのを許《ゆる》してはならないとわかってはいたが、所有するなどとは、シリウスを裏切《うらぎ》った生き物に責任《せきにん》を持つなどとは、考えるだけでいとわしかった。

「命令してみるのじゃ」

ダンブルドアが言った。

「君の所有に移《うつ》っているなら、クリーチャーは君に従《したが》わねばならぬ。さもなくば、この者を正当な女主人から遠ざけておくよう、ほかのなんらかの策《さく》を講《こう》ぜねばなるまい」

「**しない、しない、しない、しないぞ！**」

クリーチャーの声が高くなって叫《さけ》び声《ごえ》になった。ハリーはほかに何も思いつかないまま、ただ「クリーチャー、だまれ！」と言った。

一瞬《いっしゅん》、クリーチャーは窒息《ちっそく》するかのように見えた。のどを押《お》さえて、死《し》に物狂《ものぐる》いで口をパクパクさせ、両眼《りょうがん》が飛び出していた。数秒間必死で息をのみ込《こ》んでいたが、やがてクリーチャーはうつ伏《ぶ》せにカーペットに身を投げ出し（ペチュニアおばさんがヒーッと泣いた）、両手両足で床《ゆか》をたたいて、激《はげ》しく、しかし完全に無言でかんしゃくを爆発《ばくはつ》させていた。

「さて、これで事は簡単《かんたん》じゃ」

ダンブルドアはうれしそうに言った。

「シリウスはやるべきことをやったようじゃのう。君はグリモールド・プレイス十二番地と、そしてクリーチャーの正当な所有者じゃ」

「僕《ぼく》——僕《ぼく》、こいつをそばに置かないといけないのですか？」

ハリーは仰天《ぎょうてん》した。足元でクリーチャーがジタバタし続けている。

「そうしたいなら別じゃが」ダンブルドアが言った。

「わしの意見を言わせてもらえば、ホグワーツに送って厨房《ちゅうぼう》で働かせてはどうじゃな。そうすれば、ほかのしもべ妖精《ようせい》が見張《みは》ってくれよう」

「ああ」ハリーはホッとした。「そうですね。そうします。えーと——クリーチャー——ホグワーツに行って、そこの厨房《ちゅうぼう》でほかのしもべ妖精《ようせい》と一緒《いっしょ》に働くんだ」

クリーチャーは、今度は仰向《あおむ》けになって、手足を空中でバタバタさせていたが、心底おぞましげに、ハリーの顔を上下逆《さか》さまに見上げてにらむなり、もう一度**バチン**という大きな音を立てて消えた。

「よろしい」ダンブルドアが言った。

「もう一つ、ヒッポグリフのバックビークのことがある。シリウスが死んで以来、ハグリッドが世話をしておるが、バックビークはいまや君のものじゃ。ちがった措置《そち》を取りたいのであれば……」

「いいえ」ハリーは即座《そくざ》に答えた。

「ハグリッドと一緒《いっしょ》にいていいです。バックビークはそのほうがうれしいと思います」

「ハグリッドが大喜びするじゃろう」

ダンブルドアがほほえみながら言った。

「バックビークに再会《さいかい》できて、ハグリッドは興奮《こうふん》しておった。ところで、バックビークの安全のためにじゃが、しばらくの間、あれをウィザウィングズと呼《よ》ぶことに決めたのじゃ。もっとも、魔法《まほう》省《しょう》が、かつて死刑宣告《しけいせんこく》をしたあのヒッポグリフだと気づくとは思えんがのう。さあ、ハリー、トランクは詰《つ》め終《お》わっているのかね？」

「えーっと……」

「わしが現《あらわ》れるかどうか疑《うたが》っていたのじゃな?」ダンブルドアは鋭《するど》く指摘《してき》した。

「ちょっと行って——あの——仕上げてきます」

ハリーは急いでそう言うと、望遠鏡とスニーカーをあわてて拾い上げた。

必要なものを探《さが》し出《だ》すのに十分ちょっとかかった。やっとのことで、ベッドの下から「透明《とうめい》マント」を引《ひ》っ張《ぱ》り出《だ》し、「色変わりインク」のふたを元どおり閉《し》め、大鍋《おおなべ》を詰《つ》め込《こ》んだ上から無理やりトランクのふたを閉《と》じた。それから片手《かたて》で重いトランクを持ち上げ、もう片方《かたほう》にヘドウィグのかごを持って、一階に戻《もど》った。

ダンブルドアが玄関《げんかん》ホールで待っていてくれなかったのはがっかりだった。また居間《いま》に戻《もど》らなければいけない。

誰《だれ》も話をしていなかった。ダンブルドアは小さくフンフン鼻歌を歌い、すっかりくつろいだ様子だったが、その場の雰囲気《ふんいき》たるや、冷えきったおかゆより冷たく固まっていた。

「先生——用意ができました」と声をかけながら、ハリーはとてもダーズリー一家に目をやる気になれなかった。

「よしよし」ダンブルドアが言った。「では、最後にもう一つ」

そしてダンブルドアはもう一度ダーズリー一家に話しかけた。

「当然おわかりのように、ハリーはあと一年で成人となる——」

「ちがうわ」ペチュニアおばさんが、ダンブルドアの到着以来《とうちゃくいらい》、初めて口をきいた。

「とおっしゃいますと？」ダンブルドアは礼儀正《れいぎただ》しく聞き返した。

「いいえ、ちがいますわ。ダドリーより一か月下だし、ダッダーちゃんはあと二年たたないと十八になりません」

「ああ」ダンブルドアは愛想《あいそ》よく言った。「しかし、魔法界《まほうかい》では、十七歳《さい》で成人となるのじゃ」

バーノンおじさんが「生意気な」とつぶやいたが、ダンブルドアは無視《むし》した。

「さて、すでにご存《ぞん》じのように、魔法界《まほうかい》でヴォルデモート卿《きょう》と呼《よ》ばれている者が、この国に戻《もど》ってきておる。魔法界《まほうかい》はいま、戦闘状態《せんとうじょうたい》にある。ヴォルデモート卿《きょう》がすでに何度も殺そうとしたハリーは、十五年前よりさらに大きな危険《きけん》にさらされているのじゃ。十五年前とは、わしがそなたたちに、ハリーの両親が殺されたことを説明し、ハリーを実の息子同様《むすこどうよう》に世話するよう望むという手紙をつけて、ハリーをこの家の戸口に置き去りにしたときのことじゃ」

ダンブルドアは言葉を切った。気軽で静かな声だったし、怒《おこ》っている様子はまったく見えなかったが、ハリーはダンブルドアから何かひやりとするものが発散するのを感じたし、ダーズリー一家がわずかに身を寄《よ》せ合《あ》うのにも気づいた。

「そなたたちはわしが頼《たの》んだようにはせなんだ。ハリーを息子《むすこ》として遇《ぐう》したことはなかった。ハリーはただ無視《むし》され、そなたたちの手でたびたび残酷《ざんこく》に扱《あつか》われていた。せめてもの救いは、二人の間に座《すわ》っておるその哀《あわ》れな少年がこうむったような、言語道断《ごんごどうだん》の被害《ひがい》を、ハリーはまぬかれたということじゃろう」

ペチュニアおばさんもバーノンおじさんも、反射的《はんしゃてき》にあたりを見回した。二人の間にはさまっているダドリー以外に、誰《だれ》かがいることを期待したようだった。

「我々《われわれ》が――ダッダーを虐待《ぎゃくたい》したと？　何を――？」

バーノンがカンカンになってそう言いかけたが、ダンブルドアは人指し指を上げて、静かにと合図した。まるでバーノンおじさんを急に口がきけなくしてしまったかのように、沈黙《ちんもく》が訪《おとず》れた。

「わしが十五年前にかけた魔法《まほう》は、この家をハリーが家庭と呼《よ》べるうちは、ハリーに強力な保護《ほご》を与《あた》えるというものじゃった。ハリーがこの家でどんなにみじめだったにしても、どんなにうとまれ、どんなにひどい仕打ちを受けていたにしても、そなたたちは、しぶしぶではあったが、少なくともハリーに居場所《いばしょ》を与《あた》えた。この魔法《まほう》は、ハリーが十七歳《さい》になったときに効《き》き目《め》を失うであろう。つまり、ハリーが一人前の男になった瞬間《しゅんかん》にじゃ。わしは一つだけお願いする。ハリーが十七歳《さい》の誕生日《たんじょうび》を迎《むか》える前に、もう一度ハリーがこの家に戻《もど》ることを許《ゆる》してほしい。そうすれば、その時が来るまでは、護《まも》りは確《たし》かに継続《けいぞく》するのじゃ」

ダーズリー一家は誰《だれ》も何も言わなかった。ダドリーは、いったいいつ自分が虐待《ぎゃくたい》されたのかをまだ考えているかのように、顔をしかめていた。バーノンおじさんはのどに何かつっかえたような顔をしていた。しかし、ペチュニアおばさんは、なぜか顔を赤らめていた。

「さて、ハリー……出発の時間じゃ」

立ち上がって長い黒マントのしわを伸《の》ばしながら、ダンブルドアがついにそう言った。

「またお会いするときまで」とダンブルドアは挨拶《あいさつ》したが、ダーズリー一家は、自分たちとしてはその時が永久《えいきゅう》に来なくてよいという顔をしていた。帽子《ぼうし》を脱《ぬ》いで挨拶《あいさつ》した後、ダンブルドアはすっと部屋を出た。

「さよなら」

急いでダーズリーたちにそう挨拶《あいさつ》し、ハリーもダンブルドアに続いた。ダンブルドアはヘドウィグの鳥かごを上にのせたトランクのそばで立ち止まった。

「これはいまのところ、邪魔《じゃま》じゃやな」

ダンブルドアは再《ふたた》び杖《つえ》を取り出した。

「『隠《かく》れ穴《あな》』で待っているように送っておこう。ただ、透明《とうめい》マントだけは持っていきなさい……万が一のためにじゃ」

トランクの中がごちゃごちゃなので、ダンブルドアに見られまいとして苦労しながら、ハリーはやっと透明《とうめい》マントを引《ひ》っ張《ぱ》り出《だ》した。それを上着の内ポケットにしまい込《こ》むと、ダンブルドアが杖《つえ》をひと振《ふ》りし、トランクも、鳥かごも、ヘドウィグも消えた。ダンブルドアがさらに杖《つえ》を振《ふ》ると、玄関《げんかん》の戸が開き、ひんやりした霧《きり》の闇《やみ》が現《あらわ》れた。

「それではハリー、夜の世界に踏《ふ》み出《だ》し、あの気まぐれで蠱惑的《こわくてき》な女性《じょせい》を追求するのじゃ。冒険《ぼうけん》という名の」

第四章　ホラス・スラグホーン

この数日というもの、ハリーは目覚めている時間は一瞬《いっしゅん》も休まず、ダンブルドアが迎《むか》えにきてくれますようにと必死に願い続けていた。にもかかわらず、一緒《いっしょ》にプリベット通りを歩きはじめると、ハリーはとても気詰《きづ》まりな思いがした。これまで、ホグワーツの外で校長と会話らしい会話をしたことがない。いつも机《つくえ》をはさんで話をしていたからだ。その上、最後に面と向かって話し合ったときの記憶《きおく》がよみがえり、気まずい思いをいやが上にも強めていた。あの時ハリーは、さんざんどなったばかりか、ダンブルドアの大切にしていたものをいくつか、力任《ちからまか》せに打《う》ち砕《くだ》いた。

しかし、ダンブルドアのほうは、まったくゆったりしたものだった。

「ハリー、杖《つえ》を準備《じゅんび》しておくのじゃ」ダンブルドアはほがらかに言った。

「でも、先生、僕《ぼく》は、学校の外で魔法《まほう》を使ってはいけないのではありませんか？」

「襲《おそ》われた場合は」ダンブルドアが言った。「わしが許可《きょか》する。君の思いついた反対呪文《はんたいじゅもん》や逆呪《ぎゃくのろ》いをなんなりと使ってよいぞ。しかし、今夜は襲《おそ》われることを心配しなくともよかろう」

「どうしてですか、先生？」

「わしと一緒《いっしょ》じゃからのう」

ダンブルドアはさらりと言った。

「ハリー、このあたりでよかろう」

プリベット通りの端《はし》で、ダンブルドアが急に立ち止まった。

「君はまだ当然、『姿《すがた》あらわし』テストに合格《ごうかく》しておらんの？」

「はい」ハリーが言った。

「十七歳《さい》にならないとだめなのではないのですか？」

「そのとおりじゃ」ダンブルドアが言った。

「それでは、わしの腕《うで》にしっかりつかまらなければならぬ。左腕《ひだりうで》にしてくれるかの――気づいておろうが、わしの杖腕《つえうで》はいま、多少もろくなっておるのでな」

ハリーは、ダンブルドアが差し出した左腕《ひだりうで》をしっかりつかんだ。

「それでよい」ダンブルドアが言った。

「さて、参ろう」

ハリーは、ダンブルドアの腕《うで》がねじれて抜《ぬ》けていくような感じがして、ますます固く握《にぎ》りしめた。気がつくと、すべてが闇《やみ》の中だった。四方八方からぎゅうぎゅう押《お》さえつけられている。息ができない。鉄のベルトで胸《むね》をしめつけられているようだ。目の玉が顔の奥《おく》に押《お》しつけられ、鼓膜《こまく》が頭《ず》がい骨《こつ》深く押《お》し込《こ》められていくようだった。そして――。

ハリーは冷たい夜気を胸《むね》いっぱい吸《す》い込《こ》んで、涙目《なみだめ》になった目を開けた。たったいま細いゴム管の中を無理やり通《とお》り抜《ぬ》けてきたような感じだった。しばらくしてやっと、プリベット通りが消えていることに気づいた。いまは、ダンブルドアと二人で、どこやらさびれた村の小さな広場に立っていた。広場のまん中に古ぼけた戦争記念碑《せんそうきねんひ》が建ち、ベンチがいくつか置かれている。遅《おく》ればせながら、理解《りかい》が感覚に追いついてきた。ハリーはたったいま、生まれて初めて「姿《すがた》あらわし」したのだ。

「大丈夫《だいじょうぶ》かな？」

ダンブルドアが気づかわしげにハリーを見下ろした。

「この感覚には慣《な》れが必要でのう」

「大丈夫《だいじょうぶ》です」

ハリーは耳をこすった。なんだか耳が、プリベット通りを離《はな》れるのをかなり渋《しぶ》ったような感覚だった。

「でも、僕《ぼく》は箒《ほうき》のほうがいいような気がします」

ダンブルドアはほほえんで、旅行用マントの襟元《えりもと》をしっかり合わせなおし、「こっちじゃ」と言った。

ダンブルドアはきびきびした歩調で、からっぽの旅籠《はたご》や何軒《なんげん》かの家を通《とお》り過《す》ぎた。近くの教会の時計を見ると、ほとんど真夜中だった。

「ところで、ハリー」ダンブルドアが言った。

「君の傷痕《きずあと》じゃが……近ごろ痛《いた》むかな?」

ハリーは思わず額《ひたい》に手を上げて、稲妻形《いなずまがた》の傷痕《きずあと》をさすった。

「いいえ」ハリーが答えた。

「でも、それがおかしいと思っていたんです。ヴォルデモートがまたとても強力になったのだから、しょっちゅう焼けるように痛《いた》むだろうと思っていました」

ハリーがちらりと見ると、ダンブルドアは満足げな表情《ひょうじょう》をしていた。

「わしはむしろその逆《ぎゃく》を考えておった」ダンブルドアが言った。

「君はこれまでヴォルデモート卿《きょう》の考えや感情《かんじょう》に接近《せっきん》するという経験《けいけん》をしてきたのじゃが、ヴォルデモート卿《きょう》はやっと、それが危険《きけん》だということに気づいたのじゃ。どうやら、君に対して『閉心術《へいしんじゅつ》』を使っているようじゃな」

「なら、僕《ぼく》は文句《もんく》ありません」

心をかき乱《みだ》される夢《ゆめ》を見なくなったことも、ヴォルデモートの心をのぞき見てぎくりとするような場面がなくなったことも、ハリーは惜《お》しいとは思わなかった。

二人は角を曲がり、電話ボックスとバス停《てい》を通《とお》り過《す》ぎた。ハリーはまたダンブルドアを盗《ぬす》み見《み》た。

「先生？」

「なんじゃね？」

「あの——ここはいったいどこですか？」

「ここはのう、ハリー、バドリー・ババートンというすてきな村じゃ」

「それで、ここで何をするのですか？」

「おう、そうじゃ、君にまだ話してなかったのう」ダンブルドアが言った。

「さて、近年何度これと同じことを言うたか、数えきれぬほどじゃが、またしても、先生が一人足りない。ここに来たのは、わしの古い同僚《どうりょう》を引退生活《いんたいせいかつ》から引《ひ》っ張《ぱ》り出《だ》し、ホグワーツに戻《もど》るよう説得するためじゃ」

「先生、僕《ぼく》はどんな役に立つんですか？」

「ああ、君が何に役立つかは、いまにわかるじゃろう」

ダンブルドアはあいまいな言い方をした。

「ここを左じゃよ、ハリー」

二人は両側に家の立《た》ち並《なら》んだ狭《せま》い急な坂を上った。窓《まど》という窓《まど》は全部暗かった。ここ二週間、プリベット通りを覆《おお》っていた奇妙《きみょう》な冷気が、この村にも流れていた。吸魂鬼《きゅうこんき》のことを考え、ハリーは振《ふ》り返《かえ》りながら、ポケットの中の杖《つえ》を再確認《さいかくにん》するように握《にぎ》りしめた。

「先生、どうしてその古い同僚《どうりょう》の方の家に、直接《ちょくせつ》『姿《すがた》あらわし』なさらなかったんですか？」

「それはの、玄関《げんかん》の戸を蹴破《けやぶ》ると同じぐらい失礼なことだからじゃ」ダンブルドアが言った「入室を拒《こば》む機会を与《あた》えるのが、我々《われわれ》魔法使《まほうつか》いの間では礼儀《れいぎ》というものでな。いずれにせよ、魔法《まほう》界《かい》の建物はだいたいにおいて、好ましからざる『姿《すがた》あらわし』に対して魔法《まほう》で護《まも》られておる。たとえば、ホグワーツでは――」

「――建物の中でも校庭でも『姿《すがた》あらわし』ができない」ハリーがすばやく言った。

「ハーマイオニー・グレンジャーが教えてくれました」

「まさにそのとおり。また左折じゃ」

二人の背後《はいご》で、教会の時計が十二時を打った。昔の同僚《どうりょう》を、こんな遅《おそ》い時間に訪問《ほうもん》するのは失礼にならないのだろうかと、ハリーはダンブルドアの考えをいぶかしく思ったが、せっかく会話がうまく成り立つようになったので、ハリーにはもっと差《さ》し迫《せま》って質問《しつもん》したいことがあった。

「先生、『日刊予言者新聞《にっかんよげんしゃしんぶん》』で、ファッジがクビになったという記事を見ましたが……」

「そうじゃ」

ダンブルドアは、今度は急な脇道《わきみち》を上っていた。

「後任者《こうにんしゃ》は、君も読んだことと思うが、闇祓《やみばら》い局の局《きょく》長だった人物で、ルーファス・スクリムジョールじゃ」

「その人……適任《てきにん》だと思われますか？」ハリーが聞いた。

「おもしろい質問《しつもん》じゃ」ダンブルドアが言った。

「確《たし》かに能力《のうりょく》はある。コーネリウスよりは意思のはっきりした、強い個性《こせい》を持っておる」

「ええ、でも僕《ぼく》が言いたいのは――」

「君が言いたかったことはわかっておる。ルーファスは行動派《こうどうは》の人間で、人生の大半を闇《やみ》の魔法使《まほうつか》いと戦ってきたのじゃから、ヴォルデモート卿《きょう》を過小評価《かしょうひょうか》してはおらぬ」

ハリーは続きを待ったが、ダンブルドアは、「日刊予言者新聞《にっかんよげんしゃしんぶん》」に書かれていたスクリムジョールとの意見の食いちがいについて何も言わなかった。ハリーも、その話題を追及《ついきゅう》する勇気がなかったので、話題を変えた。

「それから……先生……マダム・ボーンズのことを読みました」

「そうじゃ」ダンブルドアが静かに言った。

「手痛《ていた》い損失《そんしつ》じゃ。偉大《いだい》な魔女《まじょ》じゃった。この奥《おく》じゃ。たぶん――アツッ」

ダンブルドアはけがをした手で指差していた。

「先生、その手はどう――？」

「いまは説明している時間がない」ダンブルドアが言った。

「スリル満点の話じゃから、それにふさわしく語りたいでのう」

ダンブルドアはハリーに笑いかけた。すげなく拒絶《きょぜつ》されたわけではなく、質問《しつもん》を続けてよいという意味だと、ハリーはそう思った。

「先生――ふくろうが魔法省《まほうしょう》のパンフレットを届《とど》けてきました。死喰《しく》い人《びと》に対して我々《われわれ》がどういう安全措置《あんぜんそち》を取るべきかについての……」

「そうじゃ、わしも一通受け取った」

ダンブルドアはほほえんだまま言った。

「役に立つと思ったかの？」

「あんまり」

「そうじゃろうと思うた。たとえばじゃが、君はまだ、わしのジャムの好みを聞いておらんのう。わしがほんとうにダンブルドア先生で、騙《かた》り者《もの》ではないことを確《たし》かめるために」

「それは、でも……」

ハリーは叱《しか》られているのかどうか、よくわからないまま答えはじめた。

「君の後学《こうがく》のために言うておくが、ハリー、ラズベリーじゃよ……もっとも、わしが死喰《しく》い人《びと》なら、わしに扮《ふん》する前に、必ずジャムの好みを調べておくがのう」

「あ……はい」ハリーが言った。

「あの、パンフレットに、『亡者《もうじゃ》』とか書いてありました。いったい、どういうものですか？　パンフレットではっきりしませんでした」

「屍《しかばね》じゃ」ダンブルドアが冷静に言った。

「闇《やみ》の魔法使《まほうつか》いの命令どおりのことをするように魔法《まほう》がかけられた死人のことじゃ。しかし、ここしばらくは亡者《もうじゃ》が目撃《もくげき》されておらぬ。前回ヴォルデモートが強力だったとき以来……あやつは、言うまでもなく、死人で軍団《ぐんだん》ができるほど多くの人を殺した。ハリー、ここじゃよ。ここ……」

二人は、こぎれいな石造《いしづく》りの、庭つきの小さな家に近づいていた。門に向かっていたダンブルドアが急に立ち止まった。しかしハリーは、「亡者《もうじゃ》」という恐《おそ》ろしい考えを咀嚼《そしゃく》するのに忙《いそが》しく、ほかのことに気づく余裕《よゆう》もなかったので、ダンブルドアにぶつかってしまった。

「なんと、なんと、なんと」

ダンブルドアの視線《しせん》をたどったハリーは、きちんと手入れされた庭の小道の先を見て愕然《がくぜん》とした。玄関《げんかん》のドアの蝶番《ちょうつがい》がはずれてぶら下がっていた。

ダンブルドアは通りの端《はし》から端《はし》まで目を走らせた。まったく人の気配がない。

「ハリー、杖《つえ》を出して、わしについてくるのじゃ」ダンブルドアが低い声で言った。

ダンブルドアは門を開け、ハリーをすぐ後ろに従《したが》えて、すばやく、音もなく小道を進んだ。そして杖《つえ》を掲《かか》げてかまえ、玄関《げんかん》のドアをゆっくり開けた。

「ルーモス、光よ」

ダンブルドアの杖先《つえさき》に灯《あか》りがともり、狭《せま》い玄関《げんかん》ホールが照らし出された。左側のドアが開けっ放しだった。杖灯《つえあか》りを掲《かか》げ、ダンブルドアは居間《いま》に入っていった。ハリーはすぐ後ろについていった。

乱暴狼藉《らんぼうろうぜき》の跡《あと》が目に飛《と》び込《こ》んできた。バラバラになった大型《おおがた》の床置時計《ゆかおきどけい》が足元に散らばり、文字《もじ》盤《ばん》は割《わ》れ、振《ふ》り子《こ》は打《う》ち捨《す》てられた剣《けん》のように、少し離《はな》れた所に横たわっている。ピアノが横倒《よこだお》しになって、鍵盤《けんばん》が床《ゆか》の上にばらまかれ、そのそばには落下したシャンデリアの残骸《ざんがい》が光っている。クッションはつぶれて脇《わき》の裂《さ》け目《め》から羽毛が飛び出しているし、グラスや陶器《とうき》のかけらが、そこいら中に粉《こな》をまいたように飛び散っていた。ダンブルドアは杖《つえ》をさらに高く掲《かか》げ、光が壁《かべ》を照らすようにした。壁紙《かべがみ》にどす黒いべっとりした何かが飛び散っている。ハリーが小さく息をのんだので、ダンブルドアが振《ふ》り返《かえ》った。

「気持ちのよいものではないのう」

ダンブルドアが重い声で言った。

「そう、何か恐《おそ》ろしいことが起こったのじゃ」

ダンブルドアは注意深く部屋のまん中まで進み、足元の残骸《ざんがい》をつぶさに調べた。ハリーもあとに従《したが》い、ピアノの残骸《ざんがい》やひっくり返ったソファの陰《かげ》に死体が見えはしないかと、半分びくびくしながらあたりを見回したが、そんな気配はなかった。

「先生、争いがあったのでは——その人が連れ去られたのではありませんか?」

壁《かべ》の中ほどまで飛び散る血痕《けっこん》を残すようなら、どんなにひどく傷《きず》ついていることかと、つい想像《そうぞう》してしまうのを打ち消しながら、ハリーが言った。

「いや、そうではあるまい」

ダンブルドアは、横倒《よこだお》しになっている分厚《ぶあつ》すぎるひじかけ椅子《いす》の裏側《うらがわ》をじっと見ながら静かに言った。

「では、その人は——?」

「まだそのあたりにいるとな? そのとおりじゃ」

ダンブルドアは突然《とつぜん》サッと身をひるがえし、ふくれすぎたひじかけ椅子《いす》のクッションに杖《つえ》の先を突《つ》っ込《こ》んだ。すると椅子《いす》が叫《さけ》んだ。

「痛《いた》い!」

「こんばんは、ホラス」

ダンブルドアは体を起こしながら挨拶《あいさつ》した。

ハリーはあんぐり口を開けた。いまのいままでひじかけ椅子《いす》があった所に、堂々と太ったはげ頭の老人がうずくまり、下《した》っ腹《ぱら》をさすりながら、涙目《なみだめ》で恨《うら》みがましくダンブルドアを見上げていた。

「そんなに強く杖《つえ》で突《つ》く必要はなかろう」

男はよいしょと立ち上がりながら声を荒《あら》らげた。

「痛《いた》かったぞ」

飛び出した目と、堂々たる銀色のセイウチひげ。ライラック色の絹《きぬ》のパジャマ。その上にはおった栗色《くりいろ》のビロードの上着についているピカピカのボタンと、つるつる頭のてっぺんに、杖灯《つえあか》りが反《はん》射《しゃ》した。頭のてっぺんはダンブルドアのあごにも届《とど》かないくらいだ。

「なんでバレた？」

まだ下《した》っ腹《ぱら》をさすりながらよろよろ立ち上がった男が、うめくように言った。ひじかけ椅子《いす》のふりをしていたのを見破《みやぶ》られたばかりにしては、見事なほど恥《は》じ入《い》る様子がない。

「親愛なるホラスよ」

ダンブルドアはおもしろがっているように見えた。

「ほんとうに死喰《しく》い人《びと》が訪《たず》ねてきていたのなら、家の上に闇《やみ》の印《しるし》が出ていたはずじゃ」

男はずんぐりした手で、はげ上がった広い額《ひたい》をピシャリとたたいた。

「闇《やみ》の印《しるし》か」男がつぶやいた。

「何か足りないと思っていた……まあ、よいわ。いずれにせよ、そんなひまはなかっただろう。君が部屋に入ってきたときには、腹《はら》のクッションのふくらみを仕上げたばかりだったし」

男は大きなため息をつき、その息で口ひげの端《はし》がひらひらはためいた。

「片《かた》づけの手助けをしましょうかの？」ダンブルドアが礼儀《れいぎ》正《ただ》しく聞いた。

「頼《たの》む」男が言った。

背《せ》の高い痩身《そうしん》の魔法使《まほうつか》いと背《せ》の低い丸い魔法使《まほうつか》いが、二人背中合《せなかあ》わせに立ち、二人とも同じ動きで杖《つえ》をスイーッと掃《は》くように振《ふ》った。

家具が飛んで元の位置に戻《もど》り、飾《かざ》り物《もの》は空中で元の形になったし、羽根はクッションに吸《す》い込《こ》まれ、破《やぶ》れた本はひとりでに元どおりになりながら本棚《ほんだな》に収《おさ》まった。石油ランプは脇机《わきづくえ》まで飛んで戻《もど》り、また火がともった。おびただしい数の銀の写真立ては、破片《はへん》が部屋中をキラキラと飛んで、そっくり元に戻《もど》り、曇《くも》り一つなく机《つくえ》の上に降《お》り立《た》った。裂《さ》け目《め》も割《わ》れ目《め》も穴《あな》も、そこら中で閉《と》じられ、壁《かべ》もひとりでにきれいにふき取られた。

「ところで、あれはなんの血だったのかね？」

再生《さいせい》した床置時計《ゆかおきどけい》のチャイムの音にかき消されないように声を張《は》り上《あ》げて、ダンブルドアが聞いた。

「ああ、あの壁《かべ》か？　ドラゴンだ」

ホラスと呼《よ》ばれた魔法使《まほうつか》いが、シャンデリアがひとりでに天井《てんじょう》にねじ込《こ》まれるガリガリ、チャリンチャリンというやかましい音にまじって叫《さけ》んだ。

最後にピアノが**ポロン**と鳴り、そして静寂《せいじゃく》が訪《おとず》れた。

「ああ、ドラゴンだ」

ホラスが気軽な口調でくり返した。

「わたしの最後の一本だが、このごろ値段《ねだん》は天井知《てんじょうし》らずでね。いや、まだ使えるかもしれん」

ホラスはドスドスと食器棚《しょっきだな》の上に置かれたクリスタルの小瓶《こびん》に近づき、瓶《びん》を明かりにかざして中のどろりとした液体《えきたい》を調べた。

「フム、ちょっとほこりっぽいな」

ホラスは瓶《びん》を戸棚《とだな》の上に戻《もど》し、ため息をついた。ハリーに視線《しせん》が行ったのはその時だった。

「ほほう」

丸い大きな目がハリーの額《ひたい》に、そしてそこに刻《きざ》まれた稲妻形《いなずまがた》の傷《きず》に飛んだ。

「**ほっほう！**」

「こちらは」

ダンブルドアが紹介《しょうかい》をするために進み出た。

「ハリー・ポッター。ハリー、こちらが、わしの古い友人で同僚《どうりょう》のホラス・スラグホーンじゃ」

スラグホーンは、抜《ぬ》け目《め》のない表情《ひょうじょう》でダンブルドアに食ってかかった。

「それじゃあ、その手でわたしを説得しようと考えたわけだな？　いや、答えはノーだよ、アルバス」

スラグホーンは決然と顔をそむけたまま、誘惑《ゆうわく》に抵抗《ていこう》する雰囲気《ふんいき》を漂《ただよ》わせて、ハリーのそばを通《とお》り過《す》ぎた。

「一緒《いっしょ》に一杯《ぱい》飲むぐらいのことはしてもよかろう?」ダンブルドアが問いかけた。「昔のよしみで?」

スラグホーンはためらった。

「よかろう、一杯《ぱい》だけだ」スラグホーンは無愛想に言った。

ダンブルドアはハリーにほほえみかけ、つい先ほどまでスラグホーンが化けていた椅子《いす》とそうちがわない椅子《いす》を指して、座《すわ》るようにうながした。その椅子《いす》は、火の気の戻《もど》ったばかりの暖炉《だんろ》と、明るく輝《かがや》く石油ランプのすぐ脇《わき》にあった。ハリーは、ダンブルドアが自分をなぜかできるだけ目立たせたがっているとはっきり感じながら、椅子《いす》に腰《こし》かけた。確《たし》かに、デカンターとグラスの準備《じゅんび》に追われていたスラグホーンが、再《ふたた》び部屋を振《ふ》り返《かえ》ったとき、真っ先にハリーに目が行った。

「フン」

まるで目が傷《きず》つくのを恐《おそ》れるかのように、スラグホーンは急いで目をそらした。

「ほら――」

スラグホーンは、勝手に腰《こし》かけていたダンブルドアに飲み物を渡《わた》し、ハリーに盆《ぼん》をぐいと突《つ》き出《だ》してから、元どおりになったソファにとっぷりと腰《こし》を下ろし、不機嫌《ふきげん》にだまり込《こ》んだ。脚《あし》が短すぎて、床《ゆか》に届《とど》いていない。

「さて、元気だったかね、ホラス？」ダンブルドアが尋《たず》ねた。

「あまりパッとしない」スラグホーンが即座《そくざ》に答えた。

「胸《むね》が弱い。ゼイゼイする。リュウマチもある。昔のようには動けん。まあ、そんなもんだろう。年だ。疲労《ひろう》だ」

「それでも、即座《そくざ》にあれだけの歓迎《かんげい》の準備《じゅんび》をするには、相当すばやく動いたに相違《そうい》なかろう」ダンブルドアが言った。「警告《けいこく》はせいぜい三分前だったじゃろう？」

スラグホーンは半ばいらいら、半ば誇《ほこ》らしげに言った。

「二分だ。『侵入者《しんにゅうしゃ》よけ』が鳴るのが聞こえなんだ。風呂《ふろ》に入っていたのでね。しかし」

再《ふたた》び我《われ》に返ったように、スラグホーンは厳《きび》しい口調になった。

「アルバス、わたしが老人である事実は変わらん。静かな生活と多少の人生の快楽《かいらく》を勝《か》ち得《え》た、つかれた年寄《としよ》りだ」

ハリーは部屋を見回しながら、確《たし》かにそういうものを勝《か》ち得《え》ていると思った。ごちゃごちゃした息が詰《つ》まるような部屋ではあったが、快適《かいてき》でないとは誰《だれ》も言わないだろう。ふかふかの椅子《いす》や足のせ台、飲み物や本、チョコレートの箱やふっくらしたクッション。誰《だれ》が住んでいるかを知らなかったら、ハリーはきっと、金持ちの小うるさいひとり者の老婦人《ろうふじん》が住んでいると思ったことだろう。

「ホラス、君はまだわしほどの年ではない」ダンブルドアが言った。

「まあ、君自身もそろそろ引退《いんたい》を考えるべきだろう」

スラグホーンはぶっきらぼうに言った。淡《あわ》いスグリ色の目は、すでにダンブルドアの傷《きず》ついた手をとらえていた。

「昔のような反射神経《はんしゃしんけい》ではないらしいな」

「まさにそのとおりじゃ」

ダンブルドアは落ち着いてそう言いながら、そでを振《ふ》るようにして黒く焼《や》け焦《こ》げた指の先をあらわにした。ひと目見て、ハリーは首の後ろがゾクッとした。

「確《たし》かにわしは昔より遅《おそ》くなった。しかしまた一方……」

ダンブルドアは肩《かた》をすくめ、年の功はあるものだというふうに、両手を広げた。すると、傷《きず》ついていない左手に、以前には見たことがない指輪がはめられているのにハリーは気づいた。金細工と思われる、かなり不器用に作られた大ぶりの指輪で、まん中に亀裂《きれつ》の入った黒いどっしりした石がはめ込《こ》んである。スラグホーンもしばらく指輪に目をとめたが、わずかに顔をしかめて、はげ上がった額《ひたい》に一瞬《いっしゅん》しわが寄《よ》るのを、ハリーは見た。

「ところで、ホラス、侵入者《しんにゅうしゃ》よけのこれだけの予防線《よぼうせん》は……死喰《しく》い人《びと》のためかね？　それともわしのためかね？」ダンブルドアが聞いた。

「わたしみたいな哀《あわ》れなよれよれの老いぼれに、死喰《しく》い人《びと》がなんの用がある?」

スラグホーンが問いただした。

「連中は、君の多大なる才能《さいのう》を、恐喝《きょうかつ》、拷問《ごうもん》、殺人に振《ふ》り向《む》けさせたいと欲《ほっ》するのではないかのう」ダンブルドアが答えた。

「連中がまだ勧誘《かんゆう》しにきておらんというのは、ほんとうかね?」

スラグホーンは一瞬《いっしゅん》ダンブルドアを悲しげな目つきで見ながら、つぶやいた。

「やつらにそういう機会を与《あた》えなかった。一年間、居場所《いばしょ》を変え続けていたんだ。同じ場所に、一週間以上とどまったためしがない。この家の主《あるじ》は休暇《きゅうか》でカナリア諸《しょ》島《とう》でね。とても居心地《いごこち》がよかったから去るのは残念だ。やり方を一度飲《の》み込《こ》めば至極簡単《しごくかんたん》だよ。マグルの家を転々とした。——この家の主は休暇でカナリア諸島でね。とても居心地がよかったから去るのは残念だ。やり方を一度飲み込めば至極簡単だよ。マグルが『かくれん防止器《スニーコスコープ》』がわりに使っているちゃちな防犯《ぼうはん》ブザーに、単純《たんじゅん》な『凍結呪文《とうけつじゅもん》』をかけること、ピアノを運び込《はこ》むとき近所の者に絶対《ぜったい》見つからないようにすること、これだけでいい」

「巧《たく》みなものじゃ」ダンブルドアが言った。

「しかし、静かな生活を求めるよれよれの老いぼれにしては、たいそうつかれる生き方に聞こえるがのう。さて、ホグワーツに戻《もど》れば——」

「あのやっかいな学校にいれば、わたしの生活はもっと平和になるとでも言い聞かせるつもりなら、アルバス、言うだけむだだ! たとえ隠《かく》れ住《す》んでいても、ドローレス・アンブリッジが去ってから、おかしなうわさがわたしの所にいくつか届《とど》いているぞ！　君がこのごろ教師《きょうし》にそういう仕打ちをしているなら――」

「アンブリッジ先生は、ケンタウルスの群《む》れと面倒《めんどう》を起こしたのじゃ」

ダンブルドアが言った。

「君なら、ホラス、まちがっても『禁《きん》じられた森《もり》』にずかずか踏《ふ》み入《い》って、怒《おこ》ったケンタウルスたちを『汚《けが》らわしい半獣《はんじゅう》』呼《よ》ばわりするようなことはあるまい」

「そんなことをしたのか？　あの女は？」スラグホーンが言った。

「愚《おろ》かしい女め。もともとあいつは好かん」

ハリーがクスクス笑った。ダンブルドアもスラグホーンも、ハリーのほうを振《ふ》り向《む》いた。

「すみません」ハリーがあわてて言った。

「ただ――僕《ぼく》もあの人が嫌《きら》いでした」

ダンブルドアが突然《とつぜん》立ち上がった。

「帰るのか？」間髪《かんはつ》を容《い》れず、スラグホーンが期待顔で言った。

「いや、手水場《ちょうずば》を拝借《はいしゃく》したいが」ダンブルドアが言った。

「ああ」スラグホーンは明らかに失望した声で言った。

「廊下《ろうか》の左手二番目」

　ダンブルドアは部屋を横切って出ていった。その背後《はいご》でドアが閉《し》まると、沈黙《ちんもく》が訪《おとず》れた。しばらくして、スラグホーンが立ち上がったが、どうしてよいやらわからない様子だった。ちらりとハリーを見るなり、肩《かた》をそびやかして暖炉《だんろ》まで歩き、暖炉《だんろ》を背《せ》にしてどでかい尻《しり》を温めた。

「彼《かれ》がなぜ君を連れてきたか、わからんわけではないぞ」スラグホーンが唐突《とうとつ》に言った。

　ハリーはただスラグホーンを見た。スラグホーンのうるんだ目が、今度は傷痕《きずあと》の上をすべるように見ただけでなく、ハリーの顔全体も眺《なが》めた。

「君は父親にそっくりだ」

「ええ、みんながそう言います」ハリーが言った。

「目だけがちがう。君の目は――」

「ええ、母の目です」何度も聞かされて、ハリーは少しうんざりしていた。

「フン。うん、いや、教師《きょうし》として、もちろんえこひいきすべきではないが、彼女《かのじょ》はわたしの気に入りの一人だった。君の母親のことだよ」

　ハリーの物問いたげな顔に応《こた》えて、スラグホーンが説明をつけ加えた。

「リリー・エバンズ。教え子の中でもずば抜《ぬ》けた一人だった。そう、生き生きとしていた。魅力的《みりょくてき》な子だった。わたしの寮《りょう》に来るべきだったと、彼女《かのじょ》によくそう言ったものだが、いつもいたずらっぽく言い返されたものだった」

「どの寮《りょう》だったのですか？」

「わたしはスリザリンの寮監《りょうかん》だった」スラグホーンが答えた。

「それ、それ」

ハリーの表情《ひょうじょう》を見て、ずんぐりした人指し指をハリーに向かって振《ふ》りながら、スラグホーンが急いで言葉を続けた。

「そのことでわたしを責《せ》めるな！　君は彼女《かのじょ》と同じくグリフィンドールなのだろうな？　そう、普《ふ》通《つう》は家系《かけい》で決まる。必ずしもそうではないが。シリウス・ブラックの名を聞いたことがあるか？　聞いたはずだ――この数年、新聞に出ていた――数週間前に死んだな――」

見えない手が、ハリーの内臓《ないぞう》をギュッとつかんでねじったかのようだった。

「まあ、とにかく、シリウスは学校で君の父親の大の親友だった。ブラック家は全員わたしの寮《りょう》だったが、シリウスはグリフィンドールに決まった！　残念だ――能力《のうりょく》ある子だったのに。弟のレギュラスが入学して来たときは獲得《かくとく》したが、できればひとそろい欲《ほ》しかった」

オークションで競《せ》り負《ま》けた熱狂的《ねっきょうてき》な蒐集家《しゅうしゅうか》のような言い方だった。思い出にふけっているらしく、スラグホーンはその場でのろのろと体を回し、熱が尻全体《しりぜんたい》に均等《きんとう》に行《い》き渡《わた》るようにしながら、反対側の壁《かべ》を見つめた。

「言うまでもなく、君の母親はマグル生まれだった。そうと知ったときには信じられなかったね。

絶対《ぜったい》に純血《じゅんけつ》だと思った。それほど優秀《ゆうしゅう》だった」

「僕《ぼく》の友達にもマグル生まれが一人います」ハリーが言った。

「しかも学年で一番の女性《じょせい》です」

「ときどきそういうことが起こるのは不思議だ。そうだろう？」スラグホーンが言った。

「別に」ハリーが冷たく言った。

スラグホーンは驚《おどろ》いて、ハリーを見下ろした。

「わたしが偏見《へんけん》を持っているなどと、思ってはいかんぞ！」スラグホーンが言った。

「いや、いや、いーや！　君の母親は、いままで一番気に入った生徒の一人だったと、たったいま言ったはずだが？　それにダーク・クレスウェルもいるな。彼女《かのじょ》の下の学年だった――いまでは小鬼連絡室《ゴブリンれんらくしつ》の室長だ――これもマグル生まれで、非常《ひじょう》に才能《さいのう》のある学生だった。いまでも、グリンゴッツの出来事に関して、すばらしい内部情報《ないぶじょうほう》をよこす！」

スラグホーンははずむように体を上下に揺《ゆ》すりながら、満足げな笑《え》みを浮《う》かべてドレッサーの上にずらりと並《なら》んだ輝《かがや》く写真立てを指差した。それぞれの額《がく》の中で小さな写真の主が動いている。

「全部昔の生徒だ。サイン入り。バーナバス・カッフに気づいただろうが、『日刊予言者新聞《にっかんよげんしゃしんぶん》』の編集長《へんしゅうちょう》で、毎日のニュースに関するわたしの解釈《かいしゃく》に常《つね》に関心を持っている。それにアンブロシウス・フルーム――ハニーデュークスの――誕生日《たんじょうび》のたびにひと箱よこす。それもすべて、わたしがシセロン・ハーキスに紹介《しょうかい》してやったおかげで、彼《かれ》が最初の仕事に就《つ》けたからだ！　後ろの列――首を伸《の》ばせば見えるはずだが――あれがグウェノグ・ジョーンズ。言うまでもなく女性《じょせい》だけのチームのホリヘッド・ハーピーズのキャプテンだ……わたしとハーピーズの選手たちとは、姓名《せいめい》の名のほうで気軽に呼《よ》びあう仲だと聞くと、みんな必ず驚《おどろ》く。それに欲《ほ》しければいつでも、ただの切符《きっぷ》が手に入る！」

スラグホーンは、この話をしているうちに、大いにゆかいになった様子だった。

「それじゃ、この人たちはみんなあなたの居場所《いばしょ》を知っていて、いろいろなものを送ってくるのですか？」

ハリーは、菓子《かし》の箱やクィディッチの切符《きっぷ》が届《とど》き、助言や意見を熱心に求める訪問者《ほうもんしゃ》たちが、スラグホーンの居場所《いばしょ》を突《つ》き止《と》められるのなら、死喰《しく》い人《びと》だけがまだ探《さが》し当《あ》てていないのはおかしいと思った。

壁《かべ》から血のりが消えるのと同じぐらいあっという間に、スラグホーンの顔から笑いがぬぐい去られた。

「無論《むろん》ちがう」

スラグホーンは、ハリーを見下ろしながら言った。

「一年間誰《だれ》とも連絡《れんらく》を取っていない」

ハリーには、スラグホーンが自分自身の言ったことにショックを受けているように思えた。スラグホーンは一瞬《いっしゅん》、相当動揺《どうよう》した様子だった。それから肩《かた》をすくめた。

「しかし……賢明《けんめい》な魔法使《まほうつか》いは、こういうときにはおとなしくしているものだ。ダンブルドアが何を話そうと勝手だが、いまこの時にホグワーツに職《しょく》を得《え》るのは、公《おおやけ》に『不死鳥《ふしちょう》の騎士団《きしだん》』への忠誠《ちゅうせい》を表明するに等しい！　騎士団員《きしだんいん》はみな、まちがいなくあっぱれで勇敢《ゆうかん》で、立派《りっぱ》な者たちだろうが、わたし個人《こじん》としてはあの死亡率《しぼうりつ》はいただけない――」

「ホグワーツで教えても、『不死鳥《ふしちょう》の騎士団《きしだん》』に入る必要はありません」

ハリーはあざけるような口調を隠《かく》しきることができなかった。シリウスが洞窟《どうくつ》にうずくまって、ネズミを食べて生きていた姿《すがた》を思い出すと、スラグホーンの甘《あま》やかされた生き方に同情《どうじょう》する気には、とうていなれなかった。

「大多数の先生は団員《だんいん》ではありませんし、それに誰《だれ》も殺されていません――でも、クィレルは別です。あんなふうにヴォルデモートと組んで仕事をしていたのですから、当然の報《むく》いを受けたんです」

スラグホーンも、ヴォルデモートの名前を聞くのが耐《た》えられない魔法使《まほうつか》いの一人だろうという確信《かくしん》があった。ハリーの期待は裏切《うらぎ》られなかった。スラグホーンは身震《みぶる》いして、ガアガアと抗議《こうぎ》の声を上げたが、ハリーは無視《むし》した。

「ダンブルドアが校長でいるかぎり、教職員《きょうしょくいん》はほかの大多数の人より安全だと思います。ダンブルドアは、ヴォルデモートが恐《おそ》れたただ一人の魔法使《まほうつか》いのはずです。そうでしょう？」

ハリーはかまわず続けた。

スラグホーンはひと呼吸《こきゅう》、ふた呼吸《こきゅう》、空《くう》を見つめた。ハリーの言ったことをかみしめているようだった。

「まあ、そうだ。確《たし》かに、『名前を言ってはいけないあの人』はダンブルドアとはけっして戦おうとはしなかった」

スラグホーンはしぶしぶつぶやいた。

「それに、わたしが死喰《しく》い人《びと》に加わらなかった以上、『名前を言ってはいけないあの人』がわたしを友とみなすとはとうてい思えない、とも言える……その場合は、わたしはアルバスともう少し近しいほうが安全かもしれん……アメリア・ボーンズの死が、わたしを動揺《どうよう》させなかったとは言えない……あれだけ魔法省《まほうしょう》に人脈《じんみゃく》があって保護《ほご》されていたのに、その彼女《かのじょ》が……」

ダンブルドアが部屋に戻《もど》ってきた。スラグホーンはまるでダンブルドアが家にいることを忘《わす》れていたかのように飛び上がった。

「ああ、いたのか、アルバス。ずいぶん長かったな。腹《はら》でもこわしたか？」

「いや、マグルの雑誌《ざっし》を読んでいただけじゃ」ダンブルドアが言った。

「編《あ》み物《もの》のパターンが大好きでな。さて、ハリー、ホラスのご厚意《こうい》にだいぶ長々と甘《あま》えさせてもらった。いとまする時間じゃ」

ハリーはまったく躊躇《ちゅうちょ》せずに従《したが》い、すぐに立ち上がった。スラグホーンは狼狽《ろうばい》した様子だった。

「行くのか？」

「いかにも。勝算がないものは、見ればそうとわかるものじゃ」

「勝算がない……？」

スラグホーンは、気持ちが揺《ゆ》れているようだった。ダンブルドアが旅行用マントのひもを結び、ハリーが上着のジッパーを閉《し》めるのを見つめながら、ずんぐりした親指同士をくるくる回してそわそわしていた。

「さて、ホラス、君が教職《きょうしょく》を望まんのは残念じゃ」

ダンブルドアは傷《きず》ついていないほうの手を挙げて別れの挨拶《あいさつ》をした。

「ホグワーツは、君が再《ふた》び戻《もど》れば喜んだであろうがのう。我々《われわれ》の安全対策《あんぜんたいさく》は大いに増強《ぞうきょう》されてはおるが、君の訪問《ほうもん》ならいつでも歓迎《かんげい》しましょうぞ。君がそう望むならじゃが」

「ああ……まあ……ご親切に……どうも……」

「では、さらばじゃ」

「さようなら」ハリーが言った。

二人が玄関口《げんかんぐち》まで行ったときに、後ろから叫《さけ》ぶ声がした。

「わかった、わかった。引き受ける！」

ダンブルドアが振《ふ》り返《かえ》ると、スラグホーンは居間《いま》の出口に息を切らせて立っていた。

「引退生活《いんたいせいかつ》から出てくるのかね？」

「そうだ、そうだ」

スラグホーンが急《せ》き込《こ》んで言った。

「ばかなことにちがいない。しかしそうだ」

「すばらしいことじゃ」

ダンブルドアがニッコリした。

「では、ホラス、九月一日にお会いしましょうぞ」

「ああ、そういうことになる」スラグホーンが唸《うな》った。

二人が庭の小道に出たとき、スラグホーンの声が追いかけてきた。

「ダンブルドア、給料は上げてくれるだろうな！」

ダンブルドアはクスクス笑った。門の扉《とびら》が二人の背後《はいご》でバタンと閉《し》まり、暗闇《くらやみ》と渦巻《うずま》く霧《きり》の中、二人はもと来た坂道を下った。

「よくやった、ハリー」ダンブルドアが言った。

「僕《ぼく》、なんにもしてません」ハリーが驚《おどろ》いて言った。

「いいや、したとも。ホグワーツに戻《もど》ればどんなに得《え》るところが大きいかを、君はまさに自分の身をもってホラスに示《しめ》したのじゃ。ホラスのことは気に入ったかね？」

「あ……」

ハリーはスラグホーンが好きかどうかわからなかった。あの人はあの人なりに、いい人なのだろうと思ったが、同時に虚栄心《きょえいしん》が強いように思えた。それに、言葉とは裏腹《うらはら》に、マグル生まれの者が優秀《ゆうしゅう》な魔女《まじょ》であることに、異常《いじょう》なほど驚《おどろ》いていた。

「ホラスは」

ダンブルドアが話を切り出し、ハリーは、何か答えなければならないという重圧《じゅうあつ》から解放《かいほう》された。

「快適《かいてき》さが好きなのじゃ。それに、有名で、成功した力のある者と一緒《いっしょ》にいることも好きでのう。そういう者たちに自分が影響《えいきょう》を与《あた》えていると感じることが楽しいのじゃ。けっして自分が王座《おうざ》に着きたいとは望まず、むしろ後方の席が好みじゃ——それ、ゆったりと体を伸《の》ばせる場所がのう。ホグワーツでもお気に入りを自ら選んだ。時には野心や頭脳《ずのう》により、時には魅力《みりょく》や才能《さいのう》によって、さまざまな分野でやがては抜《ぬ》きん出《で》るであろう者を選び出すという、不思議な才能《さいのう》を持っておった。ホラスはお気に入りを集めて、自分を取《と》り巻《ま》くクラブのようなものを作った。そのメンバー間で人を紹介《しょうかい》したり、有用な人脈《じんみゃく》を固めたりして、その見返りに常《つね》に何かを得《え》ていた。好物の砂糖漬《さとうづ》けパイナップルの箱詰《はこづ》めだとか、小鬼連絡室《ゴブリンれんらくしつ》の次の室長補佐《しっちょうほさ》を推薦《すいせん》する機会だとか」

突然《とつぜん》、ハリーの頭の中に、ふくれ上がった大蜘蛛《おおぐも》が周囲に糸をつむぎ出し、あちらこちらに糸をひっかけ、大きくておいしそうなハエを手元にたぐり寄《よ》せる姿《すがた》が、生々しく浮《う》かんだ。

「こういうことを君に聞かせるのは」

ダンブルドアが言葉を続けた。

「ホラスに対して——これからスラグホーン先生とお呼《よ》びしなければならんのう——悪感情《あくかんじょう》を持たせるためではなく、君に用心させるためじゃ。まちがいなくあの男は、君を蒐集《しゅうしゅう》しようとする。君は蒐集物《しゅうしゅうぶつ》の中の宝石《ほうせき》になるじゃろう。『生き残った男の子』……または、このごろでは『選ばれし者』と呼《よ》ばれておるのじゃからのう」

その言葉で、周りの霧《きり》とはなんの関係もない冷気がハリーを襲《おそ》った。数週間前に聞いた言葉を思い出したのだ。恐《おそ》ろしい、ハリーにとって特別な意味のある言葉を。

一方が生きるかぎり、他方は生きられぬ……。

ダンブルドアは、さっき通った教会の所まで来ると歩みを止めた。

「このあたりでいいじゃろう、ハリー。わしの腕《うで》につかまるがよい」

今度は覚悟《かくご》ができていたので、ハリーは「姿《すがた》あらわし」する態勢《たいせい》になっていたが、それでも快適《かいてき》ではなかった。しめつける力が消えて、再《ふたた》び息ができるようになったとき、ハリーは田舎道《いなかみち》でダンブルドアの脇《わき》に立っていた。目の前に、世界で二番目に好きな建物のくねくねした影《かげ》が見えた。

「隠《かく》れ穴《あな》」だ。たったいま、体中に走った恐怖《きょうふ》にもかかわらず、その建物を見ると自然に気持ちがたかぶった。あそこにロンがいる……ハリーが知っている誰《だれ》よりも料理が上手なウィーズリーおばさんも……。

「ハリー、ちょっとよいかな」

門を通《とお》り過《す》ぎながらダンブルドアが言った。

「別れる前に、少し君と話がしたい。二人きりで。ここではどうかな？」

ダンブルドアはウィーズリー家の箒《ほうき》がしまってある、崩《くず》れかかった石の小屋を指差した。なんだろうと思いながら、ハリーはダンブルドアに続いて、キーキー鳴る戸をくぐり、普《ふ》通《つう》の戸棚《とだな》より少し小さいくらいの小屋の中に入った。ダンブルドアは杖先《つえさき》に灯《あか》りをともし、松明《たいまつ》のように光らせて、ハリーにほほえみかけた。

「このことを口にするのを許《ゆる》してほしいのじゃが、ハリー、魔《ま》法省《ほうしょう》でいろいろとあったにもかかわらず、よう耐《た》えておるると、わしはうれしくもあり、君を少し誇《ほこ》らしくも思うておる。シリウスも君を誇《ほこ》りに思ったじゃろう。そう言わせてほしい」

ハリーはぐっとつばを飲んだ。声がどこかへ行ってしまったようだった。シリウスの話をするのは耐《た》えられないと思った。バーノンおじさんが「名付け親が死んだと？」と言うのを聞いただけでハリーは胸《むね》が痛《いた》んだし、シリウスの名前がスラグホーンの口から気軽に出てくるのを聞くのはなおつらかった。

「残酷《ざんこく》なことじゃ」

　ダンブルドアが静かに言った。

「君とシリウスがともに過《す》ごした時間はあまりにも短かった。長く幸せな関係になるはずだったものを、無残な終わり方をした」

　ダンブルドアの帽子《ぼうし》を登りはじめたばかりのクモから目を離《はな》すまいとしながら、ハリーはうなずいた。ハリーにはわかった。ダンブルドアは理解《りかい》してくれているのだ。そしてたぶん見抜《みぬ》いているのかもしれない。ダンブルドアの手紙が届《とど》くまでは、ダーズリーの家で、ハリーが食事もとらずほとんどベッドに横たわりきりで、霧深《きりぶか》い窓《まど》を見つめていたことを。そして吸魂鬼《きゅうこんき》がそばにいるときのように、冷たくむなしい気持ちに沈《しず》んでいたことをも。

「信じられないんです」

　ハリーはやっと低い声で言った。

「あの人がもう僕《ぼく》に手紙をくれないなんて」

　突然《とつぜん》目頭が熱くなり、ハリーは瞬《まばた》きした。あまりにも些細《ささい》なことなのかもしれないが、ホグワーツの外に、まるで両親のようにハリーの身の上を心配してくれる人がいるということこそ、名付け親がいるとわかった大きな喜びだった……もう二度と、郵便配達《ゆうびんはいたつ》ふくろうがその喜びを運んでくることはない……。

「シリウスは、それまで君が知らなかった多くのものを体現《たいげん》しておった」

ダンブルドアはやさしく言った。

「それを失うことは、当然、大きな痛手《いたで》じゃ……」

「でも、ダーズリーの所にいる間に」

ハリーが口をはさんだ。声がだんだん力強くなっていた。

「僕《ぼく》、わかったんです。閉《と》じこもっていてはだめだって――神経《しんけい》がまいっちゃいけないって。シリウスはそんなことを望まなかったはずです。それに、どっちみち人生は短いんだ……マダム・ボーンズも、エメリーン・バンスも……次は僕《ぼく》かもしれない。そうでしょう？ でも、もしそうなら」

ハリーは、今度はまっすぐに、杖灯《つえあか》りに輝《かがや》くダンブルドアの青い目を見つめながら、激《はげ》しい口調で言った。

「僕《ぼく》は必ず、できるだけ多くの死喰《しく》い人《びと》を道連れにします。それに、僕《ぼく》の力がおよぶならヴォルデモートも」

「父君、母君の息子《むすこ》らしい言葉じゃ。そして、真《しん》にシリウスの名付け子じゃ！」

ダンブルドアは満足げにハリーの背中《せなか》をたたいた。

「君に脱帽《だつぼう》じゃ――クモを浴びせかけることにならなければ、ほんとうに帽子《ぼうし》を脱《ぬ》ぐところじゃが」

「さて、ハリーよ、密接《みっせつ》に関連する問題なのじゃが……君はこの二週間、『日刊予言者新聞《にっかんよげんしゃしんぶん》』を取っておったと思うが？」

「はい」ハリーの心臓《しんぞう》の鼓動《こどう》が少し速くなった。

「されば、『予言《よげん》の間《ま》』での君の冒険《ぼうけん》については、情報《じょうほう》もれどころか情報洪水《じょうほうこうずい》だったことがわかるじゃろう？」

「はい」ハリーは同じ返事をくり返した。

「ですから、いまではみんなが知っています。僕《ぼく》がその――」

「いや、世間は知らぬことじゃ」ダンブルドアがさえぎった。

「君とヴォルデモートに関してなされた予言の全容《ぜんよう》を知っているのは、世界中でたった二人だけじゃ。そしてその二人とも、この臭《くさ》い、クモだらけの箒小屋《ほうきごや》に立っておるのじゃ。しかし、多くの者が、ヴォルデモートが死喰《しく》い人《びと》に予言を盗《ぬす》ませようとしたこと、そしてその予言が君に関することだという推量《すいりょう》をしたし、それが正しい推量《すいりょう》であることは確《たし》かじゃ」

「そこで、わしの考えにまちがいはないと思うが、君は予言の内容《ないよう》を誰《だれ》にも話しておらんじゃろうな？」

「はい」ハリーが言った。

「それはおおむね賢明《けんめい》な判断《はんだん》じゃ」ダンブルドアが言った。

「ただし、君の友人に関しては、ゆるめるべきじゃろう。そう、ミスター・ロナルド・ウィーズリーとミス・ハーマイオニー・グレンジャーのことじゃ」

ハリーが驚《おどろ》いた顔をすると、ダンブルドアは言葉を続けた。

「この二人は知っておくべきじゃと思う。これほど大切なことを二人に打ち明けぬというのは、二人にとってかえって仇《あだ》になる」

「僕《ぼく》が打ち明けないのは――」

「――二人を心配させたり怖《こわ》がらせたりしたくないと？」

ダンブルドアは半月めがねの上からハリーをじっと見ながら言った。

「もしくは、君自身が心配したり怖《こわ》がったりしていると打ち明けたくないということかな？ハリー、君にはあの二人の友人が必要じゃ。君がいみじくも言ったように、シリウスは、君が閉《と》じこもることを望まなかったはずじゃ」

ハリーは何も言わなかったが、ダンブルドアは答えを要求しているようには見えなかった。

「話は変わるが、関連のあることじゃ。今学年、君にわしの個人教授《こじんきょうじゅ》を受けてほしい」

「個人《こじん》――先生と？」だまって考《かんが》え込《こ》んでいたハリーは、驚《おどろ》いて聞いた。

「そうじゃ。君の教育に、わしがより大きく関わる時が来たと思う」

「先生、何を教えてくださるのですか？」

「ああ、あっちをちょこちょこ、こっちをちょこちょこじゃ」ダンブルドアは気楽そうに言った。

ハリーは期待して待ったが、ダンブルドアがくわしく説明しなかったので、ずっと気になっていた別のことを尋《たず》ねた。

「先生の授業《じゅぎょう》を受けるのでしたら、スネイプとの『閉心術《へいしんじゅつ》』の授業《じゅぎょう》は受けなくてよいですね？」

「スネイプ**先生**じゃよ、ハリー――そうじゃ、受けないことになる」

「よかった」ハリーはホッとした。

「だって、あれは――」

ハリーはほんとうの気持ちを言わないようにしようと、言葉を切った。

「ぴったり当てはまる言葉は『大しくじり』じゃろう」ダンブルドアがうなずいた。

ハリーは笑いだした。

「それじゃ、これからはスネイプ先生とあまりお会いしないことになりますね」ハリーが言った。「だって、O・W・L《ふくろう》テストで『優《ゆう》』を取らないと、あの先生は『魔法薬《まほうやく》』を続けさせてくれないですし、僕《ぼく》はそんな成績《せいせき》は取れていないことがわかっています」

「取らぬふくろうの羽根算用はせぬことじゃ」

ダンブルドアは重々しく言った。

「そういえば、成績《せいせき》は今日中に、もう少しあとで配達されるはずじゃ。さて、ハリー、別れる前にあと二件《けん》ある」

「まず最初に、これからはずっと、常《つね》に透明《とうめい》マントを携帯《けいたい》してほしい。ホグワーツの中でもじゃ。万一のためじゃよ。よいかな？」

ハリーはうなずいた。

「そして最後に、君がここに滞在《たいざい》する間、『隠《かく》れ穴《あな》』には魔法省《まほうしょう》による最大級の安全策《あんぜんさく》が施《ほどこ》されておる。これらの措置《そち》のせいで、アーサーとモリーにはすでにある程度《ていど》のご不便をおかけしておる――たとえばじゃが、郵便《ゆうびん》は、届《とど》けられる前に全部、魔法省《まほうしょう》に検査《けんさ》されておる。二人はまったく気にしておらぬ。君の安全を一番心配しておるからじゃ。しかし、君自身が危険《きけん》に身をさらすようなまねをすれば、二人の恩《おん》を仇《あだ》で返すことになるじゃろう」

「わかりました」ハリーはすぐさま答えた。

「それならよろしい」

そう言うと、ダンブルドアは箒小屋《ほうきごや》の戸を押《お》し開《あ》けて庭に歩み出た。

「台所に明かりが見えるようじゃ。君のやせ細りようをモリーが嘆《なげ》く機会を、これ以上先延《さきの》ばしにしてはなるまいのう」

第五章　ヌラーがべっとり

ハリーとダンブルドアは、「隠《かく》れ穴《あな》」の裏口《うらぐち》に近づいた。いつものように古いゴム長靴《ながぐつ》やさびた大鍋《おおなべ》が周りに散らかっている。遠くの鳥小屋から、コッコッと鶏《にわとり》の低い眠《ねむ》そうな鳴き声が聞こえた。ダンブルドアが三度戸をたたくと、台所の窓越《まどご》しに、中で急に何かが動くのがハリーの目に入った。

「誰《だれ》？」

神経質《しんけいしつ》な声がした。ハリーにはそれがウィーズリーおばさんの声だとわかった。

「名を名乗りなさい！」

「わしじゃ、ダンブルドアじゃよ。ハリーを連れておる」

すぐに戸が開いた。背《せ》の低い、ふっくらしたウィーズリーおばさんが、着古した緑の部屋着を着て立っていた。

「ハリー、まあ！　まったく、アルバスったら、ドキッとしたわ。明け方前には着かないっておっしゃったのに！」

「運がよかったのじゃ」

ダンブルドアがハリーを中へといざないながら言った。

「スラグホーンは、わしが思ったよりずっと説得しやすかったのでな。もちろんハリーのお手柄《てがら》じゃ。ああ、これはニンファドーラ！」

ハリーが見回すと、こんな遅《おそ》い時間なのに、ウィーズリーおばさんは一人ではなかった。くすんだ茶色の髪《かみ》にハート形の青白い顔をした若《わか》い魔女《まじょ》が、大きなマグを両手にはさんでテーブル脇《わき》に座《すわ》っていた。

「こんばんは、先生」魔女《まじょ》が挨拶《あいさつ》した。「よう、ハリー」

「やあ、トンクス」

ハリーはトンクスがやつれたように思った。病気かもしれない。無理をして笑っているようだ。見た目には、いつもの風船ガムピンクの髪《かみ》をしていないので、まちがいなく色あせている。

「わたし、もう帰るわ」

トンクスは短くそう言うと、立ち上がってマントを肩《かた》に巻《ま》きつけた。

「モリー、お茶と同情《どうじょう》をありがとう」

「わしへの気づかいでお帰りになったりせんよう」ダンブルドアがやさしく言った。「わしは長くはいられないのじゃ。ルーファス・スクリムジョールと、緊急《きんきゅう》に話し合わねばならんことがあってのう」

「いえいえ、わたし、帰らなければいけないの」

トンクスはダンブルドアと目を合わせなかった。「おやすみ――」

「ねえ、週末の夕食にいらっしゃらない？　リーマスとマッドーアイも来るし――？」

「ううん、モリー、だめ……でもありがとう……みんな、おやすみなさい」

トンクスは急ぎ足でダンブルドアとハリーのそばを通り、庭に出た。戸口から数歩離《はな》れた所で、トンクスはくるりと回り、跡形《あとかた》もなく消えた。ウィーズリーおばさんが心配そうな顔をしているのに、ハリーは気づいた。

「さて、ホグワーツで会おうぞ、ハリー」ダンブルドアが言った。

「くれぐれも気をつけることじゃ。モリー、ご機嫌《きげん》よろしゅう」

ダンブルドアはウィーズリー夫人に一礼して、トンクスに続いて出ていき、まったく同じ場所で姿《すがた》を消した。庭に誰《だれ》もいなくなると、ウィーズリーおばさんは戸を閉《し》め、ハリーの肩《かた》を押《お》して、テーブルを照らすランタンの明るい光の所まで連れていき、ハリーの姿《すがた》を確《たし》かめた。

「ロンと同じだわ」

ハリーを上から下まで眺《なが》めながら、おばさんがため息をついた。

「二人ともまるで『引き伸《の》ばし呪文《じゅもん》』にかかったみたい。この前ロンに学校用のローブを買ってやってから、あの子、まちがいなく十センチは伸《の》びてるわね。ハリー、お腹《なか》すいてない？」

「うん、すいてる」ハリーは、突然空腹感《とつぜんくうふくかん》に襲《おそ》われた。

「お座《すわ》りなさいな。何かあり合わせを作るから」

腰《こし》かけたとたん、ペチャンコ顔の、オレンジ色の毛がふわふわした猫《ねこ》がひざに飛び乗り、のどをゴロゴロ鳴らしながら座《すわ》り込《こ》んだ。

「じゃ、ハーマイオニーもいるの？」

クルックシャンクスの耳の後ろをカリカリかきながら、ハリーはうれしそうに聞いた。

「ええ、そうよ。おととい着いたわ」

ウィーズリーおばさんは、大きな鉄鍋《てつなべ》を杖《つえ》でコツコツたたきながら答えた。鍋《なべ》はガランガランと大きな音を立てて飛び上がり、かまどにのって、たちまちぐつぐつ煮《に》えだした。

「もちろん、みんなもう寝《ね》てますよ。あなたがあと数時間は来ないと思ってましたからね。さあ、さあ――」

おばさんは、また鍋《なべ》をたたいた。鍋《なべ》が宙《ちゅう》に浮《う》き、ハリーのほうに飛んできて傾《かたむ》いた。ウィーズリーおばさんは深皿をサッとその下に置き、とろりとしたオニオンスープが湯気を立てて流れ出すのを見事に受けた。

「パンはいかが？」

「いただきます」

おばさんが肩越《かたご》しに杖《つえ》を振《ふ》ると、パンひと塊《かたまり》とナイフが優雅《ゆうが》に舞《ま》い上《あ》がってテーブルに降《お》りた。パンが勝手に切れて、スープ鍋《なべ》がかまどに戻《もど》ると、ウィーズリーおばさんはハリーのむかい側に腰《こし》かけた。

「それじゃ、あなたがホラス・スラグホーンを説得して、引き受けさせたのね？」

口がスープでいっぱいで話せなかったので、ハリーはうなずいた。

「アーサーも私《わたし》もあの人に教えてもらったの」おばさんが言った。

「長いことホグワーツにいたのよ。ダンブルドアと同じころに教えはじめたと思うわ。あの人のこと、好き？」

今度はパンで口がふさがり、ハリーは肩《かた》をすくめて、どっちつかずに首を振《ふ》った。

「そうでしょうね」おばさんはわけ知り顔でうなずいた。

「もちろんあの人は、その気になればいい人になれるわ。だけどアーサーは、あの人のことをあんまり好きじゃなかった。魔法省《まほうしょう》はスラグホーンのお気に入りだらけよ。あの人はいつもそういう手助けが上手なの。でもアーサーにはあんまり目をかけたことがなかった──出世株《しゅっせかぶ》だとは思わなかったらしいの。でも、ほら、スラグホーンにだって、それこそ目ちがいってものがあるのよ。ロンはもう手紙で知らせたかしら——ごく最近のことなんだけど——アーサーが昇格《しょうかく》したの！」

ウィーズリーおばさんが、はじめからこれを言いたくてたまらなかったことは、火を見るより明らかだった。ハリーは熱いスープをしこたま飲《の》み込《こ》んだ。のどが火ぶくれになるのがわかるような気がした。

「すごい！」ハリーが息をのんで言った。

「やさしい子ね」

おばさんがニッコリした。ハリーが涙目《なみだめ》になっているのを、知らせを聞いて感激《かんげき》しているとかんちがいしたらしい。

「そうなの。ルーファス・スクリムジョールが、新しい状況《じょうきょう》に対応《たいおう》するために、新しい局をいくつか設置《せっち》してね、アーサーは『偽《にせ》の防衛呪文《ぼうえいじゅもん》ならびに保護器具《ほごきぐ》の発見ならびに没収局《ぼっしゅうきょく》』の局長になったのよ。とっても大切な仕事で、いまでは部下が十人いるわ！」

「それって、何を——？」

「ええ、あのね、『例のあの人』がらみのパニック状態《じょうたい》で、あちこちでおかしなものが売られるようになったの。『例のあの人』や『死喰い人《しくいびと》』から護《まも》るはずのいろんなものがね。どんなものか想像《そうぞう》がつくというものだわ——保護薬《ほごやく》と称《しょう》して実は腫《は》れ草《ぐさ》の膿《うみ》を少し混《ま》ぜた肉汁《にくじゅう》ソースだったり、防《ぼう》衛呪文《えいじゅもん》のはずなのに、実際《じっさい》は両耳が落ちてしまう呪文《じゅもん》を教えたり……まあ、犯人《はんにん》はだいたいがマンダンガス・フレッチャーのような、まっとうな仕事をしたことがないような連中で、みんなの恐怖《きょうふ》につけ込《こ》んだ仕業《しわざ》なんだけど、ときどきとんでもないやっかいなものが出てくるの。このあいだアーサーが、呪《のろ》いのかかった『かくれん防止器《ぼうしき》』をひと箱没収《ぼっしゅう》したけど、死喰《しく》い人《びと》が仕掛《しか》けたものだということは、ほとんどまちがいないわ。だからね、とっても大切なお仕事なの。それで、アーサーに言ってやりましたとも。点火プラグだとかトースターだとか、マグルのがらくたを処理《しょり》できないのがさびしいなんて言うのは、ばかげてるってね」

ウィーズリーおばさんは、点火プラグをなつかしがるのは当然だと言ったのがハリーであるかのように、厳《きび》しい目つきで話し終えた。

「ウィーズリーおじさんは、まだお仕事中ですか？」ハリーが聞いた。

「そうなのよ。実は、ちょっとだけ遅《おそ》すぎるんだけど……真夜中ごろに戻《もど》るって言ってましたからね……」

おばさんはテーブルの端《はし》に置いてある洗濯物《せんたくもの》かごに目をやった。かごに積まれたシーツの山の上に、大きな時計が危《あぶ》なっかしげにのっていた。ハリーはすぐその時計を思い出した。針《はり》が九本、それぞれに家族の名前が書いてある。いつもはウィーズリー家の居間《いま》にかかっているが、いま置いてある場所から考えると、ウィーズリーおばさんが家中持ち歩いているらしい。九本全部がいまや

「命が危《あぶ》ない」を指していた。

「このところずっとこんな具合なのよ」

おばさんがなにげない声で言おうとしているのが、見《み》え透《す》いていた。

「『例のあの人』のことが明るみに出て以来ずっとそうなの。いまは、誰《だれ》もが命が危《あぶ》ない状況《じょうきょう》なのでしょうけれど……うちの家族だけということはないと思うわ……でも、ほかにこんな時計を持っている人を知らないから、確《たし》かめようがないの。あっ！」

急に叫《さけ》び声《ごえ》を上げ、おばさんが時計の文字盤《もじばん》を指した。ウィーズリーおじさんの針《はり》が回って「**移《い》動中《どうちゅう》**」になっていた。

「お帰りだわ！」

そしてそのとおり、まもなく裏口《うらぐち》の戸をたたく音がした。ウィーズリーおばさんは勢《いきお》いよく立ち上がり、ドアへと急いだ。片手《かたて》をドアの取っ手にかけ、顔を木のドアに押《お》しつけて、おばさんが小声で呼《よ》びかけた。

「アーサー、あなたなの？」

「そうだ」

ウィーズリーおじさんのつかれた声が聞こえた。

「しかし、私《わたし》が『死喰《しく》い人《びと》』だったとしても同じことを言うだろう。質問《しつもん》しなさい！」

「まあ、そんな……」

「モリー！」

「はい、はい……あなたの一番の望みは何？」

「飛行機がどうして浮《う》いていられるのかを解明《かいめい》すること」

ウィーズリーおばさんはうなずいて、取っ手を回そうとした。ところがむこう側でウィーズリーおじさんがしっかり取っ手を押《お》さえているらしく、ドアは頑《がん》として閉《と》じたままだった。

「モリー！　私《わたし》も君にまず質問《しつもん》しなければならん！」

「アーサーったら、まったく。こんなこと、ばかげてるわ……」

「私《わたし》たち二人きりのとき、君は私《わたし》になんて呼《よ》んでほしいかね？」

ランタンのほの暗い明かりの中でさえ、ハリーはウィーズリーおばさんが真っ赤になるのがわかった。ハリーも耳元から首が急に熱くなるのを感じて、できるだけ大きな音を立ててスプーンと皿をガチャつかせ、あわててスープをがぶ飲みした。

おばさんは恥《は》ずかしさに消え入りたそうな様子で、ドアの端《はし》のすきまに向かってささやいた。

「かわいいモリウォブル」

「正解《せいかい》」ウィーズリーおじさんが言った。「さあ中に入れてもいいよ」

おばさんが戸を開けると、夫が姿《すがた》を現《あらわ》した。赤毛がはげ上がった細身の魔法使《まほうつか》いで、角縁《つのぶち》めがねをかけ、長いほこりっぽい旅行用マントを着ている。

「あなたがお帰りになるたびにこんなことをくり返すなんて、私《わたし》、いまだに納得《なっとく》できないわ」

夫のマントを脱《ぬ》がせながら、おばさんはまだほおを染《そ》めていた。

「だって、あなたに化ける前に、死喰《しく》い人《びと》はあなたから無理やり答えを聞き出したかもしれないでしょ！」

「わかってるよ、モリー。しかしこれが魔法省《まほうしょう》の手続きだし、私《わたし》が模範《もはん》を示《しめ》さないと。何かいいにおいがするね——オニオンスープかな？」

ウィーズリー氏は、期待顔でにおいのするテーブルのほうを振《ふ》り向《む》いた。

「ハリー！　朝まで来ないと思ったのに！」

二人は握手《あくしゅ》し、ウィーズリーおじさんはハリーの隣《となり》の椅子《いす》にドサッと座《すわ》り込《こ》んだ。おばさんがおじさんの前にもスープを置いた。

「ありがとう、モリー。今夜は大変だった。どこかのばか者が『変化《へんげ》メダル』を売りはじめたんだ。首にかけるだけで、自由に外見を変えられるとか言ってね。十万種類の変身、たった十ガリオン！」

「それで、それをかけると実際《じっさい》どうなるの？」

「だいたいは、かなり気持ちの悪いオレンジ色になるだけだが、何人かは、体中に触手《しょくしゅ》のようなイボが吹《ふ》き出《だ》してきた。聖《せい》マンゴの仕事がまだ足りないと言わんばかりだ！」

「フレッドとジョージならおもしろがりそうな代物《しろもの》だけど」

おばさんがためらいがちに言った。

「あなた、ほんとうに――？」

「もちろんだ！」おじさんが言った。

「あの子たちは、こんな時にそんなことはしない！　みんなが必死に保護《ほご》を求めているというときに！」

「それじゃ、遅《おそ》くなったのは『変化《へんげ》メダル』のせいなの？」

「いや、エレファント・アンド・キャッスルで質《たち》の悪い『逆火呪《さかびのろ》い』があるとタレ込《こ》みがあった。しかし幸い、我々《われわれ》が到着《とうちゃく》したときにはもう、魔法警察部隊《まほうけいさつぶたい》が片《かた》づけていた……」

ハリーはあくびを手で隠《かく》した。

「もう寝《ね》なくちゃね」

ウィーズリーおばさんの目はごまかせなかった。

「フレッドとジョージの部屋を、あなたのために用意してありますよ。自由にお使いなさいね」

「でも、二人はどこに？」

「ああ、あの子たちはダイアゴン横丁。いたずら専門店《せんもんてん》の上にある、小さなアパートで寝起《ねお》きしているの。とっても忙《いそが》しいのでね」

ウィーズリーおばさんが答えた。

「最初は正直言って、感心しなかったわ。でも、あの子たちはどうやら、ちょっと商才があるみたい！　さあ、さあ、あなたのトランクはもう上げてありますよ」

「おじさん、おやすみなさい」

ハリーは椅子《いす》を引きながら挨拶《あいさつ》した。クルックシャンクスが軽やかにひざから飛び下り、しゃなしゃなと部屋から出ていった。

「おやすみ、ハリー」おじさんが言った。

おばさんと二人で台所を出るとき、ハリーは、おばさんがちらりと洗濯物《せんたくもの》かごの時計に目をやるのに気づいた。針《はり》全部がまたしても「**命が危《あぶ》ない**」を指していた。

フレッドとジョージの部屋は三階にあった。おばさんがベッド脇《わき》の小机《こづくえ》に置いてあるランプを杖《つえ》で指すと、すぐに灯《あか》りがともり、部屋は心地《ここち》よい金色の光で満たされた。小窓《こまど》の前に置かれた机《つくえ》には、大きな花瓶《かびん》に花が生けてあった。しかし、そのかぐわしい香《かお》りでさえ、火薬のようなにおいが漂《ただよ》っているのをごまかすことはできなかった。床《ゆか》の大半は、封《ふう》をしたままの、何も印のない段《だん》ボール箱《ばこ》で占《し》められていた。ハリーの学校用トランクもその間にあった。部屋は一時的に倉庫として使われているように見えた。

大きな洋だんすの上にヘドウィグが止まっていて、ハリーに向かってうれしげにホーとひと声鳴いてから、窓《まど》から飛び立っていった。ハリーの顔を見るまで狩《かり》に出ないで待っていたのにちがいない。ハリーはおばさんにおやすみの挨拶《あいさつ》をして、パジャマに着替《きが》え、二つあるベッドの一つにもぐり込《こ》んだ。枕《まくら》カバーの中に何やら固いものがあるので、中を探《さぐ》って引《ひ》っ張《ぱ》り出《だ》すと、紫《むらさき》とオレンジ色のべたべたしたものが出てきた。見覚えのある「ゲーゲー・トローチ」だった。ハリーはひとり笑いしながら横になり、たちまち眠《ねむ》りに落ちた。

数秒後に、とハリーには思えたが、大砲《たいほう》のような音がしてドアが開き、ハリーは起こされてしまった。ガバッと起き上がると、カーテンをサーッと開ける音が聞こえた。まぶしい太陽の光が両目を強くつつくようだった。ハリーは片手《かたて》で目を覆《おお》い、もう一方の手でそこいら中をさわってめがねを探《さが》した。

「どうじだんだ?」

「君がもうここにいるなんて、僕《ぼく》たち知らなかったぜ!」

興奮《こうふん》した大声が聞こえ、ハリーは頭のてっぺんにきつい一発を食らった。

「ロン、ぶっちゃだめよ!」女性《じょせい》の声が非難《ひなん》した。

ハリーの手がめがねを探《さが》し当《あ》てた。急いでめがねをかけたものの、光がまぶしすぎてほとんど何も見えない。長い影《かげ》が近づいてきて、目の前で一瞬《いっしゅん》揺《ゆ》れた。瞬《まばた》きすると焦点《しょうてん》が合って、ロン・ウィーズリーがニヤニヤ見下ろしているのが見えた。

「元気か?」

「最高さ」

ハリーは頭のてっぺんをさすりながら、また枕《まくら》に倒《たお》れ込《こ》んだ。

「君は?」

「まあまあさ」

ロンは、段《だん》ボールをひと箱引《ひ》き寄《よ》せて座《すわ》った。

「いつ来たんだ? ママがたったいま教えてくれた!」

「今朝一時ごろだ」

「マグルのやつら、大丈夫《だいじょうぶ》だったか? ちゃんと扱《あつか》ってくれたか?」

「いつもどおりさ」

そう言う間に、ハーマイオニーがベッドの端《はし》にちょこんと腰《こし》かけた。

「連中、ほとんど僕《ぼく》に話しかけなかった。僕《ぼく》はそのほうがいいんだけどね。ハーマイオニー、元気?」

「ええ、私《わたし》は元気よ」

ハーマイオニーは、まるでハリーが病気にかかりかけているかのように、じっと観察していた。ハリーにはその気持ちがわかるような気がしたが、シリウスの死やほかの悲惨《ひさん》なことを、いまは話したくなかった。

「いま何時？　朝食を食べそこねたのかなあ？」ハリーが言った。

「心配するなよ。ママがお盆《ぼん》を運んでくるから。君が充分《じゅうぶん》食ってない様子だって思ってるのさ」まったくママらしいよと言いたげに、ロンは目をグリグリさせた。

「それで、最近どうしてた？」

「別に。おじとおばの所で、どうにも動きが取れなかっただろ？」

「うそつけ！」ロンが言った。「ダンブルドアと一緒《いっしょ》に出かけたじゃないか！」

「そんなにわくわくするようなものじゃなかったよ。ダンブルドアは、昔の先生を引退生活《いんたいせいかつ》から引《ひ》っ張《ぱ》り出《だ》すのを、僕《ぼく》に手伝ってほしかっただけさ。名前はホラス・スラグホーン」

「なんだ」

ロンががっかりしたような顔をした。

「僕《ぼく》たちが考えてたのは――」

ハーマイオニーがサッと警告《けいこく》するような目でロンを見た。ロンは超《ちょう》スピードで方向転換《ほうこうてんかん》した。

「――考えてたのは、たぶん、そんなことだろうってさ」

「ほんとか？」ハリーは、おかしくて聞き返した。

「ああ……そうさ、アンブリッジがいなくなったし、当然新しい『闇《やみ》の魔《ま》術《じゅつ》に対《たい》する防衛術《ぼうえいじゅつ》』の先生がいるだろ？　だから、えーと、どんな人？」

「ちょっとセイウチに似《に》てる。それに、前はスリザリンの寮監《りょうかん》だった。ハーマイオニー、どうかしたの？」

ハーマイオニーは、いまにも奇妙《きみょう》な症状《しょうじょう》が現《あらわ》れるのを待つかのように、ハリーを見つめていたが、あわててあいまいにほほえみ、表情《ひょうじょう》を取りつくろった。

「ううん、なんでもないわ、もちろん！　それで、んー、スラグホーンはいい先生みたいだった？」

「わかんない」ハリーが答えた。「アンブリッジ以下ってことは、ありえないだろ？」

「アンブリッジ以下の人、知ってるわ」

入口で声がした。ロンの妹がいらいらしながら、つっかかるように前かがみの格好《かっこう》で入ってきた。

「おっはよ、ハリー」

「いったいどうした？」ロンが聞いた。

「**あの女よ**」

ジニーはハリーのベッドにドサッと座《すわ》った。

「頭に来るわ」

「あの人、今度は何をしたの？」ハーマイオニーが同情《どうじょう》したように言った。

「私《わたし》に対する口のきき方よ――まるで三つの女の子に話すみたいに！」

「わかるわ」ハーマイオニーが声を落とした。「あの人、ほんとに自意識過剰《じいしきかじょう》なんだから」

ハーマイオニーがウィーズリーおばさんのことをこんなふうに言うなんて、とハリーは度肝《どぎも》を抜《ぬ》かれ、ロンが怒《おこ》ったように言い返すのも当然だと思った。

「二人とも、ほんの五秒でいいから、あの人をほっとけないのか？」

「えーえ、どうぞ、あの人をかばいなさいよ」ジニーがピシャリと言った。

「あんたがあの女にメロメロなことぐらい、みんな知ってるわ」

ロンの母親のことにしてはおかしい。ハリーは何かが抜《ぬ》けていると感じはじめた。

「誰《だれ》のことを――？」

質問《しつもん》が終わらないうちに答えが出た。部屋の戸が再《ふたた》びパッと開き、ハリーは無意識《むいしき》に、ベッドカバーを思いきりあごの下まで引《ひ》っ張《ぱ》り上《あ》げた。おかげでハーマイオニーとジニーが床《ゆか》にすべり落ちた。

入口に若《わか》い女性《じょせい》が立っていた。息をのむほどの美しさに、部屋中の空気が全部のまれてしまったようだった。背《せ》が高く、すらりとたおやかで、長いブロンドの髪《かみ》。その姿《すがた》からかすかに銀色の光が発散しているかのようだった。非《ひ》の打ち所がない姿《すがた》をさらに完全にしたのは、女性《じょせい》のささげているどっさり朝食がのった盆《ぼん》だった。

「アリー」ハスキーな声が言った。

「おいさしぶーりね！」

女性《じょせい》がサッと部屋の中に入り、ハリーに近づいてきたその時、かなり不機嫌《ふきげん》な顔のウィーズリーおばさんが、ひょこひょことあとから現《あらわ》れた。

「お盆《ぼん》を持って上がる必要はなかったのよ。私《わたし》が自分でそうするところだったのに！」

「なんでもありませーん」

そう言いながら、フラー・デラクールは盆《ぼん》をハリーのひざにのせ、ふわーっとかがんでハリーの両ほおにキスした。ハリーはその唇《くちびる》が触《ふ》れた所が焼けるような気がした。

「私《わたし》、このいとに、とても会いたかったでーす。私《わたし》のシースタのガブリエール、あなた覚えてますか？『アリー・ポター』のこと、あの子、いつもあなしていまーす。また会えると、きーっと喜びます」

「あ……あの子もここにいるの？」ハリーの声がしわがれた。

「いいえ、いーえ、おばかさーん」

フラーは玉を転がすように笑った。

「来年の夏でーす。その時、私《わたし》たち——あら、あなた知らないですか？」

フラーは大きな青い目を見開いて、非難《ひなん》するようにウィーズリー夫人を見た。おばさんは「まだハリーに話す時間がなかったのよ」と言った。

フラーは豊《ゆた》かなブロンドの髪《かみ》を振《ふ》ってハリーに向きなおり、その髪《かみ》がウィーズリー夫人の顔を鞭《むち》のように打った。

「私《わたし》、ビルと結婚《けっこん》しまーす！」

「ああ」

ハリーは無表情《むひょうじょう》に言った。ウィーズリーおばさんもハーマイオニーもジニーも、けっして目を合わせまいとしていることに、いやでも気づかないわけにはいかなかった。

「ウワー、あ――おめでとう！」

フラーはまた踊《おど》るようにかがんで、ハリーにキスした。

「ビルはいま、とーても忙《いそが》しいです。アードにあたらいていまーす。そして、私《わたし》、グリンゴッツでパートタイムであたらいていまーす。えーいごのため。それで彼《かれ》、私《わたし》をしばらーくここに連れてきました。家族のいとを知るためでーす。あなたがここに来るというあなしを聞いてうれしかったでーす。――お料理と鶏《にわとり》が好きじゃないと、ここはあまりすることがありませーん！　じゃ――朝食を楽しーんでね、アリー！」

そう言い終えると、フラーは優雅《ゆうが》に向きを変え、ふわーっと浮《う》かぶように部屋を出ていき、静か

に ドアを閉《し》めた。

　ウィーズリーおばさんが何か言ったが、「シッシッ！」と聞こえた。

「ママはあの女が大嫌《だいきら》い」ジニーが小声で言った。

「嫌《きら》ってはいないわ！」

　おばさんが不機嫌《ふきげん》にささやくように言った。

「二人が婚約《こんやく》を急ぎすぎたと思うだけ、それだけです！」

「知り合ってもう一年だぜ」ロンは妙《みょう》にふらふらしながら、閉《し》まったドアを見つめていた。

「それじゃ、長いとは言えません！　どうしてそうなったか、もちろん私《わたし》にはわかりますよ。『例のあの人』が戻《もど》ってきていろいろ不安になっているからだわ。明日にも死んでしまうかもしれないと思って。だから、普通《ふつう》なら時間をかけるようなことも、決断《けつだん》を急ぐの。前にあの人が強力だったときも同じだったわ。あっちでもこっちでも、そこいら中で駆《か》け落《お》ちして――」

「ママとパパもふくめてね」ジニーがおちゃめに言った。

「そうよ、まあ、お父さまと私《わたし》は、お互《たが》いにぴったりでしたもの。待つ意味がないでしょう？」

　ウィーズリー夫人が言った。

「ところがビルとフラーは……さあ……どんな共通点があるというの？　ビルは勤勉《きんべん》で地味なタイプなのに、あの娘《こ》は――」

「派手《はで》な牝牛《めうし》」ジニーがうなずいた。

「でもビルは地味じゃないわ。『呪《のろ》い破《やぶ》り』でしょう？　ちょっと冒険好《ぼうけんず》きで、わくわくするようなものにひかれる……きっとそれだからヌラーにまいったのよ」

「ジニー、そんな呼《よ》び方《かた》をするのはおやめなさい」

ウィーズリーおばさんは厳《きび》しく言ったが、ハリーもハーマイオニーも笑った。

「さあ、もう行かなくちゃ……ハリー、温かいうちに卵《たまご》を食べるのよ」

おばさんは悩《なや》みつかれた様子で、部屋を出ていった。ロンはまだ少しくらくらしているようだった。頭を振《ふ》ってみたら治るかもしれないと、ロンは耳の水をはじき出そうとしている犬のようなしぐさをした。

「同じ家にいたら、あの人に慣《な》れるんじゃないのか？」ハリーが聞いた。

「ああ、そうさ」ロンが言った。「だけど、あんなふうに突然《とつぜん》飛び出してこられると……」

「救いようがないわ」

ハーマイオニーが腹《はら》を立てて、つんけんしながらロンからできるだけ離《はな》れ、壁際《かべぎわ》で回れ右して腕《うで》組《ぐ》みし、ロンのほうを向いた。

「あの人に、ずーっとうろうろされたくはないでしょう？」

まさかという顔で、ジニーがロンに聞いた。ロンが肩《かた》をすくめただけなのを見て、ジニーが言った。

「とにかく、賭《か》けてもいいけど、ママががんばってストップをかけるわ」

「どうやってやるの？」ハリーが聞いた。

「トンクスを何度も夕食に招待《しょうたい》しようとしてる。ビルがトンクスのほうを好きになればいいって期待してるんだと思うな。そうなるといいな。家族にするなら、私《わたし》はトンクスのほうがずっといい」

「そりゃあ、うまくいくだろうさ」ロンが皮肉った。

「いいか、まともな頭の男なら、フラーがいるのにトンクスを好きになるかよ。そりゃ、トンクスはまあまあの顔さ。髪《かみ》の毛や鼻に変なことさえしなきゃ。だけど――」

「トンクスは、**ヌラー**よりめちゃくちゃいい性格《せいかく》してるよ」ジニーが言った。

「それにもっと知的よ。闇祓《やみばら》いですからね！」隅《すみ》のほうからハーマイオニーが言った。

「フラーはバカじゃないよ。三校対抗試合選手《こうたいこうじあいせんしゅ》に選ばれたぐらいだ」ハリーが言った。

「あなたまでが！」ハーマイオニーが苦々しく言った。

「ヌラーが『アリー』って言う、言い方が好きなんでしょう？」

ジニーが軽蔑《けいべつ》したように言った。

「ちがう」

ハリーは、口をはさまなきゃよかったと思いながら言った。

「僕《ぼく》はただ、ヌラーが――じゃない、フラーが――」

「私《わたし》は、トンクスが家族になってくれたほうがずっといい」ジニーが言った。

「少なくともトンクスはおもしろいもの」

「このごろじゃ、あんまりおもしろくないぜ」ロンが言った。

「近ごろトンクスを見るたびに、だんだん『嘆《なげ》きのマートル』に似《に》てきてるな」

「そんなのフェアじゃないわ」

ハーマイオニーがピシャリと言った。

「あのことからまだ立ち直っていないのよ……あの……つまり、あの人はトンクスのいとこだったんだから！」

ハリーは気がめいった。シリウスに行き着いてしまった。ハリーはフォークを取り上げて、スクランブルエッグをがばがばと口に押《お》し込《こ》みながら、この部分の会話に誘《さそ》い込《こ》まれることだけは、なんとしてもさけたいと思った。

「トンクスとシリウスはお互《たが》いにほとんど知らなかったんだぜ！」ロンが言った。

「シリウスは、トンクスの人生の半分ぐらいの間アズカバンにいたし、それ以前だって、家族同士が会ったこともなかったし──」

「それは関係ないわ」ハーマイオニーが言った。

「トンクスは、シリウスが死んだのは自分のせいだと思ってるの！」

「どうしてそんなふうに思うんだ？」

ハリーは我《われ》を忘《わす》れて聞いてしまった。

「だって、トンクスはベラトリックス・レストレンジと戦っていたでしょう？　自分がとどめを刺《さ》していたら、ベラトリックスがシリウスを殺すことはできなかっただろうって、そう感じていると思う」

「ばかげてるよ」ロンが言った。

「生き残った者の罪悪感《ざいあくかん》よ」ハーマイオニーが言った。

「ルーピンが説得しようとしているのは知っているけど、トンクスはすっかり落《お》ち込《こ》んだきりなの。実際《じっさい》、『変化術《へんげじゅつ》』にも問題が出てきているわ！」

「何術《なにじゅつ》だって――？」

「いままでのように姿形《すがたかたち》を変えることができないの」

ハーマイオニーが説明した。

「ショックか何かで、トンクスの能力《のうりょく》に変調をきたしたんだと思うわ」

「そんなことが起こるとは知らなかった」ハリーが言った。

「私《わたし》も」ハーマイオニーが言った。

「でもきっと、ほんとうにめいっていると……」

ドアが再《ふたた》び開いて、ウィーズリーおばさんの顔が飛び出した。

「ジニー」おばさんがささやいた。「下りてきて、昼食の準備《じゅんび》を手伝って」

「私《わたし》、この人たちと話をしてるのよ！」ジニーが怒《おこ》った。

「すぐによ！」おばさんはそう言うなり顔を引《ひ》っ込《こ》めた。

「ヌラーと二人きりにならなくてすむように、私《わたし》に来てほしいだけなのよ！」

ジニーが不機嫌《ふきげん》に言った。長い赤毛を見事にフラーそっくりに振《ふ》って、両腕《りょううで》をバレリーナのように高く上げ、ジニーは踊《おど》るように部屋を出ていった。

「君たちも早く下りてきたほうがいいよ」部屋を出しなにジニーが言った。

つかの間の静けさに乗じて、ハリーはまた朝食を食べた。ハーマイオニーは、フレッドとジョージの段《だん》ボール箱をのぞいていたが、ときどきハリーを横目で見た。ロンは、ハリーのトーストを勝手につまみはじめたが、まだ夢見《ゆめみ》るような目でドアを見つめていた。

「これ、なあに？」

しばらくしてハーマイオニーが、小さな望遠鏡のようなものを取り出して聞いた。

「さあ」ロンが答えた。

「でも、フレッドとジョージがここに残していったぐらいだから、たぶん、まだいたずら専門店《せんもんてん》に出すには早すぎるんだろ。だから、気をつけろよ」

「君のママが、店は流行《はや》ってるって言ってたけど」ハリーが言った。

「フレッドとジョージはほんとに商才があるって言ってた」

「それじゃ言い足りないぜ」ロンが言った。

「ガリオン金貨をざっくざっくかき集めてるよ！　早く店が見たいな。僕《ぼく》たち、まだダイアゴン横丁に行ってないんだ。だってママが、用心には用心して、パパが一緒《いっしょ》じゃないとだめだって言うんだよ。ところがパパは、仕事でほんとに忙《いそが》しくて。でも、店はすごいみたいだぜ」

「それで、パーシーは？」

ハリーが聞いた。ウィーズリー家の三男は、家族と仲たがいしていた。

「君のママやパパと、また口をきくようになったのかい？」

「いンや」ロンが言った。

「だって、ヴォルデモートが戻《もど》ってきたことでは、はじめから君のパパが正しかったって、パーシーにもわかったはずだし――」

「ダンブルドアがおっしゃったわ。他人の正しさを許《ゆる》すより、まちがいを許《ゆる》すほうがずっとたやすい」ハーマイオニーが言った。

「ダンブルドアがね、ロン、あなたのママにそうおっしゃるのを聞いたの」

「ダンブルドアが言いそうな、へんてこりんな言葉だな」ロンが言った。

「ダンブルドアって言えば、今学期、僕《ぼく》に個人教授《こじんきょうじゅ》してくれるんだってさ」

ハリーがなにげなく言った。

ロンはトーストにむせ、ハーマイオニーは息をのんだ。

「そんなことをだまってたなんて！」ロンが言った。

「いま思い出しただけだよ」ハリーは正直に言った。

「ここの箒小屋《ほうきごや》で、今朝そう言われたんだ」

「おったまげー……ダンブルドアの個人教授《こじんきょうじゅ》！」ロンは感心したように言った。

「ダンブルドアはどうしてまた……？」

ロンの声が先細りになった。ハーマイオニーと目を見交《みか》わすのを、ハリーは見た。ハリーはフォークとナイフを置いた。ベッドに座《すわ》っているだけにしては、ハリーの心臓《しんぞう》の鼓動《こどう》がやけに速くなった。ダンブルドアがそうするようにと言った……いまこそその時ではないか？　ハリーは、ひざの上に流《なが》れ込《こ》む陽《ひ》の光に輝《かがや》いているフォークをじっと見つめたまま、切り出した。

「ダンブルドアがどうして僕《ぼく》に個人教授《こじんきょうじゅ》してくれるのか、はっきりとはわからない。でも、予言のせいにちがいないと思う」

ロンもハーマイオニーもだまったままだった。ハリーは、二人とも凍《こお》りついたのではないかと思った。ハリーは、フォークに向かって話し続けた。

「ほら、魔法省《まほうしょう》で連中が盗《ぬす》もうとしたあの予言だ」

「でも、予言の中身は誰《だれ》も知らないわ」ハーマイオニーが急いで言った。

「砕《くだ》けてしまったもの」

「ただ、『日刊予言者《にっかんよげんしゃ》』に書いてあったのは――」

ロンが言いかけたが、ハーマイオニーが「シーッ！」と制《せい》した。

「『日刊予言者《にっかんよげんしゃ》』にあったとおりなんだ」

ハリーは意を決して二人を見上げた。ハーマイオニーは恐《おそ》れ、ロンは驚《おどろ》いているようだった。

「砕《くだ》けたガラス玉だけが予言を記録していたのではなかった。ダンブルドアの校長室で、僕《ぼく》は予言の全部を聞いた。本物の予言はダンブルドアに告《つ》げられていたから、僕《ぼく》に話して聞かせることができたんだ。その予言によれば」

ハリーは深く息を吸《す》い込《こ》んだ。

「ヴォルデモートにとどめを刺《さ》さなければならないのは、どうやらこの僕《ぼく》らしい……少なくとも、予言によれば、二人のどちらかが生きているかぎり、もう一人は生き残れない」

三人は、一瞬《いっしゅん》、互《たが》いにだまって見つめ合った。その時、バーンという大音響《だいおんきょう》とともに、ハーマイオニーが黒煙《こくえん》の陰《かげ》に消えた。

「ハーマイオニー！」

ハリーもロンも同時に叫《さけ》んだ。朝食の盆《ぼん》がガチャンと床《ゆか》に落ちた。

煙《けむり》の中から、ハーマイオニーが咳《せ》き込《こ》みながら現《あらわ》れた。望遠鏡を握《にぎ》り、片方《かたほう》の目に鮮《あざ》やかな紫《むらさき》のくまどりがついている。

「これを握《にぎ》りしめたの。そしたらこれ——これ、私《わたし》にパンチを食らわせたの！」

ハーマイオニーがあえいだ。

確《たし》かに、望遠鏡の先からバネつきの小さな拳《こぶし》が飛び出しているのが見えた。

「大丈夫《だいじょうぶ》さ」

ロンは笑いださないようにしようと必死になっていた。

「ママが治してくれるよ。軽いけがならお手のもん——」

「ああ、でもそんなこと、いまはどうでもいいわ！」

ハーマイオニーが急《せ》き込《こ》んだ。

「ハリー、ああ、ハリー……」

ハーマイオニーは再《ふたた》びハリーのベッドに腰《こし》かけた。

「私《わたし》たち、いろいろと心配していたの。魔《ま》法省《ほうしょう》から戻《もど》ったあと……もちろん、あなたには何も言いたくなかったんだけど、でも、ルシウス・マルフォイが、予言はあなたとヴォルデモートに関わることだって言ってたものだから、それで、もしかしたらこんなことじゃないかって、私《わたし》たちそう思っていたの……ああ、ハリー……」

ハーマイオニーはハリーをじっと見た。そしてささやくように言った。

「怖《こわ》い？」

「いまはそれほどでもない」ハリーが言った。

「最初に聞いたときは、確《たし》かに……でもいまは、なんだかずっと知っていたような気がする。最後にはあいつと対決しなければならないことを……」

「ダンブルドア自身が君を迎《むか》えにいくって聞いたとき、僕《ぼく》たち、君に予言に関わることを何か話すんじゃないか、何かを見せるんじゃないかって思ったんだ」

ロンが夢中《むちゅう》になって話した。

「僕《ぼく》たち、少しは当たってただろ？ 君に見込《みこ》みがないと思ったら、ダンブルドアは個人教授《こじんきょうじゅ》なんかしないよ。時間のむだ使いなんか——ダンブルドアはきっと、君に勝ち目があると思っているんだ！」

「そうよ」ハーマイオニーが言った。

「ハリー、いったいあなたに何を教えるのかしら？ とっても高度な防衛術《ぼうえいじゅつ》かも……強力な反対呪文《はんたいじゅもん》……呪《のろ》い崩《くず》し……」

ハリーは聞いていなかった。太陽の光とはまったく関係なく、体中に温かいものが広がっていた。胸《むね》の硬《かた》いしこりが溶《と》けていくようだった。ロンもハーマイオニーも、見かけよりずっと強いショックを受けているにちがいない。しかし、二人はいまもハリーの両脇《りょうわき》にいる。ハリーを汚染《おせん》された危険人物扱《きけんじんぶつあつか》いして尻込《しりご》みしたりせず、なぐさめ、力づけてくれている。ただそれだけで、ハリーにとっては言葉に言《い》い尽《つ》くせないほどの大きな価値《かち》があった。

「……それに回避呪文全般《かいひじゅもんぜんぱん》とか」ハーマイオニーが言い終えた。

「まあ、少なくともあなたは、今学期履修《りしゅう》する科目が一つだけはっきりわかっているわけだから、ロンや私《わたし》よりましだわ。O《ふ》・W《くろ》・L《う》テストの結果は、いつ来るのかしら？」

「そろそろ来るさ。もう一か月もたってる」ロンが言った。

「そう言えば」

ハリーは今朝の会話をもう一つ思い出した。

「ダンブルドアが、O《ふ》・W《くろ》・L《う》の結果は、今日届《とど》くだろうって言ってたみたいだ！」

「今日？」

ハーマイオニーが叫《さけ》び声《ごえ》を上げた。

「**今日？**　なんでそれを――ああ、どうしましょう――あなた、それをもっと早く――」

ハーマイオニーがはじかれたように立ち上がった。

「ふくろうが来てないかどうか、確《たし》かめてくる……」

十分後、ハリーが服を着て、からの盆《ぼん》を手に階下に下りていくと、ハーマイオニーはじりじり心配しながら台所のテーブルの前にかけ、ウィーズリーおばさんは、半パンダになったハーマイオニーの顔をなんとかしようとしていた。

「どうやっても取れないわ」

ウィーズリーおばさんが心配そうに言った。おばさんはハーマイオニーのそばに立ち、片手《かたて》に杖《つえ》を持ち、もう片方《かたほう》には『癒者《いしゃ》のいろは』を持って、「切り傷《きず》、すり傷《きず》、打撲傷《だぼくしょう》」のページを開けていた。

「いつもはこれでうまくいくのに。まったくどうしたのかしら」

「フレッドとジョージの考えそうな冗談《じょうだん》よ。絶対《ぜったい》に取れなくしたんだ」ジニーが言った。

「でも取れてくれなきゃ！」

ハーマイオニーが金切り声を上げた。

「一生こんな顔で過《す》ごすわけにはいかないわ！」

「そうはなりませんよ。解毒剤《げどくざい》を見つけますから、心配しないで」

ウィーズリーおばさんがなぐさめた。

「ビルが、フレッドとジョージがどんなにおもしろいか、あなしてくれましーした！」

フラーが、落《お》ち着《つ》き払《はら》ってほほえんだ。

「ええ、私《わたし》、笑いすぎて息もできないわ」ハーマイオニーがかみついた。

ハーマイオニーは急に立ち上がり、両手を握《にぎ》り合《あ》わせて指をひねりながら、台所を往《い》ったり来たりしはじめた。

「ウィーズリーおばさん、ほんとに、ほんとに、午前中にふくろうが来なかった？」

「来ませんよ。来たら気づくはずですもの」

おばさんが辛抱強《しんぼうづよ》く言った。

「でもまだ九時にもなっていないのですからね、時間は充分《じゅうぶん》……」

「『古代ルーン文字』はめちゃめちゃだったわ」

ハーマイオニーが熱に浮《う》かされたようにつぶやいた。

「少なくとも一つ重大な誤訳《ごやく》をしたのはまちがいないの。それに『闇《やみ》の魔術《まじゅつ》に対《たい》する防衛術《ぼうえいじゅつ》』の実技《じつぎ》は全然よくなかったし。『変身術《へんしんじゅつ》』は、あの時は大丈夫《だいじょうぶ》だと思ったけど、いま考えると――」

「ハーマイオニー、だまれよ。心配なのは君だけじゃないんだぜ！」

ロンが大声を上げた。

「それに、君のほうは、大いによろしいの『O・優《ゆう》』を十科目も取ったりして……」

「言わないで、言わないで、言わないで！」

ハーマイオニーはヒステリー気味に両手をバタバタ振《ふ》った。

「きっと全科目落ちたわ！」

「落ちたらどうなるのかな？」

ハリーは部屋のみんなに質問《しつもん》したのだが、答えはいつものようにハーマイオニーから返ってきた。

「寮監《りょうかん》に、どういう選択肢《せんたくし》があるかを相談するの。先学期の終わりに、マクゴナガル先生にお聞きしたわ」

ハリーの内臓《ないぞう》がのたうった。あんなに朝食を食べなければよかったと思った。

「ボーバトンでは」フラーが満足げに言った。「やり方がちがいまーすね。私《わたし》、そのおおがいいと思いまーす。試験は六年間勉強してからで、五年ではないでーす。それから――」

フラーの言葉は悲鳴にのみ込《こ》まれた。ハーマイオニーが台所の窓《まど》を指差していた。空に、はっきりと黒い点が三つ見え、だんだん近づいてきた。

「まちがいなく、あれはふくろうだ」

勢《いきお》いよく立ち上がって、窓際《まどぎわ》のハーマイオニーのそばに行ったロンが、かすれ声で言った。

「それに三羽だ」

ハリーも急いでハーマイオニーのそばに行き、ロンの反対側に立った。

「私《わたし》たちそれぞれに一羽」

ハーマイオニーは恐《おそ》ろしげに小さな声で言った。

「ああ、だめ……ああ、だめ……ああ、だめ……」

ハーマイオニーは、ハリーとロンの片《かた》ひじをがっちり握《にぎ》った。

ふくろうはまっすぐ「隠《かく》れ穴《あな》」に飛んできた。きりりとしたモリフクロウが三羽、家への小道の上をだんだん低く飛んでくる。近づくとますますはっきりしてきたが、それぞれが大きな四角い封《ふう》筒《とう》を運んでいる。

「ああ、**だめー!**」

ハーマイオニーが悲鳴を上げた。

ウィーズリーおばさんが三人を押《お》し分《わ》けて、台所の窓《まど》を開けた。一羽、二羽、三羽と、ふくろうが窓《まど》から飛《と》び込《こ》み、テーブルの上にきちんと列を作って降《お》り立《た》った。三羽そろって右足を上げた。

ハリーが進み出た。ハリー宛《あて》の手紙はまん中のふくろうの足に結《ゆ》わえつけてあった。震《ふる》える指でハリーはそれをほどいた。その左で、ロンが自分の成績《せいせき》をはずそうとしていた。ハリーの右側で、ハーマイオニーはあまりに手が震《ふる》えて、ふくろうを丸ごと震《ふる》えさせていた。

台所では誰《だれ》も口をきかなかった。ハリーはやっと封筒《ふうとう》をはずし、急いで封《ふう》を切り、中の羊皮紙を広げた。

普通魔法《ふつうまほう》レベル成績《せいせき》

合格《ごうかく》	不合格《ふごうかく》
優《ゆう》・O（大いによろしい）	不可《ふか》・P（よくない）
良・E（期待以上）	落第・D（どん底）
可《か》・A（まあまあ）	トロール並《な》み・T

ハリー・ジェームズ・ポッターは次の成績《せいせき》を修《おさ》めた。

天文学	可《か》	A	薬草学	良	E
魔法生物飼育学《まほうせいぶつしいくがく》	良	E	魔法史《まほうし》	落第	D
呪文学《じゅもんがく》	良	E	魔法薬学《まほうやくがく》	良	E
闇《やみ》の魔術《まじゅつ》に対《たい》する防衛術《ぼうえいじゅつ》	優《ゆう》	O	変身術《へんしんじゅつ》	良	E
占《うらな》い学《がく》	不可《ふか》	P			

ハリーは羊皮紙を数回読み、読むたびに息が楽になった。大丈夫《だいじょうぶ》だ。「占《うらな》い学《がく》」は失敗すると、はじめからわかっていたし、試験の途中《とちゅう》で倒《たお》れたのだから、「魔法史《まほうし》」に合格《ごうかく》するはずはなかった。しかしほかは全部合格《ごうかく》だ！　ハリーは評価点《ひょうかてん》を指でたどった……「変身術《へんしんじゅつ》」と「薬草学」はいい成績《せいせき》で通ったし、「魔法薬学《まほうやくがく》」でさえ「期待以上」の良だ！　それに、「闇《やみ》の魔術《まじゅつ》に対《たい》する防衛《ぼうえい》術《じゅつ》」で「O・優《ゆう》」を修《おさ》めた。最高だ！

ハリーは周りを見た。ハーマイオニーはハリーに背《せ》を向けてうなだれているが、ロンは喜んでいた。

「『占《うらな》い学《がく》』と『魔法史《まほうし》』だけ落ちたけど、あんなもの、誰《だれ》か気にするか？」

ロンはハリーに向かって満足そうに言った。

「ほら――替《か》えっこだ――」

ハリーはざっとロンの成績《せいせき》を見た。「O・優《ゆう》」は一つもない……。

「君が『闇《やみ》の魔術《まじゅつ》に対《たい》する防衛術《ぼうえいじゅつ》』でトップなのは、わかってたさ」

ロンはハリーの肩《かた》にパンチをかました。

「俺《おれ》たち、よくやったよな？」

「よくやったわ！」

ウィーズリーおばさんは誇《ほこ》らしげにロンの髪《かみ》をくしゃくしゃっとなでた。

「7O・W・L《ふくろう》だなんて、フレッドとジョージを合わせたより多いわ！」

「ハーマイオニー？」

まだ背《せ》を向けたままのハーマイオニーに、ジニーが恐《おそ》る恐《おそ》る声をかけた。

「どうだったの？」

「私《わたし》──悪くないわ」ハーマイオニーがか細い声で言った。

「冗談《じょうだん》やめろよ」

ロンがツカツカとハーマイオニーに近づき、成績表《せいせきひょう》を手からサッともぎ取った。

「それ見ろ──『O・優《ゆう》』が九個《こ》、『E・良』が一個《こ》、『闇《やみ》の魔術《まじゅつ》に対《たい》する防衛術《ぼうえいじゅつ》』だ」

ロンは半分おもしろそうに、半分あきれてハーマイオニーを見下ろした。

「君、まさか、がっかりしてるんじゃないだろうな？」

ハーマイオニーが首を横に振《ふ》ったが、ハリーは笑いだした。

「さあ、我《われ》らはいまやN《イ》・E《モ》・W《リ》・T学生《がくせい》だ！」ロンがニヤリと笑った。

「ママ、ソーセージ残ってない？」

ハリーは、もう一度自分の成績《せいせき》を見下ろした。これ以上望めないほどのよい成績《せいせき》だ。一つだけ、後悔《こうかい》に小さく胸《むね》が痛《いた》む……闇祓《やみばら》いになる野心はこれでおしまいだった。「魔法薬学《まほうやくがく》」で必要な成績《せいせき》を取ることができなかった。できないことははじめからわかっていたが、それでも、あらためて小さな黒い「E・良」の文字を見ると、胃《い》が落《お》ち込《こ》むのを感じた。

ハリーはいい闇祓《やみばら》いになるだろうと、最初に言ってくれたのが、変身した死喰《しく》い人《びと》だったことを考えるとても奇妙《きみょう》だったが、なぜかその考えがいままでハリーをとらえてきた。それ以外になりたいものを思いつかなかった。しかも、一か月前に予言を聞いてからは、それがハリーにとってしかるべき運命のように思えていた。

……**一方が生きるかぎり、他方は生きられぬ**……。

ヴォルデモートを探《さが》し出《だ》して殺す使命を帯びた、高度に訓練を受けた魔法使《まほうつか》いの仲間になれたなら、予言を成就《じょうじゅ》し、自分が生き残る最大のチャンスが得《え》られたのではないだろうか?

第六章　ドラコ・マルフォイの回り道

それから数週間、ハリーは「隠《かく》れ穴《あな》」の庭の境界線《きょうかいせん》の中だけで暮《く》らした。毎日の大半をウィーズリー家の果樹園《かじゅえん》で、二人制《せい》クィディッチをして過《す》ごした（ハリーがハーマイオニーと組み、ロン・ジニー組との対戦だ。ハーマイオニーは恐《おそ》ろしく下手で、ジニーは手ごわかったので、いい勝負だった）。そして夜になると、ウィーズリーおばさんが出してくれる料理を、全部二回おかわりした。「日刊予言者新聞《にっかんよげんしゃしんぶん》」には、ほぼ毎日のように、失踪事件《しっそうじけん》や奇妙《きみょう》な事故《じこ》、その上死亡事件《しぼうじけん》も報道《ほうどう》されていたが、それさえなければ、こんなに幸せで平和な休日はなかっただろう。ビルとウィーズリーおじさんが、ときどき新聞より早くニュースを持ち帰ることもあった。

ハリーの十六歳《さい》の誕生《たんじょう》パーティには、リーマス・ルーピンが身の毛もよだつ知らせを持《も》ち込《こ》み、誕生祝《たんじょういわ》いがだいなしになって、ウィーズリーおばさんは不機嫌《ふきげん》だった。ルーピンはげっそりやつれた深刻《しんこく》な顔つきで、鳶色《とびいろ》の髪《かみ》には無数の白髪《しらが》がまじり、着ているものは以前にもましてぼろぼろ

で、継《つ》ぎだらけだった。

「吸魂鬼《きゅうこんき》の襲撃事件《しゅうげきじけん》がまた数件《すうけん》あった」

おばさんにバースデーケーキの大きなひと切れを取り分けてもらいながら、リーマス・ルーピンが切り出した。

「それに、イゴール・カルカロフの死体が、北のほうの掘《ほ》っ建《た》て小屋《こや》で見つかった。その上に闇《やみ》の印《しるし》が上がっていたよ――まあ、正直なところ、あいつが死喰《しく》い人《びと》から脱走《だっそう》して、一年も生きながらえたことのほうが驚《おどろ》きだがね。シリウスの弟のレギュラスなど、私《わたし》が覚えているかぎりでは、数日しかもたなかった」

「ええ、でも」ウィーズリーおばさんが顔をしかめた。

「何か別なことを話したほうが――」

「フローリアン・フォーテスキューのことを聞きましたか?」

隣《となり》のフラーに、せっせとワインを注いでもらいながら、ビルが問いかけた。

「あの店は――」

「――ダイアゴン横丁のアイスクリームの店?」

ハリーはみずおちに穴《あな》が開いたような気持ちの悪さを感じながら口をはさんだ。

「僕《ぼく》に、いつもただでアイスクリームをくれた人だ。あの人に何かあったんですか?」

「拉致《らち》された。現場《げんば》の様子では」

「どうして？」

ロンが聞いた。ウィーズリーおばさんは、ビルをはたとにらみつけていた。

「さあね。何か連中の気に入らないことをしたんだろう。フローリアンは気のいいやつだったのに」

「ダイアゴン横丁といえば」

ウィーズリーおじさんが話しだした。

「オリバンダーもいなくなったようだ」

「杖作《つえつく》りの？」ジニーが驚《おどろ》いて聞いた。

「そうなんだ。店がからっぽでね。争った跡《あと》がない。自分で出ていったのか誘拐《ゆうかい》されたのか、誰《だれ》にもわからない」

「でも、杖《つえ》は――杖《つえ》が欲《ほ》しい人はどうなるの？」

「ほかのメーカーで間に合わせるだろう」ルーピンが言った。

「しかし、オリバンダーは最高だった。もし敵《てき》がオリバンダーを手中にしたとなると、我々《われわれ》にとってはあまり好ましくない状況《じょうきょう》だ」

この、かなり暗い誕生祝《たんじょういわ》い夕食会の次の日、ホグワーツからの手紙と教科書のリストが届《とど》いた。

ハリーへの手紙にはびっくりすることがふくまれていた。クィディッチのキャプテンになったのだ。

「これであなたは、監督生《かんとくせい》と同じ待遇《たいぐう》よ！」ハーマイオニーがうれしそうに叫《さけ》んだ。

「私《わたし》たちと同じ特別なバスルームが使えるとか！」

「ワーォ、チャーリーがこんなのをつけてたこと、覚えてるよ」

ロンが大喜びでバッジを眺《なが》め回《まわ》した。

「ハリー、かっこいいぜ。君は僕《ぼく》のキャプテンだ――また僕《ぼく》をチームに入れてくれればの話だけど、ハハハ……」

「さあ、これが届《とど》いたからには、ダイアゴン横丁行きをあんまり先延《さきの》ばしにはできないでしょうね」

ロンの教科書リストに目を通しながら、ウィーズリーおばさんがため息をついた。

「土曜に出かけましょう。お父さまがまた仕事にお出かけになる必要がなければだけど。お父さまなしでは、私《わたし》はあそこへ行きませんよ」

「ママ、『例のあの人』がフローリシュ・アンド・ブロッツ書店の本棚《ほんだな》の陰《かげ》に隠《かく》れてるなんて、マジ、そう思ってるの？」ロンが鼻先で笑った。

「フォーテスキューもオリバンダーも、休暇《きゅうか》で出かけたわけじゃないでしょ？」

おばさんがたちまち燃《も》え上《あ》がった。

「安全措置《あんぜんそち》なんて笑止千万《しょうしせんばん》だと思うんでしたら、ここに残りなさい。私《わたし》があなたの買い物を――」

「だめだよ。僕《ぼく》、行きたい。フレッドとジョージの店が見たいよ！」ロンがあわてて言った。

「それなら、坊《ぼっ》ちゃん、態度《たいど》に気をつけることね。一緒《いっしょ》に連れていくには幼《おさな》すぎるって、私《わたし》に思われないように！」

おばさんはプリプリしながら柱時計を引っつかみ、洗濯《せんたく》したばかりのタオルの山の上に、バランスを取ってのっけた。九本の針《はり》が全部、「**命が危《あぶ》ない**」を指し続けていた。

「それに、ホグワーツに戻《もど》るときも、同じことですからね！」

危《あぶ》なっかしげに揺《ゆ》れる時計をのせた洗濯物《せんたくもの》かごを両腕《りょううで》に抱《かか》え、母親が荒々《あらあら》しく部屋を出ていくのを見届《みとど》け、ロンは信じられないという顔でハリーを見た。

「おっどろきー……もうここじゃ冗談《じょうだん》も言えないのかよ……」

それでもロンは、それから数日というもの、ヴォルデモートに関する軽口をたたかないように気をつけた。それ以後はウィーズリー夫人のかんしゃく玉が破裂《はれつ》することもなく、土曜日の朝が明けた。だが、朝食のとき、おばさんはとてもピリピリしているように見えた。ビルはフラーと一緒《いっしょ》に家に残ることになっていたが（ハーマイオニーとジニーは大喜びだった）、テーブルのむかい側から、ぎっしり詰《つ》まった巾着《きんちゃく》をハリーに渡《わた》した。

「僕《ぼく》のは？」ロンが目を見張《みは》って、すぐさま尋《たず》ねた。

「バーカ、これはもともとハリーのものだ」ビルが言った。

「ハリー、君の金庫から出しておいたよ。何しろこのごろは、金を下ろそうとすると、一般《いっぱん》の客なら五時間はかかる。小鬼《ゴブリン》がそれだけ警戒措置《けいかいそち》を厳《きび》しくしているんだよ。二日前も、アーキー・フィルポットが『潔白検査棒《けっぱくけんさぼう》』を突《つ》っ込《こ》まれて……まあ、とにかく、こうするほうが簡単《かんたん》なんだから」

「ありがとう、ビル」ハリーは礼を言って巾着《きんちゃく》をポケットに入れた。

「このいとはいつも思いやりがありまーす」

フラーはビルの鼻をなでながら、うっとりとやさしい声で言った。ジニーがフラーの陰《かげ》で、コーンフレークの皿に吐《は》くまねをした。ハリーはコーンフレークにむせ、ロンがその背中《せなか》をトントンとたたいた。

どんより曇《くも》った陰気《いんき》な日だった。マントを引っかけながら家を出ると、以前に一度乗ったことのある魔法省《まほうしょう》の特別車が一台、前の庭でみんなを待っていた。

「パパが、またこんなのに乗れるようにしてくれて、よかったなぁ」

ロンが、車の中で悠々《ゆうゆう》と手足を伸《の》ばしながら感謝《かんしゃ》した。台所の窓《まど》から手を振《ふ》るビルとフラーに見送られ、車はすべるように「隠《かく》れ穴《あな》」を離《はな》れた。ロン、ハリー、ハーマイオニー、ジニーの全員が、広い後部座席《こうぶざせき》にゆったりと心地《ここち》よく座《すわ》った。

「慣《な》れっこになってはいけないよ。これはただハリーのためなんだから」

ウィーズリーおじさんが振《ふ》り返《かえ》って言った。おじさんとおばさんは前の助手席に魔法省《まほうしょう》の運転手と一緒《いっしょ》に座《すわ》っていた。そこは必要に応《おう》じて、ちゃんと二人がけのソファのような形に引《ひ》き伸《の》ばされていた。

「ハリーには、第一級セキュリティの資格《しかく》が与《あた》えられている。それに、『漏《も》れ鍋《なべ》』でも追加の警護《けいご》員《いん》が待っている」

ハリーは何も言わなかったが、闇祓《やみばら》いの大部隊に囲まれて買い物をするのは、気が進まなかった。透明《とうめい》マントをバックパックに詰《つ》め込《こ》んできていたし、ダンブルドアがそれで充分《じゅうぶん》だと考えたのだから、魔法省《まほうしょう》にだってそれで充分《じゅうぶん》なはずだと思った。ただし、あらためて考えてみると、魔法省《まほうしょう》がハリーのマントのことを知っているかどうかは、定《さだ》かではない。

「さあ、着きました」

驚《おどろ》くほど短時間しかたっていなかったが、運転手がその時初めて口をきいた。車はチャリング・クロス通りで速度を落とし、「漏《も》れ鍋《なべ》」の前で停《と》まった。

「ここでみなさんを待ちます。だいたいどのくらいかかりますか？」

「一、二時間だろう」ウィーズリーおじさんが答えた。

「ああ、よかった。もう来ている！」

おじさんをまねて車の窓《まど》から外をのぞいたハリーは、心臓《しんぞう》が小躍《こおど》りした。パブ「漏《も》れ鍋《なべ》」の外には、闇祓《やみばら》いたちではなく、巨大《きょだい》な黒ひげの姿《すがた》が待っていた。ホグワーツの森番、ルビウス・ハグリッドだ。長いビーバー皮のコートを着て、ハリーを見つけると、通りすがりのマグルたちがびっくり仰天《ぎょうてん》して見つめるのもおかまいなしに、ニッコリと笑いかけた。

「ハリー！」

大音声《だいおんじょう》で呼《よ》びかけ、ハリーが車から降《お》りたとたん、ハグリッドは骨《ほね》も砕《くだ》けそうな力で抱《だ》きしめた。

「バックビーク――いや、ウィザウィングズだ――ハリー、あいつの喜びようをおまえさんに見せてやりてえ。また戸外に出られて、あいつはうれしくてしょうがねえんだ――」

「それなら僕《ぼく》もうれしいよ」

ハリーは肋骨《ろっこつ》をさすりながらニヤッとした。

「『警護員《けいごいん》』がハグリッドのことだって、僕《ぼく》たち知らなかった！」

「ウン、ウン。まるで昔に戻《もど》ったみてえじゃねえか？　あのな、魔法省《まほうしょう》は闇祓《やみばら》いをごっそり送《おく》り込《こ》もうとしたんだが、ダンブルドアが俺一人《おれひとり》で大丈夫《だいじょうぶ》だって言いなすった」

ハグリッドは両手の親指を胸《むね》ポケットに突《つ》っ込《こ》んで、誇《ほこ》らしげに胸《むね》を張《は》った。

「そんじゃ、行こうか――モリー、アーサー、どうぞお先に――」

「漏《も》れ鍋《なべ》」はものの見事にからっぽだった。ハリーの知るかぎりこんなことは初めてだ。昔はあれほど混《こ》んでいたのに、歯抜《はぬ》けでしなびた亭主《ていしゅ》のトムしか残っていない。中に入ると、トムが期待顔で一行を見たが、口を開く前にハグリッドがもったいぶって言った。

「今日は通《とお》り抜《ぬ》けるだけだが、トム、わかってくれ。なんせ、ホグワーツの仕事だ」

トムは陰気《いんき》にうなずき、またグラスを磨《みが》きはじめた。ハリー、ハーマイオニー、ハグリッド、それにウィーズリー一家は、パブを通《とお》り抜《ぬ》けて肌寒《はださむ》い小さな裏庭《うらにわ》に出た。ごみバケツがいくつか置いてある。ハグリッドはピンクの傘《かさ》を上げて、壁《かべ》のれんがの一つを軽くたたいた。たちまち壁《かべ》がアーチ形に開き、そのむこうに曲がりくねった石畳《いしだたみ》の道が延《の》びていた。一行は入口をくぐり、立ち止まってあたりを見回した。

ダイアゴン横丁は様変わりしていた。キラキラと色鮮《いろあざ》やかに飾《かざ》りつけられたショーウィンドウの、呪文《じゅもん》の本も魔《ま》法薬《ほうやく》の材料も大鍋《おおなべ》も、その上に貼《は》りつけられた魔《ま》法省《ほうしょう》の大ポスターに覆《おお》われて見えない。くすんだ紫色《むらさきいろ》のポスターのほとんどは、夏の間に配布《はいふ》された魔《ま》法省《ほうしょう》パンフレットに書かれていた、保安上《ほあんじょう》の注意事項《ちゅういじこう》を拡大《かくだい》したものだったが、中にはまだ捕《つか》まっていない死喰《しく》い人《びと》の、動くモノクロ写真もあった。一番近くの薬問屋の店先で、ベラトリックス・レストレンジがニヤニヤ笑っている。

窓《まど》に板が打ちつけられている店もあり、「フローリアン・フォーテスキュー」のアイスクリーム・パーラーもその一つだった。一方、通り一帯にみすぼらしい屋台があちこち出現《しゅつげん》していた。一番近い屋台は「フローリシュ・アンド・ブロッツ」の前にしつらえられ、しみだらけの縞《しま》の日よけをかけた店の前には、段《だん》ボールの看板《かんばん》がとめてあった。

護符《ごふ》：狼人間《おおかみにんげん》、吸魂鬼《きゅうこんき》、亡者《もうじゃ》に有効《ゆうこう》

怪《あや》しげな風体《ふうてい》の小柄《こがら》な魔法使《まほうつか》いが、チェーンに銀の符牒《ふちょう》をつけたものを腕《うで》いっぱい抱《かか》えて、通行人に向かってジャラジャラ鳴らしていた。

「奥《おく》さん、お嬢《じょう》ちゃんにお一ついかが？」

一行が通りかかると、売り子はジニーを横目で見ながらウィーズリー夫人に呼《よ》びかけた。

「お嬢《じょう》ちゃんのかわいい首を護《まも》りませんか？」

「私《わたし》が仕事中なら……」

ウィーズリーおじさんが護符《ごふ》売りを怒《おこ》ったようににらみつけながら言った。

「そうね。でもいまは誰《だれ》も逮捕《たいほ》したりなさらないで。急いでいるんですから」

おばさんは落ち着かない様子で買い物リストを調べながら言った。

「『マダム・マルキン』のお店に最初に行ったほうがいいわ。ハーマイオニーは新しいドレスローブを買いたいし、ロンは学校用のローブからくるぶしが丸見えですもの。それに、ハリー、あなたも新しいのがいるわね。とっても背《せ》が伸《の》びたわ——さ、みんな——」

「モリー、全員が『マダム・マルキン』の店に行くのはあまり意味がない」ウィーズリーおじさんが言った。「その三人はハグリッドと一緒《いっしょ》に行って、我々《われわれ》は『フローリシュ・アンド・ブロッツ』でみんなの教科書を買ってはどうかね？」

「さあ、どうかしら」

おばさんが不安そうに言った。買い物を早くすませたい気持ちと、ひと塊《かたまり》になっていたい気持ちとの間で迷《まよ》っているのが明らかだった。

「ハグリッド、あなたはどう思——？」

「気ぃもむな。モリー、こいつらは俺《おれ》と一緒《いっしょ》で大丈夫《だいじょうぶ》だ」

ハグリッドが、ごみバケツのふたほど大きい手を気軽に振《ふ》って、なだめるように言った。おばさんは完全に納得《なっとく》したようには見えなかったが、二手に分かれることを承知《しょうち》して、夫とジニーと一緒《いっしょ》に「フローリシュ・アンド・ブロッツ」にそそくさと走っていった。ハリー、ロン、ハーマイオニーは、ハグリッドと一緒《いっしょ》に「マダム・マルキン」に向かった。

通行人の多くが、ウィーズリーおばさんと同じようにせっぱ詰《つ》まった心配そうな顔でそばを通《とお》り過《す》ぎていくのに、ハリーは気づいた。もう立ち話をしている人もいない。買い物客は、それぞれしっかり自分たちだけで固まって、必要なことだけに集中して動いていた。一人で買い物をしている人は誰《だれ》もいない。

「俺《おれ》たち全部が入ったら、ちいときついかもしれん」

ハグリッドはマダム・マルキンの店の外で立ち止まり、体を折り曲げて窓《まど》からのぞきながら言った。

「俺《おれ》は外で見張《みは》ろう。ええか？」

そこで、ハリー、ロン、ハーマイオニーは一緒《いっしょ》に小さな店内に入った。最初見たときは誰《だれ》もいないように見えたが、ドアが背後《はいご》で閉《し》まったとたん、緑と青のスパンコールのついたドレスローブがかけてあるローブかけのむこう側から、聞き覚えのある声が聞こえてきた。

「……お気づきでしょうが、母上、もう子供《こども》じゃないんだ。僕《ぼく》はちゃんと**一人で**買い物できます」

チッチッと舌打《したう》ちする音と、マダム・マルキンだとわかる声が聞こえた。

「あのね、坊《ぼっ》ちゃん、あなたのお母様のおっしゃるとおりですよ。もう誰《だれ》も、一人でふらふら歩いちゃいけないわ。子供《こども》かどうかとは関係なく――」

「そのピン、ちゃんと見て打つんだ！」

青白い、あごのとがった顔にプラチナ・ブロンドの十代の青年が、ローブかけの後ろから現《あらわ》れた。すそとそで口とに何本ものピンを光らせて、深緑の端正《たんせい》なひとそろいを着ている。青年は鏡の前に大股《おおまた》で歩いていき、自分の姿《すがた》を確《たし》かめていたが、やがて、肩越《かたご》しにハリー、ロン、ハーマイオニーの姿《すがた》が映《うつ》っているのに気づいた。青年は薄《うす》いグレーの目を細くした。

「母上、何が臭《くさ》いのかいぶかっておいででしたら、たったいま、『穢《けが》れた血《ち》』が入ってきましたよ」

ドラコ・マルフォイが言った。

「そんな言葉は使ってほしくありませんね！」

ローブかけの後ろから、マダム・マルキンが巻《ま》き尺《じゃく》と杖《つえ》を手に急ぎ足で現《あらわ》れた。

「それに、私《わたし》の店で杖《つえ》を引《ひ》っ張《ぱ》り出《だ》すのもお断《ことわ》りです！」

ドアのほうをちらりと見たマダム・マルキンが、あわててつけ加えた。そこにハリーとロンが、二人とも杖《つえ》をかまえてマルフォイをねらっているのが見えたからだ。

ハーマイオニーは二人の少し後ろに立って、「やめて、ねえ、そんな価値《かち》はないわ……」とささやいていた。

「フン、学校の外で魔法《まほう》を使う勇気なんかないくせに」マルフォイがせせら笑った。

「グレンジャー、目のあざは誰《だれ》にやられた？　そいつらに花でも贈《おく》りたいよ」

「いいかげんになさい！」

マダム・マルキンは厳《きび》しい口調でそう言うと、振《ふ》り返《かえ》って加勢《かせい》を求めた。

「奥様《おくさま》――どうか――」

ローブかけの陰《かげ》から、ナルシッサ・マルフォイがゆっくりと現《あらわ》れた。

「それをおしまいなさい」

ナルシッサが、ハリーとロンに冷たく言った。

「私《わたし》の息子《むすこ》をまた攻撃《こうげき》したりすれば、それがあなたたちの最後の仕業《しわざ》になるようにしてあげますよ」

「へーえ？」

ハリーは一歩進み出て、ナルシッサの落《お》ち着《つ》き払《はら》った高慢《こうまん》な顔をじっと見た。青ざめてはいても、その顔はやはり姉に似《に》ている。ハリーはもう、ナルシッサと同じぐらいの背丈《せたけ》になっていた。

「仲間の死喰《しく》い人《びと》を何人か呼《よ》んで、僕《ぼく》たちを始末してしまおうというわけか？」

マダム・マルキンは悲鳴を上げて、心臓《しんぞう》のあたりを押《お》さえた。

「そんな、非難《ひなん》めいたことを——そんな危険《きけん》なことを——杖《つえ》をしまって。お願いだから！」

しかし、ハリーは杖《つえ》を下ろさなかった。ナルシッサ・マルフォイは不快《ふかい》げな笑《え》みを浮《う》かべていた。

「ダンブルドアのお気に入りだと思って、どうやらまちがった安全感覚をお持ちのようね、ハリー・ポッター。でも、ダンブルドアがいつもそばであなたを護《まも》ってくれるわけじゃありませんよ」

ハリーは、からかうように店内を見回した。

「ウワー……どうだい……ダンブルドアはいまここにいないや！　それじゃ、試《ため》しにやってみたらどうだい？　アズカバンに二人部屋を見つけてもらえるかもしれないよ。敗北者のご主人と一緒《いっしょ》にね！」

マルフォイが怒《おこ》ってハリーにつかみかかろうとしたが、長すぎるローブに足を取られてよろめいた。ロンが大声で笑った。

「母上に向かって、ポッター、よくもそんな口のきき方を！」マルフォイがすごんだ。

「ドラコ、いいのよ」

ナルシッサがほっそりした白い指をドラコの肩《かた》に置いて制《せい》した。

「私《わたし》がルシウスと一緒《いっしょ》になる前に、ポッターは愛するシリウスと一緒《いっしょ》になることでしょう」

ハリーはさらに杖《つえ》を上げた。

「ハリー、だめ！」

ハーマイオニーがうめき声を上げ、ハリーの腕《うで》を押《お》さえて下ろさせようとした。

「落ち着いて……やってはだめよ……困《こま》ったことになるわ……」

マダム・マルキンは一瞬《いっしゅん》おろおろしていたが、何も起こらないほうに賭《か》けて、何も起こっていないかのように振《ふ》る舞《ま》おうと決めたようだった。マダム・マルキンは、まだハリーをにらみつけているマルフォイのほうに身をかがめた。

「この左そではもう少し短くしたほうがいいわね。ちょっとそのように――」

「痛《いた》い！」

マルフォイは大声を上げて、マダム・マルキンの手をたたいた。

「気をつけてピンを打つんだ！　母上――もうこんなものは欲《ほ》しくありません――」

マルフォイはローブを引《ひ》っ張《ば》って頭から脱《ぬ》ぎ、マダム・マルキンの足元にたたきつけた。

「そのとおりね、ドラコ」

ナルシッサは、ハーマイオニーを侮蔑的《ぶべつてき》な目で見た。

「この店の客がどんなくずかわかった以上……『トウィルフィット・アンド・タッティング』の店のほうがいいでしょう」

そう言うなり、二人は足音も荒《あら》く店を出ていった。マルフォイは出ていきざま、ロンにわざと思いきり強くぶつかった。

「ああ、**まったく!**」

マダム・マルキンは落ちたローブをサッと拾い上げ、杖《つえ》で電気掃除機《でんきそうじき》のように服をなぞってほこりを取った。

マダム・マルキンは、ロンとハリーの新しいローブの寸法直《すんぽうなお》しをしている間、ずっと気もそぞろで、ハーマイオニーに魔女用《まじょよう》のローブではなく男物のローブを売ろうとしたりした。最後におじぎをして三人を店から送り出したときは、やっと出ていってくれてうれしいという雰囲気《ふんいき》だった。

「全部買ったか?」

三人が自分のそばに戻《もど》ってきたのを見て、ハグリッドがほがらかに聞いた。

「まあね」ハリーが言った。「マルフォイ親子を見かけた?」

「ああ」ハグリッドはのんきに言った。「だけんど、あいつら、まさかダイアゴン横丁のどまん中で面倒《めんどう》を起こしたりはせんだろう。ハリー、やつらのことは気にすんな」

ハリー、ロン、ハーマイオニーは顔を見合わせた。しかし、ハグリッドの安穏《あんのん》とした考えを正すことができないうちに、ウィーズリーおじさん、おばさんとジニーが、それぞれ重そうな本の包みをさげてやってきた。

「みんな大丈夫《だいじょうぶ》?」おばさんが言った。「ローブは買ったの? それじゃ、薬問屋と『イーロップ』の店にちょっと寄《よ》って、それからフレッドとジョージのお店に行きましょう――離《はな》れないで、さあ……」

ハリーもロンも、もう「魔法薬学《まほうやくがく》」を取らないことになるので、薬問屋では何も材料を買わなかったが、「イーロップのふくろう百貨店」では、ヘドウィグとピッグウィジョンのために、ふくろうナッツの大箱をいくつも買った。その後、おばさんが一分ごとに時計をチェックする中、一行は、フレッドとジョージの経営《けいえい》するいたずら専門店《せんもんてん》、「ウ《W》ィーズリー・ウ《W》ィザード・ウ《W》ィーズ」を探《さが》して、さらに歩いた。

「もうほんとに時間がないわ」おばさんが言った。

「だからちょっとだけ見て、それから車に戻《もど》るのよ。もうこのあたりのはずだわ。ここは九十二番地……九十四……」

「**ウワーッ**」ロンが道のまん中で立ち止まった。

ポスターで覆《おお》い隠《かく》されたさえない店頭が立《た》ち並《なら》ぶ中で、フレッドとジョージのウィンドウは、花火大会のように目を奪《うば》った。たまたま通りがかった人も、振《ふ》り返《かえ》ってウィンドウを見ていたし、何人かは愕然《がくぜん》とした顔で立ち止まり、その場に釘《くぎ》づけになっていた。左側のウィンドウには目のくらむような商品の数々が、回ったり跳《は》ねたり光ったり、はずんだり叫《さけ》んだりしていた。見ているだけでハリーは目がチカチカしてきた。右側のウィンドウは巨大《きょだい》ポスターで覆《おお》われていて、色は魔法省《まほうしょう》のと同じ紫色《むらさきいろ》だったが、黄色の文字が鮮《あざ》やかに点滅《てんめつ》していた。

「例のあの人」なんか、気にしてる場合か？
ウーンと気になる新製品《しんせいひん》
「ウンのない人」
便秘《べんぴ》のセンセーション　国民的センセーション！

ハリーは声を上げて笑った。そばで低いうめき声のようなものが聞こえたので振《ふ》り向《む》くと、ウィーズリーおばさんが、ポスターを見つめたまま声も出ない様子だった。おばさんの唇《くちびる》が動き、口の形で「ウンのない人」と読んでいた。

「あの子たち、きっとこのままじゃすまないわ！」おばさんがかすかな声で言った。

「そんなことないよ！」ハリーと同じく笑っていたロンが言った。「これ、すっげえ！」

ロンとハリーが先に立って店に入った。お客で満員だ。ハリーは商品棚《しょうひんだな》に近づくこともできなかった。目を凝《こ》らして見回すと、天井《てんじょう》まで積み上げられた箱が見え、そこには双子《ふたご》が先学期、中退《ちゅうたい》する前に完成した「ずる休みスナックボックス」が山積みされていた。「鼻血ヌルヌル・ヌガー」が一番人気の商品らしく、棚《たな》にはつぶれた箱ひと箱しか残っていない。「だまし杖《づえ》」がぎっしり詰《つ》まった容器《ようき》もある。一番安い杖《つえ》は、振《ふ》るとゴム製《せい》の鶏《にわとり》かパンツに変わるだけだが、一番高い杖《つえ》は、油断《ゆだん》していると持ち主の頭や首をたたく。羽根ペンの箱を見ると、「自動インク」、「綴《つづ》りチェック」、「さえた解答《かいとう》」などの種類があった。

人混《ひとご》みの間にすきまができたので、押《お》し分《わ》けてカウンターに近づいてみると、そこには就学前《しゅうがくまえ》の十歳児《さいじ》たちがわいわい集まって、木製《もくせい》のミニチュア人形が、本物の絞首台《こうしゅだい》に向かってゆっくり階段《かいだん》を上っていくのを見ていた。その下に置かれた箱にはこう書いてある。

何度も使えるハングマン首つり綴《つづ》り遊び――綴《つづ》らないとつるすぞ！

やっと人混《ひとご》みをかき分けてやってきたハーマイオニーが、カウンターのそばにある大きなディスプレーを眺《なが》めて、商品の箱の裏《うら》に書かれた説明書きを読んでいた。「『特許《とっきょ》・白昼夢呪文《はくちゅうむじゅもん》』……」箱には、海賊船《かいぞくせん》の甲板《かんぱん》に立っているハンサムな若者《わかもの》とうっとりした顔の若《わか》い女性《じょせい》の絵が、ど派手《はで》な色で描《えが》かれていた。

簡単《かんたん》な呪文《じゅもん》で、現実味《げんじつみ》のある最高級の夢《ゆめ》の世界へ三十分。平均的授業時間《へいきんてきじゅぎょうじかん》に楽々フィット。ほとんど気づかれません（副作用として、ボーっとした表情《ひょうじょう》と軽いよだれあり）。十六歳未満《さいみまん》お断《ことわ》り。


「あのね」ハーマイオニーが、ハリーを見て言った。

「これ、ほんとうにすばらしい魔法《まほう》だわ！」

「よくぞ言った、ハーマイオニー」二人の背後《はいご》で声がした。「その言葉にひと箱無料進呈《むりょうしんてい》だ」

フレッドが、ニッコリ笑って二人の前に立っていた。赤紫色《あかむらさきいろ》のローブが、燃《も》えるような赤毛と見事に反発し合っている。

「ハリー、元気か？」二人は握手《あくしゅ》した。

「それで、ハーマイオニー、その目はどうした？」

「あなたのパンチ望遠鏡よ」ハーマイオニーが無念そうに言った。

「あ、いっけねー、あれのこと忘《わす》れてた」フレッドが言った。「ほら――」

フレッドはポケットから丸い容器《ようき》を取り出して、ハーマイオニーに渡《わた》した。ハーマイオニーが用心深くネジぶたを開けると、中にどろりとした黄色の軟膏《なんこう》があった。

「軽く塗《ぬ》っとけよ。一時間以内にあざが消える」フレッドが言った。

「俺《おれ》たちの商品はだいたい自分たちが実験台になってるんだ。ちゃんとしたあざ消しを開発しなきゃならなかったんでね」

ハーマイオニーは不安そうだった。

「これ、**安全**、なんでしょうね？」

「太鼓判《たいこばん》さ」フレッドが元気づけるように言った。

「ハリー、来いよ。案内するから」

軟膏《なんこう》を目の周りに塗《ぬ》りつけているハーマイオニーを残し、ハリーはフレッドについて店の奥《おく》に入った。そこには手品用のトランプやロープのスタンドがあった。

「マグルの手品だ！」

フレッドが指差しながらうれしそうに言った。

「親父《おやじ》みたいな、ほら、マグル好きの変人用さ。もうけはそれほど大きくないけど、かなりの安定商品だ。めずらしさが大受けでね……ああ、ジョージだ……」

フレッドの双子《ふたご》の相方が、元気いっぱいハリーと握手《あくしゅ》した。

「案内か？　奥《おく》に来いよ、ハリー。俺《おれ》たちのもうけ商品ラインがある——**万引きは、君、ガリオン**

金貨より高くつくぞ！」

ジョージが小さな少年に向かって警告《けいこく》すると、少年はすばやく手を引《ひ》っ込《こ》めた。手を突《つ》っ込《こ》んでいた容器《ようき》には、

食べられる闇《やみ》の印《しるし》――食べると誰《だれ》でも吐《は》き気《け》がします！

というラベルが貼《は》ってあった。

ジョージがマグル手品商品の脇《わき》のカーテンを引くと、そこには表《おもて》より暗く、あまり混《こ》んでいない売り場があって、商品棚《しょうひんだな》には地味なパッケージが並《なら》んでいた。

「最近、このまじめ路線を開発したばかりだ」フレッドが言った。「奇妙《きみょう》な経緯《けいい》だな……」

「まともな『盾《たて》の呪文《じゅもん》』一つできないやつが、驚《おどろ》くほど多いんだ。魔法省《まほうしょう》で働いている連中もだぜ」ジョージが言った。「そりゃ、ハリー、君に教えてもらわなかった連中だけどね」

「そうだとも……まあ、『盾《たて》の帽子《ぼうし》』はちょいと笑えると、俺《おれ》たちはそう思ってた。こいつをかぶってから、呪文《じゅもん》をかけてみろって、誰《だれ》かをけしかける。そしてその呪文《じゅもん》が、かけたやつに跳《は》ね返《かえ》るときのそいつの顔を見るってわけさ。ところが魔法省《まほうしょう》は、補助職員全員《ほじょしょくいんぜんいん》のためにこいつを五百個《こ》も注文したんだぜ！　しかもまだ大量注文が入ってくる！」

「そこで俺《おれ》たちは商品群《しょうひんぐん》を広げた。『盾《たて》のマント』、『盾《たて》の手袋《てぶくろ》』……」

「……そりゃ、『許《ゆる》されざる呪文《じゅもん》』に対してはあんまり役には立たないけど、小から中程度《ていど》の呪《のろ》いや呪詛《じゅそ》に関しては……」

「それから俺《おれ》たちは考えた。『闇《やみ》の魔術《まじゅつ》に対《たい》する防衛術《ぼうえいじゅつ》』全般《ぜんぱん》をやってみようとね。何しろ金のなる木だ」

ジョージは熱心に話し続けた。

「こいつはいけるぜ。ほら、『インスタント煙幕《えんまく》』。ペルーから輸入《ゆにゅう》してる。急いで逃《に》げるときに便利なんだ」

「それに『おとり爆弾《ばくだん》』なんか、棚《たな》に並《なら》べたとたん、足が生えたような売れ行きだ。ほら」

フレッドはへんてこりんな黒いラッパのようなものを指差した。ほんとうにこそこそ隠《かく》れようとしている。

「こいつをこっそり落とすと、逃《に》げていって、見えない所で景気よく一発音を出してくれる。注意をそらす必要があるときにいい」

「便利だ」ハリーは感心した。

「取っとけよ」ジョージが一、二個捕《つか》まえてハリーに放ってよこした。

短いブロンドの若《わか》い魔女《まじょ》がカーテンのむこうから首を出した。同じ赤紫《あかむらさき》のユニフォームを着ているのに、ハリーは気づいた。

「ミスター・ウィーズリーとミスター・ウィーズリー、お客さまがジョーク鍋《なべ》を探《さが》しています」

ハリーは、フレッドとジョージがミスター・ウィーズリーと呼《よ》ばれるのを聞いて、とても変な気がしたが、二人はごく自然に呼《よ》びかけに応《おう》じた。

「わかった、ベリティ。いま行く」ジョージが即座《そくざ》に答えた。

「ハリー、好きなものを何でも持ってけ。いいか？　代金無用」

「そんなことできないよ！」

ハリーはすでに「おとり爆弾《ばくだん》」の支払《しはら》いをしようと巾着《きんちゃく》を取り出していた。

「ここでは君は金を払《はら》わない」

ハリーが差し出した金を手を振《ふ》って断《ことわ》りながら、フレッドがきっぱりと言った。

「でも――」

「君が、俺《おれ》たちに起業資金《きぎょうしきん》を出してくれた。忘《わす》れちゃいない」ジョージが断固《だんこ》として言った。

「好きなものをなんでも持っていってくれ。ただし、聞かれたら、どこで手に入れたかを忘《わす》れずに言ってくれ」

ジョージは客の応対《おうたい》のため、カーテンのむこうにするりと消え、フレッドは店頭の売り場までハリーを案内して戻《もど》った。そこには、「特許《とっきょ》・白昼夢呪文《はくちゅうむじゅもん》」にまだ夢中《むちゅう》になっているハーマイオニーとジニーがいた。

「お嬢《じょう》さん方、我《われ》らが特製《とくせい》『ワンダーウィッチ』製品《せいひん》をごらんになったかな?」フレッドが聞いた。「レディーズ、こちらへどうぞ……」

窓《まど》のそばに、思いっきりピンク色の商品が並《なら》べてあり、興奮《こうふん》した女の子の群《む》れが興味津々《きょうみしんしん》でクスクス笑っていた。ハーマイオニーもジニーも用心深く、尻込《しりご》みした。

「さあ、どうぞ」フレッドが誇《ほこ》らしげに言った。「どこにもない最高級『ほれ薬』」

ジニーが疑《うたが》わしげに片方《かたほう》の眉《まゆ》を吊《つ》り上《あ》げた。「効《き》くの?」

「もちろん、効《き》くさ。一回で最大二十四時間。問題の男子の体重にもよる――」

「――それに女子の魅力度《みりょくど》にもよる」

突然《とつぜん》、ジョージがそばに姿《すがた》を現《あらわ》した。

「しかし、我《われ》らの妹には売らないのである」

ジョージが急に厳《きび》しい口調でつけ加えた。

「すでに約五人の男子が夢中《むちゅう》であると聞きおよんでいるからには――」

「ロンから何を聞いたか知らないけど、大うそよ」

手を伸《の》ばして棚《たな》から小さなピンクのつぼを取りながら、ジニーが冷静に言った。

「これは何?」

「『十秒で取れる保証《ほしょう》つきにきび取り』」フレッドが言った。「おできから黒にきびまでよく効《き》く。

しかし、話をそらすな。いまはディーン・トーマスという男子とデート中か否《いな》か？」

「そうよ」ジニーが言った。「それに、この間見たときは、あの人、確《たし》かに一人だった。五人じゃなかったわよ。こっちはなんなの？」

ジニーは、キーキーかん高い音を出しながらかごの底を転がっている、ふわふわしたピンクや紫《むらさき》の毛玉の群《む》れを指差していた。

「ピグミーパフ」ジョージが言った。「ミニチュアのパフスケインだ。いくら繁殖《はんしょく》させても追いつかないぐらいだよ。それじゃ、マイケル・コーナーは？」

「捨《す》てたわ。負けっぷりが悪いんだもの」

ジニーはかごの桟《さん》から指を一本入れ、ピグミーパフがそこにわいわい集まってくる様子を見つめていた。

「かーわいいいっ！」

「連中は抱《だ》きしめたいほどかわいい。うん」フレッドが認《みと》めた。

「しかし、ボーイフレンドを渡《わた》り歩《ある》く速度が速すぎないか？」

ジニーは腰《こし》に両手を当ててフレッドを見た。ウィーズリーおばさんそっくりのにらみがきいたその顔に、フレッドがよくもひるまないものだと、ハリーは驚《おどろ》いたくらいだ。

「よけいなお世話よ。それに、**あなたに**お願いしておきますけど」

商品をどっさり抱《かか》えてジョージのすぐそばに現《あらわ》れたロンに向かって、ジニーが言った。

「この二人に、私《わたし》のことで、よけいなおしゃべりをしてくださいませんように！」

「全部で三ガリオン九シックル一クヌートだ」

ロンが両腕《りょううで》に抱《かか》え込《こ》んでいる箱を調べて、フレッドが言った。

「出せ」

「僕《ぼく》、弟だぞ！」

「そして、君がちょろまかしているのは兄の商品だ。三ガリオン九シックル。びた一クヌートたりとも負けられないところだが、一クヌート負けてやる」

「だけど三ガリオン九シックルなんて持ってない！」

「それなら全部戻《もど》すんだな。棚《たな》をまちがえずに戻《もど》せよ」

ロンは箱をいくつか落とし、フレッドに向かって悪態《あくたい》をついて下品な手まねをした。それが運悪く、その瞬間《しゅんかん》をねらったかのように現《あらわ》れたウィーズリーおばさんに見つかった。

「今度そんなまねをしたら、指がくっつく呪《のろ》いをかけますよ」

ウィーズリーおばさんが語気を荒《あら》らげた。

「ママ、ピグミーパフが欲《ほ》しいわ」間髪《かんはつ》を容《い》れずジニーが言った。

「何をですって？」おばさんが用心深く聞いた。

「見て、かわいいんだから……」

ウィーズリーおばさんは、ピグミーパフを見ようと脇《わき》に寄《よ》った。その一瞬《いっしゅん》、ハリー、ロン、ハーマイオニーは、まっすぐに窓《まど》の外を見ることができた。ドラコ・マルフォイが、一人で通りを急いでいるのが見えた。ウィーズリー・ウィザード・ウィーズ店を通《とお》り過《す》ぎながら、ちらりと後ろを振《ふ》り返《かえ》ったマルフォイの姿《すがた》は、一瞬《いっしゅん》の後、窓枠《まどわく》の外に出てしまい、三人には見えなくなった。

「あいつのお母上はどこへ行ったんだろう？」ハリーは眉《まゆ》をひそめた。

「どうやらまいたらしいな」ロンが言った。

「でも、どうして？」ハーマイオニーが言った。

ハリーは考えるのに必死で、何も言わなかった。ナルシッサ・マルフォイは、大事な息子《むすこ》からそう簡単《かんたん》に目を離《はな》したりはしないはずだ。固いガードから脱出《だっしゅつ》するためには、マルフォイは相当がんばらなければならなかったはずだ。ハリーの大嫌《だいきら》いなあのマルフォイのことだから、無邪気《むじゃき》な理由で脱走《だっそう》したのでないことだけは確《たし》かだ。

ハリーはサッと周りを見た。ウィーズリーおばさんとジニーはピグミーパフをのぞき込《こ》み、ウィーズリーおじさんは、インチキするための印がついたマグルのトランプをひと組、うれしそうにいじっている。フレッドとジョージは二人とも客の接待《せったい》だ。窓《まど》のむこうには、ハグリッドがこちらに背《せ》を向けて、通りを端《はし》から端《はし》まで見渡《みわた》しながら立っている。

「ここに入って、早く」

ハリーはバックパックから透明《とうめい》マントを引《ひ》っ張《ぱ》り出《だ》した。

「あ――私《わたし》、どうしようかしら、ハリー」

ハーマイオニーは心配そうにウィーズリーおばさんを見た。

「来いよ！　**さあ！**」ロンが呼《よ》んだ。

ハーマイオニーはもう一瞬躊躇《いっしゅんちゅうちょ》したが、ハリーとロンについてマントにもぐり込《こ》んだ。フレッド・ジョージ商品にみんなが夢中《むちゅう》で、三人が消えたことには、誰《だれ》も気づかない。ハリー、ロン、ハーマイオニーは、できるだけ急いで混《こ》み合《あ》った店内をすり抜《ぬ》け、外に出た。しかし、通りに出たときにはすでに、三人が姿《すがた》を消したと同じぐらい見事に、マルフォイの姿《すがた》も消えていた。

「こっちの方向に行った」

ハリーは、鼻歌を歌っているハグリッドに聞こえないよう、できるだけ低い声で言った。

「行こう」

三人は左右に目を走らせながら、急ぎ足で店のショーウィンドウやドアの前を通《とお》り過《す》ぎた。やがてハーマイオニーが行く手を指差した。

「あれ、そうじゃない？」ハーマイオニーが小声で言った。「左に曲がった人」

「びっくりしたなぁ」ロンも小声で言った。

マルフォイが、あたりを見回してからすっと入《はい》り込《こ》んだ先が、「夜の闇横丁《ノクターンよこちょう》」だったからだ。

「早く。見失っちゃうよ」ハリーが足を速めた。

「足が見えちゃうわ！」

マントがくるぶしあたりでひらひらしていたので、ハーマイオニーが心配した。近ごろでは、三人そろってマントに隠《かく》れるのはかなり難《むずか》しくなっていた。

「かまわないから」ハリーがいらいらしながら言った。

「とにかく急いで！」

しかし、闇《やみ》の魔術専門《まじゅつせんもん》の夜の闇横丁《ノクターンよこちょう》は、まったく人気《ひとけ》がないように見えた。通りがかりに窓《まど》からのぞいても、どの店にも客の影《かげ》はまったく見えない。危険《きけん》で疑心暗鬼《ぎしんあんき》のこんな時期に、闇《やみ》の魔術《まじゅつ》に関するものを買うのは――少なくとも買うのを見られるのは――自ら正体を明かすようなものなのだろうと、ハリーは思った。

ハーマイオニーがハリーのひじを強くつねった。

「イタッ！」

「シーッ！　あそこにいるわ！」ハーマイオニーがハリーに耳打ちした。

三人はちょうど、夜の闇横丁《ノクターンよこちょう》でハリーが来たことのあるただ一軒《けん》の店の前にいた。「ボージン・アンド・バークス」、邪悪《じゃあく》なものを手広く扱《あつか》っている店だ。どくろや古い瓶類《びんるい》のショーケースの間に、こちらに背《せ》を向けてドラコ・マルフォイが立っていた。ハリーがマルフォイ父子《おやこ》をさけて隠《かく》れた、あの黒い大きなキャビネット棚《だな》のむこう側に、ようやく見える程度《ていど》の姿《すがた》だ。マルフォイの手の動きから察すると、さかんに話をしているらしい。猫背《ねこぜ》で脂《あぶら》っこい髪《かみ》の店主、ボージン氏がマルフォイと向き合っている。憤《いきどお》りと恐《おそ》れの入りまじった、奇妙《きみょう》な表情《ひょうじょう》だった。

「あの人たちの言ってることが聞こえればいいのに！」ハーマイオニーが言った。

「聞こえるさ！」ロンが興奮《こうふん》した。「待ってて――コンニャロ――」

ロンはまだ箱をいくつか抱《かか》え込《こ》んだままだったが、一番大きな箱をいじり回しているうちに、ほかの箱をいくつか落としてしまった。

「『伸《の》び耳《みみ》』だ。どうだ！」

ロンは薄《うす》いオレンジ色の長いひもを取り出し、ドアの下に差《さ》し込《こ》もうとしていた。

「すごいわ！」ハーマイオニーが言った。

「ああ、ドアに『邪魔《じゃま》よけ呪文《じゅもん》』がかかってないといいけど――」

「かかってない！」ロンが大喜びで言った。「聞けよ！」

三人は頭を寄《よ》せ合《あ》って、ひもの端《はし》にじっと耳を傾《かたむ》けた。まるでラジオをつけたようにはっきりと大きな音で、マルフォイの声が聞こえた。

「……直し方を知っているのか？」

「かもしれません」

ボージンの声には、あまり関わりたくない雰囲気《ふんいき》があった。

「拝見《はいけん》いたしませんとなんとも。店のほうにお持ちいただけませんか?」

「できない」マルフォイが言った。

「動かすわけにはいかない。どうやるのかを教えてほしいだけだ」

ボージンが神経質《しんけいしつ》に唇《くちびる》をなめるのが、ハリーの目に入った。

「さあ、拝見《はいけん》しませんと、何しろ大変難《むずか》しい仕事でして、もしかしたら不可能《ふかのう》かと。何もお約束はできないしだいで」

「そうかな?」マルフォイが言った。

その言い方だけで、ハリーにはマルフォイがせせら笑っているのがわかった。

「もしかしたら、これで、もう少し自信が持てるようになるだろう」

マルフォイがボージンに近寄《ちかよ》ったので、キャビネット棚《だな》に隠《かく》されて姿《すがた》が見えなくなった。ハリー、ロン、ハーマイオニーは横歩きしてマルフォイの姿《すがた》をとらえようとしたが、見えたのはボージンの恐怖《きょうふ》の表情《ひょうじょう》だけだった。

「誰《だれ》かに話してみろ」マルフォイが言った。「痛《いた》い目《め》にあうぞ。フェンリール・グレイバックを知っているな? 僕《ぼく》の家族と親しい。ときどきここに寄《よ》って、おまえがこの問題に充分《じゅうぶん》に取り組んでいるかどうかを確《たし》かめるぞ」

「そんな必要は――」

「それは僕《ぼく》が決める」マルフォイが言った。「さあ、もう行かなければ。それで、**こっちのあれを**安全に保管《ほかん》するのを忘《わす》れるな。あれは、僕《ぼく》が必要になる」

「いまお持ちになってはいかがです？」

「そんなことはしないに決まっているだろう。バカめが。そんなものを持って通りを歩いたら、どういう目で見られると思うんだ？　とにかく売るな」

「もちろんですとも……若様《わかさま》」

ボージンは、ハリーが以前に見た、ルシウス・マルフォイに対するのと同じぐらい深々とおじぎした。

「誰《だれ》にも言うなよ、ボージン。母上もふくめてだ。わかったか？」

「もちろんです。もちろんです」

ボージンは再《ふたた》びおじぎしながら、ボソボソと言った。

次の瞬間《しゅんかん》、ドアの鈴《すず》が大きな音を立て、マルフォイが満足げに意気揚々《いきようよう》と店から出てきた。ハリー、ロン、ハーマイオニーのすぐそばを通《とお》り過《す》ぎたので、マントがひざのあたりでまたひらひらするのを感じた。店の中で、ボージンは凍《こお》りついたように立っていた。ねっとりした笑いが消え、心配そうな表情《ひょうじょう》だった。

「いったいなんのことだ？」

ロンが「伸《の》び耳《みみ》」を巻《ま》き取《と》りながら小声で言った。

「さあ」ハリーは必死で考えた。「何かを直したがっていた……それに、何かを店に取り置きしたがっていた……『こっちのあれ』って言ったとき、何を指差してたか、見えたか？」

「いや、あいつ、キャビネット棚《だな》の陰《かげ》になってたから――」

「二人ともここにいて」ハーマイオニーが小声で言った。

「何をする気――？」

しかしハーマイオニーはもう、マントの下から出ていた。窓《まど》ガラスに姿《すがた》を映《うつ》して髪《かみ》をなでつけ、ドアの鈴《すず》を鳴らし、ハーマイオニーはどんどん店に入っていった。ロンはあわてて「伸《の》び耳《みみ》」をドアの下から入れ、ひもの片方《かたほう》をハリーに渡《わた》した。

「こんにちは。いやな天気ですね？」

ハーマイオニーは明るくボージンに挨拶《あいさつ》した。ボージンは返事もせず、うさんくさそうにハーマイオニーを見た。ハーマイオニーは楽しそうに鼻歌を歌いながら、飾《かざ》ってある雑多《ざった》な商品の間をゆっくり歩いた。

「あのネックレス、売り物ですか？」

前面がガラスのショーケースのそばで立ち止まって、ハーマイオニーが聞いた。

「千五百ガリオン持っていればね」ボージンが冷たく答えた。

「ああ――ンー――ううん。それほどは持ってないわ」ハーマイオニーは歩き続けた。

「それで……このきれいな……ぇぇと……どくろは？」

「十六ガリオン」

「それじゃ、売り物なのね？　別に……誰《だれ》かのために取り置きとかでは？」

ボージンは目を細めてハーマイオニーを見た。ハリーには、ハーマイオニーのねらいがなんなのかずばりわかり、これはまずいぞと思った。ハーマイオニーも明らかに、見破《みやぶ》られたと感じたらしく、急に慎重《しんちょう》さをかなぐり捨《す》てた。

「実は、あの――いまここにいた男の子、ドラコ・マルフォイだけど、あの、友達で、誕生日《たんじょうび》のプレゼントをあげたいの。でも、もう何かを予約してるなら、当然、同じものはあげたくないので、それで……あの……」

かなり下手な作り話だと、ハリーは思った。どうやら、ボージンも同じ考えだった。

「失《う》せろ」ボージンが鋭《するど》く言った。

「出て失《う》せろ！」

ハーマイオニーは二度目の失《う》せろを待たずに、急いでドアに向かった。ボージンがすぐあとを追ってきた。鈴《すず》がまた鳴り、ボージンはハーマイオニーの背後《はいご》でピシャリとドアを閉《し》めて、「閉店《へいてん》」の看板《かんばん》を出した。

「まあね」ロンがハーマイオニーに、またマントを着せかけながら言った。

「やってみる価値《かち》はあったけど、君、ちょっとバレバレで――」

「あーら、なら、次のときはあなたにやってみせていただきたいわ。秘術名人《ひじゅつめいじん》さま！」

ハーマイオニーがバシッと言い返した。

ロンとハーマイオニーは、ウィーズリー・ウィザード・ウィーズに戻《もど》るまでずっと口げんかしていたが、店の前で口論《こうろん》をやめざるをえなかった。三人がいないことに、はっきり気づいた心配顔のウィーズリーおばさんとハグリッドをかわして、二人に気取られないように通《とお》り抜《ぬ》けなければならなかったからだ。いったん店に入ってから、ハリーはサッと透明《とうめい》マントを脱《ぬ》いで、バックパックに隠《かく》した。それから、ウィーズリーおばさんの詰問《きつもん》に答えている二人と一緒《いっしょ》になって、自分たちは店の奥《おく》にずっといた、おばさんはちゃんと探《さが》さなかったのだろうと言《い》い張《は》った。

第七章　ナメクジ・クラブ

夏休み最後の一週間のほとんどを、ハリーは夜の闇《ノクターン》横丁《よこちょう》でのマルフォイの行動の意味を考えて過《す》ごした。店を出たときのマルフォイの満足げな表情《ひょうじょう》がどうにも気がかりだった。マルフォイをあそこまで喜ばせることが、よい話であるはずがない。

ところが、ロンもハーマイオニーも、どうやらハリーほどにはマルフォイの行動に関心を持っていないらしいのが、ハリーを少しいらだたせた。少なくとも二人は、二、三日たつとその話にあきてしまったようだった。

「ええ、ハリー、あれは怪《あや》しいって、そう言ったじゃない」ハーマイオニーがいらいら気味に言った。

ハーマイオニーは、フレッドとジョージの部屋の出窓《でまど》に腰《こし》かけ、両足を段《だん》ボールにのせて、真新しい『上級《じょうきゅう》ルーン文字《もじ》翻訳法《ほんやくほう》』を読んでいたが、しぶしぶ本から目を上げた。

「でも、いろいろ解釈《かいしゃく》のしようがあるって、そういう結論《けつろん》じゃなかった？」

「『輝《かが》きの手《て》』を壊《こわ》しちまったかもしれないし」

ロンは箒《ほうき》の尾《お》の曲がった小枝《こえだ》をまっすぐに伸《の》ばしながら、上の空で言った。

「マルフォイが持ってたあのしなびた手のこと、覚えてるだろ？」

「だけど、あいつが『**こっちのあれを**安全に保管《ほかん》するのを忘《わす》れるな』って言ったのはどうなんだ？」

ハリーは、この同じ質問《しつもん》を何度くり返したかわからない。

「ボージンが、壊《こわ》れたものと同じのをもう一つ持っていて、マルフォイは両方欲《ほ》しがっている。僕《ぼく》にはそう聞こえた」

「そう思うか？」ロンは、今度は箒《ほうき》の柄《え》のほこりをかき落とそうとしていた。

「ああ、そう思う」ハリーが言った。

ロンもハーマイオニーも反応《はんのう》しないので、ハリーが一人で話し続けた。

「マルフォイの父親はアズカバンだ。マルフォイが復讐《ふくしゅう》したがってると思わないか？」

ロンが、目をパチクリしながら顔を上げた。

「マルフォイが？　復讐《ふくしゅう》？　何ができるっていうんだ？」

「そこなんだ。僕《ぼく》にはわからない！」

ハリーはじりじりした。

「でも、何かたくらんでる。僕《ぼく》たち、それを真剣《しんけん》に考えるべきだと思う。あいつの父親は死喰《しく》い人《びと》だし、それに――」

ハリーは突然《とつぜん》言葉を切って、口をあんぐり開け、ハーマイオニーの背後《はいご》の窓《まど》を見つめた。驚《おどろ》くべき考えがひらめいたのだ。

「ハリー？」ハーマイオニーが心配そうに言った。「どうかした？」

「傷痕《きずあと》がまた痛《いた》むんじゃないだろうな？」ロンが不安そうに聞いた。

「あいつが死喰《しく》い人《びと》だ」ハリーがゆっくりと言った。

「父親にかわって、あいつが死喰《しく》い人《びと》なんだ！」

しんとなった。そしてロンが、はじけるように笑いだした。

「**マルフォイが？** 十六歳《さい》だぜ、ハリー！『例のあの人』が、**マルフォイ**なんかを入れると思うか？」

「とてもありえないことだわ、ハリー」

ハーマイオニーが抑圧的《よくあつてき》な口調で言った。

「どうしてそんなことが――？」

「マダム・マルキンの店。マダムがあいつのそでをまくろうとしたら、腕《うで》には触《ふ》れなかったのに、あいつ、叫《さけ》んで腕《うで》をぐいっと引《ひ》っ込《こ》めた。左の腕《うで》だった。闇《やみ》の印《しるし》がつけられていたんだ」

ロンとハーマイオニーは顔を見合わせた。

「さあ……」ロンは、まったくそうは思えないという調子だった。

「ハリー、マルフォイは、あの店から出たかっただけだと思うわ」ハーマイオニーが言った。

「僕《ぼく》たちには見えなかったけど、あいつはボージンに、何かを見せた」ハリーは頑固《がんこ》に言《い》い張《は》った。「ボージンがまともに怖《こわ》がる何かだ。『印』だったんだ。まちがいない――ボージンに、誰《だれ》を相手にしているのかを見せつけたんだ。ボージンがどんなにあいつを真《ま》に受けたか、君たちも見たはずだ！」

ロンとハーマイオニーがまた顔を見合わせた。

「はっきりわからないわ、ハリー……」

「そうだよ。僕《ぼく》はやっぱり、『例のあの人』がマルフォイを入れるなんて思えないな……」

いらだちながらも、自分の考えは絶対《ぜったい》まちがいないと確信《かくしん》して、ハリーは汚《よご》れたクィディッチのユニフォームをひと山引っつかみ、部屋を出た。ウィーズリーおばさんが、ここ何日も、洗濯物《せんたくもの》や荷造《にづく》りをぎりぎりまで延《の》ばさないようにと、みんなを急《せ》かしていたのだ。階段《かいだん》の踊《おど》り場《ば》で、洗濯《せんたく》したての服をひと山抱《かか》えて自分の部屋に帰る途中《とちゅう》のジニーに出くわした。

「いま台所に行かないほうがいいわよ」ジニーが警告《けいこく》した。

「ヌラーがべっとりだから」

「すべらないように気をつけるよ」ハリーがほほえんだ。

ハリーが台所に入ると、まさにそのとおり、フラーがテーブルのそばに腰《こし》かけ、ビルとの結婚式《けっこんしき》の計画をとめどなくしゃべっていた。ウィーズリーおばさんは、勝手に外葉がむける芽キャベツの山を、不機嫌《ふきげん》な顔で監視《かんし》していた。

「……ビルと私《わたし》、あな嫁《よめ》の付き添《つそ》いをふーたりだけにしようと、ほとんど決めましたね。ジニーとガブリエール、一緒《いっしょ》にとーてもかわいーいと思いまーす。私《わたし》、ふーたりに、淡《あわ》いゴールドの衣装《いしょう》、着せよーうと考えていますね――もちろんピーンクは、ジニーの髪《かみ》と合わなくて、いどいでーす――」

「ああ、ハリー！」

ウィーズリーおばさんがフラーの一人舞台《ひとりぶたい》をさえぎり、大声で呼《よ》びかけた。

「よかった。明日のホグワーツ行きの安全対策《あんぜんたいさく》について、説明しておきたかったの。魔法省《まほうしょう》の車がまた来ます。駅には闇祓《やみばら》いたちが待っているはず――」

「トンクスは駅に来ますか？」

ハリーは、クィディッチの洗濯物《せんたくもの》を渡《わた》しながら聞いた。

「いいえ、来ないと思いますよ。アーサーの口ぶりでは、どこかほかに配置されているようね」

「あのいと、このごろぜーんぜん身なりをかまいません。あのトンクス」

フラーはティースプーンの裏《うら》に映《うつ》るハッとするほど美しい姿《すがた》を確《たし》かめながら、思いにふけるように言った。

「大きなまちがいでーす。私《わたし》の考えでは——」

「ええ、それは**どうも**」

ウィーズリーおばさんがまたしてもフラーをさえぎって、ピリリと言った。

「ハリー、もう行きなさい。できれば今晩中《こんばんじゅう》にトランクを準備《じゅんび》してほしいわ。いつもみたいに出がけにあわてることがないようにね」

そして次の朝、事実、いつもより出発の流れがよかった。魔法省《まほうしょう》の車が「隠《かく》れ穴《あな》」の前にすべるように入ってきたときには、みんなそこに待機していた。トランクは詰《つ》め終《お》わり、ハーマイオニーの猫《ねこ》、クルックシャンクスは旅行用のバスケットに安全に閉《と》じ込《こ》められ、ヘドウィグとロンのふくろうのピッグウィジョン、それにジニーの新しい紫《むらさき》のピグミーパフ、アーノルドはかごに収《おさ》まっていた。

「オールヴォワ、アリー」

フラーがお別れのキスをしながら、ハスキーな声で言った。ロンは期待顔で進み出たが、ジニーの突《つ》き出《だ》した足に引っかかって転倒《てんとう》し、フラーの足元の地べたにぶざまに大の字になった。カンカンに怒《おこ》って、まっ赤な顔に泥《どろ》をくっつけたまま、ロンはさよならも言わずにさっさと車に乗《の》り込《こ》んだ。

キングズ・クロス駅で待っていたのは、陽気なハグリッドではなかった。そのかわり、マグルの黒いスーツを着込《きこ》んだ厳《いか》めしいひげ面《づら》の闇祓《やみばら》いが二人、車が停車《ていしゃ》するなり進み出て一行をはさみ、一言も口をきかずに駅の中まで行軍させた。

「早く、早く。壁《かべ》のむこうに」

粛々《しゅくしゅく》とした効率《こうりつ》のよさにちょっと面食らいながら、ウィーズリーおばさんが言った。

「ハリーが最初に行ったほうがいいわ。誰《だれ》と一緒《いっしょ》に――？」

おばさんは問いかけるように闇祓《やみばら》いの一人を見た。その闇祓《やみばら》いは軽くうなずき、ハリーの二《に》の腕《うで》をがっちりつかんで、九番線と十番線の間にある壁《かべ》にいざなおうとした。

「自分で歩けるよ。せっかくだけど」

ハリーはいらいらしながら、つかまれた腕《うで》をぐいと振《ふ》りほどいた。だんまりの連れを無視《むし》して、ハリーはカートを硬《かた》い壁《かべ》に真っ向から突《つ》っ込《こ》んだ。次の瞬間《しゅんかん》、ハリーは九と四分の三番線に立ち、そこには、紅《くれない》のホグワーツ特急が、人混《ひとご》みの上に白い煙《けむり》を吐《は》きながら停車《ていしゃ》していた。

すぐあとから、ハーマイオニーとウィーズリー一家がやってきた。強面《こわもて》の闇祓《やみばら》いに相談もせず、ハリーはロンとハーマイオニーに向かって、空いているコンパートメントを探《さが》すのにプラットホームを歩くから、一緒《いっしょ》に来いよと合図した。

「だめなのよ、ハリー」ハーマイオニーが申《もう》し訳《わけ》なさそうに言った。「ロンも私《わたし》も、まず監督生《かんとくせい》の車両に行って、それから少し通路のパトロールをしないといけないの」

「ああ、そうか。忘《わす》れてた」ハリーが言った。

「みんな、すぐに汽車に乗ったほうがいいわ。あと数分しかない」

ウィーズリーおばさんが腕時計《うでどけい》を見ながら言った。

「じゃあ、ロン、楽しい学期をね……」

「ウィーズリーおじさん、ちょっとお話ししていいですか？」とっさにハリーは心を決めた。

「いいとも」

おじさんはちょっと驚《おどろ》いたような顔をしたが、ハリーのあとについて、みんなに声が聞こえない所まで行った。

ハリーは慎重《しんちょう》に考《かんが》え抜《ぬ》いて、誰《だれ》かに話すのであれば、ウィーズリーおじさんがその人だという結《けつ》論《ろん》に達していた。第一に、おじさんは魔法省《まほうしょう》で働いているので、さらに調査《ちょうさ》をするには一番好都合な立場にあること。第二に、ウィーズリーおじさんなら怒《おこ》って爆発《ばくはつ》する危険性《きけんせい》があまりない、と考えたからだ。

ハリーたちがその場を離《はな》れるとき、ウィーズリーおばさんとあの強面《こわもて》の闇祓《やみばら》いが、疑《うたが》わしげに二人を見ているのに、ハリーは気づいていた。

「僕《ぼく》たちがダイアゴン横丁に行ったとき――」

ハリーは話しはじめたが、おじさんは顔をしかめて機先を制《せい》した。

「フレッドとジョージの店の奥《おく》にいたはずの君とロン、ハーマイオニーが、実はその間どこに消えていたのか、それを聞かされるということかね？」

「どうしてそれを――？」

「ハリー、何を言ってるんだね。この私《わたし》は、フレッドとジョージを育てたんだよ」

「あー……うん、そうですね。僕《ぼく》たち奥《おく》の部屋にはいませんでした」

「けっこうだ。それじゃ、最悪の部分を聞こうか」

「あの、僕《ぼく》たち、ドラコ・マルフォイを追っていました。僕《ぼく》の透明《とうめい》マントを使って」

「何か特別な理由があったのかね？　それとも単なる気まぐれだったのかい？」

「マルフォイが何かたくらんでいると思ったからです」

おじさんの、あきれながらもおもしろがっている顔を無視《むし》して、ハリーは話し続けた。

「あいつは母親をうまくまいたんです。僕《ぼく》、そのわけが知りたかった」

「そりゃ、そうだ」

おじさんは、しかたがないだろうという言い方をした。

「それで？　なぜだかわかったのかね？」

「あいつは『ボージン・アンド・バークス』の店に入りました」ハリーが言った。「そしてあそこのボージンっていう店主を脅《おど》しはじめ、何かを修理《しゅうり》する手助けをさせようとしてました。それから、もう一つ別なものをマルフォイのために保管《ほかん》しておくようにと、ボージンに言いました。修理《しゅうり》が必要なものと同じ種類のもののような言い方でした。二つひと組のような。それから……」

ハリーは深く息を吸《す》い込《こ》んだ。

「もう一つ、別のことですが、マダム・マルキンがあいつの左腕《ひだりうで》にさわろうとしたとき、マルフォイがものすごく飛び上がるのを、僕《ぼく》たち見たんです。僕《ぼく》は、あいつが闇《やみ》の印《しるし》を刻印《こくいん》されていると思います。父親のかわりに、あいつが死喰《しく》い人《びと》になったんだと思います」

ウィーズリー氏はギョッとしたようだった。少し間を置いて、おじさんが言った。

「ハリー、『例のあの人』が十六歳《さい》の子を受け入れるとは思えないが――」

「『例のあの人』が何をするかしないかなんて、ほんとうにわかる人がいるんですか？」

ハリーが声を荒《あら》らげた。

「ごめんなさい、ウィーズリーおじさん。でも、調べてみる価値《かち》がありませんか？ マルフォイが何かを修理《しゅうり》したがっていて、そのためにボージンを脅《おど》す必要があるのなら、たぶんその何かは、闇《やみ》のものとか、何か危険《きけん》なものなのではないですか？」

「正直言って、ハリー、そうではないように思うよ」おじさんがゆっくりと言った。

「いいかい、ルシウス・マルフォイが逮捕《たいほ》されたとき、我々《われわれ》は館を強制捜査《きょうせいそうさ》した。危険《きけん》だと思われるものは、我々《われわれ》がすべて持ち帰った」

「何か見落としたんだと思います」ハリーがかたくなに言った。

「ああ、そうかもしれない」とおじさんは言ったが、ハリーは、おじさんが調子を合わせているだけだと感じた。

二人の背後《はいご》で汽笛が鳴った。ほとんど全員、汽車に乗《の》り込《こ》み、ドアが閉《し》まりかけていた。

「急いだほうがいい」おじさんがうながし、おばさんの声が聞こえた。

「ハリー、早く！」

ハリーは急いで乗《の》り込《こ》み、おじさんとおばさんがトランクを列車にのせるのを手伝った。

「さあ、クリスマスには来るんですよ。ダンブルドアとすっかり段取《だんど》りしてありますからね。すぐに会えますよ」

ハリーがデッキのドアを閉《し》め、列車が動きだすと、おばさんが窓越《まどご》しに言った。

「体に気をつけるのよ。それから――」

汽車が速度を増《ま》した。

「――いい子にするのよ。それから――」

おばさんは汽車に合わせて走っていた。

「――危《あぶ》ないことをしないのよ！」

ハリーは、汽車が角を曲がり、おじさんとおばさんが見えなくなるまで手を振《ふ》った。それから、みんながどこにいるか探《さが》しにかかった。ロンとハーマイオニーは監督生車両《かんとくせいしゃりょう》に閉《と》じ込《こ》められているだろうと思ったが、ジニーは少し離《はな》れた通路で友達としゃべっていた。ハリーはトランクを引きずってジニーのほうに移動《いどう》した。

ハリーが近づくと、みんなが臆面《おくめん》もなくじろじろ見た。ハリーを見ようと、コンパートメントのガラスに顔を押《お》しつける者さえいる。「日刊予言者新聞《にっかんよげんしゃしんぶん》」で「選ばれし者」のうわさをさんざん書かれてしまったからには、今学期は「じいーっ」やら「じろじろ」やらが増《ふ》えるのに耐《た》えなければならないだろうと予測《よそく》はしていたが、まぶしいスポットライトの中に立つ感覚が楽しいとは思わなかった。ハリーはジニーの肩《かた》を軽くたたいた。

「コンパートメントを探《さが》しにいかないか？」

「だめ、ハリー。ディーンと落ち合う約束してるから」ジニーは明るくそう言った。「またあとでね」

「うん」

ハリーは、ジニーが長い赤毛を背中《せなか》に揺《ゆ》らして立ち去るのを見ながら、ズキンと奇妙《きみょう》に心が波立つのを感じた。夏の間、ジニーがそばにいることに慣《な》れてしまい、学校ではジニーが、自分やロン、ハーマイオニーといつも一緒《いっしょ》にいるわけではないことを忘《わす》れていた。ハリーは瞬《まばた》きをしてあたりを見回した。すると、うっとりしたまなざしの女の子たちに周りを囲まれていた。

「やあ、ハリー！」

背後《はいご》で聞き覚えのある声がした。

「ネビル！」

ハリーはホッとした。振《ふ》り返《かえ》ると、丸顔の男の子が、ハリーに近づこうともがいていた。

「こんにちは、ハリー」

ネビルのすぐ後ろで、大きいおぼろな目をした長い髪《かみ》の女の子が言った。

「やあ、ルーナ。元気？」

「元気だよ。ありがとう」

ルーナが言った。胸《むね》に雑誌《ざっし》を抱《だ》きしめている。表紙に大きな字で、「メラメラめがねの付録つき」と書いてあった。

「それじゃ、『ザ・クィブラー』はまだ売れてるの？」

ハリーが聞いた。先学期、ハリーが独占《どくせん》インタビューを受けたこの雑誌《ざっし》に、なんだか親しみを覚えた。

「うん、そうだよ。発行部数がぐんと上がった」ルーナがうれしそうに言った。

「席を探《さが》そう」

ハリーがうながして、三人は無言で見つめる生徒たちの群《む》れの中を歩きはじめた。やっと空いているコンパートメントを見つけ、ハリーはありがたいとばかり急いで中に入った。

「みんな、**僕《ぼく》たち**のことまで見つめてる」ネビルが、自分とルーナを指した。

「僕《ぼく》たちが、君と一緒《いっしょ》にいるから！」

「みんなが君たちを見つめてるのは、君たちも魔法省《まほうしょう》にいたからだ」

トランクを荷物棚《にもつだな》に上げながら、ハリーが言った。

「あそこでの僕《ぼく》たちのちょっとした冒険《ぼうけん》が、『日刊予言者新聞《にっかんよげんしゃしんぶん》』に書きまくられていたよ。君たちも見たはずだ」

「うん、あんなに書き立てられて、ばあちゃんが怒《おこ》るだろうと思ったんだ」ネビルが言った。

「ところが、ばあちゃんたら、とっても喜んでた。僕《ぼく》がやっと父さんに恥《は》じない魔法使《まほうつか》いになりはじめたって言うんだ。新しい杖《つえ》を買ってくれたんだよ。見て！」

ネビルは杖《つえ》を取り出して、ハリーに見せた。

「桜《さくら》と一角獣《ユニコーン》の毛」ネビルは得意《とくい》げに言った。

「オリバンダーが売った最後の一本だと思う。次の日にいなくなったんだもの――オイ、こっちにおいで、トレバー！」

ネビルは、またしても自由への逃走《とうそう》をくわだてたヒキガエルを捕《つか》まえようと、座席《ざせき》の下にもぐり込《こ》んだ。

「ハリー、今学年もまだDAの会合をするの？」

ルーナは『ザ・クィブラー』のまん中からサイケなめがねを取りはずしながら聞いた。

「もうアンブリッジを追い出したんだから、意味ないだろう？」

そう言いながら、ハリーは腰《こし》をかけた。

ネビルは、座席《ざせき》の下から顔を突《つ》き出《だ》す拍子《ひょうし》に頭を座席《ざせき》にぶつけた。とても失望した顔をしていた。

「僕《ぼく》、DAが好きだった！　君からたくさん習った！」

「あたしもあの会合が楽しかったよ」ルーナがけろりとして言った。

「友達ができたみたいだった」

ルーナはときどきこういう言い方をして、ハリーをぎくりとさせる。ハリーは、哀《あわ》れみと当惑《とうわく》が入りまじって、のたうつような気持ちになった。しかし、ハリーが何も言わないうちに、コンパートメントの外が騒《さわ》がしくなった。四年生の女子たちがドアの外に集まって、ヒソヒソ、クスクスやっていた。

「あなたが聞きなさいよ！」

「いやよ、あなたよ！」

「私《わたし》がやるわ！」

そして、大きな黒い目に長い黒髪《くろかみ》の、えらが張《は》った大胆《だいたん》そうな顔立ちの女の子が、ドアを開けて入ってきた。

「こんにちは、ハリー。私《わたし》、ロミルダ。ロミルダ・ベインよ」

女の子が大きな声で自信たっぷりに言った。

「私《わたし》たちのコンパートメントに来ない？　**この人たち**と一緒《いっしょ》にいる必要はないわ」

ネビルとルーナを指差しながら、女の子が聞こえよがしのささやき声で言った。指されたネビルは、座席《ざせき》の下から尻《しり》を突《つ》き出《だ》してトレバーを手探《てさぐ》りしていたし、ルーナは付録の「メラメラめがね」をかけて、多彩色《たさいしょく》のほうけたふくろうのような顔をしていた。

「この人たちは僕《ぼく》の友達だ」ハリーは冷たく言った。

「あら」女の子は驚《おどろ》いたような顔をした。「そう。オッケー」

女の子は、ドアを閉《し》めて出ていった。

「みんなは、あんたに、あたしたちよりもっとかっこいい友達を期待するんだ」

ルーナはまたしても、率直《そっちょく》さで人を面食らわせる腕前《うでまえ》を発揮《はっき》した。

「君たちはかっこいいよ」ハリーは言葉少なに言った。

「あの子たちの誰《だれ》も魔法省《まほうしょう》にいなかった。誰《だれ》も僕《ぼく》と一緒《いっしょ》に戦わなかった」

「いいこと言ってくれるわ」

ルーナはニッコリして、鼻の「メラメラめがね」を押《お》し上《あ》げ、腰《こし》を落ち着けて『ザ・クィブラー』

を読みはじめた。

「だけど、僕《ぼく》たちは、**『あの人』**には立ち向かってない」

ネビルが、髪《かみ》に綿《わた》ごみやほこりをくっつけ、あきらめ顔のトレバーを握《にぎ》って、座席《ざせき》の下から出てきた。

「君が立ち向かった。ばあちゃんが君のことをなんて言ってるか、聞かせたいな。**『あのハリー・ポッターは、魔法省全部《まほうしょうぜんぶ》を束にしたより根性《こんじょう》があります！』**。ばあちゃんは君を孫に持てたら、ほかにはなんにもいらないだろうな……」

ハリーは、気まずい思いをしながら笑った。そして、急いで話題を変えて、O《ふ》・W《く》・L《ろう》テストの結果を話した。ネビルが自分の点数を数え上げ、「変身術《へんしんじゅつ》」が「A・可《か》」しか取れなかったから、N《イ》・E《モ》・W《リ》・Tレベルの「変身術《へんしんじゅつ》」を履修《りしゅう》させてもらえるかどうかといぶかる様子を、ハリーは話を聞いているふりをしながら見つめていた。

ヴォルデモートは、ネビルの幼年時代《ようねんじだい》にも、ハリーの場合と同じぐらい暗い影《かげ》を落としている。だが、ハリーの持つ運命がもう少しでネビルのものになるところだったということを、ネビル自身はまったく知らない。予言は二人のどちらにも当てはまる可能性《かのうせい》があった。それなのに、ヴォルデモートは、なぜなのか計り知れない理由で、ハリーこそ予言が示唆《しさ》した者だと考えた。

ヴォルデモートがネビルを選んでいれば、いまハリーのむかい側に座《すわ》っているネビルが、稲妻形《いなずまがた》の傷《きず》と予言の重みを持つ者になっていただろうに……いや、そうだろうか？　ネビルの母親は、リリーがハリーのために死んだように、ネビルを救うために死んだだろうか？　きっとそうしただろう……でもネビルの母親が、息子《むすこ》とヴォルデモートとの間に割《わ》って入ることができなかったとしたら？　その場合には「選ばれし者」は存在《そんざい》さえしなかったのではないだろうか？　ネビルがいま座《すわ》っている席はからっぽだったろうし、傷痕《きずあと》のないハリーが自分の母親にさよならのキスをしていたのではないだろうか？　ロンの母親にではなく……。

「ハリー、大丈夫《だいじょうぶ》？　なんだか変だよ」ネビルが言った。

ハリーはハッとした。

「ごめん――僕《ぼく》――」

「ラックスパートにやられた？」

ルーナが巨大《きょだい》な極彩色《ごくさいしき》のめがねの奥《おく》から、気の毒そうにハリーをのぞき見た。

「僕《ぼく》――えっ？」

「ラックスパート……目に見えないんだ。耳にふわふわ入っていって、頭をぼーっとさせるやつ」ルーナが言った。「このへんを一匹《ぴき》飛んでるような気がしたんだ」

ルーナは見えない巨大《きょだい》な蛾《が》をたたき落とすかのように、両手でパシッパシッと空《くう》をたたいた。ハリーとネビルは顔を見合わせ、あわててクィディッチの話を始めた。

車窓《しゃそう》から見る外の天気は、この夏ずっとそうだったように、まだら模様《もよう》だった。汽車は、ヒヤリとする霧《きり》の中かと思えば、次は明るい陽《ひ》の光が淡《あわ》く射《さ》している所を通った。太陽がほとんど真上に見え、何度目かの、つかの間の光が射《さ》し込《こ》んできたとき、ロンとハーマイオニーがやっとコンパートメントにやってきた。

「ランチのカート、早く来てくれないかなぁ。腹《はら》ペコだ」

ハリーの隣《となり》の席にドサリと座《すわ》ったロンが、胃袋《いぶくろ》のあたりをさすりながら待ち遠しそうに言った。

「やあ、ネビル、ルーナ。ところでさ」ロンはハリーに向かって言った。「マルフォイが監督生《かんとくせい》の仕事をしていないんだ。ほかのスリザリン生と一緒《いっしょ》に、コンパートメントに座《すわ》ってるだけ。通《とお》り過《す》ぎるときにあいつが見えた」

ハリーは気を引かれて座《すわ》りなおした。先学年はずっと、監督生《かんとくせい》としての権力《けんりょく》を嬉々《きき》として濫用《らんよう》していたのに、力を見せつけるチャンスを逃《のが》すなんてマルフォイらしくない。

「君を見たとき、あいつ何をした？」

「いつものとおりのこれさ」

ロンは事もなげにそう言って、下品な手の格好《かっこう》をやって見せた。

「だけど、あいつらしくないよな？　まあ――**こっちのほうは**、あいつらしいけど――」

ロンはもう一度手まねしてみせた。

「でも、なんで一年生をいじめに来ないんだ?」

「さあ」

ハリーはそう言いながら、忙《いそが》しく考えをめぐらしていた。マルフォイには、下級生いじめより大切なことがあるのだ、とは考えられないだろうか?

「たぶん、『尋問官親衛隊《じんもんかんしんえいたい》』のほうがお気に召《め》してたのよ」ハーマイオニーが言った。「監督生《かんとくせい》なんて、それに比《くら》べるとちょっと迫力《はくりょく》に欠けるように思えるんじゃないかしら」

「そうじゃないと思う」ハリーが言った。「たぶん、あいつは──」

持論《じろん》を述《の》べないうちに、コンパートメントのドアがまた開いて、三年生の女子が息を切らしながら入ってきた。

「私《わたし》、これを届《とど》けるように言われてきました。ネビル・ロングボトムとハリー・ポ、ポッターに」

ハリーと目が合うと、女の子は真っ赤になって言葉がつっかえながら、紫《むらさき》のリボンで結ばれた羊皮紙の巻紙《まきがみ》を二本差し出した。ハリーもネビルもわけがわからずに、それぞれに宛《あ》てられた巻紙《まきがみ》を受け取った。女の子は転がるようにコンパートメントを出ていった。

「なんだい、それ?」

ハリーが巻紙《まきがみ》をほどいていると、ロンが聞いた。

「招待状《しょうたいじょう》だ」ハリーが答えた。

ハリー
コンパートメントCでのランチに参加してもらえれば大変うれしい。
敬具《けいぐ》
H・E・F・スラグホーン教授《きょうじゅ》

「スラグホーン教授《きょうじゅ》って、誰《だれ》？」

ネビルは、自分宛《あて》の招待状《しょうたいじょう》に当惑《とうわく》している様子だ。

「新しい先生だよ」ハリーが言った。「うーん、たぶん、行かなきゃならないだろうな？」

「だけど、どうして僕《ぼく》に来てほしいの？」

ネビルは、まるで罰則《ばっそく》が待《ま》ちかまえているかのようにこわごわ聞いた。

「わからないな」

ハリーはそう言ったが、実は、まったくわからないわけではなかった。ただ、直感が正しいかどうかの証拠《しょうこ》が何もない。

「そうだ」ハリーは急にひらめいた。

「透明《とうめい》マントを着ていこう。そうすれば、途中《とちゅう》でマルフォイをよく見ることができるし、何をたくらんでいるかわかるかもしれない」

アイデアはよかったが、実現《じつげん》せずじまいだった。通路はランチ・カートを待つ生徒でいっぱいで、マントをかぶったまま通《とお》り抜《ぬ》けることは不可能《ふかのう》だった。じろじろ見られるのをさけるためにだけでも使えたらよかったのに、と残念に思いながら、ハリーはマントを鞄《かばん》に戻《もど》した。視線《しせん》は、さっきよりさらに強烈《きょうれつ》になっているようだった。ハリーをよく見ようと、生徒たちがあちこちのコンパートメントから飛び出した。

例外はチョウ・チャンで、ハリーを見るとコンパートメントに駆《か》け込《こ》んだ。ハリーが前を通《とお》り過《す》ぎるとき、わざとらしく友達のマリエッタと話《はな》し込《こ》んでいる姿《すがた》が見えた。マリエッタは厚化粧《あつげしょう》をしていたが、顔を横切って奇妙《きみょう》なにきびの配列が残っているのを、完全に隠《かく》しおおせてはいなかった。ハリーはちょっとほくそ笑《え》んで、先へと進んだ。

コンパートメントCに着くとすぐ、スラグホーンに招待《しょうたい》されていたのはハリーたちだけではないことがわかったが、スラグホーンの熱烈歓迎《ねつれつかんげい》ぶりから見て、ハリーが一番待ち望まれていたらしい。

「ハリー、よく来た！」

ハリーを見て、スラグホーンがすぐに立ち上がった。ビロードで覆《おお》われた腹《はら》が、コンパートメントの空間をすべて埋《う》め尽《つ》くしているように見える。てかてかのはげ頭と巨大《きょだい》な銀色の口ひげが、陽《ひ》の光を受けて、チョッキの金ボタンと同じぐらいまぶしく輝《かがや》いている。

「よく来た、よく来てくれた！　それで、君はミスター・ロングボトムだろうね！」

ネビルがこわごわうなずいた。スラグホーンにうながされて、二人はドアに一番近い、二つだけ空いている席に向かい合って座《すわ》った。ハリーはほかの招待客《しょうたいきゃく》を、ちらりと見回した。同学年の顔見知りのスリザリン生が一人いる。ほお骨《ぼね》が張《は》り、細長い目が吊《つ》り上《あ》がった、背《せ》の高い黒人の男子生徒だ。そのほか、ハリーの知らない七年生が二人、それと、隅《すみ》の席にスラグホーンの隣《となり》で押《お》しつぶされながら、どうしてここにいるのかさっぱりわからないという顔をしているのは、ジニーだ。

「さーて、みんなを知っているかな？」

スラグホーンがハリーとネビルに聞いた。

「ブレーズ・ザビニは、もちろん君たちの学年だな――」

ザビニは顔見知りの様子も見せず、挨拶《あいさつ》もしなかったが、ハリーとネビルも同様だった。グリフィンドールとスリザリンの学生は、基本的《きほんてき》に憎《にく》しみ合《あ》っていたのだ。

「こちらはコーマック・マクラーゲン。お互《たが》いに出会ったことぐらいはあるんじゃないかね――？　ん？」

大柄《おおがら》でバリバリの髪《かみ》の青年は片手《かたて》を挙げ、ハリーとネビルはうなずいて挨拶《あいさつ》した。

「――そしてこちらはマーカス・ベルビィ。知り合いかどうかは――？」

やせて神経質《しんけいしつ》そうなベルビィが、無理やりほほえんだ。

「——そして**こちらの**チャーミングなお嬢《じょう》さんは、君たちを知っているとおっしゃる！」

スラグホーンが紹介《しょうかい》を終えた。

ジニーがスラグホーンの後ろで、ハリーとネビルにしかめっ面《つら》をしてみせた。

「さてさて、楽しいかぎりですな」

スラグホーンがくつろいだ様子で言った。

「みんなと多少知り合えるいい機会だ。さあ、ナプキンを取ってくれ。わたしは自分でランチを準《じゅん》備《び》してきたのだよ。記憶《きおく》によれば、ランチ・カートは杖形甘草飴《つえがたかんぞうあめ》がどっさりで、年寄《としよ》りの消化器官にはちときつい……ベルビィ、雉肉《きじにく》はどうかな？」

ベルビィはぎくりとして、冷たい雉肉《きじにく》の半身のようなものを受け取った。

「こちらのマーカス君にいま話していたところなんだが、わたしはマーカスのおじさんのダモクレスを教えさせてもらってね」

今度はロールパンのバスケットをみんなに差し出しながら、スラグホーンがハリーとネビルに向かって言った。

「優秀《ゆうしゅう》な魔法使《まほうつか》いだった。実に優秀《ゆうしゅう》な。当然のマーリン勲章《くんしょう》を受けてね。おじさんにはしょっちゅう会うのかね？　マーカス？」

運の悪いことに、ベルビィはいましがた、雉肉《きじにく》の塊《かたまり》を口いっぱいにほお張《ば》ったところだった。返事をしようと焦《あせ》って、ベルビィはあわててそれを飲《の》み込《こ》み、顔を紫色《むらさきいろ》にしてむせはじめた。

「アナプニオ、気の道開け」

スラグホーンは杖《つえ》をベルビィに向け、落ち着いて唱えた。ベルビィの気道はどうやらたちまち開通したようだった。

「あまり……あまりひんぱんには。いいえ」ベルビィは涙《なみだ》をにじませながら、ゼイゼイ言った。

「まあ、もちろん、彼《かれ》は忙《いそが》しいだろうと拝察《はいさつ》するが」

スラグホーンはベルビィを探《さぐ》るような目で見た。

「『トリカブト薬』を発明するのに、おじさんは相当大変なお仕事をなさったにちがいない！」

「そうだと思います……」

ベルビィは、スラグホーンの質問《しつもん》が終わったとわかるまでは、怖《こわ》くてもう一度雉肉《きじにく》をほお張《ば》る気にはなれないようだった。

「えー……おじと僕《ぼく》の父は、あの、あまりうまくいかなくて、だから、僕《ぼく》はあまり知らなくて……」

スラグホーンが冷ややかにほほえんだので、ベルビィの声はだんだん細くなった。スラグホーンは次にマクラーゲンに話しかけた。

「さて、コーマック、**君のこと**だが」スラグホーンが言った。

「君がおじさんのチベリウスとよく会っているのを、わたしはたまたま知っているんだがね。何しろ、彼《かれ》は、君とノグテイル狩《がり》に行ったときのすばらしい写真をお持ちだ。ノーフォーク州、だったかな？」

「ああ、ええ、楽しかったです。あれは」マクラーゲンが言った。

「バーティ・ヒッグズやルーファス・スクリムジョールと一緒《いっしょ》でした――もちろん、あの人が大臣になる前でしたけれど――」

「ああ、バーティやルーファスも知っておるのかね？」

スラグホーンがニッコリして、今度は小さな盆《ぼん》にのったパイをすすめはじめたが、なぜかベルビィは抜《ぬ》かされた。

「さあ、話してくれないか……」

ハリーの思ったとおりだった。ここに招《まね》かれた客は、誰《だれ》か有名人か有力者とつながりがある――ジニーを除《のぞ》いて、全員がそうだ。

マクラーゲンの次に尋問《じんもん》されたザビニは、有名な美人の魔女《まじょ》を母に持っているらしい（母親は七回結婚《けっこん》し、どの夫もそれぞれ推理小説《すいりしょうせつ》のような死に方をして、妻《つま》に金貨の山を残したということを、ハリーはなんとか理解《りかい》できた）。

次はネビルの番だった。どうにも居心地《いごこち》のよくない十分だった。何しろ、有名な闇祓《やみばら》いだったネビルの両親は、ベラトリックス・レストレンジとほかの二人の死喰《しく》い人《びと》たちに、正気を失うまで拷《ごう》問《もん》されたのだ。ネビルを面接《めんせつ》した結果、ハリーの印象《いんしょう》では、両親のなんらかの才能《さいのう》を受《う》け継《つ》いでいるかどうかについて、スラグホーンは結論《けつろん》を保留《ほりゅう》したようだった。

「さあ、今度は」

スラグホーンは、一番人気の出し物を紹介《しょうかい》する司会者の雰囲気《ふんいき》で、大きな図体《ずうたい》の向きを変えた。

「ハリー・ポッター！　いったい**何から**始めようかね？　夏休みに会ったときは、ほんの表面をなでただけ、そういうような感じでしたな！」

スラグホーンは、ハリーが、脂《あぶら》の乗った特別大きな雉肉《きじにく》でもあるかのように眺《なが》め回《まわ》し、それから口を開いた。

「『選ばれし者』。いま、君はそう呼《よ》ばれている！」

ハリーは何も言わなかった。ベルビィ、マクラーゲン、ザビニの三人もハリーを見つめている。

「もちろん」

スラグホーンは、ハリーをじっと見ながら話し続けた。

「もう何年もうわさはあった……わたしは覚えておるよ、あの——それ——あの**恐《おそ》ろしい**夜のあと——リリーも——ジェームズも——そして君は生き残った——そして、うわさが流れた。君がきっと、尋常《じんじょう》ならざる力を持っているにちがい——」

ザビニがコホンと咳《せき》をした。明らかに「それはどうかな」とからかっていた。スラグホーンの背《はい》後《ご》から突《とつ》然《ぜん》、怒《いか》りの声が上がった。

「そうでしょうよ、ザビニ。**あなたは**とっても才《さい》能《のう》があるものね……格《かっ》好《こう》をつけるっていう才《さい》能《のう》……」

「おや、おや！」

スラグホーンはジニーを振《ふ》り返《かえ》って心《ここ》地《ち》よさそうにクスクス笑った。ジニーの視《し》線《せん》がスラグホーンの巨《きょ》大《だい》な腹《はら》を乗《の》り越《こ》えて、ザビニをにらみつけていた。

「ブレーズ、気をつけたほうがいい！　こちらのお嬢《じょう》さんがいる車両を通《とお》り過《す》ぎるときに、ちょうど見えたんですよ。それは見事な『コウモリ鼻《はな》糞《くそ》の呪《のろ》い』をかけるところがね！　わたしなら彼《かの》女《じょ》には逆《さか》らわないね！」

ザビニは、フンという顔をしただけだった。

「とにかく」

スラグホーンはハリーに向きなおった。

「この夏は**いろいろと**うわさがあった。もちろん、何を信じるべきかはわからんがね。『日《にっ》刊《かん》予《よ》言《げん》者《しゃ》』は不《ふ》正《せい》確《かく》なことを書いたり、まちがいを犯《おか》したことがある――しかし、証《しょう》人《にん》が多かったことからしても、疑《うたが》いの余《よ》地《ち》はないと思われるが、魔《ま》法《ほう》省《しょう》で**相当**の騒《さわ》ぎがあったし、君はその真っただ中にいた！」

言《い》い逃《のが》れるとしたら完全にうそをつくしかないと思い、ハリーはうなずいただけでだまり続けた。スラグホーンはハリーにニッコリ笑いかけた。

「慎《つつし》み深《ぶか》い、実に慎《つつし》み深《ぶか》い。ダンブルドアが気に入っているだけのことはある——それでは、**やはり**あの場にいたわけだね？　しかし、そのほかの話は——あまりにも、もちろん扇情的《せんじょうてき》で、何を信じるべきかわからないというわけだ——たとえば、あの伝説的予言だが——」

「僕《ぼく》たち予言を聞いてません」

ネビルが、ゼラニウムのようなピンク色になりながら言った。

「そうよ」ジニーががっちりそれを支持《しじ》した。

「ネビルも私《わたし》もそこにいたわ。『選ばれし者』なんてバカバカしい話は、『日刊予言者《にっかんよげんしゃ》』の、いつものでっち上げよ」

「君たち二人もあの場にいたのかね？」

スラグホーンは興味津々《きょうみしんしん》で、ジニーとネビルを交互《こうご》に見た。しかし、うながすようにほほえむスラグホーンを前にして、二人は貝のように口をつぐんでいた。

「そうか……まあ……『日刊予言者新聞《にっかんよげんしゃしんぶん》』は、もちろん、往々《おうおう》にして記事を大げさにする……」

スラグホーンはちょっとがっかりしたような調子で話し続けた。

「あのグウェノグが私《わたし》に話してくれたことだが――そう、もちろん、グウェノグ・ジョーンズだよ。ホリヘッド・ハーピーズの――」

そのあとは長々しい思い出話にそれていったが、スラグホーンがまだ自分を無罪放免《むざいほうめん》にしたわけでもなく、ネビルやジニーの話に納得《なっとく》しているわけでもないと、ハリーははっきりそう感じ取っていた。

スラグホーンが教えた著名《ちょめい》な魔法使《まほうつか》いたちの逸話《いつわ》で、だらだらと午後が過《す》ぎていった。そうした教え子たちは、全員、喜んでホグワーツの「スラグ・クラブ」とかに属《ぞく》したという。ハリーはその場を離《はな》れたくてしかたがなかったが、失礼にならずに出る方法の見当がつかなかった。列車が何度目かの長い霧《きり》の中を通《とお》り過《す》ぎ、真っ赤な夕陽《ゆうひ》が見えたとき、スラグホーンはやっと、薄明《うすあ》かりの中で目をしばたたき、周りを見回した。

「なんと、もう暗くなってきた！　ランプがともったのに気づかなんだ！　みんな、もう帰ってローブに着替《きが》えたほうがいい。マクラーゲン、ノグテイルに関する例の本を借りに、そのうちわたしの所に寄《よ》りなさい。ハリー、ブレーズ――いつでもおいで。ミス、あなたもどうぞ」

スラグホーンはジニーに向かって、にこやかに目をキラキラさせた。

「さあ、お帰り、お帰り！」

ザビニは、ハリーを押《お》しのけて暗い通路に出ながら、意地の悪い目つきでハリーを見た。ハリーはそれにおまけをつけてにらみ返した。ハリーはザビニのあとを、ジニー、ネビルと一緒《いっしょ》に歩いた。

「終わってよかった」ネビルがつぶやいた。「変な人だね？」

「ああ、ちょっとね」

ハリーは、ザビニから目を離《はな》さずに言った。

「ジニー、どうしてあそこに来るはめになったの？」

「ザカリアス・スミスに呪《のろ》いをかけてるところを見られたの」ジニーが言った。

「DAにいたあのハッフルパフ生のバカ、覚えてるでしょう？　魔法省《まほうしょう》で何があったかって、しつっこく私《わたし》に聞いて、最後にはほんとにうるさくなったから、呪《のろ》いをかけてやった——そのときスラグホーンが入ってきたから、罰則《ばっそく》を食らうかと思ったんだけど、すごくいい呪《のろ》いだと思っただけなんだって。それでランチに招《まね》かれたってわけ！　バッカバカしいよね？」

「母親が有名だからって招《まね》かれるより、まともな理由だよ」

ザビニの後頭部をにらみつけながら、ハリーが言った。

「それとか、おじさんのおかげで——」

ハリーはそこでだまり込《こ》んだ。突然《とつぜん》ひらめいた考えは、無鉄砲《むてっぽう》だが、うまくいけばすばらしい……もうすぐザビニは、スリザリンの六年生がいるコンパートメントに入っていく。マルフォイがそこにいるはずだ。スリザリンの仲間以外には誰《だれ》にも話を聞かれないと思っているだろう……もしそこに、ザビニのあとから姿《すがた》を見られずに入《はい》り込《こ》むことができれば、どんな秘密《ひみつ》でも見聞きできるのではないか？　確《たし》かに旅はもう残り少ない――車窓《しゃそう》を飛《と》び過《す》ぎる荒涼《こうりょう》たる風景から考えて、ホグズミード駅はあと三十分と離《はな》れていないだろう――しかし、どうやら自分以外には、この疑《うたが》いを真剣《しんけん》に受け止めてくれる人がいないようだ。となれば、自分で証明《しょうめい》するしかない。

「二人とも、あとで会おう」

ハリーは声をひそめてそう言うと、透明《とうめい》マントを取り出してサッとかぶった。

「でも、何を――？」ネビルが聞いた。

「あとで！」

ハリーはそうささやくなり、ザビニを追ってできるだけ音を立てないように急いだ。もっとも、汽車のガタゴトいう音でそんな気づかいはほとんど無用だった。

通路はいまやからっぽと言えるほどだった。生徒たちはほとんど全員、学校用のローブに着替《きが》えて荷物をまとめるために、それぞれの車両に戻《もど》っていた。ハリーはザビニに触《ふ》れないぎりぎりの範《はん》囲《い》で密着《みっちゃく》していたが、ザビニがコンパートメントのドアを開けるのを見計らってすべり込《こ》むのには間に合わなかった。ザビニがドアを閉《し》め切る寸前《すんぜん》に、ハリーはあわてて片足《かたあし》を突《つ》き出《だ》してドアを止めた。

「どうなってるんだ？」

ザビニはかんしゃくを起こして、何度もドアを閉《し》めようと横に引き、ハリーの足にぶっつけた。ハリーはドアをつかんで力いっぱい押《お》し開《あ》けた。ザビニは取っ手をつかんだままだったので、横っ飛びにグレゴリー・ゴイルのひざに倒《たお》れた。ハリーはどさくさに紛《まぎ》れてコンパートメントに飛《と》び込《こ》み、空席になっていたザビニの席に飛び上がり、荷物棚《にもつだな》によじ登った。

ゴイルとザビニが歯をむき出して唸《うな》り合《あ》い、みんなの目がそっちに向いていたのは幸いだった。マントがはためいたとき、まちがいなくくるぶしから先がむき出しになったと感じたからだ。上のほうに消えていくスニーカーを、マルフォイが確《たし》かに目で追っていたような気がして、ハリーは一瞬《いっしゅん》ヒヤリとした。

やがてゴイルがドアをピシャリと閉《し》め、ザビニをひざから振《ふ》り落《お》とした。ザビニはくしゃくしゃになって自分の席に座《すわ》り込《こ》んだ。ビンセント・クラッブはまた漫画《まんが》を読みだし、マルフォイは鼻で笑いながらパンジー・パーキンソンのひざに頭をのせて、二つ占領《せんりょう》した席に横になった。

ハリーは、一寸《いっすん》たりともマントから体がはみ出さないよう窮屈《きゅうくつ》に体を丸めて、パンジー・パーキンソンが、マルフォイの額《ひたい》にかかるなめらかなブロンドの髪《かみ》をなでるのを眺《なが》めていた。パンジーは、こんなにうらやましい立場はないだろうと言わんばかりに、得意《とくい》げな笑《え》みを浮《う》かべていた。車両の天井《てんじょう》で揺《ゆ》れるランタンがこの光景を明るく照らし出し、ハリーは真下でクラッブが読んでいる漫画《まんが》の、一字一句《いちじいっく》を読み取ることができた。

「それで、ザビニ」マルフォイが言った。

「スラグホーンは何がねらいだったんだ?」

「いいコネを持っている連中に取り入ろうとしただけさ」

まだゴイルをにらみつけながら、ザビニが言った。

「大勢《おおぜい》見つかったわけではないけどね」

マルフォイはこれを聞いて、おもしろくない様子だった。

「ほかには誰《だれ》が招《まね》かれた?」マルフォイが問いただした。

「グリフィンドールのマクラーゲン」ザビニが言った。

「ああ、そうだ。あいつのおじは魔法省《まほうしょう》で顔がきく」マルフォイが言った。

「――ベルビィとかいうやつ。レイブンクローの――」

「まさか、あいつはまぬけよ!」パンジーが言った。

「――あとはロングボトム、ポッター、それからウィーズリーの女の子」

ザビニが話し終えた。

マルフォイがパンジーの手を払《はら》いのけて、突然《とつぜん》起き上がった。

「**ロングボトム**を招《まね》いたって?」

「ああ、そういうことになるな。ロングボトムがあの場にいたからね」

ザビニは投げやりに言った。

「スラグホーンが、ロングボトムのどこに関心があるっていうんだ？」

ザビニは肩《かた》をすくめた。

「ポッター、尊《とうと》いポッターか。『**選ばれし者**』を一目見てみたかったのは明らかだな」

マルフォイがあざ笑った。

「しかし、ウィーズリーの女の子とはね！　**あいつ**のどこがそんなに特別なんだ？」

「男の子に人気があるわ」

パンジーは、横目でマルフォイの反応《はんのう》を見ながら言った。

「あなたでさえ、ブレーズ、あの子が美人だと思ってるでしょう？　しかも、あなたのおめがねにかなうのはとっても難《むずか》しいって、みんな知ってるわ！」

「顔がどうだろうと、あいつみたいに血を裏切《うらぎ》る穢《けが》れた小娘《こむすめ》に手を出すものか」

ザビニが冷たく言った。パンジーはうれしそうな顔をした。マルフォイはまたそのひざに頭をのせ、パンジーが髪《かみ》をなでるがままにさせた。

「まあ、僕《ぼく》はスラグホーンの趣味《しゅみ》を哀《あわ》れむね。少しぼけてきたのかもしれないな。残念だ。父上はいつも、あの人が盛《さか》んなときにはいい魔《ま》法《ほう》使《つか》いだったとおっしゃっていた。父上は、あの人にちょっと気に入られていたんだ。スラグホーンは、たぶん僕《ぼく》がこの汽車に乗っていることを聞いていなかったのだろう。そうでなければ――」

「僕《ぼく》なら、招待《しょうたい》されようなんて期待は持たないだろうな」ザビニが言った。

「僕《ぼく》が一番早く到着《とうちゃく》したんだが、その時スラグホーンにノットの父親のことを聞かれた。どうやら旧知《きゅうち》の仲だったらしい。しかし、彼《かれ》は魔法省《まほうしょう》で逮捕《たいほ》されたと言ってやったら、スラグホーンはあまりいい顔をしなかった。ノットも招《まね》かれていなかっただろう？　スラグホーンは死喰《しく》い人《びと》には関心がないのだろうと思うよ」

マルフォイは腹《はら》を立てた様子だったが、無理に、妙《みょう》にしらけた笑い方をした。

「まあ、あいつが何に関心があろうと、知ったこっちゃない。結局のところ、あいつがなんだっていうんだ？　たかがまぬけな教師《きょうし》じゃないか」

マルフォイがこれ見よがしのあくびをした。

「つまり、来年、僕《ぼく》はホグワーツになんかいないかもしれないのに、薹《とう》の立った太っちょの老いぼれが、僕《ぼく》のことを好きだろうとなんだろうと、どうでもいいことだろう？」

「来年はホグワーツにいないかもしれないって、どういうこと？」

パンジーが、マルフォイの毛づくろいをしていた手をとたんに止めて、憤慨《ふんがい》したように言った。

「まあ、先のことはわからないだろう？」

マルフォイがわずかにニヒルな笑いを浮《う》かべて言った。

「僕《ぼく》は――あー――もっと次元の高い大きなことをしているかもしれない」

荷物棚《にもつだな》で、マントに隠《かく》れてうずくまりながら、ハリーの心臓《しんぞう》の鼓動《こどう》が早くなった。ロンやハーマイオニーが聞いたらなんと言うだろう？　クラッブとゴイルはポカンとしてマルフォイを見つめていた。次元の高い大きなことがどういう計画なのか、さっぱり見当がつかないらしい。ザビニでさえ、高慢《こうまん》な風貌《ふうぼう》がそこなわれるほどあからさまな好奇心《こうきしん》をのぞかせていた。パンジーは言葉を失ったように、再《ふたた》びマルフォイの髪《かみ》をのろのろとなではじめた。

「もしかして――**『あの人』**のこと？」

マルフォイは肩《かた》をすくめた。

「母上は僕《ぼく》が卒業することをお望みだが、僕《ぼく》としては、このごろそれがあまり重要だとは思えなくてね。つまり、考えてみると……闇《やみ》の帝王《ていおう》が支配《しはい》なさるとき、O《ふ》・W《く》・L《ろ》や《う》N《イ》・E《モ》・W《リ》・Tが何科目なんて、『あの人』が気になさるか？　もちろん、そんなことは問題じゃない……『あの人』のためにどのように奉仕《ほうし》し、どのような献身《けんしん》ぶりを示《しめ》してきたかだけが重要だ」

「それで、**君が**『あの人』のために何かできると思っているのか？」

ザビニが容赦《ようしゃ》なく追及《ついきゅう》した。

「十六歳《さい》で、しかもまだ完全な資格《しかく》もないのに？」

「たったいま、言わなかったか？　『あの人』はたぶん、僕《ぼく》に資格《しかく》があるかどうかなんて気にならない。僕《ぼく》にさせたい仕事は、たぶん資格《しかく》なんて必要ないものかもしれない」

マルフォイが静かに言った。

クラッブとゴイルは、二人とも怪獣像《ガーゴイル》よろしく口を開けて座《すわ》っていた。パンジーは、こんなに神々《こうごう》しいものは見たことがないという顔で、マルフォイをじっと見下ろしていた。

「ホグワーツが見える」

自分が作り出した効果《こうか》をじっくり味わいながら、マルフォイは暗くなった車窓《しゃそう》を指差した。

「ローブを着たほうがいい」

ハリーはマルフォイを見つめるのに気を取られ、ゴイルがトランクに手を伸《の》ばしたのに気づかなかった。ゴイルがトランクを振《ふ》り回《まわ》して棚《たな》から下ろす拍子《ひょうし》に、ハリーの頭の横にゴツンと当たり、ハリーは思わず声をもらした。マルフォイが顔をしかめて荷物棚《にもつだな》を見上げた。

ハリーはマルフォイが怖《こわ》いわけではなかったが、仲のよくないスリザリン生たちに、透明《とうめい》マントに隠《かく》れているところを見つかってしまうのは気に入らなかった。目はうるみ、頭はズキズキ痛《いた》んでいたが、ハリーはマントを乱《みだ》さないように注意しながら杖《つえ》を取り出し、息をひそめて待った。マルフォイは、結局空耳だったと思いなおしたらしく、ハリーはホッとした。マルフォイは、ほかのみんなと一緒《いっしょ》にローブを着て、トランクの鍵《かぎ》をかけ、汽車が速度を落としてガタン、ガタンと徐行《じょこう》を始めると、厚手《あつで》の新しい旅行マントのひもを首の所で結んだ。

ハリーは通路がまた人で混《こ》み合《あ》ってくるのを見ながら、ハーマイオニーとロンが自分の荷物をかわりにプラットホームに降《お》ろしてくれればいいが、と願っていた。このコンパートメントがすっかりからになるまで、ハリーはこの場から動けない。

最後に大きくガタンと揺《ゆ》れ、列車は完全に停止《ていし》した。ゴイルがドアをバンと開け、二年生の群《む》れをげんこつで押《お》しのけながら、強引《ごういん》に出ていった。クラッブとザビニがそれに続いた。

「先に行け」

マルフォイに握《にぎ》ってほしそうに手を伸《の》ばして待っているパンジーに、マルフォイが言った。

「ちょっと調べたいことがある」

パンジーがいなくなった。コンパートメントには、ハリーとマルフォイだけだった。生徒たちは列をなして通《とお》り過《す》ぎ、暗いプラットホームに降《お》りていった。マルフォイはコンパートメントのドアの所に行き、ブラインドを下ろし、通路側からのぞかれないようにした。それからトランクの上にかがんで、いったん閉《と》じたふたをまた開けた。

ハリーは荷物棚《にもつだな》の端《はし》からのぞき込《こ》んだ。心臓《しんぞう》の鼓動《こどう》が少し速くなった。マルフォイがパンジーから隠《かく》したいものはなんだろう？　修理《しゅうり》がそれほど大切だという、あの謎《なぞ》の品が見えるのだろうか？

「ペトリフィカス　トタルス！　石になれ！」

マルフォイが不意をついてハリーに杖《つえ》を向け、ハリーはたちまち金縛《かなしば》りにあった。スローモーションのように、ハリーは荷物棚《にもつだな》から転げ落ち、床《ゆか》を震《ふる》わせるほどの痛々《いたいた》しい衝撃《しょうげき》とともにマルフォイの足元に落下した。透明《とうめい》マントは体の下敷《したじ》きになり、脚《あし》をエビのように丸めてうずくまったままの滑稽《こっけい》な格好《かっこう》で、ハリーの全身が現《あらわ》れた。筋肉《きんにく》のひと筋《すじ》も動かせない。ニンマリほくそ笑《え》んでいるマルフォイを下からじっと見つめるばかりだった。

「やはりそうか」マルフォイが酔《よ》いしれたように言った。

「ゴイルのトランクがおまえにぶつかったのが聞こえた。それに、ザビニが戻《もど》ってきたとき、何か白いものが一瞬《いっしゅん》、空中に光るのを見たような気がした……」

マルフォイはハリーのスニーカーにしばらく目をとめていた。

「ザビニが戻《もど》ってきたときにドアをブロックしたのは、おまえだったんだな？」

マルフォイは、どうしてやろうかとばかり、しばらくハリーを眺《なが》めていた。

「ポッター、おまえは、僕《ぼく》が聞かれて困《こま》るようなことを、何も聞いちゃいない。しかし、せっかくここにおまえがいるうちに……」

そしてマルフォイは、ハリーの顔を思いきり踏《ふ》みつけた。ハリーは鼻が折れるのを感じた。そこら中に血が飛び散った。

「いまのは僕《ぼく》の父上からだ。さてと……」

マルフォイは動けないハリーの体の下からマントを引《ひ》っ張《ぱ》り出《だ》し、ハリーを覆《おお》った。

「汽車がロンドンに戻《もど》るまで、誰《だれ》もおまえを見つけられないだろうよ」

マルフォイが低い声で言った。

「また会おう、ポッター……それとも会わないかな」

そして、わざとハリーの指を踏《ふ》みつけ、マルフォイはコンパートメントを出ていった。

第八章　勝《か》ち誇《ほこ》るスネイプ

ハリーは筋《すじ》一本動かせなかった。透明《とうめい》マントの下で、鼻から流れるどろりとした生温かい血がほおを伝うのを感じながら、通路の人声や足音を聞いていた。汽車が再《ふたた》び発車する前に、必ず誰《だれ》かがコンパートメントをチェックするのではないか？　初めはそう考えた。しかし、たとえ誰《だれ》かがコンパートメントをのぞいても、姿《すがた》は見えないだろうし、ハリーは声も出ない。すぐにそう気づいて、ハリーは落胆《らくたん》した。せいぜい、誰《だれ》かが中に入ってきて、ハリーを踏《ふ》みつけてくれるのを望むほかない。

ひっくり返されて、滑稽《こっけい》な姿《すがた》をさらす亀《かめ》のように転がり、開いたままの口に流《なが》れ込《こ》む鼻血に吐《は》き気《け》をもよおしながら、ハリーはこの時ほどマルフォイが憎《にく》いと思ったことはなかった。なんというバカバカしい状況《じょうきょう》におちいってしまったのだろう……そして、いま、最後の足音が消え去っていく。みんなが暗いプラットホームをぞろぞろ歩いている。トランクを引きずる音、ガヤガヤという大きな話し声が聞こえた。

ロンやハーマイオニーは、ハリーがとうに一人で列車を降《お》りてしまったと思うだろう。ホグワーツに到着《とうちゃく》して大広間の席に着いてから、グリフィンドールのテーブルをあちこち見回して、やっとハリーがいないことに気づくだろう。ハリーのほうは、そのころにはまちがいなく、ロンドンへの道のりの半分を戻《もど》ってしまっているだろう。

ハリーは何か音を出そうとした。うめき声でもいい。しかし不可能《ふかのう》だった。その時、ダンブルドアのような魔法使《まほうつか》いの何人かは、声を出さずに呪文《じゅもん》がかけられることを思い出した。そして、手から落ちてしまった杖《つえ》を「呼《よ》び寄《よ》せ」ようと、「アクシオ！　杖《つえ》よ来い！」と頭の中で何度も何度も唱えたが、何事も起こらなかった。

湖を取り囲む木々がサラサラと触《ふ》れ合《あ》う音や、遠くでホーと鳴くふくろうの声が聞こえたような気がした。しかし、捜索《そうさく》が行われている気配はまったくない。しかも（そんなことを期待する自分が少しいやになったが）、ハリー・ポッターはどこに消えてしまったのだろうと、大騒《おおさわ》ぎする声も聞こえない。セストラルのひく馬車の隊列がガタゴトと学校に向かう姿《すがた》や、マルフォイがそのどれかの馬車に乗って、仲間のスリザリン生にハリーをやっつけた話をし、その馬車から押《お》し殺《ころ》したような笑い声が聞こえる情景《じょうけい》を想像《そうぞう》すると、ハリーの胸《むね》に絶望感《ぜつぼうかん》が広がっていった。

汽車がガタンと揺《ゆ》れ、ハリーは転がって横向きになった。天井《てんじょう》のかわりに、今度はほこりだらけの座席《ざせき》の下を、ハリーは見つめていた。エンジンが唸《うな》りを上げて息を吹《ふ》き返《かえ》し、床《ゆか》が振動《しんどう》しはじめた。ホグワーツ特急が発車する。そして、ハリーがまだ乗っていることを誰《だれ》も知らない……。

その時、透明《とうめい》マントが勢《いきお》いよくはがされるのを感じ、頭上で声がした。

「よっ、ハリー」

赤い光がひらめき、ハリーの体が解凍《かいとう》した。少しは体裁《ていさい》のよい姿勢《しせい》で座《すわ》れるようになったし、傷《きず》ついた顔から鼻血を手の甲《こう》でサッとぬぐうこともできた。顔を上げると、トンクスだった。いまはがしたばかりの透明《とうめい》マントを持っている。

「ここを出なくちゃ。早く」列車の窓《まど》が水蒸気《すいじょうき》で曇《くも》り、汽車はまさに駅を離《はな》れようとしていた。

「さあ、飛《と》び降《お》りよう」

トンクスのあとから、ハリーは急いで通路に出た。トンクスはデッキのドアを開け、プラットホームに飛《と》び降《お》りた。汽車は速度を上げはじめ、ホームが足元を流れるように見えた。ハリーもトンクスに続いた。着地でよろめき、体勢《たいせい》を立てなおしたときには、紅《くれない》に光る機関車はさらにスピードを増《ま》し、やがて角を曲がって見えなくなった。

ずきずき痛《いた》む鼻に、冷たい夜気がやさしかった。トンクスがハリーを見つめていた。あんな滑稽《こっけい》な格好《かっこう》で発見されたことで、ハリーは腹《はら》が立ったし、恥《は》ずかしかった。トンクスはだまって透明《とうめい》マントを返した。

「誰《だれ》にやられた？」

「ドラコ・マルフォイ」ハリーが悔《くや》しげに言った。「ありがとう……あの……」

「いいんだよ」トンクスがにこりともせずに言った。暗い中で見るトンクスは、「隠《かく》れ穴《あな》」で会ったときと同じくすんだ茶色の髪《かみ》で、みじめな表情《ひょうじょう》をしていた。

「じっと立っててくれれば、鼻を治してあげられるよ」

ご遠慮《えんりょ》申し上げたい、とハリーは思った。校医のマダム・ポンフリーの所へ行くつもりだった。癒術《いじゅつ》の呪文《じゅもん》にかけては、校医のほうがやや信頼《しんらい》できる。しかしそんなことを言うのは失礼だと思い、ハリーは目をつむってじっと動かずに立っていた。

「エピスキー、鼻血癒《い》えよ」トンクスが唱えた。

鼻がとても熱くなり、それからとても冷たくなった。ハリーは恐《おそ》る恐《おそ》る鼻に手をやった。どうやら治っている。

「どうもありがとう！」

「『マント』を着たほうがいい。学校まで歩いていこう」

トンクスが相変わらずニコリともせずに言った。ハリーが再《ふたた》びマントをかぶると、トンクスが杖《つえ》を振《ふ》った。杖先《つえさき》からとても大きな銀色の獣《けもの》が現《あらわ》れ、暗闇《くらやみ》を矢のように走り去った。

「いまのは『守護霊《しゅごれい》』だったの？」

ハリーは、ダンブルドアが同じような方法で伝言を送るのを見たことがあった。

「そう。君を保護《ほご》したと城《しろ》に伝言した。そうしないと、みんなが心配する。行こう。ぐずぐずしてはいられない」

二人は学校への道を歩きはじめた。

「どうやって僕《ぼく》を見つけたの？」

「君が列車から降《お》りていないことに気づいたし、君がマントを持っていることも知っていた。何か理由があって隠《かく》れているのかもしれないと考えた。あのコンパートメントにブラインドが下りているのを見て、調べてみようと思ったんだ」

「でも、そもそもここで何をしているの？」ハリーが聞いた。

「わたしはいま、ホグズミードに配置されているんだ。学校の警備《けいび》を補強《ほきょう》するために」

トンクスが言った。

「ここに配置されているのは、君だけなの？　それとも――」

「プラウドフット、サベッジ、それにドーリッシュもここにいる」

「ドーリッシュって、先学期ダンブルドアがやっつけたあの闇祓《やみばら》い？」

「そう」

いましがた馬車が通ったばかりのわだちの跡《あと》をたどりながら、二人は暗く人気《ひとけ》のない道を黙々《もくもく》と歩いた。マントに隠《かく》れたまま、ハリーは横のトンクスを見た。

去年、トンクスは聞きたがり屋だったし(時には、うるさいと思うぐらいだった)、よく笑い、冗談《じょうだん》を飛ばした。いまのトンクスは老《ふ》けたように見えたし、まじめで決然としていた。これが魔法《まほう》省《しょう》で起こったことの影響《えいきょう》なのだろうか? ハーマイオニーなら、シリウスのことでトンクスになぐさめの言葉をかけなさい、トンクスのせいではないと言いなさいとうながすだろうな――ハリーは気まずい思いでそう考えたが、どうしても言い出せなかった。シリウスが死んだことで、トンクスを責《せ》める気はさらさらなかった。トンクスの責任《せきにん》でもなければ誰《だれ》の責任《せきにん》でもない(むしろ自分の責《せき》任《にん》だ)。でも、できればシリウスのことは話したくなかった。

二人はだまったまま、寒い夜を、ただてくてく歩いた。トンクスの長いマントが、二人の背後《はいご》でささやくように地面をこすっていた。

いつも馬車で移動《いどう》していたので、ホグワーツがホグズミード駅からこんなに遠いとは、これまで気づかなかった。やっと門柱が見えたときには、ハリーは心からホッとした。

門の両脇《りょうわき》に立つ高い門柱の上には、羽の生えたイノシシがのっている。寒くて腹《はら》ペコだったし、別人のように陰気《いんき》なトンクスとは早く別れたいとハリーは思った。ところが門を押《お》し開《あ》けようと手を出すと、鎖《くさり》がかけられて閉《し》まっていた。

「アロホモラ!」

杖《つえ》をかんぬきに向け、ハリーは自信を持って唱えたが、何も起こらない。

「そんなもの通じないよ」トンクスが言った。「ダンブルドア自身が魔法《まほう》をかけたんだ」

ハリーはあたりを見回した。

「僕《ぼく》、城壁《じょうへき》をよじ登れるかもしれない」ハリーが提案《ていあん》した。

「いいや、できないはずだ」トンクスが、にべもなく言った。

「『侵入者《しんにゅうしゃ》よけ呪文《じゅもん》』がいたる所にかけられている。夏の間に警備措置《けいびそち》が百倍も強化された」

「それじゃ」トンクスが助けてもくれないので、ハリーはいらいらしはじめた。「ここで野宿して朝を待つしかないということか」

「誰《だれ》かが君を迎《むか》えにくる」トンクスが言った。

「ほら」

遠く、城《しろ》の下のほうで、ランタンの灯《あか》りが上下に揺《ゆ》れていた。うれしさのあまり、ハリーは、この際《さい》フィルチだってかまうものかと思った。ゼイゼイ声でハリーの遅刻《ちこく》を責《せ》めようが、親指じめの拷問《ごうもん》を定期的に受ければ時間を守れるようになるだろうとわめこうが、がまんできる。

黄色の灯《あか》りが二、三メートル先に近づき、姿《すがた》を現《あらわ》すために透明《とうめい》マントを脱《ぬ》いだとき、初めてハリーは、相手が誰《だれ》かに気づいた。そして、混《ま》じりけなしの憎《にく》しみが押《お》し寄《よ》せてきた。灯《あか》りに照らし出されて、鉤鼻《かぎばな》にべっとりとした黒い長髪《ちょうはつ》のセブルス・スネイプが立っていた。

「さて、さて、さて」

意地悪く笑いながら、スネイプは杖《つえ》を取り出してかんぬきを一度たたいた。鎖《くさり》がくねくねとそり返り、門がきしみながら開いた。

「ポッター、出頭するとは感心だ。ただし、制服《せいふく》のローブを着ると、せっかくの容姿《ようし》をそこなうと考えたようだが」

「着替《きが》えられなかったんです。手元に持ってなくて――」

ハリーは話しはじめたが、スネイプがさえぎった。

「ニンファドーラ、待つ必要はない。ポッターは我輩《わがはい》の手中で、極《きわ》めて――あー――安全だ」

「わたしは、ハグリッドに伝言を送ったつもりだった」トンクスが顔をしかめた。

「ハグリッドは、新学年の宴会《えんかい》に遅刻《ちこく》した。このポッターと同じようにな。かわりに我輩《わがはい》が受け取った。ところで」

スネイプは一歩下がってハリーを中に入れながら言った。

「君の新しい守護霊《しゅごれい》は興味深《きょうみぶか》い」

スネイプはトンクスの鼻先で、ガランと大きな音を立てて扉《とびら》を閉《し》めた。スネイプが再《ふたた》び杖《つえ》で鎖《くさり》をたたくと、鎖《くさり》はガチャガチャ音を立てながらすべるように元《もと》に戻った。

「我輩《わがはい》は、昔のやつのほうがいいように思うが」スネイプの声には、紛《まぎ》れもなく悪意がこもっていた。「新しいやつは弱々しく見える」

スネイプがぐるりとランタンの向きを変えたその時、トンクスの顔に、怒《いか》りと衝撃《しょうげき》の色が浮《う》かんでいるのを、ハリーはちらりと見た。次の瞬間《しゅんかん》、トンクスの姿《すがた》は再《ふたた》び闇《やみ》に包まれた。

「おやすみなさい」

スネイプとともに学校に向かって歩きだしながら、ハリーは振《ふ》り返《かえ》って呼《よ》びかけた。

「ありがとう……いろいろ」

「またね、ハリー」

一分かそこら、スネイプは口をきかなかった。ハリーは、自分の体から憎《にく》しみが波のように発散するのを感じた。スネイプの体を焼くほど強い波なのに、スネイプが何も感じていないのは信じられなかった。初めて出会ったときから、ハリーはスネイプを憎悪《ぞうお》していた。しかし、スネイプがシリウスに対して取った態度《たいど》のせいで、いまやスネイプは、ハリーにとって絶対《ぜったい》に、そして永久《えいきゅう》に許《ゆる》すことができない存在《そんざい》になっていた。

ハリーはこの夏の間にじっくり考えたし、ダンブルドアがなんと言おうと、すでに結論《けつろん》を出していた。スネイプは、騎士団《きしだん》のほかのメンバーがヴォルデモートと戦っているときに、シリウスがのうのうと隠《かく》れていたと言った。おそらく、悪意に満ちたスネイプの言葉の数々が強い引き金になって、あの夜、シリウスが死んだあの夜、シリウスは向こう見ずにも魔法省《まほうしょう》に出かけたのだ。

ハリーはこの考えにしがみついていた。そうすればスネイプを責《せ》めることができるし、責《せ》めることで満足できたからだ。それに、シリウスの死を悲しまないやつがいるとすれば、それは、いまハリーと並《なら》んで暗闇《くらやみ》の中をずんずん歩いていく、この男だ。

「遅刻《ちこく》でグリフィンドール五〇点減点《げんてん》だな」スネイプが言った。

「それから、フーム、マグルの服装《ふくそう》のせいで、さらに二〇点減点《げんてん》。まあ、新学期に入ってこれほど早期にマイナス得点《とくてん》になった寮《りょう》はなかったろうな——まだデザートも出ていないのに。記録を打ち立てたかもしれんな、ポッター」

腸《はらわた》が煮《に》えくり返り、白熱した怒《いか》りと憎《にく》しみが炎《ほのお》となって燃《も》え上《あ》がりそうだった。しかし、遅《おく》れた理由をスネイプに話すくらいなら、身動きできないままロンドンに戻《もど》るほうがまだましだ。

「たぶん、衝撃《しょうげき》の登場をしたかったのだろうねえ？」スネイプがしゃべり続けた。「空飛ぶ車がない以上、宴《うたげ》の途中《とちゅう》で大広間に乱入《らんにゅう》すれば、劇的《げきてき》な効果《こうか》があるにちがいないと判断《はんだん》したのだろう」

ハリーはそれでもだまったままだったが、胸中《きょうちゅう》は爆発寸前《ばくはつすんぜん》だった。スネイプがハリーを迎《むか》えにこなければならなかったのはこのためだと、ハリーにはわかっていた。ほかの誰《だれ》にも聞かれることなく、ハリーをチクチクとさいなむことができるこの数分間のためだ。

二人はやっと城《しろ》の階段《かいだん》にたどり着いた。がっしりした樫《かし》の扉《とびら》が左右に開き、板石を敷き詰《つ》めた広大な玄関《げんかん》ホールが現《あらわ》れると、大広間に向かって開かれた扉《とびら》を通して、はじけるような笑い声や話し声、食器やグラスが触《ふ》れ合《あ》う音が二人を迎《むか》えた。ハリーは透明《とうめい》マントをまたかぶれないだろうかと思った。そうすれば誰《だれ》にも気づかれずにグリフィンドールの長テーブルに座《すわ》れる（都合の悪いことに、グリフィンドールのテーブルは玄関《げんかん》ホールから一番遠くにある）。

しかし、ハリーの心を読んだかのようにスネイプが言った。

「マントは、なしだ。全員が君を見られるように、歩いていきたまえ。それがお望みだったと存《ぞん》ずるがね」

ハリーは即座《そくざ》にくるりと向きを変え、開いている扉《とびら》にまっすぐ突《つ》き進《すす》んだ。スネイプから離《はな》れるためならなんでもする。長テーブル四卓《たく》と一番奥《おく》に教職員《きょうしょくいん》テーブルが置かれた大広間は、いつものように飾《かざ》りつけられていた。ろうそくが宙《ちゅう》に浮《う》かび、その下の食器類をキラキラ輝《かがや》かせている。しかし、急ぎ足で歩いているハリーには、すべてがぼやけた光の点滅《てんめつ》にしか見えなかった。あまりの速さに、ハッフルパフ生がハリーを見つめはじめるころにはもうそのテーブルを通《とお》り過《す》ぎ、よく見ようと生徒たちが立ち上がったときにはもう、ロンとハーマイオニーを見つけ、ベンチ沿《ぞ》いに飛ぶように移動《いどう》して、二人の間に割《わ》り込《こ》んでいた。

「どこにいたん――なんだい、その顔はどうしたんだ？」

ロンは周りの生徒たちと一緒《いっしょ》になってハリーをじろじろ見ながら言った。

「なんで？　どこか変か？」

ハリーはガバッとスプーンをつかみ、そこにゆがんで映《うつ》っている自分の顔を、目を細くして見た。

「血だらけじゃない！」ハーマイオニーが言った。「こっちに来て――」

ハーマイオニーは杖《つえ》を上げて、「テルジオ！　ぬぐえ！」と唱え、血のりを吸《す》い取《と》った。

「ありがと」ハリーは顔に手を触《ふ》れて、きれいになったのを感じながら言った。「鼻はどんな感じ？」

「普通《ふつう》よ」ハーマイオニーが心配そうに言った。

「あたりまえでしょう？　ハリー、何があったの？　死ぬほど心配したわ！」

「あとで話すよ」ハリーはそっけなく言った。

ジニー、ネビル、ディーン、シェーマスが聞き耳を立てているのに、ちゃんと気づいていたのだ。グリフィンドールのゴーストの「ほとんど首無しニック」まで、盗《ぬす》み聞《ぎ》きしようと、テーブルに沿《そ》ってふわふわ漂《ただよ》っていた。

「でも――」ハーマイオニーが言いかけた。

「いまはだめだ、ハーマイオニー」

ハリーは、意味ありげな暗い声で言った。ハリーが何か勇ましいことに巻《ま》き込《こ》まれたと、みんなが想像《そうぞう》してくれればいいと願った。できれば死喰《しく》い人《びと》二人に吸魂鬼《きゅうこんき》一人ぐらいが関わったと思ってもらえるといい。もちろん、マルフォイは、話をできるかぎり吹聴《ふいちょう》しようとするだろうが、グリフィンドール生の間にはそれほど伝わらない可能性《かのうせい》だってある。

ハリーはロンの前に手を伸《の》ばして、チキンのもも肉を二、三本とポテトチップをひとつかみ取ろうとしたが、取る前に全部消えて、かわりにデザートが出てきた。

「とにかくあなたは、組分け儀式《ぎしき》も逃《のが》してしまったしね」

ロンが大きなチョコレートケーキに飛びつくそばで、ハーマイオニーが言った。

「帽子《ぼうし》は何かおもしろいこと言った？」糖蜜《とうみつ》タルトを取りながら、ハリーが聞いた。

「同じことのくり返し、ええ……敵《てき》に立ち向かうのに全員が結束しなさいって」

「ダンブルドアは、ヴォルデモートのことを何か言った？」

「まだよ。でも、ちゃんとしたスピーチは、いつもごちそうのあとまで取っておくでしょう？　もうまもなくだと思うわ」

「スネイプが言ってたけど、ハグリッドが宴会《えんかい》に遅《おく》れてきたとか――」

「スネイプに会ったって？　どうして？」

ケーキをパクつくのに大忙《おおいそが》しの合間を縫《ぬ》って、ロンが言った。

「偶然《ぐうぜん》、出くわしたんだ」ハリーは言《い》い逃《のが》れた。

「ハグリッドは数分しか遅《おく》れなかったわ」ハーマイオニーが言った。

「ほら、ハリー、あなたに手を振《ふ》ってるわよ」

ハリーは教職員《きょうしょくいん》テーブルを見上げ、まさにハリーに手を振《ふ》っていたハグリッドに向かってニヤッとした。ハグリッドは、マクゴナガル先生のような威厳《いげん》ある振《ふ》る舞《ま》いができたためしがない。ハグリッドの隣《となり》に座《すわ》っているグリフィンドール寮監《りょうかん》のマクゴナガル先生は、頭のてっぺんがハグリッドのひじと肩《かた》の中間あたりまでしか届《とど》いていない。そのマクゴナガル先生が、ハグリッドの熱狂的《ねっきょうてき》な挨拶《あいさつ》をとがめるような顔をしていた。

驚《おどろ》いたことに、マクゴナガル先生をはさんでハグリッドと反対側の席に、「占《うらな》い学《がく》」のトレローニー先生が座《すわ》っていた。北塔《きたとう》にある自分の部屋をめったに離《はな》れたことがないこの先生を、新学年の宴会《えんかい》で見かけたのは初めてだった。相変わらず奇妙《きみょう》な格好《かっこう》だ。ビーズをキラキラさせ、ショールを何枚《なんまい》かだらりとかけ、めがねで両眼《りょうがん》が巨大《きょだい》に拡大《かくだい》されている。

トレローニーはいかさまくさいと、ずっとそう思っていたハリーにとって、先学期の終わりの出来事は衝撃的《しょうげきてき》だった。ヴォルデモートがハリーの両親を殺し、ハリーをも襲《おそ》う原因《げんいん》となった予言の主は、このトレローニーだとわかったのだ。そう知ってしまうと、ますますそばにはいたくなかった。ありがたいことに、今学年は「占《うらな》い学《がく》」を取らないことになるだろう。標識灯《ひょうしきとう》のような大きな目がハリーの方向にぐるりと回ってきた。ハリーはあわてて目をそらし、スリザリンのテーブルを見た。

ドラコ・マルフォイが、鼻をへし折られるまねをしてみんなを大笑いさせ、やんやの喝采《かっさい》を受けていた。ハリーはまたしても腸《はらわた》が煮《に》えくり返り、下を向いて糖蜜《とうみつ》タルトを見つめた。一対一でマルフォイと戦えるなら、すべてをなげうってもいい……。

「それで、スラグホーン先生は何がお望みだったの?」ハーマイオニーが聞いた。

「魔法省《まほうしょう》で、ほんとは何が起こったかを知ること」ハリーが言った。

「先生も、ここにいるみんなも同じだわ」ハーマイオニーがフンと鼻を鳴らした。

「列車の中でも、みんなにそのことを問《と》い詰《つ》められたわよね？　ロン?」

「ああ」ロンが言った。

「君がほんとに『選ばれし者』なのかどうか、みんなが知りたがって——」

「まさにそのことにつきましては、ゴーストの間でさえ、さんざん話題になっております」

ほとんど首無しニックがほとんどつながっていない首をハリーのほうに傾《かたむ》けたので、首がひだ襟《えり》の上で危《あぶ》なっかしげにぐらぐらした。

「私《わたし》はポッターの権威者《けんいしゃ》のように思われております。私《わたし》たちの親しさは知《し》れ渡《わた》っていますからね。ただし、私《わたし》は霊界《れいかい》の者たちに、君をわずらわせてまで情報《じょうほう》を聞き出すようなまねはしないと、はっきり宣言《せんげん》しております。『ハリー・ポッターは、私《わたし》になら、全幅《ぜんぷく》の信頼《しんらい》を置いて秘密《ひみつ》を打ち明けることができると知っている』そう言ってやりましたよ。『彼《かれ》の信頼《しんらい》を裏切《うらぎ》るくらいなら、むしろ死を選ぶ』とね」

「それじゃたいしたこと言ってないじゃないか。もう死んでるんだから」ロンが意見を述《の》べた。

「またしてもあなたは、なまくら斧《おの》のごとき感受性《かんじゅせい》を示《しめ》される」

ほとんど首無しニックは公然たる侮辱《ぶじょく》を受けたかのようにそう言うと、宙《ちゅう》に舞《ま》い上《あ》がり、するするとグリフィンドールのテーブルの一番端《はし》に戻《もど》った。ちょうどその時、教職員《きょうしょくいん》テーブルのダンブルドアが立ち上がった。大広間に響《ひび》いていた話し声や笑い声が、あっという間に消えた。

「みなさん、すばらしい夜じゃ！」

ダンブルドアがニッコリと笑い、大広間の全員を抱《だ》きしめるかのように両手を広げた。

「手をどうなさったのかしら？」ハーマイオニーが息をのんだ。

気づいたのはハーマイオニーだけではなかった。ダンブルドアの右手は、ダーズリー家にハリーを迎《むか》えにきた夜と同じように、死んだような黒い手だった。ささやき声が広間中を駆《か》けめぐった。ダンブルドアはその反応《はんのう》を正確《せいかく》に受け止めたが、単にほほえんだだけで、紫《むらさき》と金色のそでを振《ふ》り下《お》ろして傷《きず》を覆《おお》った。

「何も心配にはおよばぬ」ダンブルドアは気軽に言った。

「さて……新入生よ、歓迎《かんげい》いたしますぞ。上級生にはお帰りなさいじゃ！　今年もまた、魔法教育《まほうきょういく》がびっしりと待ち受けておる……」

「夏休みにダンブルドアに会ったときも、ああいう手だった」

ハリーがハーマイオニーにささやいた。

「でも、ダンブルドアがとっくに治しているだろうと思ったのに……そうじゃなければ、マダム・ポンフリーが治したはずなのに」

「あの手はもう死んでるみたいに見えるわ」

ハーマイオニーが吐《は》き気《け》をもよおしたように言った。

「治らない傷《きず》というものもあるわ……昔受けた呪《のろ》いとか……それに解毒剤《げどくざい》の効《き》かない毒薬《どくやく》もあるし……」

「……そして、管理人のフィルチさんからみなに伝えるようにと言われたのじゃが、『ウィーズリー・ウィザード・ウィーズ』とかいう店で購入《こうにゅう》したいたずら用具は、すべて完全禁止《かんぜんきんし》じゃ」

「各寮《かくりょう》のクィディッチ・チームに入団《にゅうだん》したい者は、例によって寮監《りょうかん》に名前を提出《ていしゅつ》すること。試合の解説者《かいせつしゃ》も新人を募集《ぼしゅう》しておるので、同じく応募《おうぼ》すること」

「今学年は新しい先生をお迎《むか》えしておる。スラグホーン先生じゃ」

スラグホーンが立ち上がった。はげ頭がろうそくに輝《かがや》き、ベストを着た大きな腹《はら》が下のテーブルに影《かげ》を落とした。

「先生は、かつてわしの同輩《どうはい》だった方じゃが、昔教えておられた『魔法薬学《まほうやくがく》』の教師《きょうし》として復帰《ふっき》なさることにご同意いただいた」

「魔法薬《まほうやく》？」

「魔法薬《まほうやく》？」

聞きちがえたのでは、という声が広間中のあちこちで響《ひび》いた。

「魔法薬《まほうやく》？」ロンとハーマイオニーが、ハリーを振《ふ》り向《む》いて同時に言った。

「だってハリーが言ってたのは――」

「ところでスネイプ先生は」

ダンブルドアは不審《ふしん》そうなガヤガヤ声にかき消されないよう、声を上げて言った。

「『闇《やみ》の魔術《まじゅつ》に対《たい》する防衛術《ぼうえいじゅつ》』の後任《こうにん》の教師《きょうし》となられる」

「そんな！」

あまり大きい声を出したので、多くの人がハリーのほうを見たが、ハリーは意に介《かい》さず、カンカンになって教職員《きょうしょくいん》テーブルをにらみつけた。どうしていまになって、スネイプが「闇《やみ》の魔術《まじゅつ》に対《たい》する防衛術《ぼうえいじゅつ》」に着任《ちゃくにん》するんだ？　ダンブルドアが信用していないからスネイプはその職《しょく》に就《つ》けないというのは、周知のことじゃなかったのか？

「だって、ハリー、あなたは、スラグホーンが『闇《やみ》の魔術《まじゅつ》に対《たい》する防衛術《ぼうえいじゅつ》』を教えるって言ったじゃない！」ハーマイオニーが言った。

「そうだと思ったんだ！」

ハリーは、ダンブルドアがいつそう言ったのかを必死で思い出そうとした。しかし考えてみると、スラグホーンが何を教えるかを、ダンブルドアが話してくれたという記憶《きおく》がない。ダンブルドアの右側に座《すわ》っているスネイプは、名前を言われても立ち上がりもせず、スリザリン・テーブルからの拍手《はくしゅ》に大儀《たいぎ》そうに応《こた》えて、片手《かたて》を挙げただけだった。しかしハリーは、憎《にく》んでもあまりあるスネイプの顔に、勝《か》ち誇《ほこ》った表情《ひょうじょう》が浮《う》かんでいるのを、確《たし》かに読み取った。

「まあ、一つだけいいことがある」ハリーが残酷《ざんこく》にも言った。

「この学年の終わりまでには、スネイプはいなくなるだろう」

「どういう意味だ?」ロンが聞いた。

「あの職《しょく》は呪《のろ》われている。一年より長く続いたためしがない……クィレルは途中《とちゅう》で死んだくらいだ。僕個人《ぼくこじん》としては、もう一人死ぬように願《がん》をかけるよ……」

「ハリー!」ハーマイオニーはショックを受け、責《せ》めるように言った。

「今学年が終わったら、スネイプは元の『魔法薬学《まほうやくがく》』に戻《もど》るだけの話かもしれない」

ロンが妥当《だとう》なことを言った。

「あのスラグホーンてやつ、長く教えたがらないかもしれない。ムーディもそうだった」

ダンブルドアが咳払《せきばら》いした。私語《しご》していたのはハリー、ロン、ハーマイオニーだけではなかった。スネイプがついに念願を成就《じょうじゅ》したというニュースに、大広間中がてんでんに会話を始めていた。

たったいまどんなに衝撃的《しょうげきてき》なニュースを発表したかなど、気づいていないかのように、ダンブルドアは教職員《きょうしょくいん》の任命《にんめい》についてはそれ以上何も言わなかった。しかし、ちょっと間を置き、完全に静かになるのを待って、話を続けた。

「さて、この広間におる者は誰《だれ》でも知ってのとおり、ヴォルデモート卿《きょう》とその従者《じゅうしゃ》たちが、再《ふたた》び跋《ばっ》扈《こ》し、力を強めておる」

ダンブルドアが話すにつれ、沈黙《ちんもく》が張《は》りつめ、研《と》ぎ澄《す》まされていくようだった。ハリーはマルフォイをちらりと見た。マルフォイはダンブルドアには目もくれず、まるで校長の言葉など傾聴《けいちょう》に値《あたい》しないかのように、フォークを杖《つえ》で宙《ちゅう》に浮《う》かしていた。

「現在《げんざい》の状況《じょうきょう》がどんなに危険《きけん》であるか、また、我々《われわれ》が安全に過《す》ごすことができるよう、ホグワーツの一人一人が充分《じゅうぶん》注意すべきであるということは、どれほど強調しても強調しすぎることはない。この夏、城《しろ》の魔法《まほう》の防衛《ぼうえい》が強化された。いっそう強力な新しい方法で、我々《われわれ》は保護《ほご》されておる。しかし、やはり、生徒や教職員《きょうしょくいん》の各々《おのおの》が、軽率《けいそつ》なことをせぬように慎重《しんちょう》を期さねばならぬ。それじゃからみなに言うておく。どんなにうんざりするようなことであろうと、先生方が生徒のみなに課す安全上の制約事項《せいやくじこう》を遵守《じゅんしゅ》するよう——特に、決められた時間以降《いこう》は、夜間、ベッドを抜《ぬ》け出《だ》してはならぬという規則《きそく》じゃ。わしからのたっての願いじゃが、城《しろ》の内外で何か不審《ふしん》なもの、怪《あや》しげなものに気づいたら、すぐに教職員《きょうしょくいん》に報告《ほうこく》するよう。生徒諸君《せいとしょくん》が、常《つね》に自分自身と互《たが》いの安全とに最大の注意を払《はら》って行動するものと信じておる」

ダンブルドアのブルーの目が生徒全体を見渡《みわた》し、それからもう一度ほほえんだ。

「しかしいまは、ベッドが待っておる。みなが望みうるかぎり最高にふかふかで暖《あたた》かいベッドじゃ。みなにとって一番大切なのは、ゆっくり休んで明日からの授業《じゅぎょう》に備《そな》えることじゃろう。それではおやすみの挨拶《あいさつ》じゃ。そーれ行け、ピッピッ！」

いつもの騒音《そうおん》が始まった。ベンチを後ろに押《お》しやって立ち上がった何百人もの生徒が、列をなして大広間からそれぞれの寮《りょう》に向かった。一緒《いっしょ》に大広間を出ればじろじろ見られるし、マルフォイに近づけば、鼻を踏《ふ》みつけた話をくり返させるだけだ。どちらにしても急ぎたくなかったハリーは、スニーカーの靴《くつ》ひもを結びなおすふりをしてぐずぐずし、グリフィンドール生の大部分をやり過《す》ごした。ハーマイオニーは、一年生を引率《いんそつ》するという監督生《かんとくせい》の義務《ぎむ》をはたすために飛んでいったが、ロンはハリーと残った。

「君の鼻、ほんとはどうしたんだ？」

急いで大広間を出てゆく群《む》れの一番後ろにつき、誰《だれ》にも声が聞こえなくなったとき、ロンが聞いた。

ハリーはロンに話した。ロンが笑わなかったことが、二人の友情《ゆうじょう》の絆《きずな》の証《あかし》だった。

「マルフォイが、何か鼻に関係するパントマイムをやってるのを見たんだ」

ロンが暗い表情《ひょうじょう》で言った。

「ああ、まあ、それは気にするな」ハリーは苦々しげに言った。

「僕《ぼく》がやつに見つかる前に、あいつが何を話してたかだけど……」

マルフォイの自慢話《じまんばなし》を聞いてロンが驚愕《きょうがく》するだろうと、ハリーは期待していた。ところが、ロンはさっぱり感じないようだった。ハリーに言わせれば、ガチガチの石頭だ。

「いいか、ハリー、あいつはパーキンソンの前でいいかっこして見せただけだ……『例のあの人』が、あいつにどんな任務《にんむ》を与《あた》えるっていうんだ？

「ヴォルデモートは、ホグワーツに誰《だれ》かを置いておく必要はないか？　何も今度が初めてっていうわけじゃ――」

「ハリー、その名前を言わねえでほしいもんだ」

二人の背後《はいご》で、とがめるような声がした。振《ふ》り返《かえ》るとハグリッドが首を振《ふ》っていた。

「ダンブルドアはその名前で呼《よ》ぶよ」ハリーは頑《がん》として言った。

「ああ、そりゃ、それがダンブルドアちゅうもんだ。そうだろうが？」

ハグリッドが謎《なぞ》めいたことを言った。

「そんで、ハリー、なんで遅《おく》れた？　俺《おれ》は心配しとったぞ」

「汽車の中でもたもたしてね」ハリーが言った。

「**ハグリッドは**どうして遅《おく》れたの？」

「グロウプと一緒《いっしょ》でなあ」ハグリッドがうれしそうに言った。

「時間のたつのを忘《わす》れっちまった。いまじゃ山ン中に新しい家があるぞ。ダンブルドアがしつらえなすった――おっきないい洞穴《ほらあな》だ。あいつは森にいるときより幸せでな。二人で楽しくしゃべくっとったのよ」

「ほんと？」

ハリーは、意識的《いしきてき》にロンと目を合わせないようにしながら言った。ハグリッドの父親ちがいの弟は、最後に会ったとき、樹木《じゅもく》を根元から引《ひ》っこ抜《ぬ》く才能《さいのう》のある狂暴《きょうぼう》な巨人《きょじん》で、言葉はたった五つの単語だけしか持たず、そのうち二つはまともに発音さえできなかった。

「ああ、そうとも。あいつはほんとに進歩した」

ハグリッドは得意《とくい》げに言った。

「二人とも驚《おどろ》くぞ。俺《おれ》はあいつを訓練して助手にしようと考えちょる」

ロンは大きくフンと言ったが、なんとかごまかして、大きなくしゃみをしたように見せかけた。

三人はもう樫《かし》の扉《とびら》のそばまで来ていた。

「とにかく、明日会おう。昼食のすぐあとの時間だ。早めに来いや。そしたら挨拶《あいさつ》できるぞ、バック――おっと――ウィザウィングズに！」

片腕《かたうで》を挙げて上機嫌《じょうきげん》でおやすみの挨拶《あいさつ》をしながら、ハグリッドは正面扉《しょうめんとびら》から闇《やみ》の中へと出ていった。

ハリーは、ロンと顔を見合わせた。ロンも自分と同じく気持ちが落《お》ち込《こ》んでいるのがわかった。

「『魔法生物飼育学《まほうせいぶつしいくがく》』を取らないんだろう？」

ロンがうなずいた。

「君もだろう？」

ハリーもうなずいた。

「それに、ハーマイオニーも」ロンが言った。「取らないよな？」

ハリーはまたうなずいた。お気に入りの生徒が、三人ともハグリッドの授業《じゅぎょう》を取らないと知ったら、ハグリッドはいったいなんと言うか。ハリーは考えたくもなかった。

第九章　謎《なぞ》のプリンス

次の日の朝食前に、ハリーとロンは談話室でハーマイオニーに会った。自分の説に支持《しじ》が欲《ほ》しくて、ハリーは早速《さっそく》、ホグワーツ特急で盗《ぬす》み聞《ぎ》きしたマルフォイの言葉を話して聞かせた。

「だけど、あいつは当然パーキンソンにかっこつけただけだよな？」

ハーマイオニーが何も言わないうちに、ロンがすばやく口をはさんだ。

「そうねえ」

ハーマイオニーがあいまいに答えた。

「わからないわ……自分を偉《えら》く見せたがるのはマルフォイらしいけど……でもうそにしてはちょっと大きすぎるし……」

「そうだよ」

ハリーはあいづちを打ったが、それ以上は押《お》せなかった。というのも、あまりにも大勢《おおぜい》の生徒たちがハリーを見つめていたし、口に手を当ててヒソヒソ話をするばかりでなく、ハリーたちの会話に聞き耳を立てていたからだ。

「指差しは失礼だぞ」

三人で肖像画《しょうぞうが》の穴《あな》から出ていく生徒の列に並《なら》びながら、ロンが特に細い一年生にかみついた。片《かた》手《て》で口を覆《おお》って、ハリーのことを友達にヒソヒソ話していた男の子は、たちまち真っ赤になり、驚《おどろ》いた拍子《ひょうし》に穴《あな》から転がり落ちた。ロンはニヤニヤ笑った。

「六年生になるって、いいなあ。**それに**、今年は自由時間があるぜ。まるまる空いている時間だ。ここに座《すわ》ってのんびりしてればいい」

「その時間は勉強するのに必要なのよ、ロン！」

三人で廊下《ろうか》を歩きながら、ハーマイオニーが言った。

「ああ、だけど今日はちがう」ロンが言った。「今日は楽勝だと思うぜ」

「ちょっと！」

ハーマイオニーが腕《うで》を突《つ》き出《だ》して、通りがかりの四年生の男子を止めた。男の子は、ライムグリーンの円盤《えんばん》をしっかりつかんで、急いでハーマイオニーを追《お》い抜《ぬ》こうとしていた。

「『かみつきフリスビー』は禁止《きんし》されてるわ。よこしなさい」

ハーマイオニーは厳《きび》しい口調で言った。しかめっ面《つら》の男の子は、歯をむき出しているフリスビーを渡《わた》し、ハーマイオニーの腕《うで》をくぐり抜《ぬ》けて友達のあとを追った。ロンはその姿《すがた》が見えなくなるのを待って、ハーマイオニーの握《にぎ》りしめているフリスビーを引ったくった。

「上出来。これ欲《ほ》しかったんだ」

ハーマイオニーが抗議《こうぎ》する声は、大きなクスクス笑いにのまれてしまった。ラベンダー・ブラウンだった。ロンの言い方がとてもおかしいと思ったらしく、笑いながら三人を追《お》い越《こ》し、振《ふ》り返《かえ》ってロンをちらりと見た。ロンは、かなり得意《とくい》げだった。

大広間の天井《てんじょう》は、高い格子窓《こうしまど》で四角に切り取られて見える外の空と同じく、静かに青く澄《す》み、淡《あわ》い雲が霞《かすみ》のように流れていた。オートミールや卵《たまご》、ベーコンをかっ込《こ》みながら、ハリーとロンは、昨夜のハグリッドとのばつの悪い会話をハーマイオニーに話して聞かせた。

「だけど、私《わたし》たちが『魔法生物飼育学《まほうせいぶつしいくがく》』を続けるなんて、ハグリッドったら、そんなこと、考えられるはずがないじゃない！」

ハーマイオニーも気落ちした顔になった。

「だって、私《わたし》たち、いつそんなそぶりを……あの……熱中ぶりを見せたかしら？」

「まさに、そこだよ。だろ？」

ロンは目玉焼きを丸ごと飲《の》み込《こ》んだ。

「授業《じゅぎょう》で一番努力したのは僕《ぼく》たちだけど、ハグリッドが好きだからだよ。だけどハグリッドは、僕《ぼく》たちがあんなバカバカしい**学科を**好きだと思《おも》い込《こ》んでる。N《イ》・E《モ》・W《リ》・Tレベルで、あれを続けるやつがいると思うか？」

ハリーもハーマイオニーも答えなかったし、答える必要はなかった。同学年で「魔法生物飼育《まほうせいぶつしいく》学《がく》」を続ける学生が一人もいないことは、はっきりしていた。十分後に、ハグリッドが教職員《きょうしょくいん》テーブルを離《はな》れ際《ぎわ》に陽気に手を振《ふ》ったときも、三人はハグリッドと目を合わせず、中途半端《ちゅうとはんぱ》に手を振《ふ》り返《かえ》した。

食事のあと、みんなその場にとどまり、マクゴナガル先生が、教職員《きょうしょくいん》テーブルから立つのを待った。時間割《じかんわり》を配る作業は、今年はこれまでより複雑《ふくざつ》だった。マクゴナガル先生はまず最初に、それぞれが希望するN《イ》・E《モ》・W《リ》・Tの授業《じゅぎょう》に必要とされる、O《ふ》・W《くろ》・L《う》の合格点《ごうかくてん》が取れているかどうかを、確認《かくにん》する必要があった。

ハーマイオニーは、すぐにすべての授業《じゅぎょう》の継続《けいぞく》を許《ゆる》された。「呪文学《じゅもんがく》」「闇《やみ》の魔術《まじゅつ》に対《たい》する防衛《ぼうえい》術《じゅつ》」「変身術《へんしんじゅつ》」「薬草学」「数占《かずうらな》い」「古代ルーン文字」「魔法薬学《まほうやくがく》」。そして、一時間目の「古代ルーン文字」の教室にさっさと飛んでいった。ネビルは処理《しょり》に少し時間がかかった。マクゴナガル先生がネビルの申込書《もうしこみしょ》を読み、O《ふ》・W《くろ》・L《う》の成績《せいせき》を照らし合わせている間、ネビルの丸顔は心配そうだった。

「『薬草学』。けっこう」先生が言った。「スプラウト先生は、あなたがO《ふ》・W《くろ》・L《う》で『O・優《ゆう》』を取って授業《じゅぎょう》に戻《もど》ることをお喜びになるでしょう。それから『闇《やみ》の魔術《まじゅつ》に対《たい》する防衛術《ぼうえいじゅつ》』は、期待以上の『E・良』で資格《しかく》があります。ただ、問題は『変身術《へんしんじゅつ》』です。気の毒ですがロングボトム、『A・可《か》』ではN《イ》・E・W《モ》・T《リ》レベルを続けるには充分《じゅうぶん》ではありません。授業《じゅぎょう》についていけないだろうと思います」

ネビルはうなだれた。マクゴナガル先生は四角いめがねの奥《おく》からネビルをじっと見た。

「そもそもどうして『変身術《へんしんじゅつ》』を続けたいのですか？　私《わたくし》は、あなたが特に授業《じゅぎょう》を楽しんでいるという印象《いんしょう》を受けたことはありませんが」

ネビルはみじめな様子で、「ばあちゃんが望んでいます」のようなことをつぶやいた。

「フンッ」マクゴナガル先生が鼻を鳴らした。

「あなたのおばあさまは、どういう孫を持つべきかという考えでなく、あるがままの孫を誇《ほこ》るべきだと気づいてもいいころです——特に魔法省《まほうしょう》での一件《いっけん》のあとは」

ネビルは顔中をピンクに染《そ》め、まごついて目をパチパチさせた。マクゴナガル先生は、これまで一度もネビルをほめたことがなかった。

「残念ですが、ロングボトム、私《わたくし》はあなたをN《イ》・E・W《モ》・T《リ》のクラスに入れることはできません。ただ、『呪文学《じゅもんがく》』では『E・良』を取っていますね——『呪文学《じゅもんがく》』のN《イ》・E・W《モ》・T《リ》を取ったらどうですか？」

「ばあちゃんが、『呪文学《じゅもんがく》』は軟弱《なんじゃく》な選択《せんたく》だと思っています」ネビルがつぶやいた。

「『呪文学《じゅもんがく》』をお取りなさい」マクゴナガル先生が言った。

「私《わたくし》からオーガスタに一筆《いっぴつ》入れて、思い出してもらいましょう。**自分が**『呪文学《じゅもんがく》』のO・W・L《ふくろう》に落ちたからといって、学科そのものが必ずしも価値《かち》がないとは言えません」

信じられない、というようなうれしそうな表情《ひょうじょう》を浮《う》かべたネビルに、マクゴナガル先生はちょっとほほえみかけ、真っ白な時間割《じかんわり》を杖先《つえさき》でたたいて、新しい授業《じゅぎょう》の詳細《しょうさい》が書き込《こ》まれた時間割《じかんわり》を渡《わた》した。マクゴナガル先生は、次にパーバティ・パチルに取りかかった。パーバティの最初の質問《しつもん》は、ハンサムなケンタウルスのフィレンツェがまだ「占い学《うらないがく》」を教えるかどうかだった。

「今年は、トレローニー先生と二人でクラスを分担《ぶんたん》します」

マクゴナガル先生は不満そうな声で言った。先生が、「占い学《うらないがく》」という学科を蔑視《べっし》しているのは周知のことだ。

「六年生はトレローニー先生が担当《たんとう》なさいます」

パーバティは五分後に、ちょっと打ちしおれて「占い学《うらないがく》」の授業《じゅぎょう》に出かけた。

「さあ、ポッター、ポッターっと……」

ハリーのほうを向きながら、マクゴナガル先生は自分のノートを調べていた。

「『呪文学《じゅもんがく》』『闇《やみ》の魔術《まじゅつ》に対《たい》する防衛術《ぼうえいじゅつ》』『薬草学』『変身術《へんしんじゅつ》』……すべてけっこうです。あなたの

『変身術《へんしんじゅつ》』の成績《せいせき》には、ポッター、私自身《わたくしじしん》満足しています。大変満足です。さて、なぜ『魔法薬学《まほうやくがく》』を続ける申《もう》し込《こ》みをしなかったのですか？　闇祓《やみばら》いになるのがあなたの志《こころざし》だったと思いますが？」

「そうでした。でも、先生は僕《ぼく》に、Ｏ《ふ》・Ｗ《く》・Ｌ《ろう》で『Ｏ・優《ゆう》』を取らないとだめだとおっしゃいました」

「確《たし》かに、スネイプ先生がこの学科を教えていらっしゃる間はそうでした。しかし、スラグホーン先生はＯ《ふ》・Ｗ《く》・Ｌ《ろう》で『Ｅ・良』の学生でも、喜んでＮ《イ》・Ｅ《モ》・Ｗ《リ》・Ｔに受け入れます。『魔法薬学《まほうやくがく》』に進みたいですか？」

「はい」ハリーが答えた。

「でも、教科書も材料も、何も買っていません――」

「スラグホーン先生が、何か貸《か》してくださると思います」マクゴナガル先生が言った。

「よろしい。ポッター、あなたの時間割《じかんわり》です。ああ、ところで――グリフィンドールのクィディッチ・チームに、すでに二十人の候補者《こうほしゃ》が名前を連ねています。追っつけあなたにリストを渡《わた》しますから、時間があるときに選抜《せんばつ》の日を決めればよいでしょう」

しばらくして、ロンもハリーと同じ学科を許可《きょか》され、二人は一緒《いっしょ》にテーブルを離《はな》れた。

「どうだい」ロンが時間割《じかんわり》を眺《なが》めてうれしそうに言った。

「僕《ぼく》たちいまが自由時間だぜ……それに休憩時間《きゅうけいじかん》のあとも自由時間……昼食のあともだよ……**やったぜ！**」

二人は談話室に戻《もど》った。七年生が五、六人いるだけで、がらんとしていた。ハリーが一年生でクィディッチ・チームに入ったときのオリジナル・メンバーで、ただ一人残っているケイティ・ベルもそこにいた。

「君がそれをもらうだろうと思っていたわ。おめでとう」

ケイティはハリーの胸《むね》にあるキャプテン・バッジを指して、離《はな》れた所から声をかけた。

「いつ選抜《せんばつ》するのか教えてよ！」

「バカなこと言うなよ」ハリーが言った。

「君は選抜《せんばつ》なんか必要ない。五年間ずっと君のプレーを見てきたんだ……」

「最初からそれじゃいけないいな」

ケイティが警告《けいこく》するように言った。

「私《わたし》よりずっとうまい人がいるかもしれないじゃない。これまでだって、キャプテンが古顔ばっかり使ったり、友達を入れたりして、せっかくのいいチームをダメにした例はあるんだよ……」

ロンはちょっとばつが悪そうな顔をして、ハーマイオニーが四年生から取り上げた「かみつきフリスビー」で遊びはじめた。フリスビーは、談話室を唸《うな》り声《ごえ》を上げて飛びまわり、歯をむき出してタペストリーにかみつこうとした。クルックシャンクスの黄色い目がそのあとを追い、近くに飛んでくるとシャーッと威嚇《いかく》した。

一時間後、二人は、太陽が降《ふ》り注《そそ》ぐ談話室をしぶしぶ離《はな》れ、四階下の「闇《やみ》の魔《ま》術《じゅつ》に対《たい》する防衛《ぼうえい》術《じゅつ》」の教室に向かった。ハーマイオニーは重い本を腕《うで》いっぱい抱《かか》え、「理不尽《りふじん》だわ」という顔で、すでに教室の外に並《なら》んでいた。

「『ルーン文字』で宿題をいっぱい出されたの」

ハリーとロンがそばに行くと、ハーマイオニーが不安げに言った。

「エッセイを四十センチ、翻訳《ほんやく》が二つ、それにこれだけの本を水曜日までに読まなくちゃならないのよ！」

「ご愁傷《しゅうしょう》さま」ロンがあくびをした。

「見てらっしゃい」ハーマイオニーが恨《うら》めしげに言った。

「スネイプもきっと山ほど出すわよ」

その言葉が終わらないうちに教室のドアが開き、スネイプが、いつものとおり、両開きのカーテンのようなねっとりした黒髪《くろかみ》で縁取《ふちど》られた土気色《つちけいろ》の顔で、廊下《ろうか》に出てきた。行列がたちまち、シーンとなった。

「中へ」スネイプが言った。

ハリーは、あたりを見回しながら入った。スネイプはすでに、教室にスネイプらしい個性《こせい》を持《も》ち込《こ》んでいた。窓《まど》にはカーテンが引かれていつもより陰気《いんき》くさく、ろうそくで明かりを取っている。壁《かべ》にかけられた新しい絵の多くは、身の毛もよだつけがや奇妙《きみょう》にねじ曲がった体の部分をさらして、痛《いた》み苦しむ人の姿《すがた》だった。薄暗《うすぐら》い中で凄惨《せいさん》な絵を見回しながら、生徒たちは無言で席に着いた。

「我輩《わがはい》はまだ教科書を出せとは頼《たの》んでおらん」

ドアを閉《し》め、生徒と向き合うために教壇《きょうだん》の机《つくえ》に向かって歩きながら、スネイプが言った。ハーマイオニーはあわてて『顔のない顔に対面する』の教科書を鞄《かばん》に戻《もど》し、椅子《いす》の下に置いた。

「我輩《わがはい》が話をする。充分傾聴《じゅうぶんけいちょう》するのだ」

暗い目が、顔を上げている生徒たちの上を漂《ただよ》った。ハリーの顔に、ほかの顔よりわずかに長く視《し》線《せん》が止まった。

「我輩《わがはい》が思うに、これまで諸君《しょくん》はこの学科で五人の教師《きょうし》に習った」

——思うに？……スネイプめ、全員が次々といなくなるのを見物しながら、今度こそ自分がその職《しょく》に就《つ》きたいと思っていたくせに。ハリーは心の中で痛烈《つうれつ》にあざけった。

「当然、こうした教師《きょうし》たちは、それぞれ自分なりの方法と好みを持っていた。そうした混乱《こんらん》にもかかわらず、かくも多くの諸君《しょくん》がからくもこの学科のO《ふ》・W《く》・L《ろう》合格点《ごうかくてん》を取ったことに、我輩《わがはい》は驚《おどろ》いておる。N《イ》・E《モ》・W《リ》・Tはそれよりずっと高度であるからして、諸君《しょくん》が全員それについてくるようなことがあれば、我輩《わがはい》はさらに驚《おどろ》くであろう」

スネイプは、今度は低い声で話しながら教室の端《はし》を歩きはじめ、クラス中が首を伸《の》ばしてスネイプの姿《すがた》を見失わないようにした。

「『闇《やみ》の魔術《まじゅつ》』は」スネイプが言った。「多種多様、千変万化《せんぺんばんか》、流動的にして永遠《えいえん》なるものだ。それと戦うということは、多くの頭を持つ怪物《かいぶつ》と戦うに等しい。首を一つ切り落としても別の首が、しかも前より獰猛《どうもう》で賢《かしこ》い首が生えてくる。諸君《しょくん》の戦いの相手は、固定できず、変化し、破壊不能《はかいふのう》なものだ」

ハリーはスネイプを凝視《ぎょうし》した。危険《きけん》な敵《てき》である「闇《やみ》の魔術《まじゅつ》」をあなどるべからずというのならうなずける。しかし、いまのスネイプのように、やさしく愛撫《あいぶ》するような口調で語るのは、話がちがうだろう？

「諸君《しょくん》の防衛術《ぼうえいじゅつ》は」スネイプの声がわずかに高くなった。「それ故《ゆえ》、諸君《しょくん》が破《やぶ》ろうとする相手の術《じゅつ》と同じく、柔軟《じゅうなん》にして創意的《そういてき》でなければならぬ。これらの絵は――」

絵の前を早足で通《とお》り過《す》ぎながら、スネイプは何枚《なんまい》かを指差した。

「術《じゅつ》にかかった者たちがどうなるかを正しく表現《ひょうげん》している。たとえば『磔《はりつけ》の呪文《じゅもん》』の苦しみ（スネイプの手は、明らかに苦痛《くつう》に悲鳴を上げている魔女《まじょ》の絵を指していた）、『吸魂鬼《ディメンター》の接吻《キス》』の感覚（壁《かべ》にぐったりと寄《よ》りかかり、うつろな目をしてうずくまる魔法使《まほうつか》い）、『亡者《もうじゃ》』の攻撃《こうげき》を挑発《ちょうはつ》した者（地上に血だらけの塊《かたまり》）」

「それじゃ、『亡者《もうじゃ》』が目撃《もくげき》されたんですか?」

パーバティ・パチルがかん高い声で聞いた。

「まちがいないんですか? 『あの人』がそれを使っているんですか?」

「『闇《やみ》の帝王《ていおう》』は過去《かこ》に『亡者《もうじゃ》』を使った」スネイプが言った。

「となれば、再《ふたた》びそれを使うかもしれぬと想定するのが賢明《けんめい》というものだ。さて……」

スネイプは教室の後ろを回《まわ》り込《こ》み、教壇《きょうだん》の机《つくえ》に向かって教室の反対側の端《はし》を歩きだした。黒いマントをひるがえして歩くその姿《すがた》を、クラス全員がまた目で追った。

「……諸君《しょくん》は、我輩《わがはい》の見るところ、無言呪文《むごんじゅもん》の使用に関してはずぶの素人《しろうと》だ。無言呪文《むごんじゅもん》の利点は何か?」

ハーマイオニーの手がサッと挙がった。スネイプはほかの生徒を見渡《みわた》すのに時間をかけたが、選択《せんたく》の余地《よち》がないことを確認《かくにん》してからやっと、ぶっきらぼうに言った。

「それでは――ミス・グレンジャー?」

「こちらがどんな魔法《まほう》をかけようとしているかについて、敵対者《てきたいしゃ》になんの警告《けいこく》も発しないことです」ハーマイオニーが答えた。

「それが、一瞬《いっしゅん》の先手を取るという利点になります」

「『基本呪文集《きほんじゅもんしゅう》・六学年用』と、一字一句《いちじいっく》たがわぬ丸写しの答えだ」

スネイプがそっけなく言った（隅《すみ》にいたマルフォイがせせら笑った）。

「しかし、おおむね正解《せいかい》だ。さよう。呪文《じゅもん》を声高に唱えることなく魔法《まほう》を使う段階《だんかい》に進んだ者は、呪文《じゅもん》をかける際《さい》、驚《おどろ》きという要素《ようそ》の利点を得《え》る。言うまでもなく、すべての魔法使《まほうつか》いが使える術《じゅつ》ではない。集中力と意思力の問題であり、こうした力は、諸君《しょくん》の何人かに――」

スネイプは再《ふた》び、悪意に満ちた視線《しせん》をハリーに向けた。

「欠如《けつじょ》している」

スネイプが、先学年の惨憺《さんたん》たる「閉心術《へいしんじゅつ》」の授業《じゅぎょう》のことを念頭に置いているのはわかっていた。ハリーは意地でもその視線《しせん》をはずすまいと、スネイプをにらみつけ、やがてスネイプが視線《しせん》をはずした。

「これから諸君《しょくん》は」スネイプが言葉を続けた。「二人ひと組になる。一人が**無言で**相手に呪《のろ》いをかけようとする。相手も**同じく無言で**その呪《のろ》いを跳《は》ね返《かえ》そうとする。始めたまえ」

スネイプは知らないのだが、ハリーは先学年、このクラスの半数に（DAのメンバーだった者全員に）「盾《たて》の呪文《じゅもん》」を教えた。しかし、無言で呪文《じゅもん》をかけたことがある者は一人としていない。しばらくすると、当然のごまかしが始まり、声に出して呪文《じゅもん》を唱えるかわりに、ささやくだけの生徒がたくさんいた。十分後には、例によってハーマイオニーが、ネビルのつぶやく「くらげ足の呪《のろ》い」を一言も発せずに跳《は》ね返《かえ》すのに成功した。まっとうな先生なら、グリフィンドールに二〇点を与《あた》えただろうと思われる見事な成果なのに――ハリーは悔《くや》しかったが、スネイプは知らぬふりだ。相変わらず育ちすぎたコウモリそのものの姿《すがた》で、生徒が練習する間をバサーッと動き回り、課題に苦労しているハリーとロンを、立ち止まって眺《なが》めた。

ハリーに呪《のろ》いをかけるはずのロンは、呪文《じゅもん》をブツブツ唱えたいのをこらえて唇《くちびる》を固く結び、顔を紫色《むらさきいろ》にしていた。ハリーは呪文《じゅもん》を跳《は》ね返《かえ》そうと杖《つえ》をかまえ、永久《えいきゅう》にかかってきそうもない呪《のろ》いを、やきもきと待ちかまえていた。

「悲劇的《ひげきてき》だ、ウィーズリー」しばらくしてスネイプが言った。

「どれ――我輩《わがはい》が手本を――」

スネイプがあまりにすばやく杖《つえ》をハリーに向けたので、ハリーは本能的《ほんのうてき》に反応《はんのう》した。無言呪文《むごんじゅもん》など頭から吹《ふ》っ飛《と》び、ハリーは叫《さけ》んだ。

「プロテゴ！　護《まも》れ！」

「盾《たて》の呪文《じゅもん》」があまりに強烈《きょうれつ》で、スネイプはバランスを崩《くず》して机《つくえ》にぶつかった。クラス中が振《ふ》り返《かえ》り、スネイプが険悪《けんあく》な顔で体勢《たいせい》を立てなおすのを見つめた。

「我輩《わがはい》が**無言**《むごん》呪文《じゅもん》を練習するように言ったのを、覚えているのか、ポッター？」

「はい」ハリーはつっぱった。

「はい、**先生**」

「僕《ぼく》に『先生』なんて敬称《けいしょう》をつけていただく必要はありません、先生」

自分が何を言っているか考える間もなく、言葉が口をついて出ていた。ハーマイオニーをふくむ何人かが息をのんだ。しかし、スネイプの背後《はいご》では、ロン、ディーン、シェーマスがよくぞ言ったとばかりニヤリと笑った。

「罰則《ばっそく》。土曜の夜。我輩《わがはい》の部屋」スネイプが言った。

「何人《なんぴと》たりとも、我輩《わがはい》に向かって生意気な態度《たいど》は許《ゆる》さんぞ、ポッター……たとえ『**選ばれし者**』であってもだ」


「あれはよかったぜ、ハリー！」

それからしばらくして、休憩時間《きゅうけいじかん》に入り、安全な場所まで来ると、ロンがうれしそうに高笑いした。

「あんなこと言うべきじゃなかったわ」

ハーマイオニーは、ロンをにらみながら言った。

「どうして言ったの？」

「あいつは僕《ぼく》に呪《のろ》いをかけようとしたんだ。もし気づいてなかったのなら言うけど！」

ハリーは、いきりたって言った。

「僕《ぼく》は『閉心術《へいしんじゅつ》』の授業《じゅぎょう》で、そういうのをいやというほど経験《けいけん》したんだ！　たまにはほかのモルモットを使ったらいいじゃないか？　だいたいダンブルドアは何をやってるんだ？　あいつに『防衛術《ぼうえいじゅつ》』を教えさせるなんて！　あいつが『闇《やみ》の魔術《まじゅつ》』のことをどんなふうに話すか聞いたか？　あいつは『闇《やみ》の魔術《まじゅつ》』に恋《こい》してるんだ！　**千変万化《せんぺんばんか》、破壊不能《はかいふのう》**とかなんとか——」

「でも」ハーマイオニーが言った。

「私《わたし》は、なんだかあなたみたいなことを言ってるなと思ったわ」

「**僕《ぼく》**みたいな？」

「ええ。ヴォルデモートと対決するのはどんな感じかって、私《わたし》たちに話してくれたときだけど。あなたはこう言ったわ。呪文《じゅもん》をごっそり覚えるのとはちがう、たった一人で、自分の頭と肝《きも》っ玉《たま》だけしかないんだって——それ、スネイプが言っていたことじゃない？　結局は勇気とすばやい思考だってこと」

ハーマイオニーが自分の言葉をまるで『基本呪文集《きほんじゅもんしゅう》』と同じように暗記する価値《かち》があると思っていてくれたことで、ハリーはすっかり毒気《どくけ》を抜《ぬ》かれ、反論《はんろん》もしなかった。

「ハリー、よう、ハリー！」

振《ふ》り返《かえ》るとジャック・スローパーだった。前年度のグリフィンドール・クィディッチ・チームのビーターの一人だ。羊皮紙の巻紙《まきがみ》を持って急いでやってくる。

「君宛《あて》だ」

スローパーは息を切らしながら言った。

「おい、君が新しいキャプテンだって聞いたけど、選抜《せんばつ》はいつだ？」

「まだはっきりしない」

スローパーがチームに戻《もど》れたら、それこそ幸運というものだ、とハリーは内心そう思った。

「知らせるよ」

「ああ、そうかぁ。今度の週末だといいなと思ったんだけど――」

ハリーは聞いてもいなかった。羊皮紙に書かれた細長い斜《なな》め文字には見覚えがあった。まだ言い終わっていないスローパーを置き去りにして、ハリーは羊皮紙を開きながら、ロンとハーマイオニーと一緒《いっしょ》に急いで歩きだした。

親愛なるハリー
土曜日に個人教授《こじんきょうじゅ》を始めたいと思う。午後八時にわしの部屋にお越《こ》し願いたい。
今学期最初の一日を、君が楽しく過《す》ごしていることを願っておる。

敬具《けいぐ》
アルバス・ダンブルドア

追伸《ついしん》　わしは「ペロペロ酸飴《さんあめ》」が好きじゃ。

「『ペロペロ酸飴《さんあめ》』が好きだって？」

ハリーの肩越《かたご》しに手紙をのぞき込《こ》んでいたロンが、わけがわからないという顔をした。

「校長室の外にいる、怪獣像《ガーゴイル》を通過《つうか》するための合言葉なんだ」

ハリーが声を落とした。

「ヘンッ！　スネイプはおもしろくないぞ……僕《ぼく》の罰則《ばっそく》がふいになる！」

休憩《きゅうけい》の間中、ハリー、ロン、ハーマイオニーは、ダンブルドアがハリーに何を教えるのだろうと推測《すいそく》し合った。ロンは、死喰《しく》い人《びと》が知らないような、ものすごい呪《のろ》いとか呪詛《じゅそ》である可能性《かのうせい》が高いと言った。ハーマイオニーはそういうものは非合法《ひごうほう》だと言い、むしろダンブルドアは、ハリーに高度な防衛術《ぼうえいじゅつ》を教えたがっているのだろうと言った。

休憩《きゅうけい》のあと、ハーマイオニーは「数占《かずうらな》い」に出かけ、ハリーとロンは談話室に戻《もど》って、いやいやながらスネイプの宿題に取りかかった。それがあまりにも複雑《ふくざつ》で、昼食後の自由時間にハーマイオニーが二人の所に来たときにも、まだ終わっていなかった（もっとも、ハーマイオニーのおかげで、宿題の進み具合が相当早まった）。午後の授業開始《じゅぎょうかいし》のベルが鳴ったときに、やっと二人は宿題を終えた。三人は二時限続《じげんつづ》きの「魔法薬学《まほうやくがく》」の授業《じゅぎょう》を受けに、これまで長いことスネイプの教室だった地下牢教室《ちかろうきょうしつ》に向かって、通い慣《な》れた通路を下りていった。

教室の前に並《なら》んで見回すと、N《イ》・E《モ》・W《リ》・Tレベルに進んだ生徒はたった十二人しかいなかった。クラッブとゴイルが、O《ふ》・W《く》・L《ろう》の合格点《ごうかくてん》を取れなかったのは明らかだったが、スリザリンからはマルフォイをふくむ四人が残っていた。レイブンクローから四人、ハッフルパフからはアーニー・マクミランが一人だった。アーニーは気取ったところがあるが、ハリーは好きだった。

「ハリー」

ハリーが近づくと、アーニーはもったいぶって手を差し出した。

「今朝は『闇《やみ》の魔術《まじゅつ》に対《たい》する防衛術《ぼうえいじゅつ》』で声をかける機会がなくて。僕《ぼく》はいい授業《じゅぎょう》だと思ったね。もっとも、『盾《たて》の呪文《じゅもん》』なんかは、かのDA常習犯《じょうしゅうはん》である我々《われわれ》にとっては、むろん旧聞《きゅうぶん》に属《ぞく》する呪《じゅ》文《もん》だけど……やあ、ロン、元気ですか？——ハーマイオニーは？」

二人が「元気」までしか言い終わらないうちに、地下牢《ちかろう》の扉《とびら》が開き、スラグホーンが腹《はら》を先にして教室から出てきた。生徒が列をなして教室に入るのを迎《むか》えながら、スラグホーンはニッコリ笑い、巨大《きょだい》なセイウチひげもその上でニッコリの形になっていた。ハリーとザビニに対して、スラグホーンは特別に熱い挨拶《あいさつ》をした。

地下牢《ちかろう》は常日頃《つねひごろ》とちがって、すでに蒸気《じょうき》や風変わりな臭気《しゅうき》に満ちていた。ハリー、ロン、ハーマイオニーは、ぐつぐつ煮《に》え立《た》ついくつもの大鍋《おおなべ》のそばを通《とお》り過《す》ぎながら、なんだろうと鼻をヒクヒクさせた。スリザリン生四人が一つのテーブルを取り、レイブンクロー生も同様にした。残ったハリー、ロン、ハーマイオニーとアーニーは、一緒《いっしょ》のテーブルに着くことになった。

四人は金色の大鍋《おおなべ》に一番近いテーブルを選んだ。この鍋《なべ》は、ハリーがいままでにかいだ中でも最も蠱惑的《こわくてき》な香《かお》りの一つを発散していた。なぜかその香《かお》りは、糖蜜《とうみつ》パイや箒《ほうき》の柄《え》のウッディなにおい、そして「隠《かく》れ穴《あな》」でかいだのではないかと思われる、花のような芳香《ほうこう》を同時に思い起こさせた。ハリーは知らぬ間にその香りをゆっくりと深く吸《す》い込《こ》み、香《かお》りを飲んだかのように、自分が薬の香気《こうき》に満たされているのを感じた。いつの間にかハリーは大きな満足感に包まれ、ロンに向かって笑いかけた。ロンものんびりと笑いを返した。

「さて、さて、さーてと」

スラグホーンが言った。巨大《きょだい》な塊《かたまり》のような姿《すがた》が、いく筋《すじ》も立《た》ち昇《のぼ》る湯気のむこうでゆらゆら揺《ゆ》れて見えた。

「みんな、はかりを出して。魔法薬《まほうやく》キットもだよ。それに『上級魔法薬《じょうきゅうまほうやく》』の……」

「先生?」ハリーが手を挙げた。

「ハリー、どうしたのかね?」

「僕《ぼく》は本もはかりも何も持っていません――ロンもです――僕《ぼく》たちN・E・W・T《イモリ》が取れるとは思わなかったものですから、あの――」

「ああ、そうそう。マクゴナガル先生が確《たし》かにそうおっしゃっていた……心配にはおよばんよ、ハリー、まったく心配ない。今日は貯蔵棚《ちょぞうだな》にある材料を使うといい。はかりも問題なく貸《か》してあげられるし、教科書も古いのが何冊《なんさつ》か残っている。『フローリシュ・アンド・ブロッツ』に手紙で注文するまでは、それで間に合うだろう……」

スラグホーンは隅《すみ》の戸棚《とだな》にズンズン歩いていき、中をガザガサやっていたが、やがて、だいぶくたびれた感じのリバチウス・ボラージ著《ちょ》『上級《じょうきゅう》魔法薬《まほうやく》』を二冊《さつ》引《ひ》っ張《ぱ》り出《だ》した。スラグホーンは、黒ずんだはかりと一緒《いっしょ》にその教科書を、ハリーとロンに渡《わた》した。

「さーてと」

スラグホーンは教室の前に戻《もど》り、もともとふくれている胸《むね》をさらにふくらませた。ベストのボタンがはじけ飛びそうだ。

「みんなに見せようと思って、いくつか魔法薬《まほうやく》を煎《せん》じておいた。ちょっとおもしろいと思ったのでね。N《イ》・E《モ》・W《リ》・Tを終えたときには、こういうものを煎《せん》じることができるようになっているはずだ。まだ調合したことがなくとも、名前ぐらい聞いたことがあるはずだ。これがなんだか、わかる者はおるかね？」

スラグホーンは、スリザリンのテーブルに一番近い大鍋《おおなべ》を指した。ハリーが椅子《いす》からちょっと腰《こし》を浮《う》かして見ると、単純《たんじゅん》に湯が沸《わ》いているように見えた。

挙げる修練《しゅうれん》を充分《じゅうぶん》に積んでいるハーマイオニーの手が、真っ先に天を突《つ》いた。スラグホーンはハーマイオニーを指した。

「『真実薬《しんじつやく》《ベリタセラム》』です。無色無臭《むしょくむしゅう》で、飲んだ者に無理やり真実を話させます」ハーマイオニーが答えた。

「大変よろしい、大変よろしい！」スラグホーンがうれしそうに言った。

「さて」スラグホーンがレイブンクローのテーブルに近い大鍋《おおなべ》を指した。

「ここにあるこれは、かなりよく知られている……最近、魔法省《まほうしょう》のパンフレットにも特記されていた……誰《だれ》か——？」

またしてもハーマイオニーの手が一番早かった。

「はい先生、『ポリジュース薬』です」

ハリーだって、二番目の大鍋《おおなべ》でゆっくりとぐつぐつ煮《に》えている、泥《どろ》のようなものが何かはわかっていた。しかし、ハーマイオニーがその質問《しつもん》に答えるという手柄《てがら》を立てても恨《うら》みには思わなかった。二年生のときにあの薬を煎《せん》じるのに成功したのは、結局ハーマイオニーだったのだから。

「よろしい、よろしい！　さて、こっちだが……おやおや？」

ハーマイオニーの手がまた天を突《つ》いたので、スラグホーンはちょっと面食らった顔をした。

「アモルテンシア、『魅惑万能薬《みわくばんのうやく》』！」

「そのとおり。聞くのはむしろやぼだと言えるだろうが」

スラグホーンは大いに感心した顔で言った。

「どういう効能《こうのう》があるかを知っているだろうね？」

「世界一強力な愛の妙薬《みょうやく》です！」ハーマイオニーが答えた。

「正解《せいかい》だ！　察するに、真珠貝《しんじゅがい》のような独特《どくとく》の光沢《こうたく》でわかったのだろうね？」

「それに、湯気が独特《どくとく》の螺旋《らせん》を描《えが》いています」ハーマイオニーが熱っぽく言った。

「そして、何にひかれるかによって、一人一人ちがったにおいがします。私《わたし》には刈《か》ったばかりの芝《しば》生《ふ》や新しい羊皮紙や――」

　しかし、ハーマイオニーはちょっとほおを染《そ》め、最後までは言わなかった。

「君のお名前を聞いてもいいかね？」

　ハーマイオニーがどぎまぎしているのは無視《むし》して、スラグホーンが尋《たず》ねた。

「ハーマイオニー・グレンジャーです、先生」

「グレンジャー？　グレンジャー？　ひょっとして、ヘクター・ダグワース‐グレンジャーと関係はないかな？　超一流魔法薬師協会《ちょういちりゅうまほうやくしきょうかい》の設立者《せつりつしゃ》だが？」

「いいえ、ないと思います。私《わたし》はマグル生まれですから」

　マルフォイがノットのほうに体を傾《かたむ》けて、何か小声で言うのをハリーは見た。二人ともせせら笑っている。しかしスラグホーンはまったくうろたえる様子もなく、逆《ぎゃく》にニッコリ笑って、ハーマイオニーと隣《となり》にいるハリーとを交互《こうご》に見た。

「ほっほう！『**僕**《ぼく》**の友達にもマグル生まれが一人います。しかも学年で一番の女性**《じょせい》**です！**』。察するところ、この人が、ハリー、まさに君の言っていた友達だね？」

「そうです、先生」ハリーが言った。

「さあ、さあ、ミス・グレンジャー、あなたがしっかり獲得《かくとく》した二〇点を、グリフィンドールに差し上げよう」スラグホーンが愛想《あいそ》よく言った。

マルフォイは、かつてハーマイオニーに顔面パンチを食らったときのような表情《ひょうじょう》をした。ハーマイオニーは顔を輝《かがや》かせてハリーを振《ふ》り向《む》き、小声で言った。

「ほんとうにそう言ったの？　私《わたし》が学年で一番だって？　まあ、ハリー！」

「でもさ、そんなに感激《かんげき》することか？」

ロンはなぜか気分を害した様子で、小声で言った。

「君は**ほんとに**学年で一番だし――先生が僕《ぼく》に聞いてたら、僕《ぼく》だってそう言ったぜ！」

ハーマイオニーはほほえんだが、「シーッ」という動作をした。スラグホーンが何か言おうとしていたからだ。ロンはちょっとふてくされた。

「『魅惑万能薬《みわくばんのうやく》』はもちろん、実際《じっさい》に**愛を**創《つく》り出《だ》すわけではない。愛を創《つく》ったり模倣《もほう》したりすることは不可能《ふかのう》だ。それはできない。この薬は単に強烈《きょうれつ》な執着心《しゅうちゃくしん》、または強迫観念《きょうはくかんねん》を引き起こす。この教室にある魔法薬《まほうやく》の中では、おそらく一番危険《きけん》で強力な薬だろう――ああ、そうだとも」

スラグホーンは、小ばかにしたようにせせら笑っているマルフォイとノットに向かって重々しくうなずいた。

「わたしぐらい長く人生を見てくれば、妄執的《もうしゅうてき》な愛の恐《おそ》ろしさをあなどらないものだ……」

「さてそれでは」スラグホーンが言った。

「実習を始めよう」

「先生、これが何かを、まだ教えてくださっていません」

アーニー・マクミランが、スラグホーンの机《つくえ》に置いてある小さな黒い鍋《なべ》を指しながら言った。中の魔法薬《まほうやく》が、楽しげにピチャピチャ跳《は》ねている。金を溶《と》かしたような色で、表面から金魚が跳《と》び上《あ》がるようにしぶきがはねているのに、一滴《いってき》もこぼれてはいなかった。

「ほっほう」

口ぐせが出た。スラグホーンは、この薬を忘《わす》れていたわけではなく、劇的《げきてき》な効果《こうか》をねらって、誰《だれ》かが質問《しつもん》するのを待っていた。そうにちがいないとハリーは思った。

「そう。これね。さて、**これこそは**、紳士淑女諸君《しんししゅくじょしょくん》、最も興味深《きょうみぶか》い、ひとくせある魔法薬《まほうやく》で、『フェリックス・フェリシス』という。きっと」

スラグホーンはほほえみながら、あっと声を上げて息をのんだハーマイオニーを見た。

「君は、『フェリックス・フェリシス』が何かを知っているね？　ミス・グレンジャー？」

「幸運の液体《えきたい》です」ハーマイオニーが興奮気味《こうふんぎみ》に言った。

「人に幸運をもたらします！」

クラス中が背筋《せすじ》を正したようだった。マルフォイもついに、スラグホーンに全神経《ぜんしんけい》を集中させたらしく、ハリーの所からはなめらかなブロンドの髪《かみ》の後頭部しか見えなくなった。

「そのとおり。グリフィンドールにもう一〇点あげよう。そう。この魔法薬《まほうやく》はちょっとおもしろい。『フェリックス・フェリシス』はね」スラグホーンが言った。「調合が恐《おそ》ろしく面倒《めんどう》で、まちがえると惨憺《さんたん》たる結果になる。しかし、正しく煎《せん》じれば、ここにあるのがそうだが、すべてのくわだてが成功に傾《かたむ》いていくのがわかるだろう……少なくとも薬効《やっこう》が切れるまでは」

「先生、どうしてみんな、しょっちゅう飲まないんですか？」

テリー・ブートが勢《いきお》い込《こ》んで聞いた。

「それは、飲みすぎると有頂天《うちょうてん》になったり、無謀《むぼう》になったり、危険《きけん》な自己過信《じこかしん》におちいるからだ」スラグホーンが答えた。

「過《す》ぎたるはなお、ということだな……大量に摂取《せっしゅ》すれば毒性《どくせい》が高い。しかし、ちびちびと、ほんのときどきなら……」

「先生は飲んだことがあるんですか？」マイケル・コーナーが興味津々《きょうみしんしん》で聞いた。

「二度ある」スラグホーンが言った。

「二十四歳《さい》のときに一度、五十七歳《さい》のときにも一度。朝食と一緒《いっしょ》に大さじ二杯《はい》だ。完全無欠な二日だった」

スラグホーンは、夢見《ゆめみ》るように遠くを見つめた。演技《えんぎ》しているのだとしても――と、ハリーは思った――効果《こうか》は抜群《ばつぐん》だった。

「そしてこれを」

スラグホーンは、現実《げんじつ》に引《ひ》き戻《もど》されたような雰囲気《ふんいき》で言った。

「今日の授業《じゅぎょう》のほうびとして提供《ていきょう》する」

しんとなった。周りの魔法薬《まほうやく》がグツグツ、ブツブツいう音がいっせいに十倍になったようだった。

「『フェリックス・フェリシス』の小瓶《こびん》一本」

スラグホーンはコルク栓《せん》をした小さなガラス瓶《びん》をポケットから取り出して全員に見せた。

「十二時間分の幸運に充分《じゅうぶん》な量だ。明け方から夕暮《ゆうぐ》れまで、何をやってもラッキーになる」

「さて、警告《けいこく》しておくが、『フェリックス・フェリシス』は組織的《そしきてき》な競技《きょうぎ》や競争事では禁止《きんし》されている……たとえばスポーツ競技《きょうぎ》、試験や選挙などだ。これを獲得《かくとく》した生徒は、通常《つうじょう》の日にだけ使用すること……そして通常《つうじょう》の日がどんなに異常《いじょう》にすばらしくなるかをごろうじろ！」

「そこで」

スラグホーンは急にきびきびした口調になった。

「このすばらしい賞《しょう》をどうやって獲得《かくとく》するか？　さあ、『上級魔法薬《じょうきゅうまほうやく》』の一〇ページを開くことだ。あと一時間と少し残っているが、その時間内に、『生《い》ける屍《しかばね》の水薬《みずぐすり》』にきっちりと取り組んでいただこう。これまで君たちが習ってきた薬よりずっと複雑《ふくざつ》なことはわかっているから、誰《だれ》にも完《かん》璧《ぺき》な仕上がりは期待していない。しかし、一番よくできた者が、この愛すべき『フェリックス』を獲得《かくとく》する。さあ、始め！」

それぞれが大鍋《おおなべ》を手元に引《ひ》き寄《よ》せる音がして、はかりにおもりをのせる、コツンコツンという大きな音も聞こえてきた。誰《だれ》も口をきかなかった。部屋中が固く集中する気配は、手でさわれるかと思うほどだった。マルフォイを見ると、『上級魔法薬《じょうきゅうまほうやく》』を夢中《むちゅう》でめくっていた。マルフォイが、なんとしても幸運な日が欲《ほ》しいと思っているのは、一目瞭然《いちもくりょうぜん》だった。ハリーも急いで、スラグホーンが貸《か》してくれたぼろぼろの本をのぞき込《こ》んだ。

前の持ち主がページいっぱいに書《か》き込《こ》みをしていて、余白《よはく》が本文と同じくらい黒々としているのには閉口《へいこう》した。いっそう目を近づけて材料をなんとか読み取り（前の持ち主は材料の欄《らん》にまでメモを書《か》き込《こ》んだり、活字を線で消したりしていた）、必要なものを取りに材料棚《ざいりょうだな》に急いだ。大急ぎで自分の大鍋《おおなべ》に戻《もど》るときに、マルフォイが全速力でカノコソウの根を刻《きざ》んでいるのが見えた。

全員が、ほかの生徒のやっていることをちらちら盗《ぬす》み見《み》ていた。「魔法薬学《まほうやくがく》」のよい点でも悪い点でもあるが、自分の作業を隠《かく》すことは難《むずか》しかった。十分後、あたり全体に青みがかった湯気が立《た》ち込《こ》めた。言うまでもなく、ハーマイオニーが一番進んでいるようだった。煎《せん》じ薬《ぐすり》がすでに、教科書に書かれている理想的な中間段階《ちゅうかんだんかい》、「なめらかなクロスグリ色の液体《えきたい》」になっていた。

ハリーも根っこを刻《きざ》み終わり、もう一度本をのぞき込《こ》んだ。前の所有者のバカバカしい走り書きが邪魔《じゃま》で、教科書の指示《しじ》が判読《はんどく》しにくいのにはまったくいらいらさせられた。この所有者は、なぜか「催眠豆《さいみんまめ》」の切り方の指示《しじ》に難癖《なんくせ》をつけ、別の指示《しじ》を書き込《こ》んでいた。

「**銀の小刀の平たい面で砕《くだ》け。切るより多くの汁《しる》が出る**」

「先生、僕《ぼく》の祖父《そふ》のアブラクサス・マルフォイをご存《ぞん》じですね？」

ハリーは目を上げた。スラグホーンがスリザリンのテーブルを通《とお》り過《す》ぎるところだった。

「ああ」スラグホーンはマルフォイを見ずに答えた。

「お亡《な》くなりになったと聞いて残念だった。もっとも、もちろん、予期せぬことではなかった。あの年での龍痘《りゅうとう》だし……」

そしてスラグホーンはそのまま歩き去った。ハリーはニヤッと笑いながら再《ふたた》び自分の大鍋《おおなべ》にかがみ込《こ》んだ。マルフォイは、ハリーやザビニと同じような待遇《たいぐう》を期待したにちがいない。おそらくスネイプに特別扱《とくべつあつか》いされるくせがついていて、同じような待遇《たいぐう》を望んだのかもしれない。しかし、「フェリックス・フェリシス」の瓶《びん》を獲得《かくとく》するには、マルフォイ自身の才能《さいのう》に頼《たよ》るしかないようだ。

「催眠豆《さいみんまめ》」はとても刻《きざ》みにくかった。ハリーはハーマイオニーを見た。

「君の銀のナイフ、借りてもいいかい？」

ハーマイオニーは自分の薬から目を離《はな》さず、いらいらとうなずいた。薬はまだ深い紫色《むらさきいろ》をしている。教科書によれば、もう明るいライラック色になっているはずなのだ。

ハリーは小刀の平たい面で豆を砕《くだ》いた。驚《おどろ》いたことに、たちまち、こんなしなびた豆のどこにこれだけの汁《しる》があったかと思うほどの汁《しる》が出てきた。急いで全部すくって大鍋《おおなべ》に入れると、なんと、薬はたちまち教科書どおりのライラック色に変わった。

前の所有者を不快《ふかい》に思う気持ちは、たちまち吹《ふ》っ飛《と》んだ。今度は目を凝《こ》らして次の行を読んだ。教科書によると、薬が水のように澄《す》んでくるまで時計と反対回りに攪拌《かくはん》しなければならない。しかし追加された書《か》き込《こ》みでは、七回攪拌《かくはん》するごとに、一回時計回りを加えなければならない。書《か》き込《こ》みは二度目も正しいのだろうか？

ハリーは時計と反対回りにかき回し、息を止めて、時計回りに一回かき回した。たちまち効果《こうか》が現《あらわ》れた。薬はごく淡《あわ》いピンク色に変わった。

「どうやったらそうなるの？」

顔を真っ赤にしたハーマイオニーが詰問《きつもん》した。大鍋《おおなべ》からの湯気でハーマイオニーの髪《かみ》はますますふくれ上がっていた。しかし、ハーマイオニーの薬は頑《がん》としてまだ紫色《むらさきいろ》だった。

「時計回りの攪拌《かくはん》を加えるんだ——」

「だめ、だめ。本では時計と反対回りよ！」ハーマイオニーがピシャリと言った。

ハリーは肩《かた》をすくめ、同じやり方を続けた。七回時計と反対、一回時計回り、休み……七回時計と反対、一回時計回り……。

テーブルのむかい側で、ロンが低い声で絶《た》え間《ま》なく悪態《あくたい》をついていた。ロンの薬は液状《えきじょう》の甘草飴《かんぞうあめ》のようだった。ハリーはあたりを見回した。目の届《とど》くかぎり、ハリーの薬のような薄《うす》い色になっている薬は一つもない。ハリーは気持ちが高揚《こうよう》した。この地下牢《ちかろう》でそんな気分になったことは、これまで一度もない。

「さあ、時間……終了《しゅうりょう》！」スラグホーンが声をかけた。「攪拌《かくはん》、やめ！」

スラグホーンは大鍋《おおなべ》をのぞき込《こ》みながら、何も言わずに、ときどき薬をかき回したり、においをかいだりして、ゆっくりとテーブルをめぐった。ついに、ハリー、ロン、ハーマイオニーとアーニーのテーブルの番が来た。ロンの大鍋《おおなべ》のタール状《じょう》の物質《ぶっしつ》を見て、スラグホーンは気の毒そうな笑いを浮《う》かべ、アーニーの濃紺《のうこん》の調合物は素通《すどお》りした。ハーマイオニーの薬には、よしよしとうなずいた。次にハリーのを見たとたん、信じられないという喜びの表情《ひょうじょう》がスラグホーンの顔に広がった。

「紛《まぎ》れもない勝利者だ！」スラグホーンは地下牢中《ちかろうじゅう》に呼《よ》ばわった。

「すばらしい、すばらしい、ハリー！　なんと、君は明らかに母親の才能《さいのう》を受《う》け継《つ》いでいる。彼女《かのじょ》は魔法薬《まほうやく》の名人だった。あのリリーは！　さあ、さあ、これを――約束の『フェリックス・フェリシス』の瓶《びん》だ。上手に使いなさい！」

ハリーは金色の液体《えきたい》が入った小さな瓶《びん》を、内ポケットにすべり込《こ》ませた。妙《みょう》な気分だった。スリザリン生の怒《おこ》った顔を見るのはうれしかったが、ハーマイオニーのがっかりした顔を見ると罪悪感《ざいあくかん》を感じた。ロンはただ驚《おどろ》いて口もきけない様子だった。

「どうやったんだ？」

地下牢《ちかろう》を出るとき、ロンが小声で聞いた。

「ラッキーだったんだろう」

マルフォイが声の届《とど》く所にいたので、ハリーはそう答えた。

しかし、夕食のグリフィンドールの席に落ち着いたときには、ハリーは二人に話しても、もう安全だと思った。ハリーが一言話を進めるたびに、ハーマイオニーの顔はだんだん石のように固くなった。

「僕《ぼく》が、ずるしたと思ってるんだろ？」

ハーマイオニーの表情《ひょうじょう》にいらいらしながら、ハリーは話し終えた。

「まあね、正確《せいかく》にはあなた自身の成果だとは言えないでしょ？」

ハーマイオニーが固い表情《ひょうじょう》のままで言った。

「僕《ぼく》たちとはちがうやり方に従《したが》っただけじゃないか」ロンが言った。

「大失敗になったかもしれないだろ？　だけどその危険《きけん》をおかした。そしてその見返りがあった」ロンはため息をついた。「スラグホーンは僕《ぼく》にその本を渡《わた》してたかもしれないのに、はずれだったなぁ。僕《ぼく》の本には誰《だれ》もなんにも書《か》き込《こ》みしてなかった。**ゲロしてた**。五二ページの感じでは。だけど――」

「ちょっと待ってちょうだい」

ハリーの左耳の近くで声がすると同時に、突然《とつぜん》ハリーは、スラグホーンの地下牢《ちかろう》でかいだあの花のような香りが漂《ただよ》ってくるのを感じた。見回すとジニーがそばに来ていた。

「聞きちがいじゃないでしょうね？　ハリー、あなた、誰《だれ》かが書《か》き込《こ》んだ本の命令に従《したが》っていたの？」

ジニーは動揺《どうよう》し、怒《おこ》っていた。何を考えているのか、ハリーにはすぐわかった。

「なんでもないよ」

ハリーは低い声で、安心させるように言った。

「あれとはちがうんだ、ほら、リドルの日記とは。誰《だれ》かが書《か》き込《こ》みをした古い教科書にすぎないんだから」

「でも、あなたは、書いてあることに従《したが》ったんでしょう？」

「余白《よはく》に書いてあったヒントを、いくつか試《ため》してみただけだよ。ほんと、ジニー、なんにも変なことは――」

「ジニーの言うとおりだわ」

ハーマイオニーがたちまち活気づいた。

「その本におかしなところがないかどうか、調べてみる必要があるわ。だって、いろいろ変な指示《しじ》があるし。もしかしたらってこともあるでしょ?」

「おい!」

ハーマイオニーがハリーの鞄《かばん》から『上級魔法薬《じょうきゅうまほうやく》』の本を取り出し、杖《つえ》を上げたので、ハリーは憤《ふん》慨《がい》した。

「スペシアリス・レベリオ! 化けの皮、はがれよ!」

ハーマイオニーは表紙をすばやくコツコツたたきながら唱えた。

なんにも、いっさいなんにも起こらなかった。教科書はおとなしく横たわっていた。古くて汚《きたな》くて、ページの角が折れているだけの本だった。

「終わったかい?」

ハリーがいらいらしながら言った。

「それとも、二、三回とんぼ返りするかどうか、様子を見てみるかい?」

「大丈夫《だいじょうぶ》そうだわ」

ハーマイオニーはまだ疑《うたが》わしげに本を見つめていた。

「つまり、見かけは確《たし》かに……ただの教科書」

「よかった。それじゃ返してもらうよ」

ハリーはパッとテーブルから本を取り上げたが、手がすべって床《ゆか》に落ち、本が開いた。ほかには誰《だれ》も見ていなかった。ハリーはかがんで本を拾ったが、その拍子《ひょうし》に、裏表紙《うらびょうし》の下のほうに何か書いてあるのが見えた。小さな読みにくい手書き文字だ。いまはハリーの寝室《しんしつ》のトランクの中に、ソックスに包んで安全に隠《かく》してある、あの「フェリックス・フェリシス」の瓶《びん》を獲得《かくとく》させてくれた指示《しじ》書《が》きと同じ筆跡《ひっせき》だった。


「**半純血《はんじゅんけつ》のプリンス蔵書《ぞうしょ》**」

第十章　ゴーントの家

それからの一週間、「魔法薬学《まほうやくがく》」の授業《じゅぎょう》で、リバチウス・ボラージの教科書とちがう指示《しじ》があれば、ハリーは必ず「半純血《はんじゅんけつ》のプリンス」の指示《しじ》に従《したが》い続けた。その結果、四度目の授業《じゅぎょう》では、スラグホーンが、こんなに才能《さいのう》ある生徒はめったに教えたことはないとハリーをほめそやした。

しかし、ロンもハーマイオニーも喜ばなかった。ハリーは教科書を一緒《いっしょ》に使おうと二人に申し出たが、ロンはハリー以上に手書き文字の判読《はんどく》に苦労したし、それに、怪《あや》しまれると困《こま》るので、そうそうハリーに読み上げてくれとも頼《たの》めなかった。一方ハーマイオニーは、頑《がん》として「公式」指示《しじ》なるものに従《したが》ってあくせく苦労していたが、プリンスの指示《しじ》におとる結果になるので、だんだん機嫌《きげん》が悪くなっていた。

「半純血《はんじゅんけつ》のプリンス」とは誰《だれ》なのだろうと、ハリーはなんとなく考えることがあった。宿題の量が量なので、『上級魔法薬《じょうきゅうまほうやく》』の本を全部読むことはできなかったが、ざっと目を通しただけでも、プリンスが書き込《か》《こ》みをしていないページはほとんどない。全部が全部、魔法薬《まほうやく》のこととはかぎらず、プリンスが彼自身《かれじしん》で創作《そうさく》したらしい呪文《じゅもん》の使い方もあちこちに書いてあった。

「彼女自身《かのじょじしん》かもね」ハーマイオニーがいらいらしながら言った。

土曜日の夜、談話室でハリーが、その種の書き込《か》《こ》みをロンに見せていたときのことだ。

「女性《じょせい》だったかもしれない。その筆跡《ひっせき》は男子より女子のものみたいだと思うわ」

「『半純血《はんじゅんけつ》の**プリンス**』って呼《よ》ばれてたんだ」ハリーが言った。

「女の子のプリンスなんて、何人いた？」

ハーマイオニーは、この質問《しつもん》には答えられないようだった。ただ顔をしかめ、ロンの手から自分の書いた「再物質化《さいぶっしつか》の原理」のレポートをひったくった。ロンはそれを、上下逆《さか》さまに読んでいた。

ハリーは腕時計《うでどけい》を見て、急いで『上級魔法薬《じょうきゅうまほうやく》』の古本を鞄《かばん》にしまった。

「八時五分前だ。もう行かないと、ダンブルドアとの約束に遅《おく》れる」

「わぁーっ！」

ハーマイオニーは、ハッとしたように顔を上げた。

「がんばって！　私《わたし》たち、待ってるわ。ダンブルドアが何を教えるのか、聞きたいもの！」

「うまくいくといいな」ロンが言った。

二人は、ハリーが肖像画《しょうぞうが》の穴《あな》を抜《ぬ》けていくのを見送った。

ハリーは、誰《だれ》もいない廊下《ろうか》を歩いた。ところが、曲がり角からトレローニー先生が現《あらわ》れたので、急いで銅像《どうぞう》の影《かげ》に隠《かく》れなければならなかった。先生は汚《きたな》らしいトランプの束を切り、歩きながらそれを読んではブツブツひとり言を言っていた。

「スペードの2、対立」

ハリーがうずくまって隠《かく》れているそばを通りながら、先生がつぶやいた。

「スペードの7、凶《きょう》。スペードの10、暴力《ぼうりょく》。スペードのジャック、黒髪《くろかみ》の若者《わかもの》。おそらく悩《なや》める若《わか》者《もの》で、この占《うらな》い者《しゃ》を嫌《きら》っている――」

トレローニー先生は、ハリーの隠《かく》れている銅像《どうぞう》の前でぴたりと足を止めた。

「まさか、そんなことはありえないですわ」いらいらした口調だった。

また歩きだしながら、乱暴《らんぼう》にトランプを切りなおす音が耳に入り、立ち去ったあとには、安物のシェリー酒のにおいだけがかすかに残っていた。ハリーはトレローニーが確《たし》かに行ってしまったとはっきりわかってから飛び出し、八階の廊下《ろうか》へと急いだ。そこには怪獣像《ガーゴイル》が一体、壁《かべ》を背《せ》に立っていた。

「ペロペロ酸飴《さんあめ》」

ハリーが唱えると、怪獣像《ガーゴイル》が飛びのき、背後《はいご》の壁《かべ》が二つに割《わ》れた。ハリーは、そこに現《あらわ》れた動く螺旋階段《らせんかいだん》に乗り、なめらかな円を描《えが》きながら上に運ばれて、真鍮《しんちゅう》のドア・ノッカーがついたダンブルドアの校長室の扉《とびら》の前に出た。

ハリーはドアをノックした。

「お入り」ダンブルドアの声がした。

「先生、こんばんは」校長室に入りながら、ハリーが挨拶《あいさつ》した。

「ああ、こんばんは、ハリー。お座《すわ》り」ダンブルドアがほほえんだ。

「新学期の一週目は楽しかったかの？」

「はい、先生、ありがとうございます」ハリーが答えた。

「たいそう忙《いそが》しかったようじゃのう。もう罰則《ばっそく》を引っさげておる！」

「アー……」

ハリーはばつの悪い思いで言いかけたが、ダンブルドアは、あまり厳《きび》しい表情《ひょうじょう》をしていなかった。

「スネイプ先生とは、かわりに次の土曜日に君が罰則《ばっそく》を受けるように決めてある」

「はい」

ハリーは、スネイプの罰則《ばっそく》よりも、差《さ》し迫《せま》ったいまのほうが気になって、ダンブルドアが今夜計画していることを示《しめ》すようなものは何かないかと、気づかれないようにあたりを見回した。円形の校長室はいつもと変わりないように見えた。繊細《せんさい》な銀の道具類が、細い脚《あし》のテーブルの上で、ポッポと煙《けむり》を上げたり、くるくる渦巻《うずま》いたりしている。歴代校長の魔女《まじょ》や魔法使《まほうつか》いの肖像画《しょうぞうが》が、額《がく》の中で居眠《いねむ》りしている。ダンブルドアの豪華《ごうか》な不死鳥、フォークスはドアの内側の止まり木から、キラキラした目で興味深《きょうみぶか》げにハリーを見ていた。ダンブルドアは、決闘訓練《けっとうくんれん》の準備《じゅんび》に場所を広く空けることさえしていないようだった。

「では、ハリー」

ダンブルドアは事務的《じむてき》な声で言った。

「君はきっと、わしがこの——ほかに適切《てきせつ》な言葉がないのでそう呼《よ》ぶが——授業《じゅぎょう》で、何を計画しておるかと、いろいろ考えたじゃろうの？」

「はい、先生」

「さて、わしは、その時が来たと判断《はんだん》したのじゃ。ヴォルデモート卿《きょう》が十五年前、何故《なぜ》君を殺そうとしたかを、君が知ってしまった以上、なんらかの情報《じょうほう》を君に与《あた》える時が来たとな」

一瞬《いっしゅん》、間が空いた。

「先学年の終わりに、僕《ぼく》にすべてを話すって言ったのに」

ハリーは非難《ひなん》めいた口調を隠《かく》しきれなかった。

「そうおっしゃいました」ハリーは言いなおした。

「そして、話したとも」ダンブルドアはおだやかに言った。

「わしが知っていることはすべて話した。これから先は、事実という確固《かっこ》とした土地を離《はな》れ、我々《われわれ》はともに、記憶《きおく》というにごった沼地《ぬまち》を通り、推測《すいそく》というもつれた茂《しげ》みへの当てどない旅に出るのじゃ。ここからは、ハリー、わしは、チーズ製《せい》の大鍋《おおなべ》を作る時期が熟《じゅく》したと判断《はんだん》した、かのハンフリー・ベルチャーと同じぐらい、嘆《なげ》かわしいまちがいを犯《おか》しているかもしれぬ」

「でも、先生は自分がまちがっていないとお考えなのですね？」

「当然じゃ。しかし、すでに君に証《あか》したとおり、わしとてほかの者と同じように過《あやま》ちを犯《おか》すことがある。事実、わしは大多数の者より——不遜《ふそん》な言い方じゃが——かなり賢《かしこ》いので、過《あやま》ちもまた、より大きなものになりがちじゃ」

「先生」

ハリーは遠慮《えんりょ》がちに口を開いた。

「これからお話しくださるのは、予言と何か関係があるのですか？　その話は役に立つのでしょうか。僕《ぼく》が……生き残るのに？」

「大いに予言に関係することじゃ」

ダンブルドアは、ハリーがあしたの天気を質問《しつもん》したかのように、気軽に答えた。

「そして、君が生き残るのに役立つものであることを、わしはもちろん望んでおる」

ダンブルドアは立ち上がって机《つくえ》を離《はな》れ、ハリーのそばを通《とお》り過《す》ぎた。ハリーは座《すわ》ったまま、はやる気持ちで、ダンブルドアが扉《とびら》の脇《わき》のキャビネット棚《だな》にかがみ込《こ》むのを見ていた。身を起こしたとき、ダンブルドアの手には例の平たい石の水盆《すいぼん》があった。縁《ふち》に不思議な彫り物《ほりもの》が施《ほどこ》してある「憂《うれ》いの篩《ふるい》」だ。ダンブルドアはそれをハリーの目の前の机《つくえ》に置いた。

「心配そうじゃな」

確《たし》かにハリーは、「憂《うれ》いの篩《ふるい》」を不安そうに見つめていた。この奇妙《きみょう》な道具は、さまざまな「憂《うれ》い」や「記憶《きおく》」をたくわえ、現《あらわ》す。この道具には、これまで教えられることも多かったが、同時に当惑《とうわく》させられる経験《けいけん》もした。前回水盆《すいぼん》の中身をかき乱《みだ》したとき、ハリーは見たくないものまでたくさん見てしまった。しかしダンブルドアは微笑《びしょう》していた。

「今度は、わしと一緒《いっしょ》にこれに入る……さらに、稀《まれ》なことには、許可《きょか》を得《え》て入るのじゃ」

「先生、どこに行くのですか？」

「ボブ・オグデンの記憶《きおく》の小道をたどる旅じゃ」

ダンブルドアは、ポケットからクリスタルの瓶《びん》を取り出した。銀白色の物質《ぶっしつ》が中で渦《うず》を巻《ま》いている。

「ボブ・オグデンって、誰《だれ》ですか？」

「魔法法執行部《まほうほうしっこうぶ》に勤《つと》めていた者じゃ」ダンブルドアが答えた。

「先ごろ亡《な》くなったが、その前にわしはオグデンを探《さが》し出《だ》し、記憶《きおく》をわしに打ち明けるよう説得するだけの間があった。これから、オグデンが仕事上訪問《ほうもん》した場所についていく。ハリー、さあ立ちなさい……」

しかしダンブルドアは、クリスタルの瓶《びん》のふたを取るのに苦労していた。けがをした手がこわばり、痛《いた》みがあるようだった。

「先生、やりましょうか——僕《ぼく》が？」

「ハリー、それにはおよばぬ——」

ダンブルドアが杖《つえ》で瓶《びん》を指すと、コルクが飛んだ。

「先生——どうして手をけがなさったんですか？」

黒くなった指を、おぞましくも痛々《いたいた》しくも思いながら、ハリーはまた同じ質問《しつもん》をした。

「ハリーよ、いまはその話をする時ではない。まだじゃ。ボブ・オグデンとの約束の時間があるのでな」

ダンブルドアが銀色の中身をあけると、「憂《うれ》いの篩《ふるい》」の中で、液体《えきたい》でも気体でもないものがかすかに光りながら渦巻《うずま》いた。

「先に行くがよい」ダンブルドアは、水盆《すいぼん》へとハリーをうながした。

ハリーは前かがみになり、息を深く吸《す》って、銀色の物質《ぶっしつ》の中に顔を突《つ》っ込《こ》んだ。両足が校長室の床《ゆか》を離《はな》れるのを感じた。渦巻《うずま》く闇《やみ》の中を、ハリーは下へ、下へと落ちていった。そして、突然《とつぜん》のまぶしい陽《ひ》の光に、ハリーは目をしばたたいた。目が慣《な》れないうちに、ダンブルドアがハリーのかたわらに降《お》り立《た》った。

二人は、田舎《いなか》の小道に立っていた。道の両側はからみ合った高い生け垣《いがき》に縁取《ふちど》られ、頭上には忘《わす》れな草《ぐさ》のように鮮《あざ》やかなブルーの夏空が広がっている。二人の二、三メートル先に、背《せ》の低い小太りの男が立っていた。牛乳瓶《ぎゅうにゅうびん》の底のような分厚《ぶあつ》いめがねのせいで、その奥《おく》の目がモグラの目のように小さな点になって見える。男は、道の左側のキイチゴの茂《しげ》みから突《つ》き出《だ》している木の案内板を読んでいた。これがオグデンにちがいない。ほかには人影《ひとかげ》がないし、それに、不慣《ふな》れな魔法使《まほうつか》いがマグルらしく見せるために選びがちな、ちぐはぐな服装《ふくそう》をしている。ワンピース型《がた》の縞《しま》の水着の上から燕尾服《えんびふく》をはおり、下にはスパッツをはいている。しかし、ハリーが奇妙《きみょう》キテレツな服装《ふくそう》を充分《じゅうぶん》観察する間もなく、オグデンはきびきびと小道を歩きだした。

ダンブルドアとハリーはそのあとを追った。案内板を通《とお》り過《す》ぎるときにハリーが見上げると、木《もく》片《へん》の一方はいま来た道を指して、「**グレート・ハングルトン　八キロ**」とあり、もう一方はオグデンの向かった方向を指して、「**リトル・ハングルトン　一・六キロ**」としるしてある。

短い道のりだったが、その間は、生《い》け垣《がき》と頭上に広がる青空、そして燕尾服《えんびふく》のすそを左右に振《ふ》りながら前を歩いていく姿《すがた》しか見えなかった。やがて小道が左に曲がり、急斜面《きゅうしゃめん》の下り坂になった。突然《とつぜん》目の前に、思いがけなく谷間全体の風景が広がった。リトル・ハングルトンにちがいないと思われる村が見えた。二つの小高い丘《おか》の谷間に埋《う》もれているその村の、教会も墓地《ぼち》も、ハリーにははっきり見えた。谷を越《こ》えた反対側の丘《おか》の斜面《しゃめん》に、ビロードのような広い芝生《しばふ》に囲まれた瀟洒《しょうしゃ》な館が建っている。

オグデンは、急な下り坂でやむなく小走りになった。ダンブルドアも歩幅《ほはば》を広げ、ハリーは急いでそれについていった。ハリーは、リトル・ハングルトンが最終目的地だろうと思った。スラグホーンを見つけたあの夜もそうだったが、なぜ、こんな遠くから近づいていかなければならないのかが不思議だった。しかし、すぐに、その村に行くと予想したハリーがまちがいだったことに気づいた。小道は右に折れ、二人がそこを曲がると、オグデンの燕尾服《えんびふく》の端《はし》が生け垣《いがき》のすきまから消えようとしているところだった。

ダンブルドアとハリーは、オグデンを追って、舗装《ほそう》もされていない細道に入った。その道も下り坂だったが、両側の生け垣《いがき》はこれまでより高くぼうぼうとして、道は曲がりくねり、岩だらけ、穴《あな》だらけだった。細道は、少し下に見える暗い木々の塊《かたまり》まで続いているようだった。思ったとおり、まもなく両側の生け垣《いがき》が切れ、細道は前方の木の茂《しげ》みの中へと消えていった。オグデンが立ち止まり、杖《つえ》を取り出した。ダンブルドアとハリーは、オグデンの背後《はいご》で立ち止まった。

雲一つない空なのに、前方の古木の茂《しげ》みが黒々と深くすずしげな影《かげ》を落としていたので、ハリーの目が、からまりあった木々の間に半分隠《かく》れた建物を見分けるまでに数秒かかった。家を建てるにしては、とてもおかしな場所を選んだように思えた。家の周りの木々を伸《の》び放題《ほうだい》にして、光という光をさえぎるばかりか、下の谷間の景色までもさえぎっているのは不思議なやり方だ。

人が住んでいるのかどうか、ハリーはいぶかった。壁《かべ》はこけむし、屋根瓦《やねがわら》がごっそりはがれ落ちて、垂木《たるき》がところどころむき出しになっている。イラクサがそこら中にはびこり、先端《せんたん》が窓《まど》まで達している。窓《まど》は小さく、汚《よご》れがべっとりとこびりついている。こんな所には誰《だれ》も住めるはずがないとハリーがそう結論《けつろん》を出したとたん、窓《まど》の一つがガタガタと音を立てて開き、誰《だれ》かが料理をしているのか、湯気か煙《けむり》のようなものが細々と流れ出してきた。

オグデンはそっと、そしてハリーにはそう見えたのだが、かなり慎重《しんちょう》に前進した。周りの木々が、オグデンの上をすべるように暗い影《かげ》を落としたとき、オグデンは再《ふたた》び立ち止まって玄関《げんかん》の戸を見つめた。誰《だれ》の仕業《しわざ》か、そこには蛇《へび》の死骸《しがい》が釘《くぎ》で打ちつけられていた。

その時、木の葉がこすれ合う音がして、バリッという鋭《するど》い音とともに、すぐそばの木からボロをまとった男が降《ふ》ってきて、オグデンのまん前に立ちはだかった。オグデンはすばやく飛びのいたが、あまり急に跳《と》んだので、燕尾服《えんびふく》のしっぽを踏《ふ》んづけて転びかけた。

「**おまえは歓迎《かんげい》されない**」

目の前の男は、髪《かみ》がぼうぼうで、何色なのかわからないほど泥《どろ》にまみれている。歯は何本か欠けている。小さい目は暗く、それぞれ逆《ぎゃく》の方向を見ている。おどけて見えそうな姿《すがた》が、この男の場合には、見るからに恐《おそ》ろしかった。オグデンがさらに数歩下がってから話しだしたのも、無理はないとハリーは思った。

「あーーーおはよう。魔法省《まほうしょう》から来た者だがーーー」

「おまえは歓迎《かんげい》されない」

「あーーーすみませんーーーよくわかりませんが」オグデンが落ち着かない様子で言った。

ハリーはオグデンが極端《きょくたん》に鈍《にぶ》いと思った。ハリーに言わせれば、この得体《えたい》の知れない人物は、はっきり物を言っている。片手《かたて》で杖《つえ》を振《ふ》り回《まわ》し、もう一方の手にかなり血にまみれた小刀を持っているとなればなおさらだ。

「君にはきっとわかるのじゃろう、ハリー？」ダンブルドアが静かに言った。

「ええ、もちろんです」ハリーはキョトンとした。

「オグデンはどうしてーーー？」

しかし、戸に打ちつけられた蛇《へび》の死骸《しがい》が目に入ったとき、ハッと気がついた。

「あの男が話しているのは蛇語《へびご》？」

「そうじゃよ」ダンブルドアはほほえみながらうなずいた。

ボロの男は、いまや小刀を片手《かたて》に、もう一方に杖《つえ》を持ってオグデンに迫《せま》っていた。

「まあ、まあーーー」

オグデンが言いはじめたときはすでに遅《おそ》かった。バーンと大きな音がして、オグデンは鼻を押《お》さえて地面に倒《たお》れた。指の間から気持ちの悪いねっとりした黄色いものが噴《ふ》き出《だ》している。

「モーフィン！」大きな声がした。

年老いた男が小屋から飛び出してきた。勢《いきお》いよく戸を閉《し》めたので、蛇《へび》の死骸《しがい》が情《なさ》けない姿《すがた》で揺《ゆ》れた。この男は最初の男より小さく、体の釣《つ》り合《あ》いが奇妙《きみょう》だった。広い肩幅《かたはば》、長すぎる腕《うで》、さらに褐《かっ》色《しょく》に光る目やチリチリ短い髪《かみ》としわくちゃの顔が、年老いた強健な猿《さる》のような風貌《ふうぼう》に見せていた。その男は、小刀を手にしてクワックワッと高笑いしながら地べたのオグデンの姿《すがた》を眺《なが》めている男のかたわらで、立ち止まった。

「魔法省《まほうしょう》だと？」オグデンを見下ろして、年老いた男が言った。

「そのとおり！」

オグデンは顔をぬぐいながら怒《おこ》ったように言った。

「それで、あなたは、察するにゴーントさんですね？」

「そうだ」ゴーントが答えた。「こいつに顔をやられたか？」

「ええ、そうです！」オグデンがかみつくように言った。

「前触《まえぶ》れなしに来るからだ。そうだろうが？」

ゴーントがけんかを吹《ふ》っかけるように言った。

「ここは個人《こじん》の家だ。ズカズカ入ってくれば、息子《むすこ》が自己防衛《じこぼうえい》するのは当然だ」

「何に対する防衛《ぼうえい》だと言うんです？　え？」

無様な格好《かっこう》で立ち上がりながら、オグデンが言った。

「お節介《せっかい》、侵入者《しんにゅうしゃ》、マグル、穢《けが》れたやつら」

オグデンは杖《つえ》を自分の鼻に向けた。大量に流れ出ていた黄色い膿《うみ》のようなものが、即座《そくざ》に止まった。ゴーントはほとんど唇《くちびる》を動かさずに、口の端《はし》でモーフィンに話しかけた。

「**家の中に入れ。口答えするな**」

今度は注意して聞いていたので、ハリーは蛇語《へびご》を聞き取った。言葉の意味が理解《りかい》できただけでなく、オグデンの耳に聞こえたであろうシューシューという気味の悪い音も聞き分けた。モーフィンは口答えしかかったが、父親の脅《おど》すような目つきに出会うと、思いなおしたように、奇妙《きみょう》に横揺《よこゆ》れする歩き方でドシンドシンと小屋の中に入っていった。玄関《げんかん》の戸をバタンと閉《し》めたので、蛇《へび》がまたしても哀《あわ》れに揺《ゆ》れた。

「ゴーントさん、わたしはあなたの息子《むすこ》さんに会いにきたんです」

燕尾服《えんびふく》の前にまだ残っていた膿《うみ》をふき取りながら、オグデンが言った。

「あれがモーフィンですね？」

「ふん、あれがモーフィンだ」

年老いた男がそっけなく言った。

「おまえは純血《じゅんけつ》か？」突然《とつぜん》食ってかかるように、男が聞いた。

「どっちでもいいことです」オグデンが冷たく言った。

ハリーは、オグデンへの尊敬《そんけい》の気持ちが高まるのを感じた。

ゴーントのほうは明らかにちがう気持ちになったらしい。目を細めてオグデンの顔を見ながら、いやみたっぷりの挑発口調《ちょうはつくちょう》でつぶやいた。

「そう言えば、おまえみたいな鼻を村でよく見かけたな」

「そうでしょうとも。息子《むすこ》さんが、連中にしたい放題をしていたのでしたら」

オグデンが言った。

「よろしければ、この話は中で続けませんか？」

「中で？」

「そうです。ゴーントさん。もう申し上げましたが、わたしはモーフィンのことでうかがったのです。ふくろうをお送り――」

「俺《おれ》にはふくろうなど役に立たん」ゴーントが言った。「手紙は開けない」

「それでは、訪問《ほうもん》の前触《まえぶ》れなしだったなどと、文句《もんく》は言えないですな」

オグデンがピシャリと言った。

「わたしがうかがったのは、今早朝、ここで魔法法《まほうほう》の重大な違反《いはん》が起こったためで――」

「わかった、わかった、わかった！」ゴーントがわめいた。

「さあ、家に入りやがれ。どうせクソの役にも立たんぞ！」

家には小さい部屋が三つあるようだった。台所と居間《いま》を兼《か》ねた部屋が中心で、そこに出入りするドアが二つある。モーフィンはくすぶっている暖炉《だんろ》のそばの汚《きたな》らしいひじかけ椅子《いす》に座《すわ》り、生きたクサリヘビを太い指にからませて、それに向かって蛇語《へびご》で小さく口ずさんでいた。

シュー、シューとかわいい蛇《へび》よ
クーネ、クーネと床《ゆか》に這《は》え
モーフィン様の機《き》嫌《げん》取れ
戸口に釘《くぎ》づけされぬよう

開いた窓《まど》のそばの、部屋の隅《すみ》のほうから、あたふたと動く音がして、ハリーはこの部屋にもう一人誰《だれ》かがいることに気づいた。若《わか》い女性《じょせい》だ。身にまとったぼろぼろの灰色《はいいろ》の服が、背後《はいご》の汚《きたな》らしい石壁《いしかべ》の色とまったく同じ色だ。すすで真っ黒に汚《よご》れたかまどで湯気を上げている深鍋《ふかなべ》のそばに立ち、上の棚《たな》の汚《きたな》らしい鍋釜《なべかま》をいじり回している。つやのない髪《かみ》はだらりと垂《た》れ、器量よしとは言えず、青白くかなりぼってりした顔立ちをしている。兄と同じに、両眼《りょうがん》が逆《ぎゃく》の方向を見ている。二人の男よりは小ざっぱりしていたが、ハリーは、こんなに打ちひしがれた顔は見たことがないと思った。

「娘《むすめ》だ。メローピー」

オグデンが物問いたげに女性《じょせい》を見ていたので、ゴーントがしぶしぶ言った。

「おはようございます」オグデンが挨拶《あいさつ》した。

女性《じょせい》は答えず、おどおどしたまなざしで父親をちらりと見るなり部屋に背《せ》を向け、棚《たな》の鍋釜《なべかま》をあちこちに動かし続けた。

「さて、ゴーントさん」オグデンが話しはじめた。「単刀直入に申し上げますが、息子《むすこ》さんのモーフィンが、昨夜半過《さくやはんす》ぎ、マグルの面前で魔法《まほう》をかけたと信じるに足る根拠《こんきょ》があります」

ガシャーンと耳をろうする音がした。メローピーが深鍋《ふかなべ》を一つ落としたのだ。

「**拾え！**」ゴーントがどなった。

「そうだとも。穢《けが》らわしいマグルのように、そうやって床《ゆか》に這《は》いつくばって拾うがいい。なんのための杖《つえ》だ？　役立たずのクソッタレ！」

「ゴーントさん、そんな！」

オグデンはショックを受けたように声を上げた。メローピーはもう鍋《なべ》を拾い上げていたが、顔をまだらに赤らめ、鍋《なべ》をつかみそこねてまた取り落とし、震《ふる》えながらポケットから杖《つえ》を取り出した。

杖《つえ》を鍋《なべ》に向け、あわただしく何か聞き取れない呪文《じゅもん》をブツブツ唱えたが、鍋《なべ》は床《ゆか》から反対方向に吹《ふ》き飛《と》んで、むかい側の壁《かべ》にぶつかって真っ二つに割《わ》れた。

モーフィンは狂《くる》ったように高笑いし、ゴーントは絶叫《ぜっきょう》した。

「直せ、このウスノロのでくのぼう、直せ！」

メローピーはよろめきながら鍋《なべ》のほうに歩いていったが、杖《つえ》を上げる前に、オグデンが杖《つえ》を上げて、「レパロ、直れ」としっかり唱えた。鍋《なべ》はたちまち元どおりになった。

ゴーントは、一瞬《いっしゅん》オグデンをどなりつけそうに見えたが、思いなおしたように、かわりに娘《むすめ》をあざけった。

「魔法省《まほうしょう》からのすてきなお方がいて、幸運だったな？　もしかするとこのお方が俺《おれ》の手からおまえを取り上げてくださるかもしれんぞ。もしかするとこのお方は、汚《きたな》らしいスクイブでも気にならないかもしれん……」

誰《だれ》の顔も見ず、オグデンに礼も言わず、メローピーは拾い上げた鍋《なべ》を、震《ふる》える手で元の棚《たな》に戻《もど》した。それから、汚《きたな》らしい窓《まど》とかまどの間の壁《かべ》に背中《せなか》をつけて、できることなら石壁《いしかべ》の中に沈《しず》み込《こ》んで消えてしまいたいというように、じっと動かずに立《た》ち尽《つ》くしていた。

「ゴーントさん」

オグデンはあらためて話しはじめた。

「すでに申し上げましたように、わたしが参りましたのは――」

「一回聞けばたくさんだ！」ゴーントがピシャリと言った。

「それがどうした？　モーフィンは、マグルにふさわしいものをくれてやっただけだ――それがどうだって言うんだ？」

「モーフィンは、魔法法《まほうほう》を破《やぶ》ったのです」オグデンは厳《きび》しく言った。

「**モーフィンは、魔法法《まほうほう》を破《やぶ》ったのです**」

ゴーントがオグデンの声をまね、大げさに節をつけて言った。モーフィンがまた高笑いした。

「息子《むすこ》は、穢《けが》らわしいマグルに焼きを入れてやったまでだ。それが違法《いほう》だと？」

「そうです」オグデンが言った。「残念ながら、そうです」

オグデンは、内ポケットから小さな羊皮紙の巻紙《まきがみ》を取り出し、広げた。

「今度はなんだ？　息子《むすこ》の判決《はんけつ》か？」ゴーントは怒《おこ》ったように声を荒《あら》らげた。

「これは魔法省《まほうしょう》への召喚状《しょうかんじょう》で、尋問《じんもん》は――」

「召喚状《しょうかんじょう》！　**召喚状《しょうかんじょう》？**　何様だと思ってるんだ？　俺《おれ》の息子《むすこ》をどっかに呼《よ》びつけるとは」

「わたしは、魔法警察部隊《まほうけいさつぶたい》の部隊長です」オグデンが言った。

「それで、俺《おれ》たちのことはクズだと思っているんだろう。え？」

ゴーントはいまやオグデンに詰《つ》め寄《よ》り、黄色い爪《つめ》でオグデンの胸《むね》を指しながらわめき立てた。

「魔法省《まほうしょう》が来いと言えばすっ飛んでいくクズだとでも？　いったい誰《だれ》に向かって物を言ってるのか、わかってるのか？　この小汚《こぎたな》ねえ、ちんちくりんの穢《けが》れた血め」

「ゴーントさんに向かって話しているつもりでおりましたが」

オグデンは、用心しながらもたじろがなかった。

「そのとおりだ！」ゴーントが吠《ほ》えた。

一瞬《いっしゅん》、ハリーは、ゴーントが指を突《つ》き立てて卑猥《ひわい》な手つきをしているのかと思った。しかしそうではなく、中指にはめている黒い石つきの醜悪《しゅうあく》な指輪を、オグデンの目の前で振《ふ》って見せただけだった。

「これが見えるか？　見えるか？　なんだか知っているか？　これがどこから来たものか知っているか？　何世紀も俺《おれ》の家族のものだった。それほど昔にさかのぼる家系《かけい》だ。しかもずっと純血《じゅんけつ》だ！　どれだけの値段《ねだん》をつけられたことがあるかわかるか？　石にペベレル家の紋章《もんしょう》が刻《きざ》まれた、この指輪に」

「まったくわかりませんな」

オグデンは、鼻先にずいと指輪を突《つ》きつけられて目をしばたたかせた。

「それに、ゴーントさん、それはこの話には関係がない。あなたの息子《むすこ》さんは、違法《いほう》な――」

怒《いか》りに吠《ほ》えたけり、ゴーントは娘《むすめ》に飛びついた。ゴーントの手がメローピーの首にかかったので、ほんの一瞬《いっしゅん》ハリーは、ゴーントが娘《むすめ》の首をしめるのかと思った。次の瞬間《しゅんかん》、ゴーントは娘《むすめ》の首にかかっていた金鎖《きんぐさり》をつかんで、メローピーをオグデンのほうに引きずってきた。

「これが見えるか？」

オグデンに向かって重そうな金のロケットを振《ふ》り、メローピーが息を詰《つ》まらせて咳《せ》き込《こ》む中、ゴーントが大声を上げた。

「見えます。見えますとも！」オグデンがあわてて言った。

「**スリザリンのだ！**」ゴーントがわめいた。

「サラザール・スリザリンだ！　我々《われわれ》はスリザリンの最後の末裔《まつえい》だ。なんとか言ってみろ、え？」

「ゴーントさん、娘《むすめ》さんが！」

オグデンが危険《きけん》を感じて口走ったが、ゴーントはすでにメローピーを放していた。メローピーは、よろよろとゴーントから離《はな》れて部屋の隅《すみ》に戻《もど》り、あえぎながら首をさすっている。

「どうだ！」もつれた争点もこれで問答無用とばかり、ゴーントは勝《か》ち誇《ほこ》って言った。

「我々《われわれ》に向かって、きさまの靴《くつ》の泥《どろ》に物を言うような口のきき方をするな！　何世紀にもわたって純血《じゅんけつ》だ。全員魔法使《まほうつか》いだ――**きさまなんか**よりずっと純血《じゅんけつ》だってことは、まちがいないんだ！」

そしてゴーントはオグデンの足元につばを吐《は》いた。モーフィンがまた高笑いした。メローピーは窓《まど》の脇《わき》にうずくまって首を垂《た》れ、ダランとした髪《かみ》で顔を隠《かく》して何も言わなかった。

「ゴーントさん」オグデンはねばり強く言った。

「残念ながら、あなたの先祖《せんぞ》もわたしの先祖《せんぞ》も、この件《けん》にはなんの関わりもありません。わたしはモーフィンのことでここにいるのです。それに昨夜、夜半過《やはんす》ぎにモーフィンが声をかけたマグルのことです。我々《われわれ》の情報《じょうほう》によれば」

オグデンは羊皮紙に目を走らせた。

「モーフィンは、当該《とうがい》マグルに対し、まじないもしくは呪詛《じゅそ》をかけ、この男に非常《ひじょう》な痛《いた》みをともなうじんましんを発疹《はっしん》せしめた」

モーフィンがヒャッヒャッと笑った。

「**だまっとれ**」ゴーントが蛇語《へびご》で唸《うな》った。モーフィンはまた静かになった。

「それで、息子《むすこ》がそうしたとしたら、どうだと？」

ゴーントが、オグデンに挑《いど》むように言った。

「おまえたちがそのマグルの小汚《こぎたな》い顔を、きれいにふき取ってやったのだろうが。ついでに記憶《きおく》までな――」

「ゴーントさん、要はそういう話ではないでしょう？」オグデンが言った。

「この件《けん》は、何もしないのに丸腰《まるごし》の者に攻撃《こうげき》を――」

「ふん、最初におまえを見たときから、マグル好きなやつだとにらんでいたわ」

ゴーントはせせら笑ってまた床《ゆか》につばを吐《は》いた。

「話し合ってもらちが明きませんな」オグデンはきっぱりと言った。「息子《むすこ》さんの態度《たいど》からして、自分の行為《こうい》をなんら後悔《こうかい》していないことは明らかです」

オグデンは、もう一度羊皮紙の巻紙《まきがみ》に目を通した。

「モーフィンは九月十四日、口頭尋問《こうとうじんもん》に出頭し、マグルの面前で魔法《まほう》を使ったこと、さらに当該《とうがい》マグルを傷害《しょうがい》し、精神的苦痛《せいしんてきくつう》を与《あた》えたことにつき尋問《じんもん》を受──」

オグデンは急に言葉を切った。ひづめの音、鈴《すず》の音、そして声高に笑う声が、開け放した窓《まど》から流《なが》れ込《こ》んできた。村に続く曲がりくねった小道が、どうやらこの家の木立のすぐそばを通っているらしい。ゴーントはその場に凍《こお》りついたように、目を見開いて音を聞いていた。モーフィンはシュッシュッと舌《した》を鳴らしながら、意地汚《いじきたな》い表情《ひょうじょう》で、音のするほうに顔を向けた。メローピーも顔を上げた。ハリーの目に、真っ青なメローピーの顔が見えた。

「おやまあ、なんて目ざわりなんでしょう！」

若《わか》い女性《じょせい》の声が、まるで同じ部屋の中で、すぐそばに立ってしゃべっているかのようにはっきりと、開いた窓《まど》から響《ひび》いてきた。

「ねえ、トム、あなたのお父さま、あんな掘《ほ》っ建《た》て小屋《ごや》、片《かた》づけてくださらないかしら？」

「僕《ぼく》たちのじゃないんだよ」若《わか》い男の声が言った。

「谷の反対側は全部僕《ぼく》たちのものだけど、この小屋は、ゴーントというろくでなしのじいさんと子《こ》供《ども》たちのものなんだ。息子《むすこ》は相当おかしくてね、村でどんなうわさがあるか聞いてごらんよ――」

若《わか》い女性《じょせい》が笑った。パカパカというひづめの音、シャンシャンという鈴《すず》の音がだんだん大きくなった。モーフィンがひじかけ椅子《いす》から立ち上がりかけた。

「**座《すわ》ってろ**」父親が蛇語《へびご》で、警告《けいこく》するように言った。

「ねえ、トム」また若《わか》い女性《じょせい》の声だ。

これだけ間近に聞こえるのは、二人が家のすぐ脇《わき》を通っているにちがいない。

「あたくしの勘《かん》ちがいかもしれないけど――あのドアに蛇《へび》が釘《くぎ》づけになっていない？」

「なんてことだ。君の言うとおりだ！」男の声が言った。

「息子《むすこ》の仕業《しわざ》だな。頭がおかしいって、言っただろう？　セシリア、ねえダーリン、見ちゃダメだよ」

ひづめの音も鈴《すず》の音も、今度はだんだん弱くなってきた。

「**『ダーリン』**」モーフィンが妹を見ながら蛇語《へびご》でささやいた。

「**『ダーリン』、あいつはそう呼《よ》んだ。だからあいつは、どうせ、おまえをもらっちゃくれない**」

メローピーがあまりに真っ青なので、ハリーはきっと気絶《きぜつ》すると思った。

「**なんのことだ？**」

ゴーントは息子《むすこ》と娘《むすめ》を交互《こうご》に見ながら、やはり蛇語《へびご》で、鋭《するど》い口調で聞いた。

「なんて言った、モーフィン？」

「こいつは、あのマグルを見るのが好きだ」

いまやおびえきっている妹を、残酷《ざんこく》な表情《ひょうじょう》で見つめながら、モーフィンが言った。

「あいつが通るときは、いつも庭にいて、生《い》け垣《がき》の間からのぞいている。そうだろう？　それにきのうの夜は——」

メローピーはすがるように、頭を強く横に振《ふ》った。しかしモーフィンは情《なさ》け容赦《ようしゃ》なく続けた。

「窓《まど》から身を乗り出して、あいつが馬で家に帰るのを待っていた。そうだろう？」

「マグルを見るのに、窓《まど》から身を乗り出していただと？」ゴーントが低い声で言った。

ゴーント家の三人は、オグデンのことを忘《わす》れたかのようだった。オグデンは、またしても起こったシューシュー、ガラガラという音のやり取りを前に、わけがわからず当惑《とうわく》していらいらしていた。

「ほんとうか？」

ゴーントは恐《おそ》ろしい声でそう言うと、おびえている娘《むすめ》に一、二歩詰《つ》め寄《よ》った。

「俺《おれ》の娘《むすめ》が——サラザール・スリザリンの純血《じゅんけつ》の末裔《まつえい》が——穢《けが》れた泥《どろ》の血《ち》のマグルに焦《こ》がれているのか？」

メローピーは壁《かべ》に体を押《お》しつけ、激《はげ》しく首を振《ふ》った。口もきけない様子だ。

「だけど、父さん、俺《おれ》がやっつけた！」モーフィンが高笑いした。

「あいつがそばを通ったとき、おれがやった。じんましんだらけじゃ、色男も形無しだった。メローピー、そうだろう？」

「このいやらしいスクイブめ。血を裏切《うらぎ》る穢《けが》らわしいやつめ！」

ゴーントが吠《ほ》えたけり、抑制《よくせい》がきかなくなって娘《むすめ》の首を両手でしめた。

「やめろ！」

ハリーとオグデンが同時に叫《さけ》んだ。オグデンは杖《つえ》を上げ、「レラシオ！　放せ！」と叫《さけ》んだ。ゴーントはのけぞるように吹《ふ》っ飛《と》ばされて娘《むすめ》から離《はな》れ、椅子《いす》にぶつかって仰向《あおむ》けに倒《たお》れた。怒《いか》り狂《くる》ったモーフィンが、わめきながら椅子《いす》から飛び出し、血なまぐさい小刀を振《ふ》り回《まわ》し、杖《つえ》からめちゃくちゃに呪《のろ》いを発射《はっしゃ》しながら、オグデンに襲《おそ》いかかった。

オグデンは命からがら逃《に》げ出《だ》した。ダンブルドアが、あとを追わなければならないと告《つ》げ、ハリーはそれに従《したが》った。メローピーの悲鳴がハリーの耳にこだましていた。

オグデンは両腕《りょううで》で頭を抱《かか》え、矢のように路地を抜《ぬ》けて元の小道に飛び出した。そこでオグデンはつややかな栗毛《くりげ》の馬に衝突《しょうとつ》した。馬にはとてもハンサムな黒髪《くろかみ》の青年が乗っていた。青年も、その隣《となり》で葦毛《あしげ》の馬に乗っていたきれいな若《わか》い女性《じょせい》も、オグデンの姿《すがた》を見て大笑いした。オグデンは馬の脇腹《わきばら》にぶつかって跳《は》ね飛《と》ばされたが立ち直り、燕尾服《えんびふく》のすそをはためかせ、頭のてっぺんからつま先までほこりだらけになりながら、ほうほうの体《てい》で小道を走っていった。

「ハリー、もうよいじゃろう」

ダンブルドアはハリーのひじをつかんで、ぐいと引いた。次の瞬間《しゅんかん》、二人は無重力の暗闇《くらやみ》の中を舞《ま》い上《あ》がり、やがて、もう薄暗《うすぐら》くなったダンブルドアの部屋に、正確《せいかく》に着地した。

「あの小屋の娘《むすめ》はどうなったんですか？」

ダンブルドアが杖《つえ》をひと振《ふ》りして、さらにいくつかのランプに灯《ひ》をともしたとき、ハリーは真っ先に聞いた。

「メローピーとか、そんな名前でしたけど？」

「おう、あの娘《むすめ》は生《い》き延《の》びた」

ダンブルドアは机《つくえ》に戻《もど》り、ハリーにも座《すわ》るようにうながした。

「オグデンは『姿《すがた》あらわし』で魔法省《まほうしょう》に戻《もど》り、十五分後には援軍《えんぐん》を連れて再《ふた》びやってきた。モーフィンと父親は抵抗《ていこう》したが、二人とも取《と》り押《お》さえられてあの小屋から連れ出され、その後ウィゼンガモット法廷《ほうてい》で有罪《ゆうざい》の判決《はんけつ》を受けた。モーフィンはすでにマグル襲撃《しゅうげき》の前科を持っていたため、三年間のアズカバン送りの判決《はんけつ》を受けた。マールヴォロはオグデンのほか数人の魔法省《まほうしょう》の役人を傷《きず》つけたため、六か月の収監《しゅうかん》になったのじゃ」

「マールヴォロ？」ハリーはけげんそうに聞き返した。

「そうじゃ」ダンブルドアは満足げにほほえんだ。

「君が、ちゃんと話について来てくれるのはうれしい」

「あの年寄《としよ》りが――？」

「ヴォルデモートの祖父《そふ》。そうじゃ」ダンブルドアが言った。

「マールヴォロ、息子《むすこ》のモーフィン、そして娘《むすめ》のメローピーは、ゴーント家の最後の三人じゃ。非《ひ》常《じょう》に古くから続く魔法界《まほうかい》の家柄《いえがら》じゃが、いとこ同士が結婚《けっこん》をする習慣《しゅうかん》から、何世紀にもわたって情《じょう》緒不安定《ちょふあんてい》と暴力《ぼうりょく》の血筋《ちすじ》で知られていた。常識《じょうしき》の欠如《けつじょ》に加えて壮大《そうだい》なことを好む傾向《けいこう》が受《う》け継《つ》がれ、マールヴォロが生まれる数世代前には、先祖《せんぞ》の財産《ざいさん》をすでに浪費《ろうひ》し尽《つ》くしていた。君も見たように、マールヴォロはみじめさと貧困《ひんこん》の中に暮《く》らし、非常《ひじょう》に怒《おこ》りっぽい上、異常《いじょう》な傲慢《ごうまん》さと誇《ほこ》りを持ち、また先祖代々《せんぞだいだい》の家宝《かほう》を二つ、息子《むすこ》と同じぐらい、そして娘《むすめ》よりはずっと大切にして持っていたのじゃ」

「それじゃ、メローピーは」

ハリーは座《すわ》ったまま身を乗り出し、ダンブルドアを見つめた。

「メローピーは……先生、ということは、あの人は……**ヴォルデモートの母親？**」

「そういうことじゃ」ダンブルドアが言った。「それに、偶然《ぐうぜん》にも我々《われわれ》は、ヴォルデモートの父親の姿《すがた》もかいま見た。はたして気がついたかの？」

「モーフィンが襲《おそ》ったマグルですか？　あの馬に乗っていた？」

「よくできた」ダンブルドアがニッコリした。

「そうじゃ。ゴーントの小屋を、よく馬で通《とお》り過《す》ぎていたハンサムなマグル、あれがトム・リドル・シニアじゃ。メローピー・ゴーントが密《ひそ》かに胸《むね》を焦《こ》がしていた相手じゃよ」

「それで、二人は結婚《けっこん》したんですか？」

ハリーは信じられない思いで言った。あれほど恋《こい》に落ちそうにもない組み合わせは、ほかに想像《そうぞう》もつかなかった。

「忘《わす》れているようじゃの」ダンブルドアが言った。「メローピーは魔女《まじょ》じゃ。父親におびえているときには、その魔力《まりょく》が充分《じゅうぶん》生かされていたとは思えぬ。マールヴォロとモーフィンがアズカバンに入って安心し、生まれて初めて一人になり自由になったとき、メローピーはきっと自分の能力《のうりょく》を完全に解《と》き放《はな》ち、十八年間の絶望的《ぜつぼうてき》な生活から逃《のが》れる手はずを整えることができたのじゃ」

「トム・リドルにマグルの女性《じょせい》を忘《わす》れさせ、かわりに自分と恋《こい》におちいるようにするため、メローピーがどんな手段《しゅだん》を講《こう》じたか、考えられるかの？」

「『服従《ふくじゅう》の呪文《じゅもん》』？」ハリーが意見を述《の》べた。

「それとも『愛《あい》の妙薬《みょうやく》』？」

「よろしい。わし自身は、『愛《あい》の妙薬《みょうやく》』を使用したと考えたいところじゃ。そのほうがメローピーにとってはロマンチックに感じられたことじゃろうし、そして、暑い日にリドルが一人で乗馬をしているときに、水を一杯《ぱい》飲むように勧《すす》めるのは、さほど難《むずか》しいことではなかったじゃろう。いずれにせよ、我々《われわれ》がいま目撃《もくげき》した場面から数か月のうちに、リトル・ハングルトンの村はとんでもない醜聞《しゅうぶん》で沸《わ》き返《かえ》ったのじゃ。大地主の息子《むすこ》がろくでなしの娘《むすめ》のメローピーと駆《か》け落《お》ちしたとなれば、どんなゴシップになるかは想像《そうぞう》がつくじゃろう」

「しかし、村人の驚《おどろ》きは、マールヴォロの受けた衝撃《しょうげき》に比《くら》べれば取るに足らんものじゃった。アズカバンから出所したマールヴォロは、娘《むすめ》が温かい食事をテーブルに用意して、父親の帰りを忠実《ちゅうじつ》に待っているものと期待しておった。ところが、マールヴォロを待ち受けていたのは、分厚《ぶあつ》いほこりと、娘《むすめ》が何をしたかを説明した別れの手紙じゃった」

「わしが探《さぐ》りえたことからすると、マールヴォロはそれから一度も、娘《むすめ》の名前はおろか、その存在《そんざい》さえも口にしなかった。娘《むすめ》の出奔《しゅっぽん》の衝撃《しょうげき》が、マールヴォロの命を縮《ちぢ》めたのかもしれぬ――それとも、自分では食事を準備《じゅんび》することさえできなかったのかもしれぬ。アズカバンがあの者を相当衰弱《すいじゃく》させていた。マールヴォロは、モーフィンが小屋に戻《もど》る姿《すがた》を見ることはなかった」

「それで、メローピーは？　あの人は……死んだのですね？　ヴォルデモートは孤児院《こじいん》で育ったのではなかったですか？」

「そのとおりじゃ」ダンブルドアが言った。

「ここからはずいぶんと推量《すいりょう》を余儀《よぎ》なくされるが、何が起こったかを論理的《ろんりてき》に推理《すいり》するのは難《むずか》しいことではあるまい。よいか、駆《か》け落《お》ち結婚《けっこん》から数か月後に、トム・リドルはリトル・ハングルトンの屋敷《やしき》に、妻《つま》をともなわずに戻《もど》ってきた。リドルが『たぶらかされた』とか『だまされた』とか話していると、近所でうわさが飛《と》び交《か》った。リドルが言おうとしたのは、魔法《まほう》をかけられていたがそれが解《と》けたということだったのじゃろうと、わしはそう確信《かくしん》しておる。ただし、あえて言うならば、リドルは頭がおかしいと思われるのを恐《おそ》れ、とうていそういう言葉を使うことができなかったのであろう。しかし、リドルの言うことを聞いた村人たちは、メローピーがトム・リドルに、妊娠《にんしん》しているとうそをついたために、リドルが結婚《けっこん》したのであろうと推量《すいりょう》したのじゃ」

「でもあの人は**ほんとう**に赤ちゃんを産みました」

「そうじゃ。しかしそれは、結婚《けっこん》してから一年後のことじゃ。トム・リドルは、まだ妊娠中《にんしんちゅう》のメローピーを捨《す》てたのじゃ」

「何がおかしくなったのですか？」ハリーが聞いた。

「どうして『愛《あい》の妙薬《みょうやく》』が効《き》かなくなったのですか？」

「またしても推量《すいりょう》にすぎんが」ダンブルドアが言った。「しかし、わしはこうであったろうと思うのじゃが、メローピーは夫を深く愛しておったので、魔法《まほう》で夫を隷従《れいじゅう》させ続けることに耐《た》えられなかったのであろう。思うに、メローピーは薬を飲ませるのをやめるという選択《せんたく》をした。自分が夢中《むちゅう》だったものじゃから、夫のほうもそのころまでには、自分の愛に応《こた》えてくれるようになっていると、おそらく、そう確信《かくしん》したのじゃろう。赤《あか》ん坊《ぼう》のために一緒《いっしょ》にいてくれるだろうと、あるいはそう考えたのかもしれぬ。そうだとしたら、メローピーの考えは、そのどちらも誤《あやま》りであった。リドルは妻《つま》を捨《す》て、二度と再《ふたた》び会うことはなかった。そして、自分の息子《むすこ》がどうなっているかを、一度たりとも調べようとはせなんだ」

外は墨《すみ》を流したように真っ暗な空だった。ダンブルドアの部屋のランプが、前よりいっそう明るくなったような気がした。

「ハリー、今夜はこのくらいでよいじゃろう」ややあって、ダンブルドアが言った。

「はい、先生」ハリーが言った。

ハリーは立ち上がったが、立ち去らなかった。

「先生……こんなふうにヴォルデモートの過去《かこ》を知ることは、大切なことですか？」

「非常《ひじょう》に大切なことじゃと思う」ダンブルドアが言った。

「そして、それは……それは予言と何か関係があるのですか？」

「大いに関係しておる」

「そうですか」ハリーは少し混乱《こんらん》したが、安心したことに変わりなかった。

ハリーは帰りかけたが、もう一つ疑問《ぎもん》が起こって、振《ふ》り返《かえ》った。

「先生、ロンとハーマイオニーに、先生からお聞きしたことを全部話してもいいでしょうか?」

ダンブルドアは一瞬《いっしゅん》、ハリーを観察するようにじっと見つめ、それから口を開いた。

「よろしい。ミスター・ウィーズリーとミス・グレンジャーは、信頼《しんらい》できる者たちであることを証明《しょうめい》してきた。しかし、ハリー、君に頼《たの》んでおこう。この二人には、ほかの者にいっさい口外せぬようにと、伝えておくれ。わしがヴォルデモート卿《きょう》の秘密《ひみつ》をどれほど知っておるか、または推量《すいりょう》しておるかという話が広まるのは、よくないことじゃ」

「はい、先生。ロンとハーマイオニーだけにとどめるよう、僕《ぼく》が気をつけます。おやすみなさい」

ハリーは、再《ふたた》びきびすを返した。そしてドアの所まで来たとき、ハリーはあるものを見た。壊《こわ》れやすそうな銀の器具がたくさんのった細い脚《あし》のテーブルの一つに、醜《みにく》い大きな金の指輪があった。指輪にはまった黒い大きな石が割《わ》れている。

「先生」ハリーは目を見張《みは》った。「あの指輪は——」

「なんじゃね?」ダンブルドアが言った。

「スラグホーン先生を訪《たず》ねたあの夜、先生はこの指輪をはめていらっしゃいました」

「そのとおりじゃ」ダンブルドアが認《みと》めた。

「でも、あれは……先生、あれは、マールヴォロ・ゴーントがオグデンに見せたのと、同じ指輪ではありませんか?」

「まったく同一じゃ」ダンブルドアが一礼した。

「でも、どうして……？　ずっと先生がお持ちだったのですか？」

「いや、ごく最近手に入れたのじゃ」ダンブルドアが言った。

「実は、君のおじ上、おば上の所に君を迎《むか》えに行く数日前にのう」

「それじゃ、先生が手にけがなさったころですね？」

「そのころじゃ。そうじゃよ、ハリー」

ハリーは躊躇《ちゅうちょ》した。ダンブルドアはほほえんでいた。

「先生、いったいどうやって――？」

「ハリー、もう遅《おそ》い時間じゃ！　別の機会に話して聞かせよう。おやすみ」

「おやすみなさい。先生」

第十一章　ハーマイオニーの配慮《はいりょ》

　ハーマイオニーが予測《よそく》したように、六年生の自由時間は、ロンが期待したような至福《しふく》の休息時間ではなく、山のように出される宿題を必死にこなすための時間だった。毎日試験を受けるような勉強をしなければならないだけでなく、授業《じゅぎょう》の内容《ないよう》もずっと厳《きび》しいものになっていた。このごろハリーは、マクゴナガル先生の言うことが半分もわからないほどだった。ハーマイオニーでさえ、一度か二度、マクゴナガル先生に説明のくり返しを頼《たの》むことがあった。ハーマイオニーにとっては憤懣《ふんまん》の種だったが、「半純血《はんじゅんけつ》のプリンス」のおかげで、信じがたいことに、「魔法薬学《まほうやくがく》」が突然《とつぜん》ハリーの得意科目《とくいかもく》になった。

　いまや無言呪文《むごんじゅもん》は、「闇《やみ》の魔術《まじゅつ》に対《たい》する防衛術《ぼうえいじゅつ》」ばかりでなく、「呪文学《じゅもんがく》」や「変身術《へんしんじゅつ》」でも要求されていた。談話室や食事の場で周りを見回すと、クラスメートが顔を紫色《むらさきいろ》にして、まるで「ウンのない人」を飲みすぎたかのように息張《いきば》っているのを、ハリーはよく見かけた。実は、声を出さずに呪文《じゅもん》を唱えようとしてもがいているのだと、ハリーにもわかっていた。

戸外に出て、温室に行くのがせめてもの息抜《いきぬ》きだった。「薬草学」ではこれまでよりずっと危険《きけん》な植物を扱《あつか》っていたが、授業中《じゅぎょうちゅう》、「有毒食虫蔓《ゆうどくしょくちゅうづる》」に背後《はいご》から突然捕《とつぜんつか》まったときには、少なくとも大きな声を出して悪態《あくたい》をつくことができた。

膨大《ぼうだい》な量の宿題と、がむしゃらに無言呪文《むごんじゅもん》を練習するためとに時間を取られ、結果的にハリー、ロン、ハーマイオニーは、とてもハグリッドを訪《たず》ねる時間などなかった。ハグリッドは、食事のときに教職員《きょうしょくいん》テーブルに姿《すがた》を見せなくなった。不吉《ふきつ》な兆候だ。それに、廊下《ろうか》や校庭でときどきすれちがっても、ハグリッドは不思議にも三人に気づかず、挨拶《あいさつ》しても聞こえないようだった。

「訪《たず》ねていって説明すべきよ」

二週目の土曜日の朝食で、教職員《きょうしょくいん》テーブルのハグリッド用の巨大《きょだい》な椅子《いす》がからっぽなのを見ながら、ハーマイオニーが言った。

「午前中はクィディッチの選抜《せんばつ》だ！」ロンが言った。

「**なんとその上**、フリットウィックの『**アグアメンティ、水出し**』呪文《じゅもん》を練習しなくちゃ！ どっちにしろ、何を説明するって言うんだ？ ハグリッドに、あんなバカくさい学科は大嫌《だいきら》いだったなんて言えるか？」

「大嫌《だいきら》いだったんじゃないわ！」ハーマイオニーが言った。

「君と一緒《いっしょ》にするなよ。僕《ぼく》は尻尾爆発《しっぽばくはつ》スクリュートを忘《わす》れちゃいないからな」ロンが暗い顔で言った。「君は、ハグリッドがあのまぬけな弟のことをくだくだ自慢《じまん》するのを聞いてないからなぁ。はっきり言うけど、僕《ぼく》たち実は危《あや》ういところを逃《のが》れたんだぞ――あのままハグリッドの授業《じゅぎょう》を取り続けてたら、僕《ぼく》たちきっと、グロウプに靴《くつ》ひもの結び方を教えていたぜ」

「ハグリッドと口もきかないなんて、私《わたし》、いやだわ」ハーマイオニーは落ち着かないようだった。

「クィディッチのあとで行こう」

ハリーがハーマイオニーを安心させた。ハリーもハグリッドと離《はな》れているのはさびしかった。もっともロンの言うとおり、グロウプがいないほうが、自分たちの人生は安らかだろうと思った。

「だけど、選抜《せんばつ》は午前中いっぱいかかるかもしれない。応募者《おうぼしゃ》が多いから」キャプテンになってからの最初の試練を迎《むか》えるので、ハリーは少し神経質《しんけいしつ》になっていた。

「どうして急に、こんなに人気のあるチームになったのか、わかんないよ」

「まあ、ハリーったら、しょうがないわね」

ハーマイオニーが、今度は突然《とつぜん》いらだった。

「**クィディッチが**人気者なんじゃないわ。あなたよ！　あなたがこんなに興味《きょうみ》をそそったことはないし、率直《そっちょく》に言って、こんなにセクシーだったことはないわ」

ロンは燻製《くんせい》ニシンの大きなひと切れでむせた。ハーマイオニーはロンに軽蔑《けいべつ》したような一瞥《いちべつ》を投げ、それからハリーに向きなおった。

「あなたの言っていたことが真実だったって、いまでは誰《だれ》もが知っているでしょう？　ヴォルデモートが戻《もど》ってきたと言ったことも正しかったし、この二年間にあなたが二度もあの人と戦って、二度とも逃《のが》れたこともほんとうだと、魔法界全体《まほうかいぜんたい》が認《みと》めざるをえなかったわ。そしていまはみんなが、あなたのことを、『選ばれし者』と呼《よ》んでいる——さあ、しっかりしてよ。みんながあなたに魅力《みりょく》を感じる理由がわからない？」

大広間の天井《てんじょう》は冷たい雨模様《あめもよう》だったにもかかわらず、ハリーはその場が急に暑くなったような気がした。

「**その上**、あなたを情緒不安定《じょうちょふあんてい》のうそつきに仕立て上げようと、魔法省《まほうしょう》がさんざん迫害《はくがい》したのに、それにも耐《た》え抜《ぬ》いた。あの邪悪《じゃあく》な女が、あなた自身の血で刻《きざ》ませた痕《あと》がまだ見えるわ。でもあなたは、とにかく節を曲げなかった……」

「魔法省《まほうしょう》で脳《のう》みそが僕《ぼく》を捕《つか》まえたときの痕《あと》、まだ見えるよ。ほら」

ロンは腕《うで》を振《ふ》ってそでをまくった。

「それに、夏の間にあなたの背《せ》が三十センチも伸《の》びたことだって、悪くないわ」

ハーマイオニーはロンを無視《むし》したまま、話し終えた。

「僕《ぼく》も背《せ》が高い」些細《ささい》なことのようにロンが言った。

郵便《ゆうびん》ふくろうが到着《とうちゃく》し、雨粒《あめつぶ》だらけの窓《まど》からスィーッと入ってきて、みんなに水滴《すいてき》をばらまいた。大多数の生徒がいつもよりたくさんの郵便《ゆうびん》を受け取っていた。親は心配して子供《こども》の様子を知りたがっていたし、逆《ぎゃく》に、家族は無事だと子供《こども》に知らせて、安心させようとしていた。ハリーは学期が始まってから一度も手紙を受け取っていなかった。定期的に手紙をくれたただ一人の人はもう死んでしまった。ルーピンがときどき手紙をくれるのではと期待していたが、いままでずっと失望続きだった。

ところが、茶色や灰色《はいいろ》のふくろうにまじって、雪のように白いヘドウィグが円を描《えが》いていたので、ハリーは驚《おどろ》いた。大きな四角い包みを運んで、ヘドウィグがハリーの前に着地した。その直後、まったく同じ包みがロンの前に着地したが、疲労困憊《ひろうこんぱい》した豆ふくろうのピッグウィジョンが、その下敷《したじ》きになっていた。

「おっ！」

ハリーが声を上げた。包みを開けると、フローリシュ・アンド・ブロッツ書店からの、真新しい『上級魔法薬《じょうきゅうまほうやく》』の教科書が現《あらわ》れた。

「よかったわ」

ハーマイオニーがうれしそうに言った。

「これであの落書き入りの教科書を返せるじゃない」

「気は確《たし》かか？」ハリーが言った。

「僕《ぼく》はあれを放さない！　ほら、もうちゃんと考えてある――」

ハリーは鞄《かばん》から古本の『上級《じょうきゅう》魔《ま》法薬《ほうやく》』を取り出し、「ディフィンド！　裂《さ》けよ！」と唱えながら杖《つえ》で表紙を軽くたたいた。表紙がはずれた。新しい教科書にも同じことをした（ハーマイオニーは、なんて破廉恥《はれんち》なという顔をした）。次にハリーは表紙を交換《こうかん》し、それぞれをたたいて「レパロ！　直れ！」と唱えた。

プリンスの本は、新しい教科書のような顔をして、一方、フローリシュ・アンド・ブロッツの本は、どこから見ても中古本のような顔ですましていた。

「スラグホーンには新しいのを返すよ。文句《もんく》はないはずだ。九ガリオンもしたんだから」

ハーマイオニーは怒《おこ》ったような、承服《しょうふく》できないという顔で唇《くちびる》を固く結んだ。しかし、三羽目のふくろうが、目の前にその日の「日刊《にっかん》予言者《よげんしゃ》新聞《しんぶん》」を運んできたので気がそれ、急いで新聞を広げ、一面に目を通した。

「誰《だれ》か知ってる人が死んでるか？」

ロンはわざと気軽な声で聞いた。ハーマイオニーが新聞を広げるたびに、ロンは同じ質問《しつもん》をしていた。

「いいえ。でも吸魂鬼《きゅうこんき》の襲撃《しゅうげき》が増《ふ》えてるわ」ハーマイオニーが言った。「それに逮捕《たいほ》が一件《けん》」

「よかった。誰《だれ》?」ハリーはベラトリックス・レストレンジを思《おも》い浮《う》かべながら聞いた。

「スタン・シャンパイク」ハーマイオニーが答えた。

「えっ?」ハリーはびっくりした。

『魔法使《まほうつか》いに人気の、夜の騎士《ナイト》バスの車掌《しゃしょう》、スタンリー・シャンパイクは、死喰《しく》い人《びと》の活動をした疑《うたが》いで逮捕《たいほ》された。シャンパイク容疑者《ようぎしゃ》(21)は、昨夜遅《おそ》く、クラッパムの自宅《じたく》の強制捜査《きょうせいそうさ》で身《み》柄《がら》を拘束《こうそく》された……』」

「スタン・シャンパイクが死喰《しく》い人《びと》?」

三年前に初めて会った、にきび面《づら》の青年を思い出しながらハリーが言った。

「バカな!」

「『服従《ふくじゅう》の呪文《じゅもん》』をかけられてたかもしれないぞ」ロンがもっともなことを言った。

「なんでもありだもんな」

「そうじゃないみたい」ハーマイオニーが読みながら言った。

「この記事では、容疑者《ようぎしゃ》がパブで死喰《しく》い人《びと》の秘密《ひみつ》の計画を話しているのを、誰《だれ》かがもれ聞いて、そのあとで逮捕《たいほ》されたって」

ハーマイオニーは困惑《こんわく》した顔で新聞から目を上げた。

「もし『服従《ふくじゅう》の呪文《じゅもん》』にかかっていたのなら、死喰《しく》い人《びと》の計画をそのあたりで吹聴《ふいちょう》したりしないじゃない？」

「あいつ、知らないことまで知ってるように見せかけようとしたんだろうな」ロンが言った。

「ヴィーラをナンパしようとして、自分は魔法大臣《まほうだいじん》になるって息巻《いきま》いてたやつじゃなかったか？」

「うん、そうだよ」ハリーが言った。

「あいつら、いったい何を考えてるんだか。スタンの言うことを真《ま》に受けるなんて」

「たぶん、何かしら手を打っているように見せたいんじゃないかしら」

ハーマイオニーが顔をしかめた。

「みんな戦々恐々《せんせんきょうきょう》だし――パチル姉妹のご両親が、二人を家に戻《もど》したがっているのを知ってる？

それに、エロイーズ・ミジョンはもう引き取られたわ。お父さんが、昨晩《さくばん》連れて帰ったの」

「ええっ！」

ロンが目をグリグリさせてハーマイオニーを見た。

「だけど、ホグワーツはあいつらの家より安全だぜ。そうじゃなくちゃ！　闇祓《やみばら》いはいるし、安全《あんぜん》対策《たいさく》の呪文《じゅもん》がいろいろ追加されたし、何しろ、ダンブルドアがいる！」

「ダンブルドアがいつもいらっしゃるとは思えないわ」

「日刊予言者新聞《にっかんよげんしゃしんぶん》」の上から教職員《きょうしょくいん》テーブルをちらとのぞいて、ハーマイオニーが小声で言った。

「気がつかない？　ここ一週間、校長席はハグリッドのと同じぐらい、ずっとからだったわ」

ハリーとロンは教職員《きょうしょくいん》テーブルを見た。校長席は、なるほどからだった。考えてみれば、ハリーは一週間前の個人教授以来《こじんきょうじゅいらい》、ダンブルドアを見ていなかった。

「騎士団《きしだん》に関する何かで、学校を離《はな》れていらっしゃるのだと思うわ」

ハーマイオニーが低い声で言った。

「つまり……かなり深刻《しんこく》だってことじゃない？」

ハリーもロンも答えなかった。しかしハリーには、三人とも同じことを考えているのがわかっていた。きのうの恐《おそ》ろしい事件《じけん》のことだ。ハンナ・アボットが「薬草学」の時間に呼《よ》び出《だ》され、母親が死んでいるのが見つかったと知らされたのだ。ハンナの姿《すがた》はそれ以来見ていない。

五分後、グリフィンドールのテーブルを離《はな》れてクィディッチ競技場《きょうぎじょう》に向かうときに、ラベンダー・ブラウンとパーバティ・パチルのそばを通った。二人の仲よしは気落ちした様子でヒソヒソ話していたが、パチルの親が、双子姉妹《ふたごしまい》をホグワーツから連れ出したがっているというハーマイオニーの話を思い出したので、ハリーは驚《おどろ》きはしなかった。しかし、ロンが二人のそばを通ったとき、突然《とつぜん》パーバティにこづかれたラベンダーが、振《ふ》り向《む》いてロンにニッコリ笑いかけたのには驚《おどろ》いた。ロンは目をパチクリさせ、あいまいに笑い返した。とたんにロンの歩き方が、肩《かた》をそびやかした感じになった。ハリーは笑いだしたいのをこらえた。マルフォイに鼻をへし折られたとき、ロンが笑いをこらえてくれたことを思い出したのだ。しかしハーマイオニーは、肌寒《はださむ》い霧雨《きりさめ》の中を競技《きょうぎ》場《じょう》に歩いていく間ずっと、冷たくてよそよそしかったし、二人と別れてスタンドに席を探《さが》しにいくときも、ロンに激励《げきれい》の言葉一つかけなかった。

ハリーの予想どおり、選抜《せんばつ》はほとんど午前中いっぱいかかった。グリフィンドール生の半数が、選抜《せんばつ》を受けたのではないかと思うほどだった。恐《おそ》ろしく古い学校の箒《ほうき》を神経質《しんけいしつ》に握《にぎ》りしめた一年生から、ほかに抜《ぬ》きん出《で》た背《せ》の高さで冷静沈着《れいせいちんちゃく》に睥睨《へいげい》する七年生までがそろった。七年生の一人は、毛髪《もうはつ》バリバリの大柄《おおがら》な青年で、ハリーは、ホグワーツ特急で出会った青年だとすぐにわかった。

「汽車で会ったな。スラッギーじいさんのコンパートメントで」

青年は自信たっぷりにそう言うと、みんなから一歩進み出てハリーと握手《あくしゅ》した。

「コーマック・マクラーゲン。キーパー」

「君、去年は選抜《せんばつ》を受けなかっただろう？」

ハリーはマクラーゲンの横幅《よこはば》の広さに気づき、このキーパーならまったく動かなくとも、ゴールポスト三本全部をブロックできるだろうと思った。

「選抜《せんばつ》のときは医務室《いむしつ》にいたんだ」

マクラーゲンは、少しふんぞり返るような雰囲気《ふんいき》で言った。

「賭《か》けでドクシーの卵《たまご》を五百グラム食った」

「そうか」ハリーが言った。「じゃ……あっちで待っててくれ……」

ハリーは、ちょうどハーマイオニーが座《すわ》っているあたりの、競技場《きょうぎじょう》の端《はし》を指差した。マクラーゲンの顔にちらりといらだちがよぎったような気がした。「スラッギーじいさん」のお気に入り同士だからと、マクラーゲンが特別扱《とくべつあつか》いを期待したのかもしれない。そうハリーは思った。

ハリーは基本的《きほんてき》なテストから始めることに決め、候補者《こうほしゃ》を十人ひと組に分け、競技場《きょうぎじょう》を一周して飛ぶように指示《しじ》した。これはいいやり方だった。最初の十人は一年生で、それまで、ろくに飛んだこともないのが明白だった。たった一人だけ、なんとか二、三秒以上空中に浮《う》いていられた少年がいたが、そのことに自分でも驚《おどろ》いて、たちまちゴールポストに衝突《しょうとつ》した。

二番目のグループの女子生徒は、これまでハリーが出会った中でも一番愚《おろ》かしい連中で、ハリーがホイッスルを吹《ふ》くと、互《たが》いにしがみついてキャーキャー笑い転げるばかりだった。ロミルダ・ベインもその一人だった。ハリーが競技場《きょうぎじょう》から退出《たいしゅつ》するように言うと、みんな嬉々《きき》としてそれに従《したが》い、スタンドに座《すわ》ってほかの候補者《こうほしゃ》をヤジった。

第三のグループは、半周したところで玉突《たまつ》き事故《じこ》を起こした。四組目はほとんどが箒《ほうき》さえ持ってこなかった。五組目はハッフルパフ生だった。

「ほかにグリフィンドール以外の生徒がいるんだったら」ハリーが吠《ほ》えた。いいかげんうんざりしていた。「いますぐ出ていってくれ！」

するとまもなく、小さなレイブンクロー生が二、三人、プッと噴《ふ》き出《だ》し、競技場《きょうぎじょう》から駆《か》け出《だ》していった。

二時間後、苦情《くじょう》たらたら、かんしゃく数件《すうけん》、コメット260の衝突《しょうとつ》で歯を数本折る事故《じこ》が一件《けん》のあと、ハリーは三人のチェイサーを見つけた。すばらしい結果でチームに返《かえ》り咲《ざ》いたケイティ・ベル、ブラッジャーをよけるのが特にうまかった新人のデメルザ・ロビンズ、それにジニー・ウィーズリーだ。ジニーは競争相手全員を飛び負かし、おまけに十七回もゴールを奪《うば》った。自分の選択《せんたく》に満足だったが、一方ハリーは、苦情《くじょう》たらたら組に叫《さけ》び返《かえ》して声がかれた上、次はビーター選抜《せんばつ》に落ちた連中との同じような戦いに耐《た》えなければならなかった。

「これが最終決定だ。さあ、キーパーの選抜《せんばつ》をするのにそこをどかないと、呪《のろ》いをかけるぞ」

ハリーが大声を出した。

選抜《せんばつ》された二人のビーターは、どちらも昔のフレッドとジョージほどのさえはなかったが、ハリーはまあまあ満足だった。ジミー・ピークスは小柄《こがら》だが胸《むね》のがっしりした三年生で、ブラッジャーに凶暴《きょうぼう》な一撃《いちげき》を加え、ハリーの後頭部に卵大《たまごだい》のこぶをふくらませてくれた。リッチー・クートはひ弱そうに見えるが、ねらいが的確《てきかく》だった。二人は観客スタンドに座《すわ》り、チームの最後のメンバーの選抜《せんばつ》を見物した。

ハリーはキーパーの選抜《せんばつ》を意図的に最後に回した。競技場《きょうぎじょう》に人が少なくなって、志願者《しがんしゃ》へのプレッシャーが軽くなるようにしたかったのだ。しかし、不幸なことに、落ちた候補者《こうほしゃ》やら、ゆっくり朝食をすませてから見物に加わった大勢《おおぜい》の生徒やらで、見物人はかえって増《ふ》えていた。キーパー候補《こうほ》が順番にゴールポストに飛んでいくたびに、観衆《かんしゅう》は応援《おうえん》半分、ヤジり半分で叫《さけ》んだ。ハリーはロンをちらりと見た。ロンはこれまで、上がってしまうのが問題だった。先学期最後の試合に勝ったことで、そのくせが直っていればと願っていたのだが、どうやら望みなしだった。ロンの顔は微《び》妙《みょう》に青くなっていた。

最初の五人の中で、ゴールを三回守った者は一人としていなかった。コーマック・マクラーゲンは、五回のペナルティ・シュート中四回までゴールを守ったので、ハリーはがっかりした。しかし、最後の一回は、とんでもない方向に飛びついた。観衆《かんしゅう》に笑ったりヤジったりされ、マクラーゲンは歯ぎしりして地上に戻《もど》った。

ロンはクリーンスイープ11号にまたがりながら、いまにも失神しそうだった。

「がんばって！」

スタンドから叫《さけ》ぶ声が聞こえた。ハリーはハーマイオニーだろうと思って振《ふ》り向《む》いた。ところがラベンダー・ブラウンだった。ラベンダーが次の瞬間《しゅんかん》、両手で顔を覆《おお》ったが、ハリーも正直そうしたい気分だった。しかし、キャプテンとして、少しは骨《ほね》のあるところを見せなければならないと、ロンのトライアルを直視《ちょくし》した。

ところが、心配無用だった。ロンはペナルティ・シュートに対して、一回、二回、三回、四回、五回と続けてゴールを守った。うれしくて、観衆《かんしゅう》と一緒《いっしょ》に歓声《かんせい》を上げたいのをやっとこらえ、ハリーは、まことに残念だがロンが勝った、とマクラーゲンに告《つ》げようと振《ふ》り向《む》いた。そのとたん、マクラーゲンの真っ赤な顔が、ハリーの目と鼻の先にぬっと出た。ハリーはあわてて一歩下がった。

「ロンの妹のやつが、手かげんしたんだ」

マクラーゲンが脅《おど》すように言った。バーノンおじさんの額《ひたい》で、よくハリーが拝《おが》ませてもらったと同じような青筋《あおすじ》が、マクラーゲンのこめかみでヒクヒクしていた。

「守りやすいシュートだったんだ」

「くだらない」ハリーは冷たく言った。

「あの一球は、ロンが危《あや》うくミスするところだった」

マクラーゲンはもう一歩ハリーに詰《つ》め寄《よ》ったが、ハリーは今度こそ動かなかった。

「もう一回やらせてくれ」

「だめだ」ハリーが言った。

「君はもうトライが終わってる。四回守った。ロンは五回守った。ロンがキーパーだ。正々堂々勝ったんだ。そこをどいてくれ」

一瞬《いっしゅん》、パンチを食らうのではないかと思ったが、マクラーゲンは醜《みにく》いしかめっ面《つら》をしただけで矛《ほこ》を収《おさ》め、見えない誰《だれ》かを脅《おど》すように唸《うな》りながら、荒々《あらあら》しくその場を去った。

ハリーが振《ふ》り返《かえ》ると、新しいチームがハリーに向かってニッコリしていた。

「よくやった」ハリーがかすれ声で言った。

「いい飛びっぷりだった――」

「ロン、すばらしかったわ！」

今度は正真正銘《しょうしんしょうめい》ハーマイオニーが、スタンドからこちらに向かって走ってきた。一方、ラベンダーはパーバティと腕《うで》を組み、かなりぶすっとした顔で競技場《きょうぎじょう》から出ていくところだった。ロンはすっかり気をよくして、チーム全員とハーマイオニーにニッコリしながら、いつもよりさらに背《せ》が高くなったように見えた。

第一回の本格的《ほんかくてき》な練習日を次の木曜日と決めてから、ハリー、ロン、ハーマイオニーはチームに別れを告《つ》げ、ハグリッドの小屋に向かった。霧雨《きりさめ》はようやっと上がり、ぬれた太陽がいましも雲を割《わ》って顔を見せようとしていた。ハリーは極端《きょくたん》に空腹《くうふく》を感じ、ハグリッドの所に何か食べるものがあればいいと思った。

「僕《ぼく》、四回目のペナルティ・シュートはミスするかもしれないと思ったなぁ」

ロンはうれしそうに言った。

「デメルザのやっかいなシュートだけど、見たかな、ちょっとスピンがかかってた――」

「ええ、ええ、あなたすごかったわ」ハーマイオニーはおもしろがっているようだった。

「僕《ぼく》、とにかくあのマクラーゲンよりはよかったな」

ロンはいたく満足げな声で言った。

「あいつ、五回目で変な方向にドサッと動いたのを見たか？　まるで『錯乱呪文《さくらんじゅもん》』をかけられたみたいに……」

ハーマイオニーの顔が、この一言で深いピンク色に染《そ》まった。ハリーは驚《おどろ》いたが、ロンは何も気づいていない。ほかのペナルティ・シュートの一つ一つを味わうように、こと細かに説明するのに夢中《むちゅう》だった。


大きな灰色《はいいろ》のヒッポグリフ、バックビークがハグリッドの小屋の前につながれていた。三人が近づくと、鋭《するど》いくちばしを鳴らして巨大《きょだい》な頭をこちらに向けた。

「どうしましょう」ハーマイオニーがおどおどしながら言った。

「やっぱりちょっと怖《こわ》くない？」

「いいかげんにしろよ。あいつに乗っただろう？」ロンが言った。

ハリーが進み出て、ヒッポグリフから目を離《はな》さず、瞬《まばた》きもせずにおじぎをした。二、三秒後、バックビークも身体《からだ》を低くしておじぎを返した。

「元気かい？」

ハリーはそっと挨拶《あいさつ》しながら近づいて、頭の羽根をなでた。

「あの人がいなくてさびしいか？　でも、ここではハグリッドと一緒《いっしょ》だから大丈夫《だいじょうぶ》だろう？ン？」

「おい！」大きな声がした。

花柄《はながら》の巨大《きょだい》なエプロンをかけたハグリッドが、ジャガイモの袋《ふくろ》をさげて小屋の後ろからノッシノッシと現《あらわ》れた。すぐ後ろに従《したが》っていた飼《か》い犬《いぬ》の、超大型《ちょうおおがた》ボアハウンド犬のファングが、吠《ほ》え声《ごえ》をとどろかせて飛び出した。

「離《はな》れろ！　指を食われるぞ――おっ、おめぇたちか」

ファングはハーマイオニーとロンにじゃれかかり、耳をなめようとした。ハグリッドは立ったまま一瞬《いっしゅん》三人を見たが、すぐきびすを返して大股《おおまた》で小屋に入り、戸をバタンと閉《し》めた。

「ああ、どうしましょう！」ハーマイオニーが打ちのめされたように言った。

「心配しないで」

ハリーは意を決したようにそう言うなり、戸口まで行って強くたたいた。

「ハグリッド！　開けてくれ。話がしたいんだ！」

中からはなんの物音もしない。

「開けないなら戸を吹《ふ》っ飛《と》ばすぞ！」ハリーは杖《つえ》を取り出した。

「ハリー！」

ハーマイオニーはショックを受けたように言った。

「そんなことは絶対《ぜったい》――」

「ああ、やってやる！」ハリーが言った。「下がって――」

しかし、あとの言葉を言わないうちに、ハリーが思ったとおり、またパッと戸が開いた。そこに、ハグリッドが仁王立《におうだ》ちで、ハリーをにらみつけていた。花模様《はなもよう》のエプロン姿《すがた》なのに、実に恐《おそ》ろしげだった。

「俺《おれ》は先生だ！」

ハグリッドがハリーをどなりつけた。

「先生だぞ、ポッター！　俺《おれ》の家の戸を壊《こわ》すなんて脅《おど》すたぁ、よくも！」

「ごめんなさい、**先生**」

杖《つえ》をローブにしまいながら、ハリーは最後の言葉をことさら強く言った。

ハグリッドは雷《かみなり》に撃《う》たれたような顔をした。

「**おまえが**俺《おれ》を、『先生』って呼《よ》ぶようになったのはいつからだ？」

「僕《ぼく》が、『ポッター』って呼《よ》ばれるようになったのはいつからだい？」

「ほー、利口なこった」ハグリッドがいがんだ。

「おもしれえ。俺《おれ》が一本取られたっちゅうわけか？　よーし、入れ。この恩知《おんし》らずの小童《こわっぱ》の……」険悪《けんあく》な声でボソボソ言いながら、ハグリッドは脇《わき》によけて三人を通した。ハーマイオニーはびくびくしながら、ハリーの後ろについて急いで入った。

「そんで？」

ハリー、ロン、ハーマイオニーが巨大《きょだい》な木のテーブルに着くと、ハグリッドがむすっとして言った。ファングはたちまちハリーのひざに頭をのせ、ローブをよだれでべとべとにした。

「なんのつもりだ？　俺《おれ》をかわいそうだと思ったのか？　俺《おれ》がさびしいだろうとか思ったのか？」

「ちがう」ハリーが即座《そくざ》に言った。「僕《ぼく》たち、会いたかったんだ」

「ハグリッドがいなくてさびしかったわ！」ハーマイオニーがおどおどと言った。

「さびしかったって？」ハグリッドがフンと鼻を鳴らした。「ああ、そうだろうよ」

ハグリッドはドスドスと歩き回り、ひっきりなしにブツブツ言いながら、巨大《きょだい》な銅《どう》のやかんで紅《こう》茶《ちゃ》を沸《わ》かした。やがてハグリッドは、マホガニー色に煮《に》つまった紅茶《こうちゃ》が入ったバケツ大のマグカップと、手製《てせい》のロックケーキをひと皿、三人の前にたたきつけた。ハグリッドの手製《てせい》だろうがなんだろうが、すきっ腹《ぱら》のハリーは、すぐに一つつまんだ。

「ハグリッド」ハーマイオニーがおずおずと言った。

ハグリッドもテーブルに着き、ジャガイモの皮をむきはじめたが、一つ一つに個人的《こじんてき》な恨《うら》みでもあるかのような、乱暴《らんぼう》なむき方だった。

「私《わたし》たち、ほんとに『魔法生物飼育学《まほうせいぶつしいくがく》』を続けたかったのよ」

ハグリッドは、またしても大きくフンと言った。ハリーは鼻クソが確《たし》かにジャガイモに着地したような気がして、夕食をごちそうになる予定がないことを、内心喜んだ。

「ほんとよ！」ハーマイオニーが言った。

「でも、三人とも、どうしても時間割《じかんわり》にはまらなかったの！」

「ああ、そうだろうよ」ハグリッドが同じことを言った。

ガボガボと変な音がして、三人はあたりを見回した。ハーマイオニーが小さく悲鳴を上げた。部屋の隅《すみ》に大きな樽《たる》が置いてあるのに、三人はたったいま気づいた。ロンは椅子《いす》から飛び上がり、急いで席を移動《いどう》して樽《たる》から離《はな》れた。樽《たる》の中には、三十センチはあろうかというウジ虫がいっぱい、ぬめぬめと白い体をくねらせていた。

「ハグリッド、あれは何？」

ハリーはむかつきを隠《かく》して、興味《きょうみ》があるような聞き方をしようと努力したが、ロックケーキはやはり皿に戻《もど》した。

「幼虫《ようちゅう》のおっきいやつだ」ハグリッドが言った。

「それで、育つと何になるの……？」ロンは心配そうに聞いた。

「こいつらは育たねえ」ハグリッドが言った。

「アラゴグに食わせるために捕《と》ったんだ」

そしてハグリッドは、出《だ》し抜《ぬ》けに泣きだした。

「ハグリッド！」

ハーマイオニーが驚《おどろ》いて飛び上がり、ウジ虫の樽《たる》をよけるのにテーブルを大回りしながらも急いで、ハグリッドの震《ふる》える肩《かた》に腕《うで》を回した。

「どうしたの？」

「あいつの……ことだ……」

コガネムシのように黒い目から涙《なみだ》をあふれさせ、エプロンで顔をゴシゴシふきながら、ハグリッドはぐっと涙《なみだ》をこらえた。

「アラゴグ……あいつよ……死にかけちょる……この夏、具合が悪くなって、よくならねえ……あいつに、もしものことが……俺《おれ》はどうしたらいいんだか……俺《おれ》たちはなげえこと一緒《いっしょ》だった……」

ハーマイオニーはハグリッドの肩《かた》をたたきながら、どう声をかけていいやらとほうに暮《く》れた顔だった。ハリーにはその気持ちがよくわかった。確《たし》かにいろいろあった……ハグリッドが凶暴《きょうぼう》な赤ちゃんドラゴンにテディベアをプレゼントしたり、針《はり》やら吸《す》い口《くち》を持った大サソリに小声で歌を歌ってやったり、異父弟《いふてい》の野蛮《やばん》な巨人《きょじん》をしつけようとしたり。しかし、そうしたハグリッドの怪物《かいぶつ》幻想《げんそう》の中でも、たぶん今度のが一番不可解《ふかかい》だ。あの口をきく大蜘蛛《おおぐも》、アラゴグ——禁《きん》じられた森《もり》の奥深《おくふか》くに棲《す》み、四年前ハリーとロンがからくもその手を逃《のが》れた、あの大蜘蛛《おおぐも》。

「何か——何か私《わたし》たちにできることがあるかしら？」

ロンがとんでもないとばかり、しかめっ面《つら》で首をめちゃめちゃ横に振《ふ》るのを無視《むし》して、ハーマイオニーが尋《たず》ねた。

「なんもねえだろうよ、ハーマイオニー」

滝《たき》のように流れる涙《なみだ》を止めようとして、ハグリッドが声を詰《つ》まらせた。

「あのな、眷属《けんぞく》のやつらがな……アラゴグの家族だ……あいつが病気だもんで、ちいとおかしくなっちょる……落ち着きがねえ……」

「ああ、僕《ぼく》たち、あいつらのそういうところを、ちょっと見たよな」ロンが小声で言った。

「……いまんとこ、俺以外《おれいがい》のもんが、あのコロニーに近づくのは安全とは言えねえ」

ハグリッドは、エプロンでチーンと鼻をかみ、顔を上げた。

「そんでも、ありがとよ、ハーマイオニー……そう言ってくれるだけで……」

そのあとはだいぶ雰囲気《ふんいき》が軽くなった。ハリーもロンも、あのガルガンチュアのような危険極《きけんきわ》まりない肉食大蜘蛛《にくしょくおおぐも》に、大幼虫《だいようちゅう》を持っていって食べさせてあげたいなどというそぶりは見せなかったのだが、ハグリッドは、当然二人にそういう気持ちがあるものと思《おも》い込《こ》んだらしく、いつものハグリッドに戻《もど》ったからだ。

「ウン、おまえさんたちの時間割《じかんわり》に俺《おれ》の授業《じゅぎょう》を突《つ》っ込《こ》むのは難《むずか》しかろうと、はじめっからわかっちょった」

三人に紅茶《こうちゃ》をつぎ足しながら、ハグリッドがぶっきらぼうに言った。

「たとえ『逆転時計《ぎゃくてんどけい》《タイムターナー》』を申《もう》し込《こ》んでもだ――」

「それはできなかったはずだわ」ハーマイオニーが言った。

「この夏、私《わたし》たちが魔法省《まほうしょう》に行ったとき、『逆転時計《ぎゃくてんどけい》』の在庫《ざいこ》を全部壊《こわ》してしまったの。『日刊予言者新聞《にっかんよげんしゃしんぶん》』に書いてあったわ」

「ンム、そんなら」ハグリッドが言った。

「どうやったって、できるはずはなかった……悪かったな。俺《おれ》は……ほれ――俺《おれ》はただ、アラゴグのことが心配で……そんで、もしグラブリー－プランク先生が教えとったらどうだったか、なんて考えっちまって――」

三人は、ハグリッドのかわりに数回教えたことのあるグラブリー－プランク先生がどんなにひどい先生だったか、口をそろえてきっぱりうそをついた。結果的に、夕暮《ゆうぐ》れ時《どき》、三人に手を振《ふ》って送り出したハグリッドは、少し機嫌《きげん》がよさそうだった。

「腹《はら》がへって死にそうだよ」

戸が閉《し》まったとたん、ハリーが言った。三人は誰《だれ》もいない暗い校庭を急いだ。奥歯《おくば》の一本がバリッと不吉《ふきつ》な音を立てたときに、ハリーはロックケーキを放棄《ほうき》していた。

「しかも、今夜はスネイプの罰則《ばっそく》がある。ゆっくり夕食を食べていられないな……」

城《しろ》に入るとコーマック・マクラーゲンが大広間に入るところが見えた。入口の扉《とびら》を入るのに二回やり直していた。一回目は扉《とびら》の枠《わく》にぶつかって跳《は》ね返《かえ》った。ロンはご満悦《まんえつ》でゲラゲラ笑い、そのあとから肩《かた》をそびやかして入っていったが、ハリーはハーマイオニーの腕《うで》をつかんで引《ひ》き戻《もど》した。

「どうしたっていうの？」ハーマイオニーは予防線《よぼうせん》を張《は》った。

「なら、言うけど」ハリーが小声で言った。

「マクラーゲンは、**ほんとに**『錯乱呪文《さくらんじゅもん》』をかけられたみたいに見える。それに、あいつは君が座《すわ》っていた場所のすぐ前に立っていた」

ハーマイオニーが赤くなった。

「ええ、しかたがないわ。私《わたし》がやりました」

ハーマイオニーがささやいた。

「でも、あなたは聞いていないけど、あの人がロンやジニーのことをなんてけなしてたか！　とにかく、あの人は性格《せいかく》が悪いわ。キーパーになれなかったときのあの人の反応《はんのう》、見たわよね――あんな人はチームにいてほしくないはずよ」

「ああ、そうだと思う。でも、ハーマイオニー、それってずるくないか？　だって、君は監督生《かんとくせい》、だろ？」

ハリーはニヤリと笑った。

「まあ、やめてよ」ハーマイオニーがピシャリと言った。

「二人とも、何やっててんだ？」

ロンがけげんな顔をして、大広間への扉《とびら》からまた顔を出した。

「なんでもない」

ハリーとハーマイオニーは同時にそう答え、急いでロンのあとに続いた。ローストビーフのにおいが、ハリーのすきっ腹《ぱら》をしめつけた。しかし、グリフィンドールのテーブルに向かって三歩と歩かないうちに、スラグホーン先生が現《あらわ》れて行く手をふさいだ。

「ハリー、ハリー、まさに会いたい人のお出ましだ！」

セイウチひげの先端《せんたん》をひねりながら、巨大《きょだい》な腹《はら》を突《つ》き出《だ》して、スラグホーンは機嫌《きげん》よく大声で言った。

「夕食前に君を捕《つか》まえたかったんだ！　今夜はここでなく、わたしの部屋で軽くひと口どうかね？　ちょっとしたパーティをやる。希望の星が数人だ。マクラーゲンも来るし、ザビニも、チャーミングなメリンダ・ボビンも来る――メリンダはもうお知り合いかね？　家族が大きな薬問屋チェーン店を所有しているんだが――それに、もちろん、ぜひミス・グレンジャーにもお越《こ》しいただければ、大変うれしい」

スラグホーンは、ハーマイオニーに軽く会釈《えしゃく》して言葉を切った。ロンには、まるで存在《そんざい》しないかのように、目もくれなかった。

「先生、うかがえません」ハリーが即座《そくざ》に答えた。

「スネイプ先生の罰則《ばっそく》を受けるんです」

「おやおや！」

スラグホーンのがっくりした顔が滑稽《こっけい》だった。

「それはそれは。君が来るのを当てにしていたんだよ、ハリー！　あ、それではセブルスに会って、事情《じじょう》を説明するほかないようだ。きっと罰則《ばっそく》を延期《えんき》するよう説得できると思うね。よし、二人とも、それでは、あとで！」

スラグホーンはあたふたと大広間を出ていった。

「スネイプを説得するチャンスはゼロだ」

スラグホーンが声の届《とど》かないほど離《はな》れたとたん、ハリーが言った。

「一度、延期《えんき》されてるんだ。相手がダンブルドアだから、スネイプは延期《えんき》したけど、ほかの人ならしないよ」

「ああ、あなたが来てくれたらいいのに。一人じゃ行きたくないわ！」

ハーマイオニーが心配そうに言った。マクラーゲンのことを考えているなと、ハリーには察しがついた。

「一人じゃないと思うな。ジニーがたぶん呼《よ》ばれる」

スラグホーンに無視《むし》されたのがお気に召《め》さない様子のロンが、バシリと言った。

夕食のあと、三人はグリフィンドール塔《とう》に戻《もど》った。大半の生徒が夕食を終えていたので、談話室は混《こ》んでいたが、三人は空いているテーブルを見つけて腰《こし》を下ろした。スラグホーンと出会ってからずっと機嫌《きげん》が悪かったロンは、腕組《うでぐ》みをして天井《てんじょう》をにらんでいた。ハーマイオニーは、誰《だれ》かが椅《い》子《す》に置いていった「夕刊予言者新聞《ゆうかんよげんしゃしんぶん》」に手を伸《の》ばした。

「何か変わったこと、ある？」ハリーが聞いた。

「特には……」ハーマイオニーは新聞を開き、中のページを流し読みしていた。

「あ、ねえ、ロン、あなたのお父さんがここに――ご無事だから大丈夫《だいじょうぶ》！」

ロンがギョッとして振《ふ》り向《む》いたので、ハーマイオニーがあわててつけ加えた。

「お父さんがマルフォイの家に行ったたって、そう書いてあるだけ。『**死喰い人《しくいびと》の家での、この二度目の家宅捜索《かたくそうさく》は、なんらの成果も上げなかった模様《もよう》である。「偽《にせ》の防衛呪文《ぼうえいじゅもん》ならびに保護器具《ほごきぐ》の発**

見ならびに没収局《ぼっしゅうきょく》」のアーサー・ウィーズリー氏は、自分のチームの行動は、ある秘密《ひみつ》の通報《つうほう》にもとづいて行ったものであると語った』」

「そうだ。僕《ぼく》の通報《つうほう》だ！」ハリーが言った。

「キングズ・クロスで、マルフォイのことを話したんだ。ボージンに何かを修理《しゅうり》させたがっていたこと！　うーん、もしあいつの家にないなら、そのなんだかわからないものを、ホグワーツに持ってきたにちがいない――」

「だけど、ハリー、どうやったらそんなことができる？」

ハーマイオニーが驚《おどろ》いたような顔で新聞を下に置いた。

「ここに着いたとき、私《わたし》たち全員検査《けんさ》されたでしょ？」

「そうなの？」ハリーはびっくりした。

「僕《ぼく》はされなかった！」

「ああ、そうね、確《たし》かにあなたはちがうわ。遅《おく》れたことを忘《わす》れてた……あのね、フィルチが、私《わたし》たちが玄関《げんかん》ホールに入るときに、全員を『詮索《せんさく》センサー』でさわったの。闇《やみ》の品物なら見つかっていたはずよ。事実、クラッブがミイラ首を没収《ぼっしゅう》されたのを知ってるわ。だからね、マルフォイは危険《きけん》なものを持《も》ち込《こ》めるはずがないの！」

一瞬《いっしゅん》詰《つ》まったハリーは、ジニー・ウィーズリーがピグミーパフのアーノルドとたわむれているのを眺《なが》めながら、この反論《はんろん》をどうかわすかを考えた。

「じゃあ、誰《だれ》かがふくろうであいつに送ってきたんだ」ハリーが言った。

「母親か誰《だれ》か」

「ふくろうも全部チェックされてます」ハーマイオニーが言った。

「フィルチが、手当たりしだいあちこち『詮索《せんさく》センサー』を突《つ》っ込《こ》みながら、そう言ってたわ」

今度こそほんとうに手詰《てづ》まりで、ハリーは何も言えなかった。マルフォイが危険物《きけんぶつ》や闇《やみ》の物品を学校に持《も》ち込《こ》む手段《しゅだん》はまったくないように見えた。ハリーは望みをたくしてロンを見たが、ロンは腕《うで》組《ぐ》みをしてラベンダー・ブラウンをじっと見ていた。

「マルフォイが使った方法を、何か思いつか――？」

「ハリー、もうよせ」ロンが言った。

「いいか、スラグホーンがばからしいパーティに僕《ぼく》とハーマイオニーを招待《しょうたい》したのは、何も僕《ぼく》のせいじゃない。僕《ぼく》たちが行きたかったわけじゃないんだ！」ハリーはカッとなった。

「さーて、僕《ぼく》はどこのパーティにも呼《よ》ばれてないし」ロンが立ち上がった。「寝室《しんしつ》に行くよ」

ロンは男子寮《だんしりょう》に向かって、床《ゆか》を踏《ふ》み鳴《な》らしながら去っていった。ハリーとハーマイオニーは、まじまじとその後《うし》ろ姿《すがた》を見送った。

「ハリー？」

新しいチェイサーのデメルザ・ロビンズが突然《とつぜん》ハリーのすぐ後ろに現《あらわ》れた。

「あなたに伝言があるわ」

「スラグホーン先生から?」ハリーは期待して座《すわ》りなおした。

「いいえ……スネイプ先生から」

デメルザの答えでハリーは落胆《らくたん》した。

「今晩《こんばん》八時半に先生の部屋に罰則《ばっそく》を受けにきなさいって――あの――パーティへの招待《しょうたい》がいくつあっても、ですって。それから、くさったレタス食い虫《フロバーワーム》と、そうでない虫をより分ける仕事だとあなたに知らせるように言われたわ。魔法薬《まほうやく》に使うためですって。それから――それから、先生がおっしゃるには、保護用手袋《ほごようてぶくろ》は持ってくる必要がないって」

「そう」

ハリーは腹《はら》を決めたように言った。

「ありがとう、デメルザ」

第十二章　シルバーとオパール

ダンブルドアはどこにいて、何をしていたのだろう？　それから二、三週間、ハリーは校長先生の姿《すがた》を二度しか見かけなかった。食事に顔を見せることさえほとんどなくなった。ダンブルドアが何日も続けて学校を留守《るす》にしている、というハーマイオニーの考えは当たっていると、ハリーは思った。ダンブルドアは、ハリーの個人教授《こじんきょうじゅ》を忘《わす》れてしまったのだろうか？　予言に関する何かと結びつく授業《じゅぎょう》だというダンブルドアの言葉に、ハリーは力づけられ、なぐさめられたのだが、いまはちょっと見捨《みす》てられたような気がしていた。

十月の半ばに、学期最初のホグズミード行きがやってきた。ますます厳《きび》しくなる学校周辺の警戒《けいかい》措置《そち》を考えると、そういう外出がまだ許可《きょか》されるだろうかと、ハリーは危《あや》ぶんでいたのだが、実施《じっし》されると知ってうれしかった。数時間でも学校を離《はな》れられるのは、いつもいい気分だった。

外出日の朝は荒《あ》れ模様《もよう》だったが、早く目が覚めたハリーは、朝食までの時間を『上級魔法薬《じょうきゅうまほうやく》』の

教科書を読んで、ゆっくり過《す》ごした。普段《ふだん》はベッドに横になって教科書を読んだりはしない。ロンがいみじくも言うように、ハーマイオニー以外の者がそういう行動を取るのは不道徳であり、ハーマイオニーだけはもともとそういう変人なのだ。しかしハリーは、プリンスの『上級魔法薬《じょうきゅうまほうやく》』はとうてい教科書と呼《よ》べるものではないと感じていた。じっくりと読めば読むほど、どんなに多くのことが書《か》き込《こ》まれているかを、ハリーは思い知らされるのだった。スラグホーンからの輝《かがや》かしい評価《ひょうか》を勝ち取らせてくれた便利なヒントや、魔法薬《まほうやく》を作る近道だけではないものが、そこにはあった。余白《よはく》に走り書きしてあるちょっとした呪《のろ》いや呪詛《じゅそ》は独創的《どくそうてき》で、×印で消してあったり、書きなおしたりしているところを見ると、プリンス自身が考案したものにちがいない。

ハリーはすでに、プリンスが発明した呪文《じゅもん》をいくつか試《ため》していた。足の爪《つめ》が驚《おどろ》くほど速く伸《の》びる呪詛《じゅそ》とか（廊下《ろうか》でクラッブに試《ため》したときは、とてもおもしろい見ものだった）、舌《した》を口蓋《こうがい》に貼《は》りつけてしまう呪《のろ》いとか（油断《ゆだん》しているアーガス・フィルチに二度仕掛《しか》けて、やんやの喝采《かっさい》を受けた）、それに一番役に立つと思われるのが「**マフリアート、耳ふさぎ**」の呪文《じゅもん》で、近くにいる者の耳に正体不明の雑音《ざつおん》を聞かせ、授業中《じゅぎょうちゅう》に盗《ぬす》み聞《ぎ》きされることなく長時間私語《しご》できるというすぐれものだ。

こういう呪文《じゅもん》をおもしろく思わないただ一人の人物は、ハーマイオニーだった。ハリーが近くにいる誰《だれ》かにこの「**耳ふさぎ呪文**《じゅもん》」を使うと、ハーマイオニーはその間中、かたくなに非難《ひなん》の表情《ひょうじょう》を崩《くず》さず、口をきくことさえ拒絶《きょぜつ》した。

ベッドに背中《せなか》をもたせかけながら、プリンスが苦労したらしい呪文《じゅもん》の走り書きをもっとよく確《たし》かめようと、ハリーは本を斜《なな》めにして見た。何回も×印で消したり書きなおしたりして、最後にそのページの隅《すみ》に詰《つ》め込《こ》むように書かれている呪文《じゅもん》だ。

「レビコーパス、身体浮上《しんたいふじょう》（無）」

風とみぞれが容赦《ようしゃ》なく窓《まど》をたたき、ネビルは大きないびきをかいている。ハリーはかっこ書きを見つめた。――「**無**」……無言呪文《むごんじゅもん》の意味にちがいない。ハリーは、まだ無言呪文《むごんじゅもん》そのものにてこずっていたので、この無言呪文《むごんじゅもん》だけがうまく使えるわけはないと思った。「闇《やみ》の魔術《まじゅつ》に対《たい》する防衛《ぼうえい》術《じゅつ》」の授業《じゅぎょう》のたびに、スネイプはハリーの無言呪文《むごんじゅもん》がなっていないと、容赦《ようしゃ》なく指摘《してき》していた。とは言え、これまでのところ、プリンスのほうがスネイプよりずっと効果的《こうかてき》な先生だったのは明らかだ。

特にどこを指す気もなく、ハリーは杖《つえ》を取り上げてちょっと上に振《ふ》り、頭の中で「レビコーパス！」と唱えた。

「あぁぁぁぁぁぁっ！」

閃光《せんこう》が走り、部屋中が、声でいっぱいになった。ロンの叫《さけ》び声《ごえ》で、全員が目を覚ましたのだ。ハリーはびっくり仰天《ぎょうてん》して『上級魔法薬《じょうきゅうまほうやく》』の本を放り投げた。ロンはまるで見えない釣り針《つりばり》でくるぶしを引っかけられたように、逆《さか》さまに宙吊《ちゅうづ》りになっていた。

「ごめん！」ハリーが叫《さけ》んだ。ディーンもシェーマスも大笑いし、ネビルはベッドから落ちて立ち上がるところだった。「待ってて――下ろしてやるから――」

「魔法薬《まほうやく》」の本をあたふた拾い上げ、ハリーは大あわてでページをめくって、さっきのページを探《さが》した。やっとそのページを見つけると、呪文《じゅもん》の下に読みにくい文字が詰《つ》め込《こ》んであった。これが反《はん》対呪文《たいじゅもん》でありますようにと祈《いの》りながら判読《はんどく》し、ハリーはその言葉に全神経《ぜんしんけい》を集中した。

「リベラコーパス！　身体自由《しんたいじゆう》！」

また閃光《せんこう》が走り、ロンは、ベッドの上に転落してぐしゃぐしゃになった。

「ごめん」

ハリーは弱々しくくり返した。ディーンとシェーマスは、まだ大笑いしていた。

「あしたは」ロンが布団《ふとん》に顔を押《お》しつけたまま言った。

「目覚まし時計をかけてくれたほうがありがたいけどな」

二人が、ウィーズリーおばさんの手編《てあ》みのセーターを何枚《なんまい》も重ね着し、マントやマフラーと手袋《てぶくろ》を手に持って身支度《みじたく》をすませたころには、ロンのショックも収《おさ》まっていて、ハリーの新しい呪文《じゅもん》は最高におもしろいという意見になっていた。事実、あまりおもしろいので、朝食の席でハーマイオニーを楽しませようと、すぐさまその話をした。

「……それでさ、また閃光《せんこう》が走って、僕《ぼく》は再《ふたた》びベッドに着地したのである！」

ソーセージを取りながら、ロンはニヤリと笑った。

ハーマイオニーはニコリともせずにこの逸話《いつわ》を聞いていたが、そのあと冷ややかな非難《ひなん》のまなざしをハリーに向けた。

「その呪文《じゅもん》は、もしかして、またあの『魔法薬《まほうやく》』の本から出たのかしら？」

ハリーはハーマイオニーをにらんだ。

「君って、いつも最悪の結論《けつろん》に飛びつくね？」

「そうなの？」

「さあ……うん、そうだよ。それがどうした？」

「するとあなたは、手書きの未知の呪文《じゅもん》をちょっと試《ため》してみよう、何が起こるか見てみようと思ったわけ？」

「手書きのどこが悪いって言うんだ？」ハリーは、質問《しつもん》の一部にしか答えたくなかった。

「理由は、魔法省《まほうしょう》が許可《きょか》していないかもしれないからです」ハーマイオニーが言った。

「それに」

ハリーとロンが「またかよ」とばかり目をグリグリさせたので、ハーマイオニーがつけ加えた。

「私《わたし》、プリンスがちょっと怪《あや》しげな人物だって思いはじめたからよ」

とたんにハリーとロンが、大声でハーマイオニーをだまらせた。

「笑える冗談《じょうだん》さ！」

ソーセージの上にケチャップの容器《ようき》を逆《さか》さまにかざしながら、ロンが言った。

「単なるお笑いだよ、ハーマイオニー、それだけさ！」

「足首をつかんで人を逆《さか》さ吊《づ》りすることが？」

ハーマイオニーが言った。

「そんな呪文《じゅもん》を考えるために時間とエネルギーを費《つい》やすなんて、いったいどんな人？」

「フレッドとジョージ」ロンが肩《かた》をすくめた。

「あいつらのやりそうなことさ。それに、えーと――」

「僕《ぼく》の父さん」ハリーが言った。ふと思い出したのだ。

「えっ？」ロンとハーマイオニーが、同時に反応《はんのう》した。

「僕《ぼく》の父さんがこの呪文《じゅもん》を使った」ハリーが言った。

「僕《ぼく》――ルーピンがそう教えてくれた」

最後の部分はうそだった。ほんとうは、父親がスネイプにこの呪文《じゅもん》を使うところを見たのだが、「憂《うれ》いの篩《ふるい》」へのあの旅のことは、ロンとハーマイオニーに話していなかった。しかしハリーはいま、あるすばらしい可能性《かのうせい》に思い当たった。「半純血《はんじゅんけつ》のプリンス」はもしかしたら――？

「あなたのお父さまも使ったかもしれないわ、ハリー」ハーマイオニーが言った。

「でも、お父さまだけじゃない。何人もの人がこれを使っているところを、私《わたし》たち見たわ。忘《わす》れたのかしら。人間を宙吊《ちゅうづ》りにして。眠《ねむ》ったまま、何もできない人たちを浮《う》かべて移動《いどう》させていた」

ハリーは、目を見張《みは》ってハーマイオニーを見た。そしてそれを思い出して、気が重くなった。クィディッチ・ワールドカップでの死喰《しく》い人《びと》の行動だった。ロンが助《たす》け舟《ぶね》を出した。

「あれはちがう」ロンは確信《かくしん》を持って言った。

「あいつらは悪用していた。ハリーとかハリーの父さんは、ただ冗談《じょうだん》でやったんだ。君は王子さまが嫌《きら》いなんだよ、ハーマイオニー」

ロンはソーセージを厳《いか》めしくハーマイオニーに突《つ》きつけながら、つけ加えた。

「王子が君より『魔法薬《まほうやく》』がうまいから――」

「それとはまったく関係ないわ！」ハーマイオニーのほおが紅潮《こうちょう》した。

「私《わたし》はただ、なんのための呪文《じゅもん》かも知らないのに使ってみるなんて、とっても無責任《むせきにん》だと思っただけ。それから、まるで称号《しょうごう》みたいに『王子』って言うのはやめて。きっとバカバカしいニックネームにすぎないんだから。それに、私《わたし》にはあまりいい人だとは思えないわ！」

「どうしてそういう結論《けつろん》になるのか、わからないな」ハリーが熱くなった。

「もしプリンスが、死喰《しく》い人《びと》の走りだとしたら、得意《とくい》になって『半純血《はんじゅんけつ》』を名乗ったりしないだろう？」

そう言いながら、ハリーは父親が純血《じゅんけつ》だったことを思い出したが、その考えを頭から押《お》しのけた。それはあとで考えよう……。

「死喰《しく》い人《びと》の全部が純血《じゅんけつ》だとはかぎらない。純血《じゅんけつ》の魔法使《まほうつか》いなんて、あまり残っていないわ」

ハーマイオニーが頑固《がんこ》に言《い》い張《は》った。

「純血《じゅんけつ》のふりをした、半純血《はんじゅんけつ》が大多数だと思う。あの人たちは、マグル生まれだけを憎《にく》んでいるのよ。あなたとかロンなら、喜んで仲間に入れるでしょう」

「僕《ぼく》を死喰《しく》い人仲間《びとなかま》に入れるなんてありえない！」

カッとしたロンが、今度はハーマイオニーに向かってフォークを振《ふ》り回《まわ》し、フォークから食べかけのソーセージが吹《ふ》っ飛《と》んで、アーニー・マクミランの頭に当《あ》たった。

「僕《ぼく》の家族は全員、血を裏切《うらぎ》った！　死喰《しく》い人《びと》にとっては、マグル生まれと同じぐらい憎《にく》いんだ！」

「だけど、僕《ぼく》のことは喜んで迎《むか》えてくれるさ」

ハリーは皮肉な言い方をした。

「連中が躍起《やっき》になって僕《ぼく》のことを殺そうとしなけりゃ、大の仲良しになれるだろう」

これにはロンが笑った。ハーマイオニーでさえ、しぶしぶ笑《え》みをもらした。ちょうどそこへ、ジニーが現《あらわ》れて、気分転換《きぶんてんかん》になった。

「こんちはっ、ハリー、これをあなたに渡《わた》すようにって」

羊皮紙の巻紙《まきがみ》に、見覚えのある細長い字でハリーの名前が書いてある。

「ありがと、ジニー……ダンブルドアの次の授業《じゅぎょう》だ！」

巻紙《まきがみ》を勢《いきお》いよく開き、中身を急いで読みながら、ハリーはロンとハーマイオニーに知らせた。

「月曜の夜！」

ハリーは急に気分が軽くなり、うれしくなった。

「ジニー、ホグズミードに一緒《いっしょ》に行かないか？」ハリーが誘《さそ》った。

「ディーンと行くわ――むこうで会うかもね」ジニーは手を振《ふ》って離《はな》れながら答えた。

いつものように、フィルチが正面の樫《かし》の木《き》の扉《とびら》の所に立って、ホグズミード行きの許可《きょか》を得《え》ている生徒の名前を照らし合わせて印をつけていた。フィルチが「詮索《せんさく》センサー」で全員を一人三回も検査《けんさ》するので、いつもよりずっと時間がかかった。

「闇《やみ》の品物を**外に**持ち出したら、何か問題あるのか？」

長細い詮索《せんさく》センサーを心配そうにじろじろ見ながら、ロンが問いただした。

「帰りに**中に**持《も》ち込《こ》むものをチェックすべきなんじゃないか？」

生意気の報《むく》いに、ロンはセンサーで二、三回よけいにつっつかれ、三人で風とみぞれの中に歩み出したときも、まだ痛《いた》そうに顔をしかめていた。

ホグズミードまでの道のりは、楽しいとは言えなかった。ハリーは顔の下半分にマフラーを巻《ま》きつけたが、さらされている肌《はだ》がヒリヒリ痛《いた》み、すぐにかじかんだ。村までの道は、刺《さ》すような向かい風に体を折り曲げて進む生徒でいっぱいだった。暖《あたた》かい談話室で過《す》ごしたほうがよかったのではないかと、ハリーは一度ならず思った。

やっとホグズミードに着いてみると、「ゾンコのいたずら専門店《せんもんてん》」に板が打ちつけてあるのが見えた。ハリーは、この遠足は楽しくないと、これで決まったように思った。ロンは手袋《てぶくろ》に分厚《ぶあつ》く包まれた手で、「ハニーデュークス」の店を指した。ありがたいことに開いている。ハリーとハーマイオニーは、ロンの進むあとをよろめきながらついて歩き、混《こ》んだ店に入った。

「助かったぁ」

ヌガーの香《かお》りがする暖《あたた》かい空気に包まれ、ロンが身を震《ふる》わせた。

「午後はずっとここにいようよ」

「やあ、ハリー！」三人の後ろで声がとどろいた。

「しまった」

ハリーがつぶやいた。三人が振《ふ》り返《かえ》ると、スラグホーン先生がいた。巨大《きょだい》な毛皮の帽子《ぼうし》に、おそろいの毛皮のえりのついたオーバーを着て、砂糖漬《さとうづ》けパイナップルの大きな袋《ふくろ》を抱《かか》え、少なくとも店の四分の一を占領《せんりょう》していた。

「ハリー、わたしのディナーをもう三回も逃《のが》したですぞ！」

ハリーの胸《むね》を機嫌《きげん》よくこづいて、スラグホーンが言った。

「それじゃあいけないよ、君。絶対《ぜったい》に君を呼《よ》ぶつもりだ！　ミス・グレンジャーは気に入ってくれている。そうだね？」

「はい」ハーマイオニーはしかたなく答えた。「ほんとうに――」

「だから、ハリー、来ないかね？」スラグホーンが詰《つ》め寄《よ》った。

「ええ、先生、僕《ぼく》、クィディッチの練習があったものですから」

ハリーが言った。スラグホーンから紫《むらさき》のリボンで飾《かざ》った小さな招待状《しょうたいじょう》が送られてきたときは、確《たし》かに、いつも練習の予定とかち合っていた。この戦略《せんりゃく》のおかげで、ロンは取り残されることがなく、ジニーと三人で、ハーマイオニーがマクラーゲンやザビニと一緒《いっしょ》に閉《と》じ込《こ》められている様子を想像《そうぞう》しては、笑っていた。

「そりゃあ、そんなに熱心に練習したのだから、むろん最初の試合に勝つことを期待してるよ！」

スラグホーンが言った。

「しかし、ちょっと息抜《いきぬ》きをしても悪くはない。さあ、月曜日の夜はどうかね。こんな天気じゃあ、とても練習したいとは思わないだろう……」

「だめなんです、先生。僕《ぼく》――あの――その晩《ばん》、ダンブルドア先生との約束があって」

「今度もついてない！」

スラグホーンが大げさに嘆《なげ》いた。

「ああ、まあ……永久《えいきゅう》にわたしをさけ続けることはできないよ、ハリー！」

スラグホーンは堂々と手を振《ふ》り、短い足でよちよちと店から出ていった。ロンのことはまるで「ゴキブリ・ゴソゴソ豆板」の展示品《てんじひん》であるかのように、ほとんど見向きもしなかった。

「今度も逃《に》げおおせたなんて、信じられない」ハーマイオニーが頭《かぶり》を振《ふ》りながら言った。

「**そんなに**ひどいというわけでもないのよ……まあまあ楽しいときだってあるわ……」

しかしその時、ハーマイオニーはちらりとロンの表情《ひょうじょう》をとらえた。

「あ、見て――『デラックス砂糖羽根《さとうはね》ペン』がある――これって何時間も持つわよ！」

ハーマイオニーが話題を変えてくれたことでホッとして、ハリーは新商品の特大砂糖羽根《とくだいさとうはね》ペンに、普段《ふだん》見せないような強い関心を示《しめ》して見せた。しかしロンはふさぎ込《こ》んだままで、ハーマイオニーが次はどこに行こうかと聞いても肩《かた》をすくめるだけだった。

「『三本の箒《ほうき》』に行こうよ」ハリーが言った。「きっと暖《あたた》かいよ」

三人は、マフラーを顔に巻《ま》きなおし、菓子店《かしてん》を出た。「ハニーデュークス」の甘《あま》い温《ぬく》もりのあとはなおさら冷たい風が、顔をナイフのように刺《さ》した。通りは人影《ひとかげ》もまばらで、立ち話をする人もなく、誰《だれ》もが目的地に急いでいた。例外は少し先にいる二人の男で、ハリーたちの行く手の、「三本の箒《ほうき》」の前に立っていた。一人はとても背《せ》が高くやせている。雨にぬれためがねを通して、ハリーが目を細めて見ると、ホグズミードにあるもう一軒《けん》のパブ、「ホッグズ・ヘッド」の店主だとわかった。ハリー、ロン、ハーマイオニーが近づくと、その男はマントの襟《えり》をきつく閉《し》めなおして立ち去った。残された背《せ》の低い男は、腕《うで》に抱《かか》えた何かをぎこちなく扱《あつか》っている。すぐそばまで近づいて初めて、ハリーはその男が誰《だれ》かに気づいた。

「マンダンガス！」

赤茶色のざんばら髪《がみ》にガニマタのずんぐりした男は、飛び上がって、くたびれたトランクを落とした。トランクがパックリと開き、がらくた店のショーウィンドウをそっくり全部ぶちまけたようなありさまになった。

「ああ、よう、アリー」

マンダンガス・フレッチャーはなんでもない様子を見事にやりそこねた。

「いーや、かまわず行っちくれ」

そして這《は》いつくばってトランクの中身をかき集めはじめたが、「早くずらかりたい」という雰囲《ふんい》気《き》丸出しだった。

「こういうのを売ってるの？」

マンダンガスが地面を引っかくようにして、汚《きたな》らしい雑多《ざった》な品物を拾い集めるのを見ながら、ハリーが聞いた。

「ああ、ほれ、ちっとはかせがねえとな」マンダンガスが答えた。「そいつをよこせ！」

ロンがかがんで何か銀色のものを拾い上げていた。

「待てよ」

ロンが何か思い当たるように言った。

「どっかで見たような——」

「あんがとよ！」

マンダンガスは、ロンの手からゴブレットをひったくり、トランクに詰《つ》め込《こ》んだ。

「さて、そんじゃみんな、またな——**イテッ！**」

ハリーがマンダンガスののどくびを押《お》さえ、パブの壁《かべ》に押《お》しつけた。片手《かたて》でしっかり押《お》さえながら、ハリーは杖《つえ》を取り出した。

「ハリー！」ハーマイオニーが悲鳴を上げた。

「シリウスの屋敷《やしき》からあれを盗《ぬす》んだな」

ハリーはマンダンガスに鼻がくっつくほど顔を近づけた。湿気《しけ》たたばこや酒のいやなにおいがした。

「あれにはブラック家の家紋《かもん》がついている」

「俺《おれ》は——うんにゃ——なんだって——？」

マンダンガスは泡《あわ》を食ってブツブツ言いながら、だんだん顔が紫色《むらさきいろ》になってきた。

「何をしたんだ？　シリウスが死んだ夜、あそこに戻《もど》って根こそぎ盗《ぬす》んだのか？」

ハリーが歯をむいて唸《うな》った。

「俺《おれ》は——うんにゃ——」

「それを渡《わた》せ！」

「ハリー、そんなことダメよ！」

ハーマイオニーがけたたましい声を上げた。マンダンガスが青くなりはじめていた。

バーンと音がして、ハリーは自分の手がマンダンガスののどからはじかれるのを感じた。あえぎながら早口でブツブツ言い、落ちたトランクをつかんで——**バチン**——マンダンガスは「姿《すがた》くらまし」した。

ハリーは、マンダンガスの行方《ゆくえ》を探《さが》してその場をぐるぐる回りながら、声をかぎりに悪態《あくたい》をついた。

「**戻《もど》ってこい！　この盗《ぬす》っ人《と》——！**」

「むだだよ、ハリー」

トンクスがどこからともなく現《あらわ》れた。くすんだ茶色の髪《かみ》がみぞれでぬれている。

「マンダンガスは、いまごろたぶんロンドンにいる。わめいてもむだだよ」

「あいつはシリウスのものを盗《ぬす》んだ！　盗《ぬす》んだんだ！」

「そうだね。だけど」

トンクスは、この情報《じょうほう》にまったく動じないように見えた。

「寒い所にいちゃだめだ」

トンクスは三人が「三本の箒《ほうき》」の入口を入るまで見張《みは》っていた。中に入るなり、ハリーはわめきだした。

「**あいつはシリウスのものを盗《ぬす》んでいたんだ！**」

「わかってるわよ、ハリー。だけどお願いだから大声出さないで。みんなが見てるわ」

ハーマイオニーが小声で言った。

「あそこに座《すわ》って。飲み物を持ってきてあげる」

数分後、ハーマイオニーがバタービールを三本持ってテーブルに戻《もど》ってきたときも、ハリーはまだいきり立っていた。

「騎士団《きしだん》はマンダンガスを抑《おさ》えきれないのか？」

ハリーはカッカしながら小声で言った。

「せめて、あいつが本部にいるときだけでも、盗《ぬす》むのをやめさせられないのか？　固定されてないものならなんでも、片《かた》っ端《ぱし》から盗《ぬす》んでるのに」

「シーッ！」ハーマイオニーが周りを見回して、誰《だれ》も聞いていないことを確《たし》かめながら、必死で制《せい》止《し》した。魔法戦士《まほうせんし》が二人近くに腰《こし》かけて、興味深《きょうみぶか》そうにハリーを見つめていたし、ザビニはそう遠くない所で柱にもたれかかっていた。

「ハリー、私《わたし》だって怒《おこ》ると思うわ。あの人が盗《ぬす》んでいるのは、あなたのものだってことを知ってるし——」

ハリーはバタービールにむせた。自分がグリモールド・プレイス十二番地の所有者であることを、一時的に忘《わす》れていた。

「そうだ、あれは僕《ぼく》のものだ！」ハリーが言った。

「どうりであいつ、僕《ぼく》を見てまずいと思ったわけだ！　うん、こういうことが起こっているって、ダンブルドアに言おう。マンダンガスが怖《こわ》いのはダンブルドアだけだし」

「いい考えだわ」

ハーマイオニーが小声で言った。ハリーが静まってきたので、安堵《あんど》したようだ。

「ロン、何を見つめてるの？」

「なんでもない」

ロンはあわててバーから目をそらしたが、ハリーにはわかっていた。曲線美の魅力的《みりょくてき》な女主人、マダム・ロスメルタに、ロンは長いこと密《ひそ》かに思いを寄《よ》せていて、いまもその視線《しせん》をとらえようとしていたのだ。

『なんでもない』さんは、裏《うら》のほうで、ファイア・ウィスキーを補充《ほじゅう》していらっしゃると思いますわ」

ハーマイオニーがいやみったらしく言った。

ロンはこの突《つ》っ込《こ》みを無視《むし》して、バタービールをチビチビやりながら、威厳《いげん》ある沈黙《ちんもく》、と自分ではそう思《おも》い込《こ》んでいるらしい態度《たいど》を取っていた。ハリーはシリウスのことを考えていた——いずれにせよシリウスは、あの銀のゴブレットをとても憎《にく》んでいた。ハーマイオニーは、ロンとバーとに交互《こうご》に目を走らせながら、いらいらと机《つくえ》を指でたたいていた。

ハリーが瓶《びん》の最後の一滴《てき》を飲《の》み干《ほ》したとたん、ハーマイオニーが言った。

「今日はもうこれでおしまいにして、学校に帰らない？」

二人はうなずいた。楽しい遠足とは言えなかったし、天気もここにいる間にどんどん悪くなっていた。マントをきっちり体に巻《ま》きつけなおし、マフラーをととのえて手袋《てぶくろ》をはめた三人は、友達と一緒《いっしょ》にパブを出ていくケイティ・ベルのあとに続いて、ハイストリート通りを戻《もど》りはじめた。凍《こお》ったみぞれの道をホグワーツに向かって一歩一歩踏《ふ》みしめながら、ハリーはふとジニーのことを考えた。ジニーには出会わなかった。当然だ、とハリーは思った。ディーンと二人でマダム・パディフットの喫茶店《きっさてん》にとっぷり閉《と》じこもっているんだ。あの幸せなカップルのたまり場に。ハリーは顔をしかめ、前かがみになって渦巻《うずま》くみぞれに突《つ》っ込《こ》むように歩き続けた。

ケイティ・ベルと友達の声が風に運ばれて、後ろを歩いていたハリーの耳に届《とど》いていたが、しばらくしてハリーは、その声が叫《さけ》ぶような大声になったのに気づいた。ハリーは目を細めて、二人のぼんやりした姿《すがた》を見ようとした。ケイティが手に持っている何かをめぐって、二人が口論《こうろん》していた。

「リーアン、あなたには関係ないわ！」ケイティの声が聞こえた。

小道の角を曲がると、みぞれはますます激《はげ》しく吹《ふ》きつけ、ハリーのめがねを曇《くも》らせた。手袋《てぶくろ》をした手でめがねをふこうとしたとたん、リーアンがケイティの持っている包みをぐいとつかんだ。ケイティが引《ひ》っ張《ぱ》り返し、包みが地面に落ちた。

その瞬間《しゅんかん》、ケイティが宙《ちゅう》に浮《う》いた。ロンのようにくるぶしから吊《つ》り下《さ》がった滑稽《こっけい》な姿《すがた》ではなく、飛び立つ瞬間《しゅんかん》のように優雅《ゆうが》に両手を伸《の》ばしている。しかし、何かおかしい、何か不気味だ……激《はげ》しい風にあおられた髪《かみ》が顔を打っているが、両目を閉《と》じ、うつろな表情《ひょうじょう》だ。ハリー、ロン、ハーマイオニーもリーアンも、その場に釘《くぎ》づけになって見つめた。

やがて、地上二メートルの空中で、ケイティが恐《おそ》ろしい悲鳴を上げた。両目をカッと見開き、何を見たのか、何を感じたのか、ケイティはその何かのせいで、恐《おそ》ろしい苦悶《くもん》にさいなまれている。ケイティは叫《さけ》び続けた。リーアンも悲鳴を上げ、ケイティのくるぶしをつかんで地上に引《ひ》き戻《もど》そうとした。ハリー、ロン、ハーマイオニーも駆《か》け寄《よ》って助けようとした。しかし、みんなで脚《あし》をつかんだ瞬間《しゅんかん》、ケイティが四人の上に落下してきた。ハリーとロンがなんとかそれを受け止めはしたが、ケイティがあまりに激《はげ》しく身をよじるので、とても抱《だ》きとめていられなかった。地面に下ろすと、ケイティはそこでのたうち回り、絶叫《ぜっきょう》し続けた。誰《だれ》の顔もわからないようだ。

ハリーは周りを見回した。まったく人気《ひとけ》がない。

「ここにいてくれ！」

吠《ほ》えたける風の中、ハリーは大声を張《は》り上《あ》げた。

「助けを呼《よ》んでくる！」

ハリーは学校に向かって疾走《しっそう》した。いまのケイティのようなありさまは見たことがないし、何が原因《げんいん》かも思いつかなかった。小道のカーブを飛ぶように回《まわ》り込《こ》んだとき、後脚《あとあし》で立ち上がった巨大《きょだい》な熊《くま》のようなものに衝突《しょうとつ》して跳《は》ね返《かえ》された。

「ハグリッド！」

生《い》け垣《がき》にはまり込《こ》んだ体を解《と》き放《はな》ちながら、ハリーは息をはずませて言った。

「ハリー！」

眉毛《まゆげ》にもひげにもみぞれをためたハグリッドは、いつものぼさぼさしたビーバー皮のでかいオーバーを着ていた。

「グロウプに会いにいってきたとこだ。あいつはほんとに進歩してな、おまえさん、きっと――」

「ハグリッド、あっちにけが人がいる。呪《のろ》いか何かにやられた——」

「あー？」

風の唸《うな》りでハリーの言ったことが聞き取れず、ハグリッドは身をかがめた。

「呪《のろ》いをかけられたんだ！」ハリーが大声を上げた。

「呪《のろ》い？　誰《だれ》がやられた——ロンやハーマイオニーじゃねえだろうな？」

「ちがう、二人じゃない。ケイティ・ベルだ——こっち……」

二人は小道を駆《か》け戻《もど》った。ケイティを囲む小さな集団《しゅうだん》を見つけるのに、そう時間はかからなかった。ケイティはまだ地べたで身もだえし、叫《さけ》び続けていた。ロン、ハーマイオニー、リーアンが、ケイティを落ち着かせようとしていた。

「下がっとれ！」ハグリッドが叫《さけ》んだ。「見せてみろ！」

「ケイティがどうにかなっちゃったの！」リーアンがすすり泣いた。

「何が起こったのかわからない——」

ハグリッドは一瞬《いっしゅん》ケイティを見つめ、それから一言も言わずに身をかがめてケイティを抱《だ》き取《と》り、城《しろ》のほうに走り去った。数秒後には、耳をつんざくようなケイティの悲鳴が聞こえなくなり、ただ風の唸《うな》りだけが残った。

ハーマイオニーは、泣きじゃくっているケイティの友達の所へ駆《か》け寄《よ》り、肩《かた》を抱《だ》いた。

「リーアン、だったわね？」

友達がうなずいた。

「突然《とつぜん》起こったことなの？　それとも——？」

「包みが破《やぶ》れたときだったわ」

リーアンは、地面に落ちていまやぐしょぬれになっている茶色の紙包みを指差しながら、すすり上げた。破《やぶ》れた包みの中に、緑色がかった光るものが見える。ロンは手を伸《の》ばしてかがんだが、ハリーがその腕《うで》をつかんで引《ひ》き戻《もど》した。

「**さわるな！**」

ハリーがしゃがんだ。装飾的《そうしょくてき》なオパールのネックレスが、紙包みからはみ出してのぞいていた。

「見たことがある」ハリーはじっと見つめながら言った。

「ずいぶん前になるけど、『ボージン・アンド・バークス』に飾《かざ》ってあった。説明書きに、呪《のろ》われているって書いてあった。ケイティはこれにさわったにちがいない」

ハリーは、激《はげ》しく震《ふる》えだしたリーアンを見上げた。

「ケイティはどうやってこれを手に入れたの？」

「ええ、そのことで口論《こうろん》になったの。ケイティは『三本の箒《ほうき》』のトイレから出てきたとき、それを持っていて、ホグワーツの誰《だれ》かを驚《おどろ》かすものだって、それを自分が届《とど》けなきゃならないって言ったわ。その時の顔がとても変だった……あっ、あっ、きっと『服従《ふくじゅう》の呪文《じゅもん》』にかかっていたんだわ。私《わたし》、それに気がつかなかった！」

リーアンは体を震《ふる》わせて、またすすり泣きはじめた。ハーマイオニーはやさしくその肩《かた》をたたいた。

「リーアン、ケイティは誰《だれ》からもらったかを言ってなかった？」

「ううん……教えてくれなかったわ……それで私《わたし》、あなたはバカなことをやっている、学校には持っていくなって言ったの。でも全然聞き入れなくて、そして……それで私《わたし》がひったくろうとして……それで――それで――」

リーアンが絶望的《ぜつぼうてき》な泣き声を上げた。

「みんな学校に戻《もど》ったほうがいいわ」

ハーマイオニーが、リーアンの肩《かた》を抱《だ》いたまま言った。

「ケイティの様子がわかるでしょう。さあ……」

ハリーは一瞬迷《いっしゅんまよ》ったが、マフラーを顔からはずし、ロンが息をのむのもかまわず、慎重《しんちょう》にマフラーでネックレスを覆《おお》って拾い上げた。

「これをマダム・ポンフリーに見せる必要がある」ハリーが言った。

ハーマイオニーとリーアンを先に立てて歩きながら、ハリーは必死に考えをめぐらしていた。校庭に入ったとき、もはや自分の胸《むね》だけにとどめておけずに、ハリーは口に出した。

「マルフォイがこのネックレスのことを知っている。四年前、『ボージン・アンド・バークス』のショーケースにあったものだ。僕《ぼく》がマルフォイや父親から隠《かく》れているとき、マルフォイはこれをしっかり見ていた。僕《ぼく》たちがあいつのあとをつけて行った日に、あいつが買ったのは**これ**なんだ！　これを覚えていて、買いに戻《もど》ったんだ！」

「さあ――どうかな、ハリー」ロンが遠慮《えんりょ》がちに言った。

「『ボージン・アンド・バークス』に行くやつはたくさんいるし……それに、あのケイティの友達、ケイティが女子トイレであれを手に入れたって言わなかったか？」

「女子トイレから出てきたときにあれを持っていたって言った。トイレの中で手に入れたとはかぎらない――」

「マクゴナガルが来る！」ロンが警告《けいこく》するように言った。

ハリーは顔を上げた。確《たし》かにマクゴナガル先生が、みぞれの渦巻《うずま》く中を、みんなを迎《むか》えに石段《いしだん》を駆《か》け下《お》りてくるところだった。

「ハグリッドの話では、ケイティ・ベルがあのようになったのを、あなたたち四人が目撃《もくげき》したと――さあ、いますぐ上の私《わたくし》の部屋に！　ポッター、何を持っているのですか？」

「ケイティが触《ふ》れたものです」ハリーが言った。

「なんとまあ」

マクゴナガル先生は警戒《けいかい》するような表情《ひょうじょう》で、ハリーからネックレスを受け取った。

「いえいえ、フィルチ、この生徒たちは私《わたくし》と一緒《いっしょ》です！」

マクゴナガル先生が急いで言った。フィルチが待ってましたとばかり「詮索《せんさく》センサー」を高々と掲《かか》げ、玄関《げんかん》ホールのむこうからドタドタやってくるところだった。

「このネックレスを、すぐにスネイプ先生の所へ持っていきなさい。ただし、けっしてさわらないよう。マフラーに包んだままですよ！」

ハリーもほかの三人と一緒《いっしょ》に、マクゴナガル先生に従《したが》って上階の先生の部屋に行った。窓《まど》ガラスにみぞれが打ちつけ、窓枠《まどわく》の中でガタガタ揺《ゆ》れていた。火格子《ひごうし》の上で火がはぜているにもかかわらず、部屋は薄寒《うすざむ》かった。マクゴナガル先生はドアを閉《し》め、サッと机《つくえ》のむこう側に回って、ハリー、ロン、ハーマイオニー、そしてまだすすり泣いているリーアンと向き合った。

「それで？」先生は鋭《するど》い口調で言った。「何があったのですか？」

おえつを抑《おさ》えるのに何度も言葉を切りながら、リーアンはたどたどしくマクゴナガル先生に話した。ケイティが「三本の箒《ほうき》」のトイレに入り、どこの店のものともわからない包みを手にして戻《もど》ってきたこと、ケイティの表情《ひょうじょう》が少し変だったこと、得体《えたい》の知れないものを届《とど》けると約束することが適切《てきせつ》かどうかで口論《こうろん》になったこと、口論《こうろん》のはてに包みの奪《うば》い合《あ》いになり、包みが破《やぶ》れて開いたこと。そこまで話すと、リーアンは感情《かんじょう》がたかぶり、それ以上一言も聞き出せない状態《じょうたい》だった。

「けっこうです」

マクゴナガル先生の口調は、冷たくはなかった。

「リーアン、医務室《いむしつ》においでなさい。そして、マダム・ポンフリーから何かショックに効《き》くものをもらいなさい」

リーアンが部屋を出ていったあと、マクゴナガル先生はハリー、ロン、ハーマイオニーに顔を向けた。

「ケイティがネックレスに触《ふ》れたとき、何が起こったのですか？」

「宙《ちゅう》に浮《う》きました」

ロンやハーマイオニーが口を開かないうちに、ハリーが言った。

「それから悲鳴を上げはじめて、そのあとに落下しました。先生、ダンブルドア校長にお目にかかれますか？」

「ポッター、校長先生は月曜日までお留守《るす》です」マクゴナガル先生が驚《おどろ》いた表情《ひょうじょう》で言った。

「留守《るす》？」ハリーは憤慨《ふんがい》したようにくり返した。

「そうです、ポッター、お留守《るす》です！」マクゴナガル先生はピシッと言った。

「しかし、今回の恐《おそ》ろしい事件《じけん》に関してのあなたの言い分でしたら、私《わたくし》に言ってもかまわないはずです！」

ハリーは一瞬《いっしゅん》迷《まよ》った。マクゴナガル先生は、秘密《ひみつ》を打ち明けやすい人ではない。ダンブルドアには、いろいろな意味でもっと畏縮《いしゅく》させられるが、それでも、どんなに突拍子《とっぴょうし》もない説でも嘲笑《ちょうしょう》される可能性《かのうせい》が少ないように思われた。しかし、今度のことは生死に関わる。笑い者になることなど心配している場合ではない。

「先生、僕《ぼく》は、ドラコ・マルフォイがケイティにネックレスを渡《わた》したのだと思います」

ハリーの脇《わき》で、明らかに当惑《とうわく》したロンが、鼻をこすり、一方ハーマイオニーは、ハリーとの間に少し距離《きょり》を置きたくてしかたがないかのように、足をもじもじさせた。

「ポッター、それは由々《ゆゆ》しき告発《こくはつ》です」

衝撃《しょうげき》を受けたように間を置いたあと、マクゴナガル先生が言った。

「証拠《しょうこ》がありますか?」

「いいえ」ハリーが言った。

「でも……」そしてハリーは、マルフォイを追跡《ついせき》して「ボージン・アンド・バークス」に行ったこと、三人が盗《ぬす》み聞《ぎ》きしたマルフォイとボージンの会話のことを話した。

ハリーが話し終わったとき、マクゴナガル先生はやや混乱《こんらん》した表情《ひょうじょう》だった。

「マルフォイは、『ボージン・アンド・バークス』に何か修理《しゅうり》するものを持っていったのですか?」

「ちがいます、先生。ボージンから何かを修理《しゅうり》する方法を聞き出したかっただけです。物は持っていませんでした。でもそれが問題ではなくて、マルフォイは同時に何かを買ったんです。僕《ぼく》はそれがあのネックレスだと——」

「マルフォイが、似《に》たような包みを持って店から出てくるのを見たのですか？」

「いいえ、先生。マルフォイはボージンに、それを店で保管《ほかん》しておくようにと言いました——」

「でも、ハリー」ハーマイオニーが口をはさんだ。

「ボージンがマルフォイに、品物を持っていってはどうかと言ったとき、マルフォイは『いいや』って——」

「それは、自分がさわりたくなかったからだ。はっきりしてる！」ハリーがいきり立った。

「マルフォイは実はこう言ったわ。『そんなものを持って通りを歩いたら、どういう目で見られると思うんだ？』」ハーマイオニーが言った。

「そりゃ、ネックレスを手に持ってたら、ちょっと間《ま》が抜《ぬ》けて見えるだろうな」

ロンが口をはさんだ。

「ロンったら」ハーマイオニーがお手上げだという口調で言った。

「ちゃんと包んであるはずだから、さわらなくてすむでしょうし、マントの中に簡単《かんたん》に隠《かく》せるから、誰《だれ》にも見えないはずだわ！　マルフォイが『ボージン・アンド・バークス』に何を保管《ほかん》しておいたにせよ、騒《さわ》がしいものか、かさ張《ば》るものよ。それを運んで道を歩いたら人目を引くことになるような、そういう何かだわ――それに、いずれにせよ」

ハーマイオニーは、ハリーに反論《はんろん》される前に、声を張《は》り上《あ》げてぐいぐい話を進めた。

「私《わたし》がボージンにネックレスのことを聞いたのを、覚えている？　マルフォイが何を取り置くように頼《たの》んだのか調べようとして店に入ったとき、ネックレスがあるのを見たわ。ところが、ボージンは簡単《かんたん》に値段《ねだん》を教えてくれた。もう売約済《ばいやくず》みだなんて言わなかった――」

「そりゃ、君がとてもわざとらしかったから、あいつは五秒もたたないうちに君のねらいを見破《みやぶ》ったんだ。もちろん君には教えなかっただろうさ――どっちにしろ、マルフォイは、あとで誰《だれ》かに引き取りに行かせることだって――」

「もうけっこう！」

ハーマイオニーが憤然《ふんぜん》と反論《はんろん》しようとして口を開きかけると、マクゴナガル先生が言った。

「ポッター、話してくれたことはありがたく思います。しかし、あのネックレスが売られたと思われる店に行ったという、ただそれだけで、ミスター・マルフォイに嫌疑《けんぎ》をかけることはできません。同じことが、ほかの何百人という人に対しても言えるでしょう――」

「――僕《ぼく》もそう言ったんだ――」ロンがブツブツつぶやいた。

「――いずれにせよ、今年は厳重《げんじゅう》な警護対策《けいごたいさく》を施《ほどこ》してあります。あのネックレスが私《わたくし》たちの知らないうちに校内に入るということは、とても考えられません――」

「――でも――」

「――さらにです」マクゴナガル先生は、威厳《いげん》ある最後通告《さいごつうこく》の雰囲気《ふんいき》で言った。

「ミスター・マルフォイは今日、ホグズミードに行きませんでした」

ハリーは空気が抜《ぬ》けたように、ポカンと先生を見つめた。

「どうしてご存《ぞん》じなんですか、先生？」

「なぜなら、私《わたくし》が罰則《ばっそく》を与《あた》えたからです。『変身術《へんしんじゅつ》』の宿題を、二度も続けてやってこなかったのです。そういうことですから、ポッター、あなたが私《わたくし》に疑念《ぎねん》を話してくれたことには礼を言います」

マクゴナガル先生は、三人の前を決然と歩きながら言った。

「しかし私《わたくし》はもう、ケイティ・ベルの様子を見に医務室《いむしつ》に行かなければなりません。三人とも、お帰りなさい」

マクゴナガル先生は、部屋のドアを開けた。三人とも、それ以上何も言わずに並《なら》んで出ていくしかなかった。

ハリーは、二人がマクゴナガルの肩《かた》を持ったことに腹《はら》を立てていた。にもかかわらず、事件《じけん》の話が始まると、どうしても話に加わりたくなった。

「それで、ケイティは誰《だれ》にネックレスをやるはずだったと思う？」

階段《かいだん》を上って談話室に向かいながらロンが言った。

「いったい誰《だれ》かしら」ハーマイオニーが言った。

「誰《だれ》にせよ、九死に一生だわ。誰《だれ》だってあの包みを開けたら、必ずネックレスに触《ふ》れてしまったでしょうから」

「対象《たいしょう》になる人は大勢《おおぜい》いたはずだ」ハリーが言った。「ダンブルドア——死喰《しく》い人《びと》はきっと始末したいだろうな。ねらう相手としては順位の高い一人にちがいない。それともスラグホーン——ダンブルドアは、ヴォルデモートが本気であの人を手に入れたがっていたと考えている。だから、あの人がダンブルドアに与《くみ》したとなれば、連中はうれしくないよ。それとも——」

「あなたかも」ハーマイオニーは心配そうだった。

「ありえない」ハリーが言った。

「それなら、ケイティは道でちょっと振《ふ》り返《かえ》って僕《ぼく》に渡《わた》せばよかったじゃないか。僕《ぼく》は、『三本の箒《ほうき》』からずっとケイティの後ろにいた。ホグワーツの外で渡《わた》すほうが合理的だろ？　何しろフィルチが、出入りする者全員を検査《けんさ》してる。城《しろ》の中に持《も》ち込《こ》めなんて、どうしてマルフォイはケイティにそう言いつけたんだろう？」

「ハリー、マルフォイはホグズミードにいなかったのよ！」

ハーマイオニーはいらいらのあまり地団駄《じだんだ》を踏《ふ》んでいた。

「なら、共犯者《きょうはんしゃ》を使ったんだ」ハリーが言った。

「クラッブかゴイル――それとも、考えてみれば、死喰《しく》い人《びと》だったかもしれない。マルフォイにはクラッブやゴイルよりもっとましな仲間がたくさんいるはずだ。マルフォイはもうその一員なんだし――」

ロンとハーマイオニーは顔を見合わせた。明らかに「この人とは議論《ぎろん》してもむだ」という目つきだった。

「ディリグロウト」

「太った婦人《レディ》」の所まで来て、ハーマイオニーがはっきり唱えた。

肖像画《しょうぞうが》がパッと開き、三人を談話室に入れた。中はかなり混《こ》んでいて、湿《しめ》った服のにおいがした。悪天候のせいで、ホグズミードから早めに帰ってきた生徒が多いようだった。しかし、恐怖《きょうふ》や憶測《おくそく》でざわついてはいない。ケイティの悲運のニュースは、明らかにまだ広まっていなかった。

「よく考えてみりゃ、あれはうまい襲《おそ》い方《かた》じゃなかったよ、ほんと」

暖炉《だんろ》のそばのいいひじかけ椅子《いす》の一つに座《すわ》っていた一年生を、気楽に追い立てて自分が座《すわ》りながら、ロンが言った。

「呪《のろ》いは城《しろ》までたどり着くことさえできなかった。成功まちがいなしってやつじゃないな」

「そのとおりよ」

ハーマイオニーが足でロンをつついて立たせ、椅子《いす》を一年生に返してやった。

「熟慮《じゅくりょ》の策《さく》とはとても言えないわね」

「だけど、マルフォイはいつから世界一の策士《さくし》になったって言うんだい？」

ハリーが反論《はんろん》した。

ロンもハーマイオニーも答えなかった。

第十三章　リドルの謎《なぞ》

次の日、ケイティは「聖《せい》マンゴ魔法疾患傷害病院《まほうしっかんしょうがいびょういん》」に移《うつ》され、ケイティが呪《のろ》いをかけられたというニュースは、すでに学校中に広まっていた。しかし、ニュースの詳細《しょうさい》は混乱《こんらん》していて、ハリー、ロン、ハーマイオニー、そしてリーアン以外は、ねらわれた標的がケイティ自身ではなかったことを、誰《だれ》も知らないようだった。

「ああ、それにもちろん、マルフォイも知ってるよ」とハリーが言ったが、ロンとハーマイオニーは、ハリーが「マルフォイ死喰《しく》い人説《びとせつ》」を持ち出すたびに、聞こえないふりをするという新方針《しんほうしん》に従《したが》い続けていた。

ダンブルドアがどこにいるにせよ、月曜の個人教授《こじんきょうじゅ》に間に合うように戻《もど》るのだろうかと、ハリーは気になった。しかし、別段《べつだん》の知らせがなかったので、八時にダンブルドアの校長室の前に立ってドアをたたくと、入るように言われた。ダンブルドアはいつになくつかれた様子で座《すわ》っていた。手は相変わらず黒く焼け焦《こ》げていたが、ハリーに腰《こし》かけるようにうながしながら、ダンブルドアはほほえんだ。「憂《うれ》いの篩《ふるい》」が再《ふたた》び机《つくえ》に置いてあり、天井《てんじょう》に点々と銀色の光を投げかけていた。

「わしの留守中《るすちゅう》、忙《いそが》しかったようじゃのう」ダンブルドアが言った。「ケイティの事件《じけん》を目撃《もくげき》したのじゃな」

「はい、先生。ケイティの様子は？」

「まだ思わしくない。しかし、比較的《ひかくてき》幸運じゃった。ネックレスは皮膚《ひふ》のごくわずかな部分をかすっただけらしく、手袋《てぶくろ》に小さな穴《あな》が開いておった。首にでもかけておったら、もしくは手袋《てぶくろ》なしでつかんでいたら、ケイティは死んでおったじゃろう。たぶん即死《そくし》じゃ。幸いスネイプ先生の処置《しょち》のおかげで、呪《のろ》いが急速に広がるのは食い止められた──」

「どうして？」

ハリーが即座《そくざ》に聞いた。

「どうしてマダム・ポンフリーじゃないんですか？」

「生意気な」

壁《かべ》の肖像画《しょうぞうが》の一枚《まい》が低い声で言った。両腕《りょううで》に顔を伏《ふ》せて眠《ねむ》っているように見えたフィニアス・ナイジェラス・ブラック、シリウスの曾々祖父《そうそうそふ》が、顔を上げている。

「わしの時代だったら、生徒にホグワーツのやり方に口をはさませたりしないものを」

「そうじゃな、フィニアス、ありがとう」

ダンブルドアがしずめるように言った。

「スネイプ先生は、マダム・ポンフリーよりずっとよく闇《やみ》の魔術《まじゅつ》を心得《こころえ》ておられるのじゃよ、ハリー。いずれにせよ、聖《せい》マンゴのスタッフが、一時間ごとにわしに報告《ほうこく》をよこしておる。ケイティはやがて完全に回復《かいふく》するじゃろうと、わしは希望を持っておる」

「この週末はどこにいらしたのですか、先生？」

図に乗りすぎかもしれないと思う気持ちは強かったが、ハリーはあえて質問《しつもん》した。フィニアス・ナイジェラスも明らかにそう思ったらしく、低く舌打《したう》ちして非難《ひなん》した。

「いまはむしろ言わずにおこうぞ」ダンブルドアが言った。

「しかしながら、時が来れば君に話すことになるじゃろう」

「話してくださるんですか？」ハリーが驚《おどろ》いた。

「いかにも、そうなるじゃろう」

そう言うと、ダンブルドアはローブの中から新たな銀色の思い出の瓶《びん》を取り出し、杖《つえ》で軽くたたいてコルク栓《せん》を開けた。

「先生」ハリーが遠慮《えんりょ》がちに言った。

「ホグズミードでマンダンガスに出会いました」

「おう、そうじゃ。マンダンガスが君の遺産《いさん》に、手くせの悪い侮辱《ぶじょく》を加えておるということは、すでに気づいておる」

ダンブルドアがわずかに顔をしかめた。

「あの者は、君が『三本の箒《ほうき》』の外で声をかけて以来、地下にもぐってしもうた。おそらく、わしと顔を合わせるのを恐《おそ》れてのことじゃろう。しかし、これ以上、シリウスの昔の持ち物を持《も》ち逃《に》げすることはできぬゆえ、安心するがよい」

「あの卑劣《ひれつ》な汚《けが》れた老いぼれめが、ブラック家伝来の家宝《かほう》を盗《ぬす》んでいるのか？」

フィニアス・ナイジェラスが激怒《げきど》して、荒々《あらあら》しく額《がく》から出ていった。グリモールド・プレイス十二番地の自分の肖像《しょうぞう》画《が》を訪《たず》ねていったにちがいない。

「先生」しばらくして、ハリーが聞いた。

「ケイティの事件《じけん》のあとに、僕《ぼく》がドラコ・マルフォイについて言ったことを、マクゴナガル先生からお聞きになりましたか？」

「君が疑《うたが》っているということを、先生が話してくださった。いかにも」

ダンブルドアが言った。

「それで、校長先生は――？」

「ケイティの事件《じけん》に関わったと思われる者は誰《だれ》であれ、取り調べるようわしが適切《てきせつ》な措置《そち》を取る」

ダンブルドアが言った。

「しかし、わしのいまの関心事は、ハリー、我々《われわれ》の授業《じゅぎょう》じゃ」

ハリーは少し恨《うら》めしく思った。この授業《じゅぎょう》がそんなに重要なら、一回目と二回目の間がどうしてこんなに空いたのだろう？　しかしハリーは、ドラコ・マルフォイのことはもう何も言わず、ダンブルドアを見つめた。ダンブルドアは新しい思い出を「憂《うれ》いの篩《ふるい》」に注《そそ》ぎ込《こ》み、今回もまた、すらりとした指の両手に石の水盆《すいぼん》をはさんで、渦《うず》を巻《ま》かせはじめた。

「覚えておるじゃろうが、ヴォルデモート卿《きょう》の生《お》い立《た》ちの物語は、ハンサムなマグルのトム・リドルが、妻《つま》である魔女《まじょ》のメローピーを捨《す》てて、リトル・ハングルトンの屋敷《やしき》に戻《もど》ったところまでで終わっていた。メローピーは一人ロンドンに取り残され、後にヴォルデモート卿《きょう》となる赤《あか》ん坊《ぼう》が生まれるのを待っておった」

「ロンドンにいたことを、どうしてご存《ぞん》じなのですか、先生？」

「カラクタカス・バークという者の証言《しょうげん》があるからじゃ」ダンブルドアが答えた。

「奇妙《きみょう》な偶然《ぐうぜん》じゃが、この者が、我々《われわれ》がたったいま話しておった、ネックレスの出所である店の設《せつ》立《りつ》に関与《かんよ》しておる」

ダンブルドアが以前にもそうするのを、ハリーは見たことがあったが、ダンブルドアは、砂金取《さきんと》りが篩《ふるい》をすすいで金を見つけるように、「憂《うれ》いの篩《ふるい》」の中身を揺《ゆ》すった。渦《うず》の中から、銀色の物体が小さな老人の姿《すがた》になって立ち上がり、石盆《せきぼん》の中をゆっくりと回転した。ゴーストのように銀色だが、よりしっかりした実体があり、ぼさぼさの髪《かみ》で両目が完全に覆《おお》われていた。

「ええ、おもしろい状況《じょうきょう》でそれを手に入れましてね。クリスマスの少し前、若《わか》い魔女《まじょ》から買ったのですが、ああ、もうずいぶん前のことです。非常《ひじょう》に金に困《こま》っていると言ってましたですが、まあ、それは一目瞭然《いちもくりょうぜん》で。ボロを着て、おなかが相当大きくて……赤《あか》ん坊《ぼう》が産まれる様子でね、ええ。スリザリンのロケットだと言っておりましたよ。まあ、その手の話は、わたしども、しょっちゅう聞かされていますからね。『ああ、これはマーリンのだ。これは、そのお気に入りのティーポットだ』とか。しかし、この品を見ると、スリザリンの印がちゃんとある。簡単《かんたん》な呪文《じゅもん》を一つ二つかけただけで、真実を知るには充分《じゅうぶん》でしたな。もちろん、そうなると、これは値《ね》がつけられないほどです。その女はどのくらい価値《かち》のあるものかまったく知らないようでした。十ガリオンで喜びましてね。こんなうまい商売は、またとなかったですな！」

ダンブルドアは、「憂《うれ》いの篩《ふるい》」をことさら強く一回振《ふ》った。するとカラクタカス・バークは、出てきたときと同じように、渦巻《うずま》く記憶《きおく》の物質《ぶっしつ》の中に沈《しず》み込《こ》んだ。

「たった十ガリオンしかやらなかった？」ハリーは憤慨《ふんがい》した。

「カラクタカス・バークは、気前のよさで有名なわけではない」ダンブルドアが言った。

「そこで、出産を間近にしたメローピーが、たった一人でロンドンにおり、金に窮《きゅう》する状態《じょうたい》だったことがわかるわけじゃ。困窮《こんきゅう》のあまり、唯一《ゆいいつ》の価値《かち》ある持ち物であった、マールヴォロ家の家宝《かほう》の一つのロケットを、手放さねばならぬほどじゃった」

「でも、魔法《まほう》を使えたはずだ！」ハリーは急《せ》き込《こ》んで言った。

「魔法《まほう》で、自分の食べ物やいろいろなものを、手に入れることができたはずでしょう？」

「ああ」ダンブルドアが言った。

「できたかもしれぬ。しかし、わしの考えでは――これはまた推量《すいりょう》じゃが、おそらく当たっているじゃろう――夫に捨《す》てられたとき、メローピーは魔法《まほう》を使うのをやめてしもうたのじゃ。もう魔女《まじょ》でいることを望まなかったのじゃろう。もちろん、報《むく》われない恋《こい》と、それにともなう絶望《ぜつぼう》とで、魔《ま》力《りょく》が枯《か》れてしまったことも考えられる。ありうることじゃ。いずれにせよ、これから君が見ることじゃが、メローピーは、自分の命を救うために杖《つえ》を上げることさえ、拒《こば》んだのじゃ」

「子供《こども》のために生きようとさえしなかったのですか？」

ダンブルドアは眉《まゆ》を上げた。

「もしや、ヴォルデモート卿《きょう》を哀《あわ》れに思うのかね？」

「いいえ」ハリーは急いで答えた。

「でも、メローピーは選ぶことができたのではないですか？　僕《ぼく》の母とちがって――」

「君の母上も、選ぶことができたのじゃ」ダンブルドアはやさしく言った。

「いかにも、メローピー・リドルは、自分を必要とする息子《むすこ》がいるのに、死を選んだ。しかし、ハリー、メローピーをあまり厳《きび》しく裁《さば》くではない。長い苦しみのはてに、弱りきっていた。そして、元来、君の母上ほどの勇気を、持ち合わせてはいなかった。さあ、それでは、ここに立って……」

「どこへ行くのですか？」

ダンブルドアが机《つくえ》の前に並《なら》んで立つのに合わせて、ハリーが聞いた。

「今回は」ダンブルドアが言った。「**わしの**記憶《きおく》に入るのじゃ。細部にわたって緻密《ちみつ》であり、しかも、正確《せいかく》さにおいて満足できるものであることがわかるはずじゃ。ハリー、先に行くがよい……」

ハリーは「憂《うれ》いの篩《ふるい》」にかがみ込《こ》んだ。「記憶《きおく》」のヒヤリとする表面に顔を突《つ》っ込《こ》み、再《ふたた》び暗闇《くらやみ》の中を落ちていった……何秒かたち、足が固い地面を打った。目を開けると、ダンブルドアと二人、にぎやかな古めかしいロンドンの街角に立っていた。

「わしじゃ」

ダンブルドアはほがらかに先方を指差した。背《せ》の高い姿《すがた》が、牛乳《ぎゅうにゅう》を運ぶ馬車の前を横切ってやって来る。

若《わか》いアルバス・ダンブルドアの長い髪《かみ》とあごひげは鳶色《とびいろ》だった。道を横切ってハリーたちのそばに来ると、ダンブルドアは悠々《ゆうゆう》と歩道を歩きだした。濃紫《こむらさき》のビロードの、派手《はで》なカットの三つぞろいを着た姿《すがた》が、大勢《おおぜい》の物めずらしげな人の目を集めていた。

「先生、すてきな服だ」

ハリーが思わず口走った。しかしダンブルドアは、若《わか》き日の自分のあとについて歩きながら、クスクス笑っただけだった。三人は短い距離《きょり》を歩いた後、鉄の門を通り、殺風景《さっぷうけい》な中庭に入った。その奥《おく》に、高い鉄柵《てっさく》に囲まれたかなり陰気《いんき》な四角い建物がある。若《わか》きダンブルドアは石段《いしだん》を数段《すうだん》上がり、正面のドアを一回ノックした。しばらくして、エプロン姿《すがた》のだらしない身なりの若《わか》い女性《じょせい》がドアを開けた。

「こんにちは。ミセス・コールとお約束があります。こちらの院長でいらっしゃいますな?」

「ああ」ダンブルドアの異常《いじょう》な格好《かっこう》をじろじろ観察しながら、当惑顔《とうわくがお》の女性《じょせい》が言った。

「あ……ちょっくら……**ミセス・コール!**」女性《じょせい》が後ろを振《ふ》り向《む》いて大声で呼《よ》んだ。

遠くのほうで、何か大声で応《こた》える声が聞こえた。女性《じょせい》はダンブルドアに向きなおった。

「入んな。すぐ来るで」

ダンブルドアは白黒タイルが貼《は》ってある玄関《げんかん》ホールに入った。全体にみすぼらしい所だったが、しみ一つなく清潔《せいけつ》だった。ハリーと老ダンブルドアは、そのあとからついていった。背後《はいご》の玄関《げんかん》ドアがまだ閉《し》まりきらないうちに、やせた女性《じょせい》が、わずらわしいことが多すぎるという表情《ひょうじょう》でせかせかと近づいてきた。とげとげしい顔つきは、不親切というより心配事の多い顔だった。ダンブルドアのほうに近づきながら、振《ふ》り返《かえ》って、エプロンをかけた別のヘルパーに何か話している。

「……それから上にいるマーサにヨードチンキを持っていっておあげ。ビリー・スタッブズはかさぶたをいじってるし、エリック・ホエイリーはシーツが膿《うみ》だらけで——もう手いっぱいなのに、今度は水ぼうそうだわ」

女性《じょせい》は誰《だれ》に言うともなくしゃべりながら、ダンブルドアに目をとめた。とたんに、たったいまキリンが玄関《げんかん》から入ってきたのを見たかのように、あぜんとして、女性《じょせい》はその場に釘《くぎ》づけになった。

「こんにちは」

ダンブルドアが手を差し出した。ミセス・コールはポカンと口を開けただけだった。

「アルバス・ダンブルドアと申します。お手紙で面会をお願いしましたところ、今日ここにお招《まね》きをいただきました」

ミセス・コールは目をしばたたいた。どうやらダンブルドアが幻覚《げんかく》ではないと結論《けつろん》を出したらしく、弱々しい声で言った。

「ああ、そうでした。ええ——ええ、では——私《わたし》の事務室《じむしつ》にお越《こ》しいただきましょう。そうしましょう」

ミセス・コールはダンブルドアを小さな部屋に案内した。事務所兼居間《じむしょけんいま》のような所だ。玄関《げんかん》ホールと同じくみすぼらしく、古ぼけた家具はてんでんバラバラだった。客にぐらぐらした椅子《いす》に座《すわ》るようながし、自分は雑然《ざつぜん》とした机《つくえ》のむこう側に座《すわ》って、落ち着かない様子でダンブルドアをじろじろ見た。

「ここにおうかがいしましたのは、お手紙にも書きましたように、トム・リドルについて、将来《しょうらい》のことをご相談するためです」ダンブルドアが言った。

「ご家族の方で？」ミセス・コールが聞いた。

「いいえ、私《わたし》は教師《きょうし》です」ダンブルドアが言った。

「私《わたし》の学校にトムを入学させるお話で参りました」

「では、どんな学校ですの？」

「ホグワーツという名です」ダンブルドアが言った。

「それで、なぜトムにご関心を？」

「トムは、我々《われわれ》が求める能力《のうりょく》を備《そな》えていると思います」

「奨学金《しょうがくきん》を獲得《かくとく》した、ということですか？　どうしてそんなことが？　あの子は一度も試験を受けたことがありません」

「いや、トムの名前は、生まれたときから我々《われわれ》の学校に入るように記されていましてね――」

「誰《だれ》が登録を？　ご両親が？」

ミセス・コールは、都合の悪いことに、まちがいなく鋭《するど》い女性《じょせい》だった。ダンブルドアも明らかにそう思ったらしい。というのも、ダンブルドアがビロードの背広《せびろ》のポケットから杖《つえ》をするりと取り出し、同時にミセス・コールの机《つくえ》から、まっさらな紙を一枚《まい》取り上げたのが、ハリーに見えたからだ。

「どうぞ」

ダンブルドアはその紙をミセス・コールに渡《わた》しながら杖《つえ》を一回振《ふ》った。

「これですべてが明らかになると思いますよ」

ミセス・コールの目が一瞬《いっしゅん》ぼんやりして、それから元に戻《もど》り、白紙をしばらくじっと見つめた。

「すべて完璧《かんぺき》に整っているようです」

紙を返しながら、ミセス・コールが落ち着いて言った。そしてふと、ついさっきまではなかったはずのジンの瓶《びん》が一本と、グラスが二個置《こ》いてあるのに目をとめた。

「あー——ジンを一杯《ぱい》いかがですか？」ことさらに上品な声だった。

「いただきます」ダンブルドアがニッコリした。

ジンにかけては、ミセス・コールがうぶではないことが、たちまち明らかになった。二つのグラスにたっぷりとジンを注ぎ、自分の分を一気に飲み干《のほ》した。あけすけに唇《くちびる》をなめながら、ミセス・コールは初めてダンブルドアに笑顔《えがお》を見せた。その機会を逃《のが》すダンブルドアではなかった。

「トム・リドルの生《お》い立《た》ちについて、何かお話しいただけませんでしょうか？　この孤児院《こじいん》で生まれたのだと思いますが？」

「そうですよ」

ミセス・コールは自分のグラスにまたジンを注いだ。

「あのことは、何よりはっきり覚えていますとも。何しろ私《わたし》が、ここで仕事を始めたばかりでしたからね。大晦日《おおみそか》の夜、そりゃ、あなた、身を切るような冷たい雪でしたよ。ひどい夜で。その女性《じょせい》は、当時の私《わたし》とあまり変わらない年ごろで、玄関《げんかん》の石段《いしだん》をよろめきながら上がってきました。まあ、何もめずらしいことじゃありませんけどね。中に入れてやり、一時間後に赤《あか》ん坊《ぼう》が産まれました。それで、それから一時間後に、その人は亡《な》くなりました」

ミセス・コールは大仰《おおぎょう》にうなずくと、再《ふたた》びたっぷりのジンをぐい飲みした。

「亡《な》くなる前に、その方は何か言いましたか？」ダンブルドアが聞いた。「たとえば、父親のことを何か？」

「まさにそれなんですよ。言いましたとも」

ジンを片手《かたて》に、熱心な聞き手を得《え》て、ミセス・コールは、いまやかなり興《きょう》に乗った様子だった。

「私《わたし》にこう言いましたよ。『この子がパパに似《に》ますように』。正直な話、その願いは正解《せいかい》でしたね。何せ、その女性《じょせい》は美人とは言えませんでしてね――それから、その子の名前は、父親のトムと、**自分の**父親のマールヴォロを取ってつけてくれと言いました――ええ、わかってますとも、おかしな名前ですよね？　私《わたし》たちは、その女性《じょせい》がサーカス出身ではないかと思ったくらいでしたよ——それから、その男の子の姓《せい》はリドルだと言いました。そして、それ以上は一言も言わずに、まもなく亡《な》くなりました」

「さて、私《わたし》たちは言われたとおりの名前をつけました。あのかわいそうな女性《じょせい》にとっては、それがとても大切なことのようでしたからね。しかし、トムだろうが、マールヴォロだろうが、リドルの一族だろうが、誰《だれ》もあの子を探《さが》しにきませんでしたし、親せきも来やしませんでした。それで、あの子はこの孤児院《こじいん》に残り、それからずっと、ここにいるんですよ」

ミセス・コールはほとんど無意識《むいしき》に、もう一杯《ぱい》たっぷりとジンを注いだ。ほお骨《ぼね》の高い位置に、ピンクの丸い点が二つ現《あらわ》れた。それから言葉が続いた。

「おかしな男の子ですよ」

「ええ」ダンブルドアが言った。「そうではないかと思いました」

「赤《あか》ん坊《ぼう》のときもおかしかったんですよ。そりゃ、あなた、ほとんど泣かないんですから。そして、少し大きくなると、あの子は……変でねえ」

「変というと、どんなふうに？」ダンブルドアがおだやかに聞いた。

「そう、あの子は——」

しかし、ミセス・コールは言葉を切った。ジンのグラスの上から、ダンブルドアを詮索《せんさく》するようにちらりと見たまなざしには、あいまいにぼやけたところがまるでなかった。

「あの子はまちがいなく、あなたの学校に入学できると、そうおっしゃいました？」

「まちがいありません」ダンブルドアが言った。

「私《わたし》が何を言おうと、それは変わりませんね？」

「何をおっしゃろうとも」ダンブルドアが言った。

「あの子を連れていきますね？　どんなことがあっても？」

「どんなことがあろうと」ダンブルドアが重々しく言った。

信用すべきかどうか考えているように、ミセス・コールは目を細めてダンブルドアを見た。どうやら信用すべきだと判断《はんだん》したらしく、一気にこう言った。

「あの子はほかの子供《こども》たちをおびえさせます」

「いじめっ子だと？」ダンブルドアが聞いた。

「そうにちがいないでしょうね」

ミセス・コールはちょっと顔をしかめた。

「しかし、現場《げんば》をとらえるのが非常《ひじょう》に難《むずか》しい。事件《じけん》がいろいろあって……気味の悪いことがいろいろ……」

ダンブルドアは深追いしなかった。しかしハリーには、ダンブルドアが興味《きょうみ》を持っていることがわかった。ミセス・コールはまたしてもぐいとジンを飲み、バラ色のほおがますます赤くなった。

「ビリー・スタッブズのウサギ……まあ、トムはやっていないと、**口では**そう言いましたし、私《わたし》も、あの子がどうやってあんなことができたのかがわかりません。でも、ウサギが自分で天井《てんじょう》の垂《たる》木《き》から首を吊《つ》りますか？」

「そうは思いませんね。ええ」ダンブルドアが静かに言った。

「でも、あの子がどうやってあそこに上ってそれをやったのかが、判《はん》じ物《もの》でしてね。私《わたし》が知っているのは、その前の日に、あの子とビリーが口論《こうろん》したことだけですよ。それから――」

ミセス・コールはまたジンをぐいとやった。今度はあごにちょっぴり垂《た》れこぼした。

「夏の遠足のとき――ええ、一年に一回、子供《こども》たちを連れていくんですよ。田舎《いなか》とか海辺に――それで、エイミー・ベンソンとデニス・ビショップは、それからずっと、どこかおかしくなりましてね。ところがこの子たちから聞き出せたことといえば、トム・リドルと一緒《いっしょ》に洞窟《どうくつ》に入ったということだけでした。トムは探検《たんけん》に行っただけだと言《い》い張《は》りましたが、**何かが**そこで起こったんですよ。まちがいありません。それに、まあ、いろいろありました。おかしなことが……」

ミセス・コールはもう一度ダンブルドアを見た。ほおは紅潮《こうちょう》していても、その視線《しせん》はしっかりしていた。

「あの子がいなくなっても、残念がる人は多くないでしょう」

「当然おわかりいただけると思いますが、トムを永久《えいきゅう》に学校に置いておくというわけではありませんが？」

ダンブルドアが言った。

「ここに帰ってくることになります。少なくとも毎年夏休みに」

「ああ、ええ、それだけでも、さびた火《ひ》かき棒《ぼう》で鼻をぶんなぐられるよりはまし、というやつですよ」

ミセス・コールは小さくしゃっくりしながら言った。ジンの瓶《びん》は三分の二がからになっていたのに、立ち上がったときかなりシャンとしているので、ハリーは感心した。

「あの子にお会いになりたいのでしょうね？」

「ぜひ」ダンブルドアも立ち上がった。

ミセス・コールは事務所《じむしょ》を出て石の階段《かいだん》へとダンブルドアを案内し、通りすがりにヘルパーや子供《こども》たちに指示《しじ》を出したり、叱《しか》ったりした。孤児《こじ》たちは、みんな同じ灰色《はいいろ》のチュニックを着ている。まあまあ世話が行き届《ゆとど》いているように見えたが、子供《こども》たちが育つ場所としては、ここが暗い所であるのは否定《ひてい》できなかった。

「ここです」

ミセス・コールは、二番目の踊《おど》り場《ば》を曲がり、長い廊下《ろうか》の最初のドアの前で止まった。ドアを二度ノックして、彼女《かのじょ》は部屋に入った。

「トム？　お客さまですよ。こちらはダンバートンさん——失礼、ダンダーボアさん。この方はあなたに——まあ、ご本人からお話ししていただきましょう」

ハリーと二人のダンブルドアが部屋に入ると、ミセス・コールがその背後《はいご》でドアを閉《し》めた。殺風景《さっぷうけい》な小さな部屋で、古い洋だんす、木製《もくせい》の椅子《いす》一脚《きゃく》、鉄製《てっせい》の簡易《かんい》ベッドしかない。灰色《はいいろ》の毛布《もうふ》の上に、少年が本を手に、両脚《りょうあし》を伸《の》ばして座《すわ》っていた。

トム・リドルの顔には、ゴーント一家の片鱗《へんりん》さえない。メローピーの末期《まつご》の願いは叶《かな》った。ハンサムな父親のミニチュア版《ばん》だった。十一歳《さい》にしては背《せ》が高く、黒髪《くろかみ》で青白い。少年はわずかに目を細めて、ダンブルドアの異常《いじょう》な格好《かっこう》をじっと見つめた。一瞬《いっしゅん》の沈黙《ちんもく》が流れた。

「はじめまして、トム」

ダンブルドアが近づいて、手を差し出した。

少年は躊躇《ちゅうちょ》したが、その手を取って握手《あくしゅ》した。ダンブルドアは、固い木の椅子《いす》をリドルのかたわらに引《ひ》き寄せて座《すわ》り、二人は病院の患者《かんじゃ》と見舞《みま》い客《きゃく》のような格好《かっこう》になった。

「私《わたし》はダンブルドア教授《きょうじゅ》だ」

「『教授《きょうじゅ》』？」

リドルがくり返した。警戒《けいかい》の色が走った。

「『ドクター』と同じようなものですか？　何しに来たんですか？　**あの女が**僕《ぼく》を看《み》るように言っ

たんですか?」

リドルは、いましがたミセス・コールがいなくなったドアを指差していた。

「いやいや」ダンブルドアがほほえんだ。

「信じないぞ」リドルが言った。

「あいつは僕《ぼく》を診察《しんさつ》させたいんだろう? 真実を言え!」

最後の言葉に込《こ》められた力の強さは、衝撃的《しょうげきてき》でさえあった。命令だった。これまで何度もそう言って命令してきたような響《ひび》きがあった。リドルは目を見開き、ダンブルドアをねめつけていた。ダンブルドアは、ただ心地《ここち》よくほほえみ続けるだけで、何も答えなかった。数秒後、リドルはにらむのをやめたが、その表情《ひょうじょう》はむしろ、前よりもっと警戒《けいかい》しているように見えた。

「あなたは誰《だれ》ですか?」

「君に言ったとおりだよ。私《わたし》はダンブルドア教授《きょうじゅ》で、ホグワーツという学校に勤《つと》めている。私《わたし》の学校への入学をすすめにきたのだが――君が来たいのなら、そこが君の新しい学校になる」

この言葉に対するリドルの反応《はんのう》は、まったく驚《おどろ》くべきものだった。ベッドから飛び下り、憤激《ふんげき》した顔でダンブルドアから遠ざかった。

「だまされないぞ! 精神病院《せいしんびょういん》だろう。そこから来たんだろう? 『教授《きょうじゅ》』、ああ、そうだろうさ――フン、僕《ぼく》は行かないぞ、わかったか? あの老《お》いぼれ猫《ねこ》のほうが精神病院《せいしんびょういん》に入るべきなんだ。僕《ぼく》はエイミー・ベンソンとかデニス・ビショップなんかのチビたちになんにもしてない。聞いてみろよ。あいつらもそう言うから！」

「私《わたし》は精神病院《せいしんびょういん》から来たのではない」ダンブルドアは辛抱強《しんぼうづよ》く言った。

「私《わたし》は先生だよ。おとなしく座《すわ》ってくれれば、ホグワーツのことを話して聞かせよう。もちろん、君が学校に来たくないというなら、誰《だれ》も無理強《むりじ》いはしない――」

「やれるもんならやってみろ」リドルが鼻先で笑った。

「ホグワーツは」

ダンブルドアは、リドルの最後の言葉を聞かなかったかのように話を続けた。

「特別な能力《のうりょく》を持った者のための学校で――」

「僕《ぼく》は狂《くる》っちゃいない！」

「君が狂《くる》っていないことは知っておる。ホグワーツは狂《くる》った者の学校ではない。魔法学校《まほうがっこう》なのだ」

沈黙《ちんもく》が訪《おとず》れた。リドルは凍《こお》りついていた。無表情《むひょうじょう》だったが、その目はすばやくダンブルドアの両目を交互《こうご》にちらちらと見て、どちらかの目がうそをついていないかを見極《みきわ》めようとしているかのようだった。

「魔法《まほう》？」リドルがささやくようにくり返した。

「そのとおり」ダンブルドアが言った。

「じゃ……じゃ、僕《ぼく》ができるのは魔法《まほう》？」

「君は、どういうことができるのかね？」

「いろんなことさ」

リドルがささやくように言った。首からやせこけたほおへと、たちまち興奮《こうふん》の色が上ってくる。熱があるかのように見えた。

「物をさわらずに動かせる。訓練しなくとも、動物に僕《ぼく》の思いどおりのことをさせられる。僕《ぼく》を困《こま》らせるやつにはいやなことが起こるようにできる。そうしたければ、傷《きず》つけることだってできるんだ」

脚《あし》が震《ふる》えてリドルは前のめりに倒《たお》れ、またベッドの上に座《すわ》った。頭を垂《た》れ、祈《いの》りのときのような姿勢《しせい》で、リドルは両手を見つめた。

「僕《ぼく》はほかの人とはちがうんだって、知っていた」

震《ふる》える自分の指に向かって、リドルはささやいた。

「僕《ぼく》は特別だって、わかっていた。何かあるって、ずっと知っていたんだ」

「ああ、君の言うとおり」

ダンブルドアはもはやほほえんではいなかった。リドルをじっと観察していた。

「君は魔法使《まほうつか》いだ」

リドルは顔を上げた。表情《ひょうじょう》がまるで変わっていた。激《はげ》しい喜びが現《あらわ》れている。しかし、なぜかその顔は、よりハンサムに見えるどころか、むしろ端正《たんせい》な顔立ちが粗野《そや》に見え、ほとんど獣性《じゅうせい》をむき出した表情《ひょうじょう》だった。

「あなたも魔法使《まほうつか》いなのか？」

「いかにも」

「証明《しょうめい》しろ」

即座《そくざ》にリドルが言った。「真実を言え」と言ったときと同じ命令口調だった。

ダンブルドアは眉《まゆ》を上げた。

「君に異存《いぞん》はないだろうと思うが、もし、ホグワーツへの入学を受け入れるつもりなら――」

「もちろんだ！」

「それなら、私《わたし》を『教授《きょうじゅ》』または『先生』と呼《よ》びなさい」

ほんの一瞬《いっしゅん》、リドルの表情《ひょうじょう》が硬《かた》くなった。それから、がらりと人が変わったようにていねいな声で言った。

「すみません、先生。あの――教授《きょうじゅ》、どうぞ、僕《ぼく》に見せていただけませんか――？」

ハリーは、ダンブルドアが絶対断《ぜったいことわ》るだろうと思った。ホグワーツで実例を見せる時間が充分《じゅうぶん》ある、いま二人がいる建物はマグルでいっぱいだから、慎重《しんちょう》でなければならないと、リドルにそう言いきかせるだろうと思った。ところが、驚《おどろ》いたことに、ダンブルドアは背広《せびろ》の内ポケットから杖《つえ》を取り出し、隅《すみ》にあるみすぼらしい洋だんすに向けて、気軽にヒョイとひと振《ふ》りした。

洋だんすが炎上《えんじょう》した。

リドルは飛び上がった。ハリーは、リドルがショックと怒《いか》りで吠《ほ》えたけるのも無理はないと思った。リドルの全財産《ぜんざいさん》がそこに入っていたにちがいない。しかし、リドルがダンブルドアに食ってかかったときにはもう、炎《ほのお》は消え、洋だんすはまったく無傷《むきず》だった。

リドルは、洋だんすとダンブルドアを交互《こうご》に見つめ、それから貪欲《どんよく》な表情《ひょうじょう》で杖《つえ》を指差した。

「そういうものはどこで手に入れられますか？」

「すべて時が来れば」ダンブルドアが言った。

「何か、君の洋だんすから出たがっているようだが」

なるほど、中からかすかにカタカタという音が聞こえた。リドルは初めておびえた顔をした。

「扉《とびら》を開けなさい」ダンブルドアが言った。

リドルは躊躇《ちゅうちょ》したが、部屋の隅《すみ》まで歩いていって洋だんすの扉《とびら》をパッと開けた。すり切れた洋服のかかったレールの上にある、一番上の棚《たな》に、小さなダンボールの箱があり、まるでネズミが数匹《すうひき》捕《と》らわれて中で暴《あば》れているかのように、ガタガタ音を立てて揺《ゆ》れていた。

「それを出しなさい」ダンブルドアが言った。

リドルは震《ふる》えている箱を下ろした。気がくじけた様子だった。

「その中に、君が持っていてはいけないものが何か入っているかね？」

リドルは、抜《ぬ》け目《め》のない目で、ダンブルドアを長い間じっと見つめた。

「はい、そうだと思います、先生」リドルはやっと、感情《かんじょう》のない声で答えた。

「開けなさい」ダンブルドアが言った。

リドルはふたを取り、中身を見もせずにベッドの上にあけた。ハリーはもっとすごいものを期待していたが、あたりまえの小さながらくたがごちゃごちゃ入っているだけだった。ヨーヨー、銀の指ぬき、色のあせたハーモニカなどだ。箱から出されると、がらくたは震《ふる》えるのをやめ、薄《うす》い毛布《もうふ》の上でじっとしていた。

「それぞれの持ち主に謝《あやま》って、返しなさい」

ダンブルドアは、杖《つえ》を上着に戻《もど》しながら静かに言った。

「きちんとそうしたかどうか、私《わたし》にはわかるのだよ。注意しておくが、ホグワーツでは盗《ぬす》みは許《ゆる》されない」

リドルは恥《は》じ入《い》る様子をさらさら見せなかった。冷たい目で値踏《ねぶ》みするようにダンブルドアを見つめ続けていたが、やがて感情《かんじょう》のない声で言った。

「はい、先生」

「ホグワーツでは」

ダンブルドアは言葉を続けた。

「魔法《まほう》を使うことを教えるだけでなく、それを制御《せいぎょ》することも教える。君は――きっと意図せずしてだと思うが――我々《われわれ》の学校では教えることも許《ゆる》すこともないやり方で、自分の力を使ってきた。魔法力《まほうりょく》におぼれてしまう者は、君が初めてでもないし最後でもない。しかし、覚えておきなさい。ホグワーツでは生徒を退学《たいがく》させることができるし、魔法省《まほうしょう》は――そう、魔法省《まほうしょう》というものがあるのだ――法を破《やぶ》る者を最も厳《きび》しく罰《ばっ》する。新たに魔法使《まほうつか》いとなる者は、魔法界《まほうかい》に入るにあたって、我《われ》らの法律《ほうりつ》に従《したが》うことを受け入れねばならない」

「はい、先生」リドルがまた言った。

リドルが何を考えているかを知るのは不可能《ふかのう》だった。盗品《とうひん》の宝物《たからもの》をダンボール箱に戻《もど》すリドルの顔は、まったく無表情《むひょうじょう》だった。しまい終わると、リドルはダンブルドアを見て、そっけなく言った。

「僕《ぼく》はお金を持っていません」

「それはたやすく解決《かいけつ》できる」

ダンブルドアはポケットから革《かわ》の巾着《きんちゃく》を取り出した。

「ホグワーツには、教科書や制服《せいふく》を買うのに援助《えんじょ》の必要な者のための資金《しきん》がある。君は呪文《じゅもん》の本などいくつかを、古本で買わなければならないかもしれん。それでも――」

「呪文《じゅもん》の本はどこで買いますか？」

ダンブルドアに礼も言わずにずっしりとした巾着《きんちゃく》を受け取り、分厚《ぶあつ》いガリオン金貨を調べながら、リドルが口をはさんだ。

「ダイアゴン横丁で」ダンブルドアが言った。「ここに君の教科書や教材のリストがある。どこに何があるか探《さが》すのを、私《わたし》が手伝おう――」

「一緒《いっしょ》に来るんですか？」リドルが顔を上げて聞いた。

「いかにも、君がもし――」

「あなたは必要ない」リドルが言った。

「自分一人でやるのに慣《な》れている。いつでも一人でロンドンを歩いてるんだ。そのダイアゴン横丁とかいう所にはどうやって行くんだ？――先生？」

ダンブルドアの目を見たとたん、リドルは最後の言葉をつけ加えた。

ハリーは、ダンブルドアがリドルに付《つ》き添《そ》うと主張《しゅちょう》するだろうと思った。しかし、ハリーはまた驚《おどろ》かされた。ダンブルドアは教材リストの入った封筒《ふうとう》をリドルに渡《わた》し、孤児院《こじいん》から「漏《も》れ鍋《なべ》」への行き方をはっきり教えたあと、こう言った。

「周りのマグル――魔法族《まほうぞく》ではない者のことだが――その者たちには見えなくとも、君には見えるはずだ。バーの亭主《ていしゅ》のトムを訪《たず》ねなさい――君と同じ名前だから覚えやすいだろう――」

リドルはうるさいハエを追《お》い払《はら》うかのように、いらいらと顔を引きつらせた。

「『トム』という名前が嫌《きら》いなのかね？」

「トムっていう人はたくさんいる」

リドルがつぶやいた。それから、抑《おさ》えきれない疑問《ぎもん》が思わず口をついて出たように、リドルが聞いた。

「僕《ぼく》の父さんは魔法使《まほうつか》いだったの？　その人もトム・リドルだったって、みんなが教えてくれた」

「残念ながら、私《わたし》は知らない」ダンブルドアはおだやかな声で言った。

「母さんは魔法《まほう》が使えたはずがない。使えたら、死ななかったはずだ」

ダンブルドアにというよりむしろ自分に向かって、リドルが言った。

「父さんのほうにちがいない。それで――僕《ぼく》のものを全部そろえたら――そのホグワーツとかに、いつ行くんですか？」

「細かいことは、封筒《ふうとう》の中の羊皮紙の二枚目《まいめ》にある」ダンブルドアが言った。「君は、九月一日にキングズ・クロス駅から出発する。その中に汽車の切符《きっぷ》も入っている」

リドルがうなずいた。ダンブルドアは立ち上がって、また手を差し出した。その手を握《にぎ》りながらリドルが言った。

「僕《ぼく》は蛇《へび》と話ができる。遠足で田舎《いなか》に行ったときにわかったんだ――むこうから僕《ぼく》を見つけて、僕《ぼく》にささやきかけたんだ。魔法使《まほうつか》いにとってあたりまえなの？」

一番不思議なこの力をこの時まで伏《ふ》せておき、圧倒《あっとう》してやろうと考えていたことが、ハリーには読めた。

「稀《まれ》ではある」一瞬迷《いっしゅんまよ》った後、ダンブルドアが答えた。「しかし、例がないわけではない」

気軽な口調ではあったが、ダンブルドアの目が興味深《きょうみぶか》そうにリドルの顔を眺《なが》め回《まわ》した。大人と子《こ》供《ども》、その二人が、一瞬《いっしゅん》見つめ合って立っていた。やがて握手《あくしゅ》が解《と》かれ、ダンブルドアはドアのそばに立った。

「さようなら、トム。ホグワーツで会おう」

「もうよいじゃろう」

ハリーの脇《わき》にいる白髪《はくはつ》のダンブルドアが言った。たちまち二人は、再《ふた》び無重力の暗闇《くらやみ》を昇《のぼ》り、現《げん》在《ざい》の校長室に正確《せいかく》に着地した。

「お座《すわ》り」ハリーのかたわらに着地したダンブルドアが言った。

ハリーは言われるとおりにした。いま見たばかりのことで、頭がいっぱいだった。

「あいつは、僕《ぼく》の場合よりずっと早く受け入れた——あの、先生があいつに、君は魔法使《まほうつか》いだって知らせたときのことですけれど」ハリーが言った。「ハグリッドにそう言われたとき、僕《ぼく》は最初信じなかった」

「そうじゃ。リドルは完全に受け入れる準備《じゅんび》ができておった。つまり自分が——あの者の言葉を借りるならば——『特別』だということを」

「先生はもうおわかりだったのですか——あの時に？」ハリーが聞いた。

「わしがあの時、開闢以来《かいびゃくいらい》の危険《きけん》な闇《やみ》の魔法使《まほうつか》いに出会ったということを、わかっていたかとな？」

ダンブルドアが言った。

「いや、いま現在《げんざい》あるような者に成長しようとは、思わなんだ。しかし、リドルに非常《ひじょう》に興味《きょうみ》を持ったことは確《たし》かじゃ。わしは、あの者から目を離《はな》すまいと意を固めて、ホグワーツに戻《もど》った。リドルには身寄《みよ》りもなく友人もなかったのじゃから、いずれにせよ、そうすべきではあったのじゃが。しかし、本人のためだけではなく、ほかの者のためにそうすべきであるということは、すでにその時に感じておった」

「あの者の力は、君も聞いたように、あの年端《としは》もゆかぬ魔法使《まほうつか》いにしては、驚《おどろ》くほど高度に発達しておった。そして——最も興味深《きょうみぶか》いことに、さらに不吉《ふきつ》なことに——リドルはすでに、その力をなんらかの方法で操《あやつ》ることができるとわかっており、意識的《いしきてき》にその力を行使しはじめておった。君も見たように、若《わか》い魔法使《まほうつか》いにありがちな、行き当たりばったりの試みではなく、あの者はすでに、魔法《まほう》を使ってほかの者を怖《こわ》がらせ、罰《ばっ》し、制御《せいぎょ》していた。首をくくったウサギや、洞窟《どうくつ》に誘《さそ》い込《こ》まれた少年、少女のちょっとした逸話《いつわ》が、それを如実《にょじつ》に示《しめ》しておる……『**そうしたければ、傷《きず》つける**

ことだってできるんだ』……」

「それに、あいつは蛇語使《へびごつか》いだった」ハリーが口をはさんだ。

「いかにも。稀有《けう》な能力《のうりょく》であり、闇《やみ》の魔術《まじゅつ》につながるものと考えられている能力《のうりょく》じゃ。しかし、知ってのとおり、偉大《いだい》にして善良《ぜんりょう》な魔法使《まほうつか》いの中にも蛇語使《へびごつか》いはおる。事実、蛇《へび》と話せるというあの者の能力《のうりょく》を、わしはそれほど懸念《けねん》してはおらなかった。むしろ、残酷《ざんこく》さ、秘密主義《ひみつしゅぎ》、支配欲《しはいよく》という、あの者の明白な本能《ほんのう》のほうがずっと心配じゃった」

「またしても知らぬうちに時間が過《す》ぎてしもうた」

窓《まど》から見える真っ暗な空を示《しめ》しながら、ダンブルドアが言った。

「しかしながら、別れる前に、我々《われわれ》が見た場面のいくつかの特徴《とくちょう》について、注意をうながしておきたい。将来《しょうらい》の授業《じゅぎょう》で話し合う事柄《ことがら》に、大いに関係するからじゃ」

「第一に、ほかにも『トム』という名を持つ者がおるとわしが言ったときの、リドルの反応《はんのう》に気づいたことじゃろうな？」

ハリーはうなずいた。

「自分とほかの者を結びつけるものに対して、リドルは軽蔑《けいべつ》を示《しめ》した。自分を凡庸《ぼんよう》にするものに対してじゃ。あの時でさえあの者は、ちがうもの、別なもの、悪名高きものになりたがっていた。あの会話からほんの数年のうちに、知ってのとおり、あの者は自分の名前を捨《す》てて『ヴォルデモート卿《きょう》』の仮面《かめん》を創《つく》り出《だ》し、いまにいたるまでの長い年月、その陰《かげ》に隠《かく》れてきた」

「君はまちがいなく気づいたと思うが、トム・リドルはすでに、非常《ひじょう》に自己充足的《じこじゅうそくてき》で、秘密主義《ひみつしゅぎ》で、また友人を持っていないことが明らかじゃったの？　ダイアゴン横丁に行くのに、あの者は手助けも付《つ》き添《そ》いも欲《ほっ》しなかった。自分一人でやることを好んだ。成人したヴォルデモートも同じじゃ。死喰《しく》い人《びと》の多くが、自分はヴォルデモート卿《きょう》の信用を得《え》ているとか、自分だけが近しいとか、理解《りかい》しているとまで主張《しゅちょう》する。その者たちはあざむかれておる。ヴォルデモート卿《きょう》は友人を持ったことがないし、また持ちたいと思ったこともないと、わしはそう思う」

「最後に――ハリー、眠《ねむ》いじゃろうが、このことにはしっかり注意してほしい――若《わか》き日のトム・リドルは、戦利品を集めるのが好きじゃった。部屋に隠《かく》していた盗品《とうひん》の箱を見たじゃろう。いじめの犠牲者《ぎせいしゃ》から取り上げたものじゃ。ことさらに不快《ふかい》な魔法《まほう》を行使した、いわば記念品と言える。このカササギのごとき蒐集傾向《しゅうしゅうけいこう》を覚えておくがよい。これが、特にあとになって重要になるからじゃ」

「さて、今度こそ就寝《しゅうしん》の時間じゃ」

ハリーは立ち上がった。歩きながら、前回、マールヴォロ・ゴーントの指輪が置いてあった小さなテーブルが目にとまったが、指輪はもうなかった。

「ハリー、なんじゃ？」

ハリーが立ち止まったので、ダンブルドアが聞いた。

「指輪がなくなっています」ハリーは振《ふ》り向《む》いて言った。

「でも、ハーモニカとか、そういうものをお持ちなのではないかと思ったのですが」

ダンブルドアは半月めがねの上からハリーをのぞいて、ニッコリした。

「なかなか鋭《するど》いのう、ハリー。しかし、あのハーモニカはあくまでもただのハーモニカじゃった」

この謎《なぞ》のような言葉とともに、ダンブルドアはハリーに手を振《ふ》った。ハリーは、もう帰りなさいと言われたのだと理解《りかい》した。

第十四章　フェリックス・フェリシス

次の日、ハリーの最初の授業《じゅぎょう》は「薬草学」だった。朝食の席では盗《ぬす》み聞《ぎ》きされる恐《おそ》れがあるので、ロンとハーマイオニーにダンブルドアの授業《じゅぎょう》のことを話せなかった。温室に向かって野菜畑を歩いているときに、ハリーは二人にくわしく話して聞かせた。週末の過酷《かこく》な風はやっと治まっていたが、また不気味な霧《きり》が立《た》ち込《こ》めていたので、いくつかある温室の中から目的の温室を探《さが》すのに、普段《ふだん》より少しよけいに時間がかかった。

「ウワー、ぞっとするな。少年の『例のあの人』か」

ロンが小声で言った。三人は今学期の課題である「スナーガラフ」の節くれだった株《かぶ》の周りに陣《じん》取《ど》り、保護《ほご》手袋《てぶくろ》をつけるところだった。

「だけど、ダンブルドアがどうしてそんなものを見せるのか、僕《ぼく》にはまだわかんないな。そりゃ、おもしろいけどさ、でも、なんのためだい？」

「さあね」

ハリーはマウスピースをはめながら言った。

「だけど、ダンブルドアは、それが全部重要で、僕《ぼく》が生き残るのに役に立つって言うんだ」

「すばらしいと思うわ」ハーマイオニーが熱っぽく言った。

「できるだけヴォルデモートのことを知るのは、とても意味のあることよ。そうでなければ、あの人の弱点を見つけられないでしょう？」

「それで、この前のスラグホーン・パーティはどうだったの？」

マウスピースをはめたまま、ハリーがもごもごと聞いた。

「ええ、まあまあおもしろかったわよ」

ハーマイオニーが今度は保護用《ほごよう》のゴーグルをかけながら言った。

「そりゃ、先生は昔の生徒だった有名人のことをだらだら話すけど。それに、マクラーゲンをそれこそ**ちーやほーや**するけど。だってあの人はいろいろなコネがあるから。でも、ほんとうにおいしい食べ物があったし、それにグウェノグ・ジョーンズに紹介《しょうかい》してくれたわ」

「グウェノグ・ジョーンズ？」

ロンの目が、ゴーグルの下で丸くなった。

「**あの**グウェノグ・ジョーンズ？　ホリヘッド・ハーピーズの？」

「そうよ」ハーマイオニーが答えた。

「個人的《こじんてき》には、あの人ちょっと自意識過剰《じいしきかじょう》だと思ったけど、でも――」

「そこ、おしゃべりが**多すぎる！**」

ピリッとした声がして、スプラウト先生が怖《こわ》い顔をしてせわしげに三人のそばにやってきた。

「あなたたち、遅《おく》れてますよ。ほかの生徒は全員取りかかってますし、ネビルはもう最初の種を取り出しました！」

三人が振《ふ》り向《む》くと、確《たし》かに、ネビルは唇《くちびる》から血を流し、顔の横に何か所かひどい引っかき傷《きず》を作ってはいたが、グレープフルーツ大の緑の種をつかんで座《すわ》っていた。種はピクピクと気持ちの悪い脈《みゃく》を打っている。

「オーケー、先生、僕《ぼく》たちいまから始めます！」

ロンが言ったが、先生が行ってしまうと、こっそりつけ加えた。

「『**耳《みみ》ふさぎ呪文《じゅもん》**《マフリマート》』を使うべきだったな、ハリー」

「いいえ、使うべきじゃないわ！」

ハーマイオニーが即座《そくざ》に言った。プリンスやその呪文《じゅもん》のことが出るといつもそうなのだが、今度もたいそうご機嫌斜《きげんなな》めだった。

「さあ、それじゃ……始めましょう……」

ハーマイオニーは不安そうに二人を見た。三人とも深く息を吸《す》って、節くれだった株《かぶ》に飛びかかった。

植物はたちまち息を吹《ふ》き返《かえ》した。先端《せんたん》から長いとげだらけのイバラのような蔓《つる》が飛び出し、鞭《むち》のように空《くう》を切った。その一本がハーマイオニーの髪《かみ》にからみつき、ロンが剪定《せんてい》ばさみでそれをたたき返した。ハリーは、蔓《つる》を二本首尾《しゅび》よくつかまえて結び合わせた。触手《しょくしゅ》のような枝《えだ》と枝《えだ》のまん中に穴《あな》が開いた。ハーマイオニーが勇敢《ゆうかん》にも片腕《かたうで》を穴《あな》に突《つ》っ込《こ》んだ。すると穴《あな》が罠《わな》のように閉《と》じて、ハーマイオニーのひじをとらえた。ハリーとロンが蔓《つる》を引《ひ》っ張《ぱ》ったりねじったりして、その穴《あな》をまた開かせ、ハーマイオニーは腕《うで》を引《ひ》っ張《ぱ》り出《だ》した。その指に、ネビルのと同じような種が握《にぎ》りしめられていた。とたんにトゲトゲした蔓《つる》は株《かぶ》の中に引《ひ》っ込《こ》み、節くれだった株《かぶ》は、何食わぬ顔で、木材の塊《かたまり》のようにおとなしくなった。

「あのさ、自分の家を持ったら、僕《ぼく》の庭にはこんなの植える気がしないな」

ゴーグルを額《ひたい》に押《お》し上《あ》げ、顔の汗《あせ》をぬぐいながら、ロンが言った。

「ボウルを渡《わた》してちょうだい」

ピクピク脈《みゃく》を打っている種を、腕《うで》をいっぱいに伸《の》ばしてできるだけ離《はな》して持ちながら、ハーマイオニーが言った。ハリーが渡《わた》すと、ハーマイオニーは気持ち悪そうに種をその中に入れた。

「びくびくしていないで、種をしぼりなさい。新鮮《しんせん》なうちが一番なんですから！」

スプラウト先生が遠くから声をかけた。

「とにかく」

ハーマイオニーは、たったいま、木の株《かぶ》が三人を襲撃《しゅうげき》したことなど忘《わす》れたかのように、中断《ちゅうだん》した会話を続けた。

「スラグホーンはクリスマス・パーティをやるつもりよ、ハリー。これはどうあがいても逃《に》げられないわね。だって、あなたが来られる夜にパーティを開こうとして、あなたがいつなら空いているかを調べるように、私《わたし》に頼《たの》んだんですもの」

ハリーはうめいた。一方ロンは、種を押《お》しつぶそうと、立ち上がって両手でボウルの中の種を押《お》さえ込《こ》み、力任《ちからまか》せに押《お》していたが、怒《おこ》ったように言った。

「それで、そのパーティは、またスラグホーンのお気に入りだけのためなのか？」

「スラグ・クラブだけ。そうね」ハーマイオニーが言った。

種がロンの手の下から飛び出して温室のガラスにぶつかり、跳《は》ね返《かえ》ってスプラウト先生の後頭部に当たり、先生の古い継《つ》ぎだらけの帽子《ぼうし》を吹《ふ》っ飛《と》ばした。ハリーが種を取って戻《もど》ってくると、ハーマイオニーが言い返していた。

「いいこと、**私《わたし》が**名前をつけたわけじゃないわ。『スラグ・クラブ』なんて――」

「**『スラグ・ナメクジ・クラブ』**」

ロンが、マルフォイ級の意地の悪い笑いを浮《う》かべてくり返した。

「ナメクジ集団《しゅうだん》じゃなあ。まあ、パーティを楽しんでくれ。いっそマクラーゲンとくっついたらどうだい。そしたらスラグホーンが、君たちをナメクジの王様と女王様にできるし──」

「お客さまを招待《しょうたい》できるの」

ハーマイオニーは、なぜかゆで上がったように真っ赤になった。

「それで、私《わたし》、あなたもどうかって誘《さそ》う**つもり**だった。でも、そこまでバカバカしいって思うんだったら、どうでもいいわ！」

ハリーは突然《とつぜん》、種がもっと遠くまで飛んでくれればよかったのに、と思った。そうすればこの二人のそばにいなくてすむ。二人ともハリーに気づいていなかったが、ハリーは種の入ったボウルを取り、考えられるかぎりやかましく激《はげ》しい方法で、種を割《わ》りはじめた。残念なことに、それでも会話は細大もらさず聞こえてきた。

「僕《ぼく》を誘《さそ》うつもりだった？」ロンの声ががらりと変わった。

「そうよ」ハーマイオニーが怒《おこ》ったように言った。

「でも、どうやらあなたは、私《わたし》が**マクラーゲンとくっついたほうが……**」

一瞬《いっしゅん》、間が空いた。ハリーは、しぶとく跳《は》ね返《かえ》す種を移植《いしょく》ごてでたたき続けていた。

「いや、そんなことはない」ロンがとても小さな声で言った。

ハリーは種をたたきそこねてボウルをたたいてしまい、ボウルが割《わ》れた。

「レパロ、直れ」

ハリーが杖《つえ》で破片《はへん》をつついてあわてて唱えると、破片《はへん》は飛び上がって元どおりになった。しかし、割《わ》れた音でロンとハーマイオニーは、ハリーの存在《そんざい》に目覚めたようだった。ハーマイオニーは取《と》り乱《みだ》した様子で、スナーガラフの種から汁《しる》をしぼる正しいやり方を見つけるのに、あわてて『世界の肉食植物』の本を探《さが》しはじめた。ロンのほうは、ばつが悪そうな顔だったが、同時にかなり満足げだった。

「それ、よこして、ハリー」ハーマイオニーが急《せ》き立《た》てた。

「何か鋭《するど》いもので穴《あな》を開けるようにって書いてあるわ……」

ハリーはボウルに入った種を渡《わた》し、ロンと二人でゴーグルをつけなおしてもう一度株《かぶ》に飛びかかった。

それほど驚《おどろ》いたわけではなかった……首をしめにかかってくるとげだらけの蔓《つる》と格闘《かくとう》しながら、ハリーはそう思った。遅《おそ》かれ早かれこうなるという気がしていた。ただ、自分がそれをどう感じるかが、はっきりわからなかった……。

自分とチョウは、気まずくて互《たが》いに目を合わすことさえできなくなっているし、話をすることなどありえない。もしロンとハーマイオニーがつき合うようになって、それから別れたら？　二人の友情《ゆうじょう》はそれでも続くだろうか？　三年生のとき、二人が数週間、互《たが》いに口をきかなくなったときのことを、ハリーは思い出した。なんとか二人の距離《きょり》を埋《う》めようとするのにひと苦労だった。

逆《ぎゃく》に、もし二人が別れなかったらどうだろう？　ビルとフラーのようになったら、そして二人のそばにいるのが気まずくていたたまれないほどになったら、自分は永久《えいきゅう》に閉《し》め出《だ》されてしまうのだろうか？

「やったあ！」

木の株《かぶ》から二つ目の種を引《ひ》っ張《ぱ》り出《だ》して、ロンが叫《さけ》んだ。ちょうどハーマイオニーが一個目《こめ》をやっと割《わ》ったときで、ボウルは、イモムシのようにうごめく薄緑色《うすみどりいろ》の塊茎《かいけい》でいっぱいになっていた。

それからあとは、スラグホーンのパーティに触《ふ》れることなく授業《じゅぎょう》が終わった。その後の数日間、ハリーは二人の友人をより綿密《めんみつ》に観察していたが、ロンもハーマイオニーも特にこれまでとちがうようには見えなかった。ただし、互《たが》いに対して、少し礼儀正《れいぎただ》しくなったようだった。パーティの夜、スラグホーンの薄明《うすあ》かりの部屋で、バタービールに酔《よ》うとどうなるか、様子を見るほかないだろう、とハリーは思った。むしろいまは、もっと差《さ》し迫《せま》った問題がある。

ケイティ・ベルはまだ聖《せい》マンゴ病院《びょういん》で、退院《たいいん》の見込《みこ》みが立っていなかった。つまり、ハリーが九月以来、入念に訓練を重ねてきた有望なグリフィンドール・チームから、チェイサーが一人欠けてしまったことになる。ケイティが戻《もど》ることを望んで、ハリーは代理の選手を選ぶのを先延《さきの》ばしにしてきた。しかし、対スリザリンの初戦が迫《せま》っていた。ケイティは試合に間に合わないと、ハリーもついに観念せざるをえなかった。

あらためて全寮生《ぜんりょうせい》から選抜《せんばつ》するのは耐《た》えられなかった。クィディッチそのものとは関係のない問題で気が重かったが、ある日の「変身術《へんしんじゅつ》」の授業《じゅぎょう》のあとで、ハリーはディーン・トーマスをつかまえた。大多数の生徒が出てしまったあとも、教室には黄色い小鳥が数羽、さえずりながら飛び回っていた。全部ハーマイオニーが創《つく》り出《だ》したものだ。ほかには誰《だれ》も、空中から羽根一枚《まいつく》創り出《だ》せはしなかった。

「君、まだチェイサーでプレーする気があるかい？」

「えっ――？　ああ、もちろんさ！」

ディーンが興奮《こうふん》した。ディーンの肩越《かたご》しに、シェーマス・フィネガンがふてくされて、教科書を鞄《かばん》に突《つ》っ込《こ》んでいるのが見えた。できればディーンにプレーを頼《たの》みたくなかった理由の一つは、シェーマスが気を悪くすることがわかっていたからだ。しかしハリーは、チームのために最善《さいぜん》のことをしなければならず、選抜《せんばつ》のとき、ディーンはシェーマスより飛び方がうまかった。

「それじゃ、君が入ってくれ」ハリーが言った。「今晩《こんばん》練習だ。七時から」

「よし」ディーンが言った。「ばんざい、ハリー！　びっくりだ。ジニーに早く教えよう！」

ディーンは教室から駆《か》け出《だ》していった。ハリーとシェーマスだけが残った。ただでさえ気まずいのに、ハーマイオニーのカナリアが二人の頭上を飛びながら、シェーマスの頭に落とし物をしていった。

ケイティの代理を選んだことでふてくされたのは、シェーマスだけではなかった。ハリーが自分の同級生を二人も選んだということで、談話室はブツクサだらけだった。ハリーはこれまでの学生生活で、もっとひどい陰口《かげぐち》に耐《た》えてきたので、特別気にはならなかったが、それでも、来《きた》るべきスリザリン戦に勝たなければならないという、プレッシャーが増《ま》したことは確《たし》かだった。グリフィンドールが勝てば、寮生全員《りょうせいぜんいん》が、ハリーを批判《ひはん》したことは忘《わす》れ、はじめからすばらしいチームだと思っていたと言うだろう。ハリーにはよくわかっていた。もし負ければ……まあね、とハリーは心の中で苦笑いした……。それでも、もっとひどいブツクサに耐《た》えたこともあるんだ……。

その晩《ばん》、ディーンが飛ぶのを見たハリーは、自分の選択《せんたく》を後悔《こうかい》する理由がなくなった。ディーンはジニーやデメルザともうまくいった。ビーターのピークスとクートは尻上《しりあ》がりにうまくなっていた。問題はロンだった。

ハリーにははじめからわかっていたことだが、ロンは神経質《しんけいしつ》になったり自信喪失《じしんそうしつ》したりで、プレーにむらがあった。そういう昔からのロンの不安定さが、シーズン開幕戦《かいまくせん》が近づくにしたがって、残念ながらぶり返していた。六回もゴールを抜《ぬ》かれて――その大部分がジニーの得点《とくてん》だったが――ロンのプレーはだんだん荒《あ》れ、とうとう攻《せ》めてくるデメルザ・ロビンズの口にパンチを食らわせるところまで来てしまった。

「ごめん、デメルザ、事故《じこ》だ、事故《じこ》、ごめんよ！」

デメルザがそこいら中に血をボタボタ垂《た》らしながらジグザグと地上に戻《もど》る後ろから、ロンが叫《さけ》んだ。

「僕《ぼく》、ちょっと――」

「パニックした？」ジニーが怒《おこ》った。「このヘボ。ロン、デメルザの顔見てよ！」

デメルザの隣《となり》に着地して腫《は》れ上《あ》がった唇《くちびる》を調べながら、ジニーがどなり続けた。

「僕《ぼく》が治すよ」

ハリーは二人のそばに着地し、デメルザの口に杖《つえ》を向けて唱えた。

「エピスキー、唇癒《くちびるい》えよ。それから、ジニー、ロンのことをヘボなんて呼《よ》ぶな。君はチームのキャプテンじゃないんだし――」

「あら、あなたが忙《いそが》しすぎて、ロンのことをヘボ呼《よ》ばわりできないみたいだったから、誰《だれ》かがそうしなくちゃって思って――」

ハリーは噴《ふ》き出《だ》したいのをこらえた。

「みんな、空へ。さあ、行こう……」

全体的に、練習は今学期最悪の一つだった。しかしハリーは、これだけ試合が迫《せま》ったこの時期に、ばか正直は最善《さいぜん》の策《さく》ではないと思った。

「みんな、いいプレーだった。スリザリンをペシャンコにできるぞ」

ハリーは激励《げきれい》した。チェイサーとビーターは、自分のプレーにまあまあ満足した顔で更衣室《こういしつ》を出た。

「僕《ぼく》のプレー、ドラゴンのクソ山盛《やまも》りみたいだった」

ジニーが出ていって、ドアが閉《し》まったとたん、ロンがうつろな声で言った。

「そうじゃないさ」ハリーがきっぱりと言った。

「ロン、選抜《せんばつ》した中で、君が一番いいキーパーなんだ。唯一《ゆいいつ》の問題は君の精神面《せいしんめん》さ」

城《しろ》に帰るまでずっと、ハリーは怒涛《どとう》のごとく激励《げきれい》し続け、城《しろ》の三階まで戻《もど》ったときには、ロンはほんの少し元気が出たようだった。ところが、グリフィンドール塔《とう》に戻《もど》るいつもの近道を通ろうと、ハリーがタペストリーを押《お》し開《あ》けたとき、二人は、ディーンとジニーが固く抱《だ》き合《あ》って、のりづけされたように激《はげ》しくキスしている姿《すがた》を目撃《もくげき》してしまった。

大きくてうろこだらけの何かが、ハリーの胃《い》の中で目を覚まし、胃壁《いへき》に爪《つめ》を立てているような気がした。頭にカッと血が上り、思慮分別《しりょふんべつ》が吹《ふ》っ飛《と》んで、ディーンに呪《のろ》いをかけてぐにゃぐにゃのゼリーの塊《かたまり》にしてやりたいという野蛮《やばん》な衝動《しょうどう》でいっぱいになった。突然《とつぜん》の狂気《きょうき》と戦いながら、ハリーはロンの声を遠くに聞いた。

「おい！」

ディーンとジニーが離《はな》れて振《ふ》り返《かえ》った。

「なんなの？」ジニーが言った。

「自分の妹が、公衆《こうしゅう》の面前でいちゃいちゃしているのを見たくないね！」

「あなたたちが邪魔《じゃま》するまでは、ここには誰《だれ》もいなかったわ！」ジニーが言った。

ディーンは気まずそうな顔だった。ばつが悪そうにニヤッとハリーに笑いかけたが、ハリーは笑い返さなかった。新しく生まれた体内の怪物《かいぶつ》が、ディーンを即刻《そっこく》チームから退団《たいだん》させろとわめいていた。

「あ……ジニー、来いよ」ディーンが言った。「談話室に帰ろう……」

「先に帰って！」ジニーが言った。「私《わたし》は大好きなお兄さまとお話があるの！」

ディーンは、その場に未練はない、という顔でいなくなった。

「さあ」

ジニーが長い赤毛を顔から振《ふ》り払《はら》い、ロンをにらみつけた。

「はっきり白黒をつけましょう。私《わたし》が誰《だれ》とつき合おうと、その人と何をしようと、ロン、あなたには関係ないわ――」

「あるさ！」

ロンも同じぐらい腹《はら》を立てていた。

「いやだね、みんなが僕《ぼく》の妹のことをなんて呼《よ》ぶか――」

「なんて呼《よ》ぶの？」ジニーが杖《つえ》を取り出した。

「**なんて呼《よ》ぶ**って言うの？」

「ジニー、ロンは別に他意はないんだ――」

ハリーは反射的《はんしゃてき》にそう言ったが、怪物《かいぶつ》はロンの言葉を支持《しじ》して吠《ほ》えたけっていた。

「いいえ、他意があるわ！」

ジニーはメラメラ燃《も》え上《あ》がり、ハリーに向かってどなった。

「**自分が**まだ、一度もいちゃついたことがないから、**自分が**もらった最高のキスが、ミュリエルおばさんのキスだから――」

「だまれ！」ロンは赤をすっ飛ばして焦《こ》げ茶色《ちゃいろ》の顔で大声を出した。

「だまらないわ！」ジニーも我《われ》を忘《わす》れて叫《さけ》んだ。

「あなたがヌラーと一緒《いっしょ》にいるところを、私《わたし》、いつも見てたわ。彼女《かのじょ》を見るたびに、ほっぺたにキスしてくれないかって、あなたはそう思ってた。情《なさ》けないわ！　世の中に出て、少しは自分でもいちゃついてみなさいよ！　そしたら、ほかの人がやってもそんなに気にならないでしょうよ！」

ロンも杖《つえ》を引《ひ》っ張《ば》り出《だ》した。ハリーは二人の間に割《わ》って入った。

「自分が何を言ってるか、わかってないな！」

ロンは、両手を広げて立ちふさがっているハリーをさけて、まっすぐにジニーをねらおうとしながら吠《ほ》えた。

「僕《ぼく》が公衆《こうしゅう》の面前でやらないからといって――！」

ジニーはあざけるようにヒステリックに笑い、ハリーを押《お》しのけようとした。

「ピッグウィジョンにでもキスしてたの？　それともミュリエルおばさんの写真を枕《まくら》の下にでも入れてるの？」

「こいつめ――」

オレンジ色の閃光《せんこう》が、ハリーの左腕《ひだりうで》の下を通り、わずかにジニーをそれた。ハリーはロンを壁《かべ》に押《お》しつけた。

「バカなことはやめろ――」

「ハリーはチョウ・チャンとキスしたわ！」

ジニーはいまにも泣きだしそうな声で叫《さけ》んだ。

「それに、ハーマイオニーはビクトール・クラムとキスした。ロン、あなただけが、それがなんだかいやらしいもののように振《ふ》る舞《ま》うのよ。あなたが十二歳《さい》の子供並《こどもな》みの経験《けいけん》しかないからだわ！」

その捨《す》てゼリフとともに、ジニーは嵐《あらし》のように荒《あ》れ狂《くる》って去っていった。ハリーはすぐにロンを放した。ロンは殺気立《さっきだ》っていた。二人は荒《あら》い息をしながら、そこに立っていた。そこへフィルチの飼《か》い猫《ねこ》のミセス・ノリスが、物陰《ものかげ》から現《あらわ》れ、張《は》りつめた空気を破《やぶ》った。

「行こう」

フィルチが不格好《ぶかっこう》にドタドタ歩く足音が耳に入ったので、ハリーが言った。

二人は階段《かいだん》を上り、八階の廊下《ろうか》を急いだ。

「おい、どけよ！」

ロンが小さな女の子をどなりつけると、女の子はびっくり仰天《ぎょうてん》して飛び上がり、ヒキガエルの卵《たまご》の瓶《びん》を落とした。

ハリーはガラスの割《わ》れる音もほとんど気づかなかった。右も左もわからなくなり、めまいがした。雷《かみなり》に撃《う》たれるというのは、きっとこんな感じなのだろう。**ロンの妹だからなんだ**、とハリーは自分に言い聞かせた。**ディーンにキスしているところを見たくなかったのは、単に、ジニーがロンの妹だからなんだ**……。

しかし、頼《たの》みもしないのに、ある幻想《げんそう》がハリーの心に忍《しの》び込《こ》んだ。あの同じ人気《ひとけ》のない廊下《ろうか》で、自分がジニーにキスしている……胸《むね》の怪物《かいぶつ》が満足げにのどを鳴らした……その時、ロンがタペストリーのカーテンを荒々《あらあら》しく開け、杖《つえ》を取り出してハリーに向かって叫《さけ》ぶ。「信頼《しんらい》を裏切《うらぎ》った」……「友達だと思ってたのに」……。

「ハーマイオニーはクラムにキスしたと思うか？」

「太った婦人《レディ》」に近づいたとき、唐突《とうとつ》にロンが問いかけた。ハリーは後ろめたい気持ちでドキリとし、ロンが踏《ふ》み込《こ》む前の廊下《ろうか》の幻想《げんそう》を追《お》い払《はら》った。ジニーと二人きりの廊下《ろうか》の幻想《げんそう》を――。

「えっ？」ハリーはぼうっとしたまま言った。

「ああ……んー……」

正直に答えれば「そう思う」だった。しかし、そうは言いたくなかった。しかし、ロンは、ハリーの表情《ひょうじょう》から、最悪の事態《じたい》を察したようだった。

「ディリグロウト」

ロンは暗い声で「太った婦人《レディ》」に言った。そして二人は、肖像画《しょうぞうが》の穴《あな》を通り、談話室に入った。

二人とも、ジニーのこともハーマイオニーのことも、二度と口にしなかった。事実その夜は、二人とも互《たが》いにほとんど口をきかず、それぞれの思いにふけりながら、だまってベッドに入った。

ハリーは、長いこと目がさえて、四本柱のベッドの天蓋《てんがい》を見つめながら、ジニーへの感情《かんじょう》はまったく兄のようなものだと、自分を納得《なっとく》させようとした。この夏中、兄と妹のように暮《く》らしたではないか？　クィディッチをしたり、ロンをからかったり、ビルとヌラーのことで笑ったり。ハリーは何年も前からジニーのことを知っていた……保護者《ほごしゃ》のような気持ちになるのは、自然なことだ……ジニーのために目を光らせたくなるのは当然だ……ジニーにキスしたことで、ディーンの手足をバラバラに引《ひ》き裂《さ》いてやりたいのも……いや、だめだ……兄としてのそういう特別の感情《かんじょう》を、抑制《よくせい》しなければ……。

ロンがブーッと大きくいびきをかいた。

ジニーはロンの妹だ。ハリーはしっかり自分に言い聞かせた。**ロンの妹なんだ。近づいてはいけない人だ。**どんなことがあっても、自分はロンとの友情《ゆうじょう》を危険《きけん》にさらしはしないだろう。ハリーは枕《まくら》をたたいてもっと心地《ここち》よい形に整え、自分の想《おも》いがジニーの近くに迷《まよ》い込《こ》まないように必死に努力しながら、眠気《ねむけ》が襲《おそ》うのを待った。

次の朝目が覚めたとき、ハリーは少しぼうっとしていた。ロンがビーターの棍棒《こんぼう》を持ってハリーを追いかけてくる一連の夢《ゆめ》を見て、頭が混乱《こんらん》していたが、昼ごろには、夢《ゆめ》のロンと現実《げんじつ》のロンを取《と》り替《か》えられたらいいのに、と思うようになっていた。

ロンはジニーとディーンを冷たく無視《むし》したばかりでなく、ハーマイオニーをも氷のように冷たい意地悪さで無視《むし》し、ハーマイオニーはわけがわからず傷《きず》ついた。その上、ロンは一夜にして平均的《へいきんてき》な尻尾爆発《しっぽばくはつ》スクリュートのようになり、爆発寸前《ばくはつすんぜん》で、いまにもしっぽで打ちかかってきそうだった。

ハリーは、ロンとハーマイオニーを仲なおりさせようと、一日中努力したがむだだった。とうとうハーマイオニーはいたく憤慨《ふんがい》して寝室《しんしつ》へと去り、ロンは、自分に目をつけたと言って、おびえる一年生の何人かをどなりつけて悪態《あくたい》をついた末、肩《かた》を怒《いか》らせて男子寮《だんしりょう》に歩いていった。

ロンの攻撃性《こうげきせい》が数日たっても治まらなかったのには、ハリーも愕然《がくぜん》とした。さらに悪いことに、時を同じくしてキーパーとしての技術《ぎじゅつ》が一段《いちだん》と落《お》ち込《こ》み、ロンはますます攻撃的《こうげきてき》になった。

土曜日の試合を控《ひか》えた最後のクィディッチの練習では、チェイサーがロンめがけて放つゴールシュートを、一つとして防《ふせ》げなかった。それなのに誰《だれ》かれかまわず大声でどなりつけ、とうとうデメルザ・ロビンズを泣かせてしまった。

「だまれよ。デメルザをかまうな！」

ピークスが叫《さけ》んだ。ロンの背丈《せたけ》の三分の二しかなくとも、ピークスにはもちろん重い棍棒《こんぼう》があった。

「**いいかげんにしろ！**」

ハリーが声を張《は》り上《あ》げた。ジニーがロンの方向をにらみつけているのを見たハリーは、ジニーが「コウモリ鼻糞《はなくそ》の呪《のろ》い」の達人だという評判《ひょうばん》を思い出し、手に負えない結果になる前にと、飛び上がって間に入った。

「ピークス、戻《もど》ってブラッジャーをしまってくれ。デメルザ、しっかりしろ、今日のプレーはとてもよかったぞ。ロン……」

ハリーは、ほかの選手が声の届《とど》かない所まで行くのを待ってから、言葉を続けた。

「君は僕《ぼく》の親友だ。だけどほかのメンバーにあんなふうな態度《たいど》を取り続けるなら、僕《ぼく》は君をチームから追い出す」

一瞬《いっしゅん》ハリーは、ロンが自分をなぐるのではないかと本気でそう思った。しかし、もっと悪いことが起こった。ロンは箒《ほうき》の上にぺちゃっとつぶれたように見えた。闘志《とうし》がすっかり消《き》え失《う》せていた。

「僕《ぼく》、やめる。僕《ぼく》って最低だ」

「君は最低なんかじゃないし、やめない！」

ハリーはロンの胸《むな》ぐらをつかんで激《はげ》しい口調で言った。

「好調なときは、君はなんだって止められる。精神的《せいしんてき》な問題だ！」

「僕《ぼく》のこと、気が変だって言うのか？」

「ああ、そうかもしれない！」

一瞬《いっしゅん》、二人はにらみ合った。そして、ロンがつかれたように頭《かぶり》を振《ふ》った。

「別なキーパーを見つける時間がないことはわかってる。だからあしたはプレーするよ。だけど、もし負けたら、それに負けるに決まってるけど、僕《ぼく》はチームから身を引く」

ハリーがなんと言っても事態《じたい》は変わらなかった。夕食の間中、ハリーはロンの自信を高めようと努力したが、ロンはハーマイオニーに意地の悪い不機嫌《ふきげん》な態度《たいど》を取ることに忙《いそが》しくて、気づいてくれなかった。

ハリーはその晩《ばん》、談話室でもがんばったが、ロンがチームを抜《ぬ》けたらチーム全体が落胆《らくたん》するだろうというハリーの説もどうやら怪《あや》しくなってきた。ほかの選手たちが部屋の隅《すみ》に集合して、まちがいなくロンについてブツブツ文句《もんく》を言い、険悪《けんあく》な目つきでロンを見たりしていたのだ。

とうとうハリーは、今度は怒《おこ》ってみて、ロンを挑発《ちょうはつ》しようとした。闘争心《とうそうしん》に火をつけ、うまくいけばゴールを守れる態度《たいど》にまで持っていこうとしたのだが、この戦略《せんりゃく》も、激励《げきれい》より効果《こうか》が上がったようには見えなかった。ロンは相変わらず絶望《ぜつぼう》し、しょげきって寝室《しんしつ》に戻《もど》った。

ハリーは、長いこと暗い中で目を開けていた。来《き》るべき試合に負けたくなかった。キャプテンとして最初の試合だからということだけではない。ドラコ・マルフォイへの疑惑《ぎわく》をまだ証明《しょうめい》することはできなかったが、せめてクィディッチでは、マルフォイを絶対打《ぜったいう》ち破《やぶ》ると決心していたからだ。しかし、ロンのプレーがここ数回の練習と同じ調子なら、勝利の可能性《かのうせい》は非常《ひじょう》に低い……。

何かロンの気持ちを引き立たせるものがありさえすれば……絶好調《ぜっこうちょう》でプレーさせることができれば……ロンにとってほんとうにいい日なのだと保証《ほしょう》する何かがあれば……。

すると、その答えが、一発で、急に輝《かがや》かしい啓示《けいじ》となってひらめいた。


次の日の朝食は、例によって前哨戦《ぜんしょうせん》だった。スリザリン生はグリフィンドール・チームの選手が大広間に入ってくるたびに、一人一人にヤジとブーイングを浴びせた。ハリーが天井《てんじょう》をちらりと見ると、晴れた薄青《うすあお》の空だ。幸先《さいさき》がいい。

グリフィンドールのテーブルは赤と金色の塊《かたまり》となって、ハリーとロンが近づくのを歓声《かんせい》で迎《むか》えた。ハリーはニヤッと笑って手を振《ふ》ったが、ロンは弱々しく顔をしかめ、頭《かぶり》を振《ふ》った。

「元気を出して、ロン！」ラベンダーが遠くから声をかけた。

「あなた、きっとすばらしいわ！」

ロンはラベンダーを無視《むし》した。

「紅茶《こうちゃ》か？」ハリーがロンに聞いた。「コーヒーか？　かぼちゃジュースか？」

「なんでもいい」

ロンはむっつりとトーストをひと口かみ、ふさぎ込《こ》んで言った。

数分後にハーマイオニーがやってきた。ロンの最近の不ゆかいな行動に、すっかりいや気が差したハーマイオニーは、二人とは別に朝食に下りてきたのだが、テーブルに着く途中《とちゅう》で足を止めた。

「二人とも、調子はどう？」ロンの後頭部を見ながら、ハーマイオニーが遠慮《えんりょ》がちに聞いた。

「いいよ」

ハリーは、ロンにかぼちゃジュースのグラスを渡《わた》すほうに気を取られながら、そう答えた。

「ほら、ロン、飲めよ」

ロンはグラスを口元に持っていった。その時ハーマイオニーが鋭《するど》い声を上げた。

「ロン、それ飲んじゃダメ！」

ハリーもロンも、ハーマイオニーを見上げた。

「どうして？」ロンが聞いた。

ハーマイオニーは、自分の目が信じられないという顔で、ハリーをまじまじと見ていた。

「あなた、いま、その飲み物に何か入れたわ」

「なんだって？」ハリーが問い返した。

「聞こえたはずよ。私《わたし》見たわよ。ロンの飲み物に、いま、何か注いだわ。いま、手にその瓶《びん》を持っているはずよ！」

「何を言ってるのかわからないな」

ハリーは、急いで小さな瓶《びん》をポケットにしまいながら言った。

「ロン、危《あぶ》ないわ。それを飲んじゃダメ！」

ハーマイオニーが、警戒《けいかい》するようにまた言った。しかしロンは、グラスを取り上げて一気に飲《の》み干《ほ》した。

「ハーマイオニー、僕《ぼく》に命令するのはやめてくれ」

ハーマイオニーはなんて破廉恥《はれんち》なという顔をしてかがみ込《こ》み、ハリーにだけ聞こえるようにささやき声で非難《ひなん》した。

「あなた、退校処分《たいこうしょぶん》になるべきだわ。ハリー、あなたがそんなことする人だとは思わなかったわ！」

「自分のことは棚《たな》に上げて」ハリーがささやき返した。

「最近誰《だれ》かさんを『錯乱《さくらん》』させやしませんでしたか？」

ハーマイオニーは、荒々《あらあら》しく二人から離《はな》れて、席に着いた。ハリーはハーマイオニーが去っていくのを見ても後悔《こうかい》しなかった。クィディッチがいかに真剣勝負《しんけんしょうぶ》であるかを、ハーマイオニーは心から理解《りかい》したことがないんだ。それからハリーは、舌《した》なめずりしているロンに顔を向けた。

「そろそろ時間だ」ハリーは快活《かいかつ》に言った。

競技場《きょうぎじょう》に向かう二人の足元で、凍《こお》りついた草が音を立てた。

「こんなにいい天気なのは、ラッキーだな、え？」ハリーがロンに声をかけた。

「ああ」ロンは半病人のような青い顔で答えた。

ジニーとデメルザは、もうクィディッチのユニフォームに着替《きが》え、更衣室《こういしつ》で待機していた。

「最高のコンディションだわ」ジニーがロンを無視《むし》して言った。

「それに、何があったと思う？　あのスリザリンのチェイサーのベイジー——きのう練習中に、頭にブラッジャーを食らって、痛《いた》くてプレーできないんですって！　それに、もっといいことがあるの——マルフォイも病気で休場！」

「**なんだって？**」

ハリーはいきなり振《ふ》り向《む》いてジニーを見つめた。

「あいつが、病気？　どこが悪いんだ？」

「さあね。でも私《わたし》たちにとってはいいことだわ」ジニーが明るく言った。

「むこうは、かわりにハーパーがプレーする。私《わたし》と同学年で、あいつ、バカよ」

ハリーはあいまいに笑いを返したが、真紅《しんく》のユニフォームに着替《きが》えながら、心はクィディッチから
まるで離《はな》れていた。マルフォイは前にけがを理由にプレーできないと主張《しゅちょう》したことがあった。あの時は、全試合のスケジュールがスリザリンに有利になるように変更《へんこう》されるのをねらったものだった。今度は、なぜ代理を立てても満足なのだろう？　ほんとうに病気なのか、それとも仮病《けびょう》なのか？

「怪《あや》しい、だろ？」ハリーは声をひそめてロンに言った。

「マルフォイがプレーしないなんて」

「僕《ぼく》ならラッキー、と言うね」ロンは少し元気になったようだった。

「それにベイジーも休場だ。あっちのチームの得点王《とくてんおう》だぜ。僕《ぼく》はあいつと対抗《たいこう》したいとは――おい！」

キーパーのグローブを着ける途中《とちゅう》で、ロンは急に動きを止め、ハリーをじっと見た。

「なんだ？」

「僕《ぼく》……君……」

ロンは声を落とし、怖《こわ》さと興奮《こうふん》とが入りまじった顔をした。

「僕《ぼく》の飲み物……かぼちゃジュース……君、もしや……？」

ハリーは眉《まゆ》を吊《つ》り上《あ》げただけで、それには答えず、こう言った。

「あと五分ほどで試合開始だ。ブーツをはいたほうがいいぜ」

選手は、歓声《かんせい》とブーイングの湧《わ》き上《あ》がる競技場《きょうぎじょう》に進み出た。スタンドの片側《かたがわ》は赤と金色一色、反対側は一面の緑と銀色だった。ハッフルパフ生とレイブンクロー生の多くも、どちらかに味方した。叫《さけ》び声《ごえ》と拍手《はくしゅ》の最中、ルーナ・ラブグッドの有名な獅子頭帽子《ししがしらぼうし》の咆哮《ほうこう》が、ハリーにははっきりと聞き取れた。

ハリーは、ボールを木箱から放す用意をして待っているレフェリーのマダム・フーチの所へ進んだ。

「キャプテン、握手《あくしゅ》」

マダム・フーチが言った。ハリーは新しいスリザリンのキャプテン、ウルクハートに片手《かたて》を握《にぎ》りつぶされた。

「箒《ほうき》に乗って。ホイッスルの合図で……三……二……一……」

ホイッスルが鳴り、ハリーも選手たちも凍《こお》った地面を強く蹴《け》った。試合開始だ。

ハリーは競技場《きょうぎじょう》の円周を回るように飛び、スニッチを探《さが》しながら、ずっと下をジグザグに飛んでいるハーパーを監視《かんし》した。すると、いつもの解説者《かいせつしゃ》とは水と油ほどに不調和な声が聞こえてきた。

「さあ、始まりました。今年ポッターが組織《そしき》したチームには、我々全員《われわれぜんいん》が驚《おどろ》いたと思います。ロナルド・ウィーズリーは去年、キーパーとしてむらがあったので、多くの人がロンはチームからはずされると思ったわけですが、もちろん、キャプテンとの個人的《こじんてき》な友情《ゆうじょう》が役に立ちました……」

解説《かいせつ》の言葉は、スリザリン側からのヤジと拍手《はくしゅ》で迎《むか》えられた。ハリーは箒《ほうき》から首を伸《の》ばし、解説《かいせつ》者《しゃ》の演台《えんだい》を見た。やせて背《せ》の高い、鼻がつんと上を向いたブロンドの青年がそこに立ち、かつてはリー・ジョーダンのものだった魔法《まほう》のメガフォンに向かってしゃべっていた。ハッフルパフの選手で、ハリーが心底嫌《きら》いなザカリアス・スミスだとわかった。

「あ、スリザリンが最初のゴールをねらいます。ウルクハートが競技場《きょうぎじょう》を矢のように飛んでいきます。そして――」

ハリーの胃《い》がひっくり返った。

「――ウィーズリーがセーブしました。まあ、時にはラッキーなこともあるでしょう。たぶん……」

「そのとおりだ、スミス。ラッキーさ」

ハリーは一人でニヤニヤしながらつぶやき、チェイサーたちの間に飛《と》び込《こ》んで、逃《に》げ足《あし》の速いスニッチの手がかりを探《さが》してあたりに目を配った。

ゲーム開始後三十分がたち、グリフィンドールは六〇対〇でリードしていた。ロンはほんとうに目を見張《みは》るような守りを何度も見せ、何回かはグローブのほんの先端《せんたん》で守ったこともあった。そしてジニーはグリフィンドールの六回のゴールシュート中、四回を得点《とくてん》していた。これでザカリアスは、ウィーズリー兄妹《きょうだい》がハリーのえこひいきのおかげでチームに入ったのではないかと、声高に言うことが事実上できなくなり、かわりにピークスとクートを槍玉《やりだま》に挙げだした。

「もちろん、クートはビーターとしての普通《ふつう》の体型《たいけい》とは言えません」

ザカリアスは高慢《こうまん》ちきに言った。

「ビーターたるものは普通《ふつう》もっと筋肉《きんにく》が――」

「あいつにブラッジャーを打ってやれ！」

クートがそばを飛《と》び抜《ぬ》けたとき、ハリーが声をかけたが、クートはニヤリと笑って、次のブラッジャーで、ちょうどハリーとすれちがったハーパーをねらった。ブラッジャーが標的に当たったことを意味する**ゴツン**という鈍《にぶ》い音を聞いて、ハリーは喜んだ。

グリフィンドールは破竹《はちく》の勢《いきお》いだった。続けざまに得点《とくてん》し、競技場《きょうぎじょう》の反対側ではロンが続けざまに、いとも簡単《かんたん》にゴールをセーブした。いまやロンは笑顔《えがお》になっていた。特に見事なセーブは、観《かん》衆《しゅう》があのお気に入りの応援歌《おうえんか》「**ウィーズリーはわが王者**」のコーラスで迎《むか》え、ロンは高い所から指《し》揮《き》するまねをした。

「あいつは今日、自分が特別だと思っているようだな？」

意地の悪い声がして、ハリーは危《あや》うく箒《ほうき》からたたき落とされそうになった。ハーパーが故意《こい》にハリーに体当たりしたのだ。

「おまえのダチ、血を裏切《うらぎ》る者め……」

マダム・フーチは背中《せなか》を向けていた。下でグリフィンドール生が怒《おこ》って叫《さけ》んだが、マダム・フーチが振《ふ》り返《かえ》ってハーパーを見たときには、とっくに飛び去ってしまっていた。ハリーは肩《かた》の痛《いた》みをこらえて、ハーパーのあとを追いかけた。ぶつかり返してやる……。

「さあ、スリザリンのハーパー、スニッチを見つけたようです！」

ザカリアス・スミスがメガフォンを通してしゃべった。

「そうです。まちがいなく、ポッターが見ていない何かを見ました！」

スミスはまったくアホだ、とハリーは思った。二人が衝突《しょうとつ》したのに気づかなかったのか？　しかし次の瞬間《しゅんかん》、ハリーは自分の胃袋《いぶくろ》が空から落下したような気がした――スミスが正しくてハリーがまちがっていた。ハーパーは、やみくもに飛ばしていたわけではなかった。ハリーが見つけられなかったものを見つけたのだ。スニッチは、二人の頭上の真っ青に澄《す》んだ空に、まぶしく輝《かがや》きながら高々と飛んでいた。

ハリーは加速した。風が耳元でヒューヒューと鳴り、スミスの解説《かいせつ》も観衆《かんしゅう》の声もかき消してしまった。しかしハーパーはまだハリーの先を飛び、グリフィンドールはまだ一〇〇点しか先行していない。ハーパーが先に目標に着けば、グリフィンドールは負ける……そしていま、ハーパーは目標まであと数十センチと迫《せま》り、手を伸《の》ばした……。

「おい、ハーパー！」ハリーは夢中《むちゅう》で叫《さけ》んだ。

「マルフォイは君が代理で来るのに、いくら払《はら》った？」

なぜそんなことを口走ったのか、ハリーは自分でもわからなかったが、ギクリとしたハーパーは、スニッチをつかみそこね、指の間をすり抜《ぬ》けたスニッチを飛《と》び越《こ》してしまった。そしてハリーは、パタパタ羽ばたく小さな球めがけて腕《うで》を大きく振《ふ》り、キャッチした。

「やった！」

ハリーが叫《さけ》んだ。スニッチを高々と掲《かか》げ、ハリーは矢のように地上へと飛んだ。状況《じょうきょう》がわかったとたん、観衆《かんしゅう》から大歓声《だいかんせい》が湧《わ》き起《お》こり、試合終了《しあいしゅうりょう》を告《つ》げるホイッスルがほとんど聞こえないほどだった。

「ジニー、どこに行くんだ？」ハリーが叫《さけ》んだ。

選手たちが空中で塊《かたまり》になって抱《だ》きつき合《あ》い、ハリーが身動きできないでいると、ジニーだけがそこを通《とお》り越《こ》して飛んでいった。そして大音響《だいおんきょう》とともに、ジニーは解説者《かいせつしゃ》の演台《えんだい》に突《つ》っ込《こ》んだ。観《かん》衆《しゅう》が悲鳴を上げ、大笑いする中、グリフィンドール・チームが壊《こわ》れた演台《えんだい》の脇《わき》に着地してみると、木《き》っ端微塵《ぱみじん》の下敷《したじ》きになって、ザカリアスが弱々しく動いていた。カンカンに怒《おこ》ったマクゴナガル先生に、ジニーがけろりと答える声がハリーの耳に聞こえてきた。

「ブレーキをかけ忘《わす》れちゃって。すみません、先生」

ハリーは笑いながら選手たちから離《はな》れ、ジニーを抱《だ》きしめた。しかしすぐに放し、ジニーのまなざしをさけながら、かわりに、歓声《かんせい》を上げているロンの背中《せなか》をバンとたたいた。仲間割《なかまわ》れをすべて水に流したグリフィンドール・チームは、腕《うで》を組み拳《こぶし》を突《つ》き上《あ》げて、サポーターに手を振《ふ》りながら競技場《きょうぎじょう》から退出《たいしゅつ》した。

更衣室《こういしつ》はお祭り気分だった。

「談話室でパーティだ！　シェーマスがそう言ってた！」ディーンが嬉々《きき》として叫《さけ》んだ。

「行こう、ジニー！　デメルザ！」

ロンとハリーの二人が、最後に更衣室《こういしつ》に残った。外に出ようとしたちょうどその時、ハーマイオニーが入ってきた。両手でグリフィンドールのスカーフをねじりながら、困惑《こんわく》した、しかしきっぱり決心した顔だった。

「ハリー、お話があるの」ハーマイオニーが大きく息を吸《す》った。

「あなた、やってはいけなかったわ。スラグホーンの言ったことを聞いたはずよ。違法《いほう》だわ」

「どうするつもりなんだ？　僕《ぼく》たちを突《つ》き出《だ》すのか？」ロンが詰《つ》め寄《よ》った。

「二人ともいったいなんの話だ？」

ニヤリ笑いを二人に見られないように、背中《せなか》を向けたままユニフォームをかけながら、ハリーが言った。

「なんの話か、あなたにははっきりわかっているはずよ！」

ハーマイオニーがかん高い声を上げた。

「朝食のとき、ロンのジュースに幸運の薬を入れたでしょう！『フェリックス・フェリシス』よ！」

「入れてない」ハリーは二人に向きなおった。

「入れたわ、ハリー。それだから何もかもラッキーだったのよ。スリザリンの選手は欠場するし、ロンは全部セーブするし！」

「僕《ぼく》は入れてない！」

ハリーは、今度は大きくニヤリと笑った。上着のポケットに手を入れ、ハリーは、今朝ハーマイオニーが自分の手中にあるのを目撃《もくげき》したはずの、小さな瓶《びん》を取り出した。金色の水薬がたっぷりと入っていて、コルク栓《せん》はしっかりろうづけされたままだった。

「僕《ぼく》が入れたと、ロンに思わせたかったんだ。だから、君が見ている時を見計らって、入れるふりをした」

ハリーはロンを見た。

「ラッキーだと思《おも》い込《こ》んで、君は全部セーブした。すべて君自身がやったことなんだ」

ハリーは薬をポケットに戻《もど》した。

「僕《ぼく》のかぼちゃジュースには、ほんとうに何も入ってなかったのか？」ロンがあぜんとして言った。

「だけど天気はよかったし……それにベイジーはプレーできなかったし……僕《ぼく》、ほんとのほんとに、幸運薬《こううんやく》を盛《も》られなかったの？」

ハリーは入れていないと首を振《ふ》った。ロンは一瞬《いっしゅん》ポカンと口を開け、それからハーマイオニーを振《ふ》り返《かえ》って声色をまねた。

「ロンのジュースに、今朝『フェリックス・フェリシス』を入れたでしょう。それだから、ロンは全部セーブしたのよ！どうだ！ハーマイオニー、助けなんかなくたって、僕《ぼく》はゴールを守れるんだ！」

「あなたができないなんて、一度も言ってないわ――ロン、**あなただって、**薬を入れられたと思ったじゃない！」

しかしロンはもう、ハーマイオニーの前を大股《おおまた》で通《とお》り過《す》ぎ、箒《ほうき》を担《かつ》いで出ていってしまった。

「えーっと」

突然《とつぜん》訪《おとず》れた沈黙《ちんもく》の中で、ハリーが言った。こんなふうに裏目《うらめ》に出るとは思いもよらなかった。

「じゃ……それじゃ、パーティに行こうか？」

「行けばいいわ！」

ハーマイオニーは瞬《まばた》きして涙《なみだ》をこらえながら言った。

「ロンなんて、私《わたし》、もう**うんざり**。私《わたし》がいったい何をしたって言うの……」

そしてハーマイオニーも、嵐《あらし》のように更衣室《こういしつ》から出ていった。

ハリーは人混《ひとご》みの中を重い足取りで城《しろ》に向かった。校庭を行く大勢《おおぜい》の人が、ハリーに祝福の言葉をかけた。しかし、ハリーは虚脱感《きょだつかん》に襲《おそ》われていた。ロンが試合に勝てば、ハーマイオニーとの仲はたちまち戻《もど》るだろうと信じきっていた。ハーマイオニーは、いったい何をしたかと聞いたが、ビクトール・クラムとキスしたからロンが怒《おこ》っているのだと、どうやって説明すればいいのか見当もつかなかった。何しろその罪《つみ》を犯《おか》したのは、ずっと昔のことなのだ。

ハリーが到着《とうちゃく》したとき、グリフィンドールの祝賀パーティは宴《えん》もたけなわだったが、ハリーはハーマイオニーの姿《すがた》を見つけることができなかった。ハリーの登場で、新たに歓声《かんせい》と拍手《はくしゅ》が湧《わ》き、ハリーはたちまち、祝いの言葉を述《の》べる群集《ぐんしゅう》に囲まれてしまった。試合の様子を逐一《ちくいち》聞きたがるクリービー兄弟を振《ふ》りきったり、ハリーのどんなつまらない話にも笑ったりまつげをパチパチさせたりする大勢《おおぜい》の女の子たちに囲まれてしまったりで、ロンを見つけるまでに時間がかかった。

スラグホーンのクリスマス・パーティに一緒《いっしょ》に行きたいと、しつこくほのめかすロミルダ・ベインをやっと振《ふ》り払《はら》い、人混《ひとご》みをかき分けて飲み物のテーブルのほうに行こうとしていたハリーは、ジニーにばったり出会った。ピグミーパフのアーノルドを肩《かた》にのせ、足元ではクルックシャンクスが、期待顔で鳴いている。

「ロンを探《さが》してるの？」

ジニーはわが意を得《え》たりとばかりニヤニヤしている。

「あそこよ、あのいやらしい偽善者《ぎぜんしゃ》」

ハリーはジニーが指した部屋の隅《すみ》を見た。そこに、部屋中から丸見えになって、ロンがラベンダー・ブラウンと、どの手がどちらの手かわからないほど密接《みっせつ》にからみ合って立っていた。

「ラベンダーの顔を食べてるみたいに見えない？」ジニーは冷静そのものだった。

「でもロンは、テクニックを磨《みが》く必要があるわね。いい試合だったわ、ハリー」

ジニーはハリーの腕《うで》を軽くたたいた。ハリーは胃《い》の中が急にザワーッと騒《さわ》ぐのを感じた。しかし、ジニーはバタービールのおかわりをしにいってしまった。クルックシャンクスが黄色い目をアーノルドから離《はな》さずに、後ろからトコトコついていった。

ハリーは、すぐには顔を現《あらわ》しそうにないロンから目を離《はな》した。ちょうどその時、肖像画《しょうぞうが》の穴《あな》が閉《し》まった。そこから豊《ゆた》かな栗色《くりいろ》の髪《かみ》がすっと消えるのを見たような気がして、ハリーは気持ちが沈《しず》んだ。

ロミルダ・ベインをまたかわし、ハリーはすばやく前進して「太った婦人《レディ》」の肖像画《しょうぞうが》を押《お》し開《あ》けた。外の廊下《ろうか》は誰《だれ》もいないように見えた。

「ハーマイオニー？」

鍵《かぎ》のかかっていない最初の教室で、ハリーはハーマイオニーを見つけた。さえずりながらハーマイオニーの頭の周りに小さな輪を作っている黄色い小鳥たちのほかは、誰《だれ》もいない教室で、ぽつんと先生の机《つくえ》に腰《こし》かけていた。いましがた創《つく》り出《だ》した小鳥にちがいない。こんな時にこれだけの呪文《じゅもん》を使うハーマイオニーに、ハリーはほとほと感心した。

「ああ、ハリー、こんばんは」

ハーマイオニーの声は、いまにも壊《こわ》れそうだった。

「ちょっと練習していたの」

「うん……小鳥たち……あの……とってもいいよ……」ハリーが言った。

ハリーは、なんと言葉をかけていいやらわからなかった。ハーマイオニーがロンに気づかずに、パーティがあまり騒々《そうぞう》しいから出てきただけという可能性《かのうせい》はあるだろうか、とハリーが考えていたその時、ハーマイオニーが不自然に高い声で言った。

「ロンは、お祝いを楽しんでるみたいね」

「あー……そうかい？」ハリーが言った。

「ロンを見なかったようなふりはしないで」ハーマイオニーが言った。

「あの人、特に隠《かく》していた様子は――」

背後《はいご》のドアが突然《とつぜん》開いた。ハリーは凍《こお》りつく思いがした。ロンがラベンダーの手を引いて、笑いながら入ってきたのだ。

「あっ」ハリーとハーマイオニーに気づいて、ロンがギクリと急停止《きゅうていし》した。

「あらっ！」ラベンダーはクスクス笑いながらあとずさりして部屋から出ていった。その後ろでドアが閉《し》まった。

恐《おそ》ろしい沈黙《ちんもく》がふくれ上がり、うねった。ハーマイオニーはロンをじっと見たが、ロンはハーマイオニーを見ようとせず、からいばりと照れくささが奇妙《きみょう》にまじり合った態度《たいど》でハリーに声をかけた。

「よう、ハリー！　どこに行ったのかと思ったよ！」

ハーマイオニーは、机《つくえ》からするりと下りた。金色の小鳥の小さな群《む》れが、さえずりながらハーマイオニーの頭の周囲を回り続けていたので、ハーマイオニーはまるで羽の生えた不思議な太陽系《たいようけい》の模型《もけい》のように見えた。

「ラベンダーを外に待たせておいちゃいけないわ」ハーマイオニーが静かに言った。

「あなたがどこに行ったのかと思うでしょう」

ハーマイオニーは背筋《せすじ》を伸《の》ばして、ゆっくりとドアのほうへ歩いていった。ハリーがロンをちらりと見ると、この程度《ていど》ですんでホッとした、という顔をしていた。

「オパグノ！　襲《おそ》え！」

出口から鋭《するど》い声が飛んできた。

ハリーがすばやく振《ふ》り返《かえ》ると、ハーマイオニーが荒々《あらあら》しい形相で、杖《つえ》をロンに向けていた。小鳥の小さな群《む》れが、金色の丸い弾丸《だんがん》のように、次々とロンめがけて飛んできた。ロンは悲鳴を上げて両手で顔を隠《かく》したが、小鳥の群《む》れは襲《おそ》いかかり、肌《はだ》という肌《はだ》をところかまわずつっつき、引っかいた。

「やめさせろ！」

ロンが早口に叫《さけ》んだ。しかしハーマイオニーは、復讐《ふくしゅう》の怒《いか》りに燃《も》える最後の一瞥《いちべつ》を投げ、力任《ちからまか》せにドアを開けて姿《すがた》を消した。ハリーは、ドアがバタンと閉《し》まる前に、すすり泣く声を聞いたような気がした。

第十五章　破《やぶ》れぬ誓《ちか》い

凍《こお》りついた窓《まど》に、今日も雪が乱舞《らんぶ》していた。クリスマスが駆《か》け足《あし》で近づいてくる。ハグリッドはすでに、例年の大広間用の十二本のクリスマスツリーを一人で運《はこ》び込《こ》んでいた。柊《ひいらぎ》とティンセルの花飾《はなかざ》りが階段《かいだん》の手すりに巻《ま》きつけられ、鎧《よろい》の兜《かぶと》の中からは永久《えいきゅう》に燃《も》えるろうそくが輝《かがや》き、廊下《ろうか》には大きな宿木《やどりぎ》の塊《かたまり》が一定間隔《いっていかんかく》を置いて吊《つ》り下《さ》げられた。宿木《やどりぎ》の下には、ハリーが通りかかるたびに大勢《おおぜい》の女の子が群《む》れをなして集まってきて、廊下《ろうか》が渋滞《じゅうたい》した。しかし、これまでひんぱんに夜間に出歩いていたおかげで、幸い城《しろ》の抜《ぬ》け道《みち》に関しては並々《なみなみ》ならぬ知識《ちしき》を持っていたハリーは、授業《じゅぎょう》と授業《じゅぎょう》の間にも、あまり苦労せずに宿木《やどりぎ》のない通路を移動《いどう》できた。

かつてのロンなら、ハリーが遠回りしなければならないことで嫉妬心《しっとしん》をあおられたかもしれないが、いまはむしろ大はしゃぎで、何もかも笑い飛ばすだけだった。こんなふうに笑ったり冗談《じょうだん》を飛ばしたりする新しいロンのほうが、それまで数週間にわたってハリーが耐《た》えてきた、ふさぎ込《こ》み攻《こう》撃型《げきがた》のロンより、ハリーにとってはずっと好ましかった。しかし、改善型《かいぜんがた》ロンには大きな代償《だいしょう》がついていた。第一に、ハリーは、ラベンダー・ブラウンが始終現《あらわ》れるのをがまんしなければならなかった。ラベンダーはどうやら、ロンにキスしていない間はむだな瞬間《しゅんかん》だと考えているらしい。第二に、ハリーは、二人の親友が二度と互《たが》いに口をききそうもない状況《じょうきょう》を、またしても経験《けいけん》するはめになった。

ハーマイオニーの小鳥に襲《おそ》われ、手や腕《うで》にまだ引っかき傷《きず》や切《き》り傷《きず》がついているロンは、言《い》い訳《わけ》がましく恨《うら》みがましい態度《たいど》を取っていた。

「文句《もんく》は言えないはずだ」ロンがハリーに言った。「あいつはクラムといちゃいちゃした。それで、僕《ぼく》にだっていちゃついてくれる相手がいるのが、あいつにもわかったってことさ。そりゃ、ここは自由の国だからね。僕《ぼく》はなんにも悪いことはしてない」

ハリーは何も答えず、翌日《よくじつ》の午前中にある「呪文学《じゅもんがく》」の授業《じゅぎょう》までに読まなければならない本（『精《せい》の探求《たんきゅう》』）に没頭《ぼっとう》しているふりをした。ロンともハーマイオニーとも友達でいようと決意していたハリーは、口を固く閉《と》じていることが多くなった。

「僕《ぼく》はハーマイオニーになんの約束もしちゃいない」ロンがもごもご言った。「そりゃあ、まあ、スラグホーンのクリスマス・パーティにあいつと行くつもりだったさ。でもあいつは一度だって口に出して……単なる友達さ……僕《ぼく》はフリー・エージェントだ……」

ハリーはロンに見られていると感じながら、『精《せい》の探求《たんきゅう》』のページをめくった。ロンの声はだんだん小さくなってつぶやきになり、暖炉《だんろ》の火がはぜる大きな音でほとんど聞こえなかったが、「クラム」とか「文句《もんく》は言えない」という言葉だけは聞こえたような気がした。

ハーマイオニーは時間割《じかんわり》がぎっしり詰《つ》まっていたので、いずれにせよハリーは、夜にならないとハーマイオニーとまともに話ができる状態《じょうたい》ではなかった。ロンは、夜になるとラベンダーに固く巻《ま》きついていたので、ハリーが何をしているかにも気づいていなかった。ハーマイオニーは、ロンが談話室にいるかぎりそこにいることを拒否《きょひ》していたので、ハリーはだいたい図書館でハーマイオニーに会った。ということは、二人がヒソヒソ話をするということでもあった。

「誰《だれ》とキスしようが、まったく自由よ」

司書のマダム・ピンスが背後《はいご》の本棚《ほんだな》をうろついているときに、ハーマイオニーが声をひそめて言った。

「まったく気にしないわ」

ハーマイオニーが羽根ペンを取り上げて、強烈《きょうれつ》に句点《くてん》を打ったので、羊皮紙に穴《あな》が開いた。ハリーは何も言わなかった。あまりにも声を使わないので、そのうち声が出なくなるのではないかと思った。『上級魔法薬《じょうきゅうまほうやく》』の本にいっそう顔を近づけ、ハリーは「万年万能薬《まんねんばんのうやく》」についてのノートを取り続け、ときどきペンを止めては、リバチウス・ボラージの文章に書き加えられている、プリンスの有用な追加情報《ついかじょうほう》を判読《はんどく》した。

「ところで」しばらくして、ハーマイオニーがまた言った。

「気をつけないといけないわよ」

「最後にもう一回だけ言うけど」

四十五分もの沈黙《ちんもく》のあとで、ハリーの声は少しかすれていた。

「この本を返すつもりはない。プリンスから学んだことのほうが、スネイプやスラグホーンからこれまで教わってきたことより——」

「私《わたし》、そのバカらしいプリンスとかいう人のことを、言ってるんじゃないわ」

ハーマイオニーは、その本に無礼なことを言われたかのように、険悪《けんあく》な目つきで教科書を見た。

「ちょっと前に起こったことを話そうとしてたのよ。ここに来る前に女子トイレに行ったら、そこに十人ぐらい女子が集まっていたの。あのロミルダ・ベインもいたわ。あなたに気づかれずにほれ薬を盛《も》る方法を話していたの。全員が、あなたにスラグホーン・パーティに連れていってほしいと思っていて、みんながフレッドとジョージの店から『愛の妙薬《あいのみょうやく》』を買ったみたい。それ、たぶん効《き》くと思うわ——」

「なら、どうして取り上げなかったんだ？」ハリーが詰《つ》め寄《よ》った。

ここ一番という肝心《かんじん》なときに、規則遵守熱《きそくじゅんしゅねつ》がハーマイオニーを見捨《みす》てたのは尋常《じんじょう》ではないと思われた。

「あの人たち、トイレでは薬を持っていなかったの」ハーマイオニーがさげすむように言った。「戦術《せんじゅつ》を話し合っていただけ。さすがの『**プリンス**』も」

ハーマイオニーはまたしても険悪《けんあく》な目つきで本を見た。

「十種類以上のほれ薬が一度に使われたら、その解毒剤《げどくざい》をでっち上げることなど夢《ゆめ》にも思いつかないでしょうから、私《わたし》なら一緒《いっしょ》に行く人を誰《だれ》か誘《さそ》うわね——そうすればほかの人たちは、まだチャンスがあるなんて考えなくなるでしょう——あしたの夜よ。みんな必死になっているわ」

「誰《だれ》も招《まね》きたい人がいない」ハリーがつぶやいた。

ハリーはいままでも、さけうるかぎりジニーのことは考えまいとしていた。その実、ジニーはしょっちゅうハリーの夢《ゆめ》に現《あらわ》れていた。夢《ゆめ》の内容《ないよう》からして、ロンが「開心術《かいしんじゅつ》」を使うことができないのは、心底ありがたかった。

「まあ、とにかく飲み物には気をつけなさい。ロミルダ・ベインは本気みたいだったから」

ハーマイオニーが厳《きび》しく言った。

ハーマイオニーは、「数占《かずうらな》い」のレポートを書いていた長い羊皮紙の巻紙《まきがみ》をたくし上げ、羽根ペンの音を響《ひび》かせ続けた。ハリーはそれを見ながら、心は遠くへと飛んでいた。

「待てよ」ハリーはふと思い当たった。

「フィルチが、『ウィーズリー・ウィザード・ウィーズ』で買ったものはなんでも禁止《きんし》にしたはずだけど？」

「それで？　フィルチが禁止《きんし》したものを、気にした人なんているかしら？」

ハーマイオニーは、レポートに集中したままで言った。

「だけど、ふくろうは全部検査《けんさ》されてるんじゃないのか？　だから、その女の子たちが、ほれ薬を学校に持《も》ち込《こ》めたっていうのは、どういうわけだ？」

「フレッドとジョージが、香水《こうすい》と咳止《せきど》め薬《ぐすり》に偽装《ぎそう》して送ってきたの。あの店の『ふくろう通信販売《つうしんはんばい》サービス』の一環《いっかん》よ」

「ずいぶんくわしいじゃないか」

ハーマイオニーは、いましがたハリーの『上級魔法薬《じょうきゅうまほうやく》』の本を見たと同じ目つきで、ハリーを見た。

「夏休みに、あの二人が、私《わたし》とジニーに見せてくれた瓶《びん》の裏《うら》に、全部書いてありました」

ハーマイオニーが冷たく言った。

「私《わたし》、誰《だれ》かの飲み物に薬を入れて回るようなまねはしません……入れるふりもね。それも同罪《どうざい》だわ……」

「ああ、まあ、それは置いといて」ハリーは急いで言った。

「要するに、フィルチはだまされてるってことだな？　女の子たちが何かに偽装《ぎそう》したものを学校に持《も》ち込《こ》んでいるわけだ！　それなら、マルフォイだってネックレスを学校に持《も》ち込《こ》めないわけは――？」

「まあ、ハリー……また始まった……」

「ねえ、持《も》ち込《こ》めないわけはないだろう？」ハリーが問《と》い詰《つ》めた。

「あのね」ハーマイオニーはため息をついた。

「『詮索《せんさく》センサー』は呪《のろ》いとか呪詛《じゅそ》、隠蔽《いんぺい》の呪文《じゅもん》を見破《みやぶ》るわけでしょう？　闇《やみ》の魔術《まじゅつ》や闇《やみ》の物品を見つけるために使われるの。ネックレスにかかっていた強力な呪《のろ》いなら、たちまち見つけ出したはずだわ。でも、単に瓶《びん》と中身がちがっているだけのものは、認識《にんしき》しないでしょうね――それに、いずれにせよ『愛《あい》の妙薬《みょうやく》』は闇《やみ》のものでもないし、危険《きけん》でも――」

「君は簡単《かんたん》に危険《きけん》じゃないって言うけど――」

ハリーは、ロミルダ・ベインのことを考えながら言った。

「――それじゃ、咳止《せきど》め薬《ぐすり》じゃないと見破《みやぶ》るかどうかは、フィルチしだいっていうわけだ。だけどあいつはあんまり優秀《ゆうしゅう》な魔法使《まほうつか》いじゃないし、薬の見分けがつくかどうか、怪《あや》しい――」

ハーマイオニーはハッと身を固くした。ハリーにも聞こえた。誰《だれ》かが、二人のすぐ後ろの暗い本《ほん》棚《だな》の間で動いたのだ。二人がじっとしていると、まもなく物陰《ものかげ》から、ハゲタカのような容貌《ようぼう》のマダム・ピンスが現《あらわ》れた。落ちくぼんだほおに羊皮紙のような肌《はだ》、そして高い鉤鼻《かぎばな》が、手にしたランプで情《なさ》け容赦《ようしゃ》なく照らし出されている。

「図書館の閉館時間《へいかんじかん》です」マダム・ピンスが言った。「借りた本はすべて返すように。元の棚《たな》に――**この不心得者《ふこころえもの》！　その本に何をしでかしたんです？**」

「図書館の本じゃありません。僕《ぼく》のです！」

あわててそう言いながら、ハリーは机《つくえ》に置いてあった『上級魔法薬《じょうきゅうまほうやく》』の本をひっこめようとしたが、マダム・ピンスが鉤爪《かぎづめ》のような手で本につかみかかってきた。

「荒《あ》らした！」マダム・ピンスが唸《うな》るように言った。

「穢《けが》した！　汚《よご》した！」

「教科書に書《か》き込《こ》みしてあるだけです！」ハリーは本を引《ひ》っ張《ば》り返《かえ》して取《と》り戻《もど》した。

マダム・ピンスは発作《ほっさ》を起こしそうだった。ハーマイオニーは急いで荷物をまとめ、ハリーの腕《うで》をがっちりつかんで無理やり連れ出した。

「気をつけないと、あの人、あなたを図書館出入《でい》り禁止《きんし》にするわよ。どうしてそんなおろかしい本を持《も》ち込《こ》む必要があったの？」

「ハーマイオニー、あいつが狂《くる》ってるのは僕《ぼく》のせいじゃない。それともあいつ、君がフィルチの悪口を言ったのを盗《ぬす》み聞《ぎ》きしたのかな？　あいつらの間に何かあるんじゃないかって、僕《ぼく》、前々から疑《うたが》ってたんだけど――」

「まあ、ハ、ハ、ハだわ……」

あたりまえに話せるようになったのが楽しくて、二人はランプに照らされた人気《ひとけ》のない廊下《ろうか》を談話室に向かって歩きながら、フィルチとマダム・ピンスがはたして密《ひそ》かに愛し合っているかどうかを議論《ぎろん》した。

「ボーブル、玉飾《たまかざ》り」

ハリーは「太った婦人《レディ》」に向かって、クリスマス用の新しい合言葉を言った。

「クリスマスおめでとう」

「太った婦人《レディ》」はいたずらっぽく笑い、パッと開いて二人を入れた。

「あら、ハリー！」肖像画《しょうぞうが》の穴《あな》から出てきたとたん、ロミルダ・ベインが言った。

「ギリーウォーターはいかが？」

ハーマイオニーがハリーを振《ふ》り返《かえ》って、「ほうらね！」という目つきをした。

「いらない」ハリーが急いで言った。「あんまり好きじゃないんだ」

「じゃ、とにかくこっちを受け取って」

ロミルダがハリーの手に箱を押《お》しつけた。

『大鍋《おおなべ》チョコレート』、ファイア・ウィスキー入りなの。おばあさんが送ってくれたんだけど、私《わたし》、好きじゃないから」

「ああ――そう――ありがとう」

ほかになんとも言いようがなくて、ハリーはそう言った。

「あー――僕《ぼく》、ちょっとあっちへ、あの人と……」

ハリーの声が先細りになり、あわててハーマイオニーの後ろにくっついてその場を離《はな》れた。

「言ったとおりでしょ」ハーマイオニーがずばりと言った。

「早く誰《だれ》かに申《もう》し込《こ》めば、それだけ早くみんながあなたを解放《かいほう》して、あなたは――」

突然《とつぜん》、ハーマイオニーの顔が無表情《むひょうじょう》になった。ロンとラベンダーが、一つのひじかけ椅子《いす》でからまり合っているのを目にしたのだ。

「じゃ、おやすみなさい、ハリー」

まだ七時なのに、ハーマイオニーはそう言うなり、あとは一言も発せず女子寮《じょしりょう》に戻《もど》っていった。

ベッドに入りながら、ハリーは、あと一日分の授業《じゅぎょう》とスラグホーンのパーティがあるだけだと自分をなぐさめた。その後は、ロンと一緒《いっしょ》に「隠《かく》れ穴《あな》」に出発だ。休暇《きゅうか》の前にロンとハーマイオニーが仲なおりするのは、いまや不可能《ふかのう》に思われた。でも、たぶん、どうにかして、休暇《きゅうか》の間に二人とも冷静になって、自分たちの態度《たいど》を反省することも……。

ハリーははじめから高望みしてはいなかった。そして翌日《よくじつ》、二人と一緒《いっしょ》に受ける「変身術《へんしんじゅつ》」の授《じゅ》業《ぎょう》を耐《た》え抜《ぬ》いたあとは、期待はますます低くなるばかりだった。

授業《じゅぎょう》では、人の変身という非常《ひじょう》に難《むずか》しい課題を始めたばかりで、自分の眉《まゆ》の色を変える術《じゅつ》を、鏡の前で練習していた。ロンの一回目は惨憺《さんたん》たる結果で、どうやったものやら、見事なカイザルひげが生えてしまった。ハーマイオニーは薄情《はくじょう》にもそれを笑った。ロンはその復讐《ふくしゅう》に、マクゴナガル先生が質問《しつもん》するたび、ハーマイオニーが椅子《いす》に座《すわ》ったまま上下にピョコピョコする様子を、残酷《ざんこく》にも正確《せいかく》にまねして見せた。ラベンダーとパーバティはさかんにおもしろがり、ハーマイオニーはまた涙《なみだ》がこぼれそうになった。

ベルが鳴ったとたん、ハーマイオニーは学用品を半分も残したまま、教室から飛び出していった。いまはロンよりハーマイオニーのほうが助けを必要としていると判断《はんだん》したハリーは、ハーマイオニーが置き去りにした荷物をかき集め、あとを追った。

やっと追いついたときは、ハーマイオニーが下の階の女子トイレから出てくるところだった。ルーナ・ラブグッドが、その背中《せなか》をたたくともなくたたきながら付《つ》き添《そ》っていた。

「ああ、ハリー、こんにちは」ルーナが言った。「あんたの片方《かたほう》の眉《まゆ》、真っ黄色になってるって知ってた？」

「やあ、ルーナ。ハーマイオニー、これ、忘《わす》れていったよ……」

ハリーは、ハーマイオニーの本を数冊《すうさつ》差し出した。

「ああ、そうね」

ハーマイオニーは声を詰《つ》まらせながら受け取り、急いで横を向いて、羽根ペン入れで目をぬぐっていたことを隠《かく》そうとした。

「ありがとう、ハリー。私《わたし》、もう行かなくちゃ……」

ハリーがなぐさめの言葉をかける間も与《あた》えず、ハーマイオニーは急いで去っていった。もっとも、ハリーはかける言葉も思いつかなかった。

「ちょっと落《お》ち込《こ》んでるみたいだよ」ルーナが言った。「最初は『嘆《なげ》きのマートル』がいるのかと思ったんだけど、ハーマイオニーだったもン。ロン・ウィーズリーのことをなんだか言ってた……」

「ああ、けんかしたんだよ」ハリーが言った。

「ロンて、ときどきとってもおもしろいことを言うよね？」

二人で廊下《ろうか》を歩きながら、ルーナが言った。

「だけど、あの人、ちょっとむごいとこがあるな。あたし、去年気がついたもン」

「そうだね」ハリーが言った。

ルーナは言いにくい真実をずばりと言う、いつもの才能《さいのう》を発揮《はっき》した。ハリーは、ほかにルーナのような人に会ったことがなかった。

「ところで、今学期は楽しかった？」

「うん、まあまあだよ」ルーナが言った。

「ＤＡがなくて、ちょっとさびしかった。でも、ジニーがよくしてくれたもン。この間、『変身術《へんしんじゅつ》』のクラスで、男子が二人、あたしのことを『おかしなルーニー』って呼《よ》んだとき、ジニーがやめさせてくれた――」

「今晩《こんばん》、僕《ぼく》と一緒《いっしょ》にスラグホーンのパーティに来ないか？」

止める間もなく、言葉が口をついて出た。他人がしゃべっているのを聞くように、ハリーは自分の言葉を聞いた。

ルーナは驚《おどろ》いて、飛び出した目をハリーに向けた。

「スラグホーンのパーティ？　あんたと？」

「うん」ハリーが言った。「客を連れていくことになってるんだ。それで君さえよければ……つまり……」

ハリーは、自分がどういうつもりなのかをはっきりさせておきたかった。

「つまり、単なる友達として、だけど。でも、もし気が進まないなら……」

ハリーはすでに、ルーナが行きたくないと言ってくれることを半分期待していた。

「ううん、一緒《いっしょ》に行きたい。友達として！」

ルーナは、これまでに見せたことのない笑顔《えがお》でニッコリした。

「いままでだぁれも、パーティに誘《さそ》ってくれた人なんかいないもン。友達として！　あんた、だから眉《まゆ》を染《そ》めたの？　パーティ用に？　あたしもそうするべきかな？」

「いや」ハリーがきっぱりと言った。「これは失敗したんだ。ハーマイオニーに頼《たの》んで直してもらうよ。じゃ、玄関《げんかん》ホールで八時に落ち合おう」

「**ハッハーン！**」

頭上でかん高い声がして、二人は飛び上がった。二人とも気づかなかったが、ピーブズがシャンデリアから逆《さか》さまにぶら下がって、二人に向かって意地悪くニヤニヤしていた。たったいま、二人がその下を通《とお》り過《す》ぎたのだった。

「**ポッティがルーニーをパーティに誘《さそ》った！　ポッティはルーニーが好〜き！　ポッティはル〜〜〜ニーが好〜〜〜き！**」

そしてピーブズは、「ポッティはルーニーが好き！」とかん高くはやしたてながら、高笑いとともにズームして消えた。

「内緒《ないしょ》にしてくれてうれしいよ」ハリーが言った。

案の定、あっという間に学校中に、ハリー・ポッターがルーナ・ラブグッドをスラグホーンのパーティに連れていく、ということが知《し》れ渡《わた》ったようだった。

「君は**誰《だれ》だって**誘《さそ》えたんだ！」

夕食の席で、ロンが信じられないという顔で言った。

「**誰《だれ》だって！**　なのに、ルーニー・ラブグッドを選んだのか？」

「ロン、そういう呼《よ》び方《かた》をしないで」

友達の所に行く途中《とちゅう》だったジニーが、ハリーの後ろで立ち止まり、ピシャリと言った。

「ハリー、あなたがルーナを誘《さそ》ってくれて、ほんとにうれしいわ。あの子、とっても興奮《こうふん》してる」

そしてジニーは、ディーンが座《すわ》っているテーブルの奥《おく》のほうに歩いていった。ルーナを誘《さそ》ったことをジニーが喜んでくれたのはうれしいと、ハリーは自分を納得《なっとく》させようとしたが、そう単純《たんじゅん》には割《わ》り切《き》れなかった。テーブルのずっと離《はな》れた所で、ハーマイオニーがシチューをもてあそびながら、一人で座《すわ》っていた。ハリーは、ロンがハーマイオニーを盗《ぬす》み見《み》ているのに気づいた。

「謝《あやま》ったらどうだ」ハリーはぶっきらぼうに意見した。

「なんだよ。それでまたカナリアの群《む》れに襲《おそ》われろって言うのか？」ロンがブツブツ言った。

「なんのためにハーマイオニーのものまねをする必要があった？」

「僕《ぼく》の口ひげを笑った！」

「僕《ぼく》も笑ったさ。あんなにバカバカしいもの見たことがない」

しかし、ロンは聞いてはいないようだった。ちょうどその時、ラベンダーがパーバティと一緒《いっしょ》にやってきたのだ。ハリーとロンの間に割《わ》り込《こ》んで、ラベンダーはロンの首に両腕《りょううで》を回した。

「こんばんは、ハリー」

パーバティもハリーと同じように、この二人の友人の態度《たいど》には当惑気味《とうわくぎみ》で、うんざりした顔をしていた。

「やあ」ハリーが答えた。「元気かい？　それじゃ、君はホグワーツにとどまることになったんだね？　ご両親が連《つ》れ戻《もど》したがっているって聞いたけど」

「しばらくはそうしないようにって、なんとか説得したわ」パーバティが言った。「あのケイティのことで、親がとってもパニックしちゃったんだけど、でも、あれからは何も起こらないし……あら、こんばんは、ハーマイオニー！」

パーバティはことさらニッコリした。「変身術《へんしんじゅつ》」の授業《じゅぎょう》でハーマイオニーを笑ったことを後ろめたく思っているのだろうと、ハリーは察した。振《ふ》り返《かえ》ると、ハーマイオニーもニッコリを返している。あろうことか、もっと明るくニッコリだ。女ってやつは、時に非常《ひじょう》に不可思議《ふかしぎ》だ。

「こんばんは、パーバティ！」

ハーマイオニーは、ロンとラベンダーを完璧《かんぺき》に無視《むし》しながら言った。

「夜はスラグホーンのパーティに行くの？」

「招待《しょうたい》なしよ」パーバティは憂鬱《ゆううつ》そうに言った。「でも、行きたいわ。とってもすばらしいみたいだし……あなたは行くんでしょう？」

「ええ、八時にコーマックと待ち合わせて、二人で――」

詰《つ》まった流しから吸引《きゅういん》カップを引《ひ》き抜《ぬ》くような音がして、ロンの顔が現《あらわ》れた。ハーマイオニーはと言えば、見ざる聞かざるを決め込《こ》んだ様子だった。

「――一緒《いっしょ》にパーティに行くの」

「コーマックと？」パーバティが聞き返した。

「コーマック・マクラーゲン、なの？」

「そうよ」ハーマイオニーがやさしい声で言った。

「**もう少しで**」

ハーマイオニーが、やけに言葉に力を入れた。

「グリフィンドールのキーパーになるところだった人よ」

「それじゃ、あの人とつき合ってるの？」パーバティが目を丸くした。

「あら――そうよ――知らなかった？」

ハーマイオニーがおよそ彼女《かのじょ》らしくないクスクス笑いをした。

「まさか！」パーバティは、このゴシップ種をもっと知りたくてうずうずしていた。

「ウワー、あなたって、クィディッチ選手が好きなのね？　最初はクラム、今度はマクラーゲン……」

「私《わたし》が好きなのは、**ほんとうにいい**クィディッチ選手よ」

ハーマイオニーがほほえんだまま訂正《ていせい》した。

「じゃ、またね……もうパーティに行く支度《したく》をしなくちゃ……」

ハーマイオニーは行ってしまった。ラベンダーとパーバティは、すぐさま額《ひたい》を突《つ》き合《あ》わせ、マクラーゲンについて聞いていたもろもろの話から、ハーマイオニーについて想像《そうぞう》していたあらゆることにいたるまで、この新しい展開《てんかい》を検討《けんとう》しはじめた。ロンは奇妙《きみょう》に無表情《むひょうじょう》で、何も言わなかった。ハリーは一人だまって、女性《じょせい》とは、復讐《ふくしゅう》のためならどこまで深く身を落とすことができるものなのかと、しみじみ考えていた。

その晩《ばん》、八時にハリーが玄関《げんかん》ホールに行くと、尋常《じんじょう》でない数の女子生徒がうろうろしていて、ハリーがルーナに近づくのを恨《うら》みがましく見つめていた。ルーナはスパンコールのついた銀色のローブを着ていて、見物人の何人かがそれをクスクス笑っていた。しかし、そのほかは、ルーナはなかなかすてきだった。とにかくハリーは、ルーナがオレンジ色のカブのイヤリングを着けてもいないし、バタービールのコルク栓《せん》をつないだネックレスも「メラメラめがね」もかけていないことがうれしかった。

「やあ」ハリーが声をかけた。「それじゃ、行こうか？」

「うん」ルーナがうれしそうに言った。「パーティはどこなの？」

「スラグホーンの部屋だよ」

ハリーは、見つめたり陰口《かげぐち》をきいたりする群《む》れから離《はな》れ、大理石の階段《かいだん》を先に立って上りながら答えた。

「吸血鬼《きゅうけつき》《バンパイア》が来る予定だって、君、聞いてる？」

「ルーファス・スクリムジョール？」ルーナが聞き返した。

「僕《ぼく》――えっ？」ハリーは面食らった。「魔法大臣《まほうだいじん》のこと？」

「そう。あの人、吸血鬼《きゅうけつき》なんだ」ルーナはあたりまえという顔で言った。「スクリムジョールがコーネリウス・ファッジにかわったときに、パパがとっても長い記事を書いたんだけど、魔法省《まほうしょう》の誰《だれ》かが手を回して、パパに発行させないようにしたんだもン。もちろん、ほんとうのことがもれるのがいやだったんだよ！」

ルーファス・スクリムジョールが吸血鬼《きゅうけつき》というのは、まったくありえないと思ったが、ハリーは何も反論《はんろん》しなかった。父親の奇妙《きみょう》な見解《けんかい》を、ルーナが事実と信じて受け売りするのに慣《な》れっこになっていたからだ。

二人はすでに、スラグホーンの部屋のそばまで来ていた。笑い声や音楽、にぎやかな話し声が、ひと足ごとにだんだん大きくなってきた。

はじめからそうなっていたのか、それともスラグホーンが魔法《まほう》でそう見せかけているのか、その部屋はほかの先生の部屋よりずっと広かった。天井《てんじょう》と壁《かべ》はエメラルド、紅《くれない》、そして金色《こんじき》の垂《た》れ幕《まく》のひだ飾《かざ》りで優美《ゆうび》に覆《おお》われ、全員が大きなテントの中にいるような感じがした。中は混《こ》み合《あ》ってムンムンしていた。

天井《てんじょう》の中央から凝《こ》った装飾《そうしょく》をほどこした金色のランプが下がり、中には本物の妖精《ようせい》が、それぞれにきらびやかな光を放ちながらパタパタ飛び回っていて、ランプの赤い光が部屋中を満たしていた。マンドリンのような音に合わせて歌う大きな歌声が、部屋の隅《すみ》のほうから流れ、年長の魔法戦《まほうせん》士《し》が数人話《はな》し込《こ》んでいる所には、パイプの煙《けむり》が漂《ただよ》っていた。

何人かの屋敷《やしき》しもべ妖精《ようせい》が、キーキー言いながら客のひざ下あたりをすり抜《ぬ》けるように動き回っていたが、食べ物をのせた重そうな銀の盆《ぼん》の下に隠《かく》されてしまい、まるで小さなテーブルが勝手に動いているように見えた。

「これはこれは、ハリー！」

ハリーとルーナが、混《こ》み合《あ》った部屋に入るや否《いな》や、スラグホーンの太い声が響《ひび》いた。

「さあ、さあ、入ってくれ。君に引き合わせたい人物が大勢《おおぜい》いる！」

スラグホーンはゆったりしたビロードの上着を着て、おそろいのビロードの房《ふさ》つき帽《ぼう》子《し》をかぶっていた。一緒《いっしょ》に「姿《すがた》くらまし」したいのかと思うほどがっちりとハリーの腕《うで》をつかみ、スラグホーンは、何か目論見《もくろみ》がありそうな様子でハリーをパーティのまっただ中へと導《みちび》いた。ハリーはルーナの手をつかみ、一緒《いっしょ》に引《ひ》っ張《ぱ》っていった。

「ハリー、こちらはわたしの昔の生徒でね、エルドレド・ウォープルだ。『血兄弟——吸血鬼《きゅうけつき》たちとの日々』の著者《ちょしゃ》だ——そして、もちろん、その友人のサングィニだ」

小柄《こがら》でめがねをかけたウォープルは、ハリーの手をぐいとつかみ、熱烈《ねつれつ》に握手《あくしゅ》した。吸血鬼《きゅうけつき》のサングィニは、背《せ》が高くやつれていて、目の下に黒いくまがあったが、首を傾《かたむ》けただけの挨拶《あいさつ》だった。かなりたいくつしている様子だ。興味津々《きょうみしんしん》の女子生徒がその周りにガヤガヤ群《むら》がって、興奮《こうふん》していた。

「ハリー・ポッター、喜ばしいかぎりです！」

ウォープルは近視《きんし》の目を近づけて、ハリーの顔をのぞきこんだ。

「つい先日、スラグホーン先生にお聞きしたばかりですよ。**我々《われわれ》すべてが待ち望んでいる、ハリー・ポッターの伝記はどこにあるのですか？**　とね」

「あー」ハリーが言った。「そうですか？」

「ホラスの言ったとおり、謙虚《けんきょ》な人だ！」ウォープルが言った。

「しかし、まじめな話——」態度《たいど》ががらりと変わって、急に事務的《じむてき》になった。

「私自身《わたしじしん》が喜んで書きますがね――　みんなが君のことを知りたいと、渇望《かつぼう》していますよ。君、渇望《かつぼう》ですよ！　なに、二、三回インタビューさせてくれれば、そう、一回につき四、五時間ってところですね、そうしたらもう、数か月で本が完成しますよ。君のほうはほとんど何もしなくていい。お約束しますよ――ご心配なら、ここにいるサングィニに聞いてみて――**サングィニ！　ここにいなさい！**」

ウォープルが急に厳《きび》しい口調になった。吸血鬼《きゅうけつき》は、かなり飢《う》えた目つきで、周囲の女の子たちの群《む》れにじりじり近づいていた。

「さあ、肉入りパイを食べなさい」

そばを通った屋敷《やしき》しもべ妖精《ようせい》から一つ取って、サングィニの手に押《お》しつけると、ウォープルはまたハリーに向きなおった。

「いやあ、君、どんなにいい金になるか、考えても――」

「まったく興味《きょうみ》ありません」ハリーはきっぱり断《ことわ》った。

「それに、友達を見かけたので、失礼します」

ハリーはルーナを引っ張《ぱ》って人混《ひとご》みの中に入っていった。たったいま、長く豊《ゆた》かな栗色《くりいろ》の髪《かみ》が、「妖女《ようじょ》シスターズ」のメンバーと思《おぼ》しき二人の間に消えるのを、ほんとうに見かけたのだ。

「ハーマイオニー、**ハーマイオニー！**」

「ハリー！　ここにいたの。よかった！　こんばんは、ルーナ！」

「何があったんだ？」ハリーが聞いた。

ハーマイオニーは、「悪魔《あくま》の罠《わな》」の茂《しげ》みと格闘《かくとう》して逃《のが》れてきたばかりのように、見るからにぐしゃぐしゃだった。

「ああ、逃《に》げてきたところなの――つまり、コーマックを置いてきたばかりなの」

ハリーがけげんな顔で見つめ続けていたので、ハーマイオニーが「宿木《やどりぎ》の下に」と説明を加えた。

「あいつと来た罰《ばつ》だ」ハリーは厳《きび》しい口調で言った。

「ロンが一番いやがると思ったの」ハーマイオニーが冷静に言った。「ザカリアス・スミスではどうかと思ったこともちょっとあったけど、全体として考えると――」

「**スミスなんかまで考えたのか？**」ハリーはむかついた。

「ええ、そうよ。そっちを選んでおけばよかったと思いはじめたわ。マクラーゲンって、グロウプでさえ紳士《しんし》に見えてくるような人。あっちに行きましょう。あいつがこっちに来るのが見えるわ。何しろ大きいから……」

三人は、途中《とちゅう》で蜂蜜酒《はちみつしゅ》のゴブレットをすくい取って、部屋の反対側へと移動《いどう》した。そこに、トレローニー先生がぽつんと立っているのに気づいたときには、もう遅《おそ》かった。

「こんばんは」ルーナが、礼儀正《れいぎただ》しくトレローニー先生に挨拶《あいさつ》した。

「おや、こんばんは」

トレローニー先生は、やっとのことでルーナに焦点《しょうてん》を合わせた。ハリーは今度もまた、安物の料理用シェリー酒のにおいをかぎ取った。

「あたくしの授業《じゅぎょう》で、最近お見かけしないわね……」

「はい、今年はフィレンツェです」ルーナが言った。

「ああ、そうそう」

トレローニー先生は腹立《はらだ》たしげに、酔《よ》っ払《ぱら》いらしい忍《しの》び笑《わら》いをした。

「あたくしは、むしろ『駄馬《だば》さん』とお呼《よ》びしますけれどね。あたくしが学校に戻《もど》ったからには、ダンブルドア校長があんな馬を追い出してしまうだろうと、そう思いませんでしたこと？　でも、ちがう……クラスを分けるなんて……侮辱《ぶじょく》ですわ、そうですとも、侮辱《ぶじょく》。ご存《ぞん》じかしら……」

酩酊《めいてい》気味《ぎみ》のトレローニー先生には、ハリーの顔も見分けられないようだった。フィレンツェへの激烈《げきれつ》な批判《ひはん》を煙幕《えんまく》にして、ハリーはハーマイオニーに顔を近づけて話した。

「はっきりさせておきたいことがある。キーパーの選抜《せんばつ》に君が干渉《かんしょう》したこと、ロンに話すつもりか？」

ハーマイオニーは眉《まゆ》を吊《つ》り上《あ》げた。

「私《わたし》がそこまでいやしくなると思うの？」

ハリーは見透《みす》かすようにハーマイオニーを見た。

「ハーマイオニー、マクラーゲンを誘《さそ》うことができるくらいなら――」

「それとこれとは別です」ハーマイオニーは重々しく言った。

「キーパーの選抜《せんばつ》に何が起こりえたか、起こりえなかったか、ロンにはいっさい言うつもりはないわ」

「そんならいい」ハリーが力強く言った。「何しろ、もしロンがまたぼろぼろになったら、次の試合は負ける――」

「クィディッチ！」ハーマイオニーの声が怒《おこ》っていた。「男の子って、それしか頭にないの？　コーマックは私《わたし》のことを一度も聞かなかったわ。ただの一度も。私《わたし》がお聞かせいただいたのは、『コーマック・マクラーゲンのすばらしいセーブ百選』、連続ノンストップ。ずーっとよ――あ、いや、こっちに来るわ！」

ハーマイオニーの動きの速さと来たら、「姿《すがた》くらまし」したかのようだった。ここと思えばまたあちら、次の瞬間《しゅんかん》、バカ笑いしている二人の魔女《まじょ》の間に割《わ》り込《こ》んで、サッと消えてしまった。

「ハーマイオニーを見なかったか？」

一分後に、人混《ひとご》みをかき分けてやってきたマクラーゲンが聞いた。

「いいや」そう言うなり、ハリーはルーナが誰《だれ》と話していたかを一瞬忘《いっしゅんわす》れて、あわててルーナの会話に加わった。

「ハリー・ポッター！」

初めてハリーの存在《そんざい》に気づいたトレローニー先生が、深いビブラートのかかった声で言った。

「あ、こんばんは」ハリーは気のない挨拶《あいさつ》をした。

「まあ、あなた！」

よく聞こえるささやき声で、先生が言った。

「あのうわさ！　あの話！　『選ばれし者』！　もちろん、あたくしには前々からわかっていたことです……ハリー、予兆がよかったためしがありませんでした……でも、どうして『占い学《うらながく》』を取らなかったのかしら？　あなたこそ、ほかの誰《だれ》よりも、この科目が最も重要ですわ！」

「ああ、シビル、我々《われわれ》はみんな、自分の科目こそ最重要と思うものだ！」

大きな声がして、トレローニー先生の横にスラグホーン先生が現《あらわ》れた。真っ赤な顔にビロードの帽子《ぼうし》をななめにかぶり、片手《かたて》に蜂蜜酒《はちみつしゅ》、もう一方の手に大きなミンスパイを持っている。

「しかし、『魔法薬学《まほうやくがく》』でこんなに天分のある生徒は、ほかに思い当たらないね！」

スラグホーンは、酔《よ》って血走ってはいたが、愛《いと》しげなまなざしでハリーを見た。

「何しろ、直感的で――母親と同じだ！　これほどの才能《さいのう》の持ち主は、数えるほどしか教えたことがない。いや、まったくだよ、シビル――このセブルスでさえ――」

ハリーはぞっとした。スラグホーンが片腕《かたうで》を伸《の》ばしたかと思うと、どこからともなく呼《よ》び出《だ》したかのように、スネイプをそばに引《ひ》き寄《よ》せた。

「こそこそ隠《かく》れずに、セブルス、一緒《いっしょ》にやろうじゃないか！」

スラグホーンが楽しげにしゃっくりした。

「たったいま、ハリーが魔法薬《まほうやく》の調合に関してずば抜《ぬ》けていると、話していたところだ。もちろん、ある程度《ていど》君のおかげでもあるな。五年間も教えたのだから！」

両肩《りょうかた》をスラグホーンの腕《うで》にからめ取られ、スネイプは暗い目を細くして、鉤鼻《かぎばな》の上からハリーを見下ろした。

「おかしいですな。我輩《わがはい》の印象《いんしょう》では、ポッターにはまったく何も教えることができなかったが」

「ほう、それでは天性《てんせい》の能力《のうりょく》ということだ！」スラグホーンが大声で言った。「最初の授業《じゅぎょう》で、ハリーがわたしに渡《わた》してくれたものを見せたかったね。『生《い》ける屍《しかばね》の水薬《みずぐすり》』──一回目であれほどのものを仕上げた生徒は一人もいない──セブルス、君でさえ──」

「なるほど？」

ハリーをえぐるように見たまま、スネイプが静かに言った。ハリーはある種の動揺《どうよう》を感じた。新しく見出《みいだ》された魔法薬《まほうやく》の才能《さいのう》の源《みなもと》を、スネイプに調査《ちょうさ》されることだけは絶対《ぜったい》にさけたい。

「ハリー、ほかにはどういう科目を取っておるのだったかね？」スラグホーンが聞いた。

「『闇《やみ》の魔術《まじゅつ》に対《たい》する防衛術《ぼうえいじゅつ》』、『呪文学《じゅもんがく》』、『変身術《へんしんじゅつ》』、『薬草学』……」

「つまり、闇祓《やみばら》いに必要な科目のすべてか」スネイプがせせら笑いを浮《う》かべて言った。

「ええ、まあ、それが僕《ぼく》のなりたいものです」ハリーは挑戦的《ちょうせんてき》に言った。

「それこそ偉大《いだい》な闇祓《やみばら》いになることだろう！」スラグホーンが太い声を響《ひび》かせた。

「あんた、闇祓《やみばら》いになるべきじゃないと思うな、ハリー」

ルーナが唐突《とうとつ》に言った。みんながルーナを見た。

「闇祓《やみばら》いって、ロットファングの陰謀《いんぼう》の一部だよ。みんな知っていると思ったけどな。魔法省《まほうしょう》を内側から倒《たお》すために、闇《やみ》の魔術《まじゅつ》と歯槽膿漏《しそうのうろう》とか組み合わせて、いろいろやっているんだもン」

ハリーは噴《ふ》き出《だ》して、蜂蜜酒《はちみつしゅ》を半分鼻から飲んでしまった。まったく、このためだけにでも、ルーナを連れてきた価値《かち》があった。むせて酒をこぼし、それでもニヤニヤしながらゴブレットから顔を上げたその時、ハリーは、さらに気分を盛《も》り上《あ》げるために仕組まれたかのようなものを目にした。ドラコ・マルフォイが、アーガス・フィルチに耳をつかまれ、こっちに引《ひ》っ張《ぱ》ってこられる姿《すがた》だ。

「スラグホーン先生」

あごを震《ふる》わせ、飛び出した目にいたずら発見の異常《いじょう》な情熱《じょうねつ》の光を宿したフィルチが、ゼイゼイ声で言った。

「こいつが上の階の廊下《ろうか》をうろついているところを見つけました。先生のパーティに招《まね》かれたのに、出かけるのが遅《おく》れたと主張《しゅちょう》しています。こいつに招待状《しょうたいじょう》をお出しになりましたですか？」

マルフォイは、憤慨《ふんがい》した顔でフィルチの手を振《ふ》りほどいた。

「ああ、僕《ぼく》は招《まね》かれていないとも！」マルフォイが怒《おこ》ったように言った。「勝手に押《お》しかけようとしていたんだ。これで満足したか？」

「何が満足なものか！」

言葉とはちぐはぐに、フィルチの顔には歓喜《かんき》の色が浮《う》かんでいた。

「おまえは大変なことになるぞ。そうだとも！　校長先生がおっしゃらなかったかな？　許可《きょか》なく夜間にうろつくなと。え、どうだ？」

「かまわんよ、フィルチ、かまわん」スラグホーンが手を振《ふ》りながら言った。

「クリスマスだ。パーティに来たいというのは罪《つみ》ではない。今回だけ、罰《ばっ》することは忘《わす》れよう。ドラコ、ここにいてよろしい」

フィルチの憤慨《ふんがい》と失望の表情《ひょうじょう》は、完全に予想できたことだ。しかし、マルフォイを見て、なぜ、とハリーはいぶかった。なぜマルフォイもほとんど同じくらい失望したように見えるのだろう？　それに、マルフォイを見るスネイプの顔が、怒《おこ》っていると同時に、それに……そんなことがありうるのだろうか？　……少し恐《おそ》れているのはなぜだろう？

しかし、ハリーが目で見たことを心に充分刻《じゅうぶんきざ》む間もなく、フィルチは小声で何かつぶやきながら、きびすを返してベタベタと歩き去り、マルフォイは笑顔《えがお》を作ってスラグホーンの寛大《かんだい》さに感謝《かんしゃ》していたし、スネイプの顔は再《ふたた》び不可解《ふかかい》な無表情《むひょうじょう》に戻《もど》っていた。

「なんでもない、なんでもない」スラグホーンは、マルフォイの感謝《かんしゃ》を手を振《ふ》っていなした。

「どの道、君のおじいさんを知っていたのだし……」

「祖父《そふ》はいつも先生のことを高く評価《ひょうか》していました」マルフォイがすばやく言った。

「魔法薬《まほうやく》にかけては、自分が知っている中で一番だと……」

ハリーはマルフォイをまじまじと見た。何もおべんちゃらに関心を持ったからではない。マルフォイが、スネイプに対しても同じことをするのをずっと見てきたハリーだ。ただ、よく見ると、マルフォイはほんとうに病気ではないかと思えたのだ。マルフォイをこんなに間近で見たのはしばらくぶりだった。目の下に黒いくまができているし、明らかに顔色がすぐれない。

「話がある、ドラコ」突然《とつぜん》スネイプが言った。

「まあ、まあ、セブルス」スラグホーンがまたしゃっくりした。

「クリスマスだ。あまり厳《きび》しくせず……」

「我輩《わがはい》は寮監《りょうかん》でしてね。どの程度厳《ていどきび》しくするかは、我輩《わがはい》が決めることだ」

スネイプがそっけなく言った。

「ついて来い、ドラコ」

スネイプが先に立ち、二人が去った。マルフォイは恨《うら》みがましい顔だった。ハリーは一瞬《いっしゅん》、心を決めかねて動けなかったが、それからルーナに言った。

「すぐ戻《もど》るから、ルーナ――えーと――トイレ」

「いいよ」ルーナがほがらかに言った。

急いで人混《ひとご》みをかき分けながら、ハリーは、ルーナがトレローニー先生に、ロットファングの陰謀話《いんぼうばなし》を続けるのを聞いたような気がした。先生はこの話題に真剣《しんけん》に興味《きょうみ》を持ったようだった。

パーティからいったん離《はな》れてしまえば、廊下《ろうか》はまったく人気《ひとけ》がなかったので、ポケットから透明《とうめい》マントを出して身につけるのはたやすいことだった。むしろスネイプとマルフォイを見つけるほうが難《むずか》しかった。

ハリーは廊下《ろうか》を走った。足音は、背後《はいご》のスラグホーンの部屋から流れてくる音楽や、声高な話し声にかき消された。スネイプは、地下にある自分の部屋にマルフォイを連れていったのかもしれない……それともスリザリンの談話室まで付《つ》き添《そ》っていったのか……いずれにせよ、ハリーは、ドアというドアに耳を押《お》しつけながら廊下《ろうか》を疾走《しっそう》した。

廊下《ろうか》の一番端《はし》の教室に着いて鍵穴《かぎあな》にかがみ込《こ》んだとき、中から話し声が聞こえたのには心が躍《おど》った。

「……ミスは許《ゆる》されないぞ、ドラコ。なぜなら、君が退学《たいがく》になれば――」

「僕《ぼく》はあれにはいっさい関係ない、わかったか？」

「君が我輩《わがはい》にほんとうのことを話しているのならいいのだが。何しろあれは、お粗末《そまつ》で愚《おろ》かしいものだった。すでに君が関わっているという嫌疑《けんぎ》がかかっている」

「誰《だれ》が疑《うたが》っているんだ？」マルフォイが怒《おこ》ったように言った。

「もう一度だけ言う。僕《ぼく》はやってない。いいか？　あのベルのやつ、誰《だれ》も知らない敵《てき》がいるにちがいない――そんな目で僕《ぼく》を見るな！　おまえがいま何をしているのか、僕《ぼく》にはわかっている。バカじゃないんだから。だけどその手は効《き》かない――僕《ぼく》はおまえを阻止《そし》できるんだ！」

一瞬《いっしゅん》だまったのち、スネイプが静かに言った。

「ああ……ベラトリックスおばさんが君に『閉心術《へいしんじゅつ》』を教えているのか、なるほど。ドラコ、君は自分の主君に対して、どんな考えを隠《かく》そうとしているのかね？」

「僕《ぼく》は**あの人に**対してなんにも隠《かく》そうとしちゃいない。ただ**おまえが**しゃしゃり出るのがいやなんだ！」

ハリーは一段《いちだん》と強く鍵穴《かぎあな》に耳を押《お》しつけた……これまで常《つね》に尊敬《そんけい》を示《しめ》し、好意まで示《しめ》していたスネイプに対して、マルフォイがこんな口のきき方をするなんて、いったい何があったんだろう？

「なれば、そういう理由で今学期は我輩《わがはい》をさけてきたというわけか？　我輩《わがはい》が干渉《かんしょう》するのを恐《おそ》れてか？　わかっているだろうが、我輩《わがはい》の部屋に来るようにと何度言われても来なかった者は、ドラコ――」

「罰則《ばっそく》にすればいいだろう！　ダンブルドアに言いつければいい！」マルフォイがあざけった。

また沈黙《ちんもく》が流れた。そしてスネイプが言った。

「君にはよくわかっていることと思うが、我輩《わがはい》はそのどちらもするつもりはない」

「それなら、自分の部屋に呼《よ》びつけるのはやめたほうがいい！」

「よく聞け」

スネイプの声が非常《ひじょう》に低くなり、耳をますます強く鍵穴《かぎあな》に押《お》しつけないと聞こえなかった。

「我輩《わがはい》は君を助けようとしているのだ。君を護《まも》ると、君の母親に誓《ちか》った。ドラコ、我輩《わがはい》は『破《やぶ》れぬ誓《ちか》い』をした――」

「それじゃ、それを破《やぶ》らないといけないみたいだな。何しろ僕《ぼく》は、おまえの保護《ほご》なんかいらない！　僕《ぼく》の仕事だ。あの人が僕《ぼく》に与《あた》えたんだ。僕《ぼく》がやる。計略《けいりゃく》があるし、うまくいくんだ。ただ、考えていたより時間がかかっているだけだ！」

「どういう計略《けいりゃく》だ？」

「おまえの知ったことじゃない！」

「何をしようとしているのか話してくれれば、我輩《わがはい》が手助けすることも――」

「必要な手助けは全部ある。余計《よけい》なお世話だ。僕《ぼく》は一人じゃない！」

「今夜は明らかに一人だったな。見張《みは》りも援軍《えんぐん》もなしに廊下《ろうか》をうろつくとは、愚《ぐ》の骨頂《こっちょう》だ。そういうのは初歩的なミスだ——」

「おまえがクラッブとゴイルに罰則《ばっそく》を課さなければ、僕《ぼく》と一緒《いっしょ》にいるはずだった！」

「声を落とせ！」

スネイプが吐《は》きすてるように言った。マルフォイは興奮《こうふん》して声が高くなっていた。

「君の友達のクラッブとゴイルが『闇《やみ》の魔術《まじゅつ》に対《たい》する防衛術《ぼうえいじゅつ》』のO《ふ》・W《く》・L《ろう》に今度こそパスするつもりなら、現在《げんざい》より多少まじめに勉強する必要が——」

「それがどうした？」マルフォイが言った。「『闇《やみ》の魔術《まじゅつ》に対《たい》する防衛術《ぼうえいじゅつ》』——そんなもの全部茶番じゃないか。見せかけの芝居《しばい》だろう？　まるで我々《われわれ》が闇《やみ》の魔術《まじゅつ》から身を護《まも》る必要があるみたいに——」

「成功のためには不可欠《ふかけつ》な芝居《しばい》だぞ、ドラコ！」スネイプが言った。

「我輩《わがはい》が演《えん》じ方《かた》を心得《こころえ》ていなかったら、この長《なが》の歳月《としつき》、我輩《わがはい》がどんなに大変なことになっていたと思うのだ？　よく聞け！　君は慎重《しんちょう》さを欠き、夜間にうろついて捕《つか》まった。クラッブやゴイルごときの援助《えんじょ》を頼《たよ》りにしているなら——」

「あいつらだけじゃない。僕《ぼく》にはほかの者もついている。もっと上等なのが！」

「なれば、我輩《わがはい》を信用するのだ。さすれば我輩《わがはい》が——」

「おまえが何をねらっているか、知っているぞ！　僕《ぼく》の栄光を横取りしたいんだ！」

三度目の沈黙《ちんもく》のあと、スネイプが冷ややかに言った。

「君は子供《こども》のようなことを言う。父親が逮捕《たいほ》され収監《しゅうかん》されたことが、君を動揺《どうよう》させたことはわかる。しかし――」

ハリーは不意をつかれた。マルフォイの足音がドアのむこう側に聞こえ、ハリーは飛びのいた。そのとたんにドアがパッと開いた。マルフォイが荒々《あらあら》しく廊下《ろうか》に出て、大股《おおまた》にスラグホーンの部屋の前を通《とお》り過《す》ぎ、廊下《ろうか》のむこう端《はし》を曲がって見えなくなった。

スネイプがゆっくりと中から現《あらわ》れた。ハリーはうずくまったまま、息をつくことさえためらっていた。底のうかがい知れない表情《ひょうじょう》で、スネイプはパーティに戻《もど》っていった。ハリーはマントに隠《かく》れてその場に座《すわ》り込《こ》み、激《はげ》しく考えをめぐらしていた。

下巻《げかん》につづく

作者紹介

J.K.ローリング

「ハリー・ポッター」シリーズで数々の文学賞を受賞し、多くの記録を打ち立てた作家。世界中の読者を夢中にさせ、80以上の言語に翻訳されて5億部を売り上げるベストセラーとなったこの物語は、8本の映画も大ヒット作となった。また、副読本として『クィディッチ今昔』『幻の動物とその生息地』(ともにコミックリリーフに寄付)、『吟遊詩人ビードルの物語』(ルーモスに寄付)の3作品をチャリティのための本として執筆しており、『幻の動物とその生息地』から派生した映画の脚本も手掛けている。この映画はその後5部作シリーズとなる。さらに、舞台『ハリー・ポッターと呪の子 第一部・第二部』の共同制作に携わり、2016年の夏にロンドンのウエストエンドを皮切りに公演がスタート。2018年にはブロードウェイでの公演も始まった。2012年に発足したウェブサイト会社「ポッターモア」では、ファンはニュースや特別記事、ローリングの新作などを楽しむことができる。また、大人向けの小説『カジュアル・ベイカンシー　突然の空席』、さらにロバート・ガルブレイスのペンネームで書かれた犯罪小説「私立探偵コーモラン・ストライク」シリーズの著者でもある。児童文学への貢献によりOBE(大英帝国勲章)を受けたほか、コンパニオン・オブ・オーダーズ勲章、フランスのレジオンドヌール勲章など、多くの名誉章を授与され、国際アンデルセン賞をはじめ数多くの賞を受賞している。

訳者紹介
松岡 佑子（まつおか・ゆうこ）
翻訳家。国際基督教大学卒、モントレー国際大学院大学国際政治学修士。日本ペンクラブ会員。スイス在住。訳書に「ハリー・ポッター」シリーズ全7巻のほか、「少年冒険家トム」シリーズ全3巻、『ブーツをはいたキティのおはなし』、『ファンタスティック・ビーストと魔法使いの旅』、『とても良い人生のために』（以上静山社）がある。

ハリー・ポッターと謎《なぞ》のプリンス　上

2020年5月20日　第1刷発行

著者　J.K.ローリング
訳者　松岡佑子
発行者　松岡佑子
発行所　株式会社静山社
〒102-0073　東京都千代田区九段北1-15-15
電話・営業　03-5210-7221
https://www.sayzansha.com

日本語版デザイン　坂川栄治+鳴田小夜子（坂川事務所）
日本語版装画・挿画　佐竹美保
組版　アジュール
印刷・製本　中央精版印刷株式会社

Published by Say-zan-sha Publications, Ltd.
ISBN978-4-86389-527-0 Printed in Japan